Jamie McGuire
Beautiful Disaster

AF203467

PIPER

Zu diesem Buch

»Der Geräuschpegel explodierte förmlich, als Travis auf der anderen Seite des Raumes auftauchte.

Er trat mit nacktem Oberkörper, aber entspannt und ungerührt ein. Dann schlenderte er in die Mitte des Rings wie jemand, der an seinem alltäglichen Arbeitsplatz auftaucht. Sehnen und Muskeln zeichneten sich unter seiner tätowierten Haut ab.

Ich stand auf den Zehenspitzen, als man mir plötzlich die Sicht versperrte. Ich beugte mich von einer Seite zur anderen, schob mich näher heran und schlüpfte durch die schreiende Menge. Ellbogen trafen meine Rippen, und Schultern stießen mich an. Endlich konnte ich zumindest wieder etwas von Travis sehen und schob mich noch weiter vorwärts.«

Auch wenn Abby weiß, dass Travis der Falsche für sie ist, bekommt sie nicht genug von ihm – und so beginnt eine mitreißend aufwühlende und unendlich prickelnde Liebesgeschichte zwischen zwei Menschen, die nicht zusammen sein sollten, aber nicht mehr voneinander loskommen.

Jamie McGuire ist in Tulsa (Oklahoma) aufgewachsen und lebt mit ihrer Familie auf einer Farm in der Nähe ihrer Heimatstadt. »Beautiful Disaster« war ein internationaler Erfolg, an den sich zahlreiche »New York Times«-Bestseller anschlossen.

Jamie McGuire

Beautiful DISASTER

Roman

PIPER

Mehr über unsere Autorinnen, Autoren und Bücher:
www.piper.de

Wenn Ihnen dieser Roman gefallen hat, schreiben Sie uns unter
Nennung des Titels »Beautiful Disaster« an *empfehlungen@piper.de,*
und wir empfehlen Ihnen gerne vergleichbare Bücher.

Von Jamie McGuire liegen im Piper Verlag vor:

Beautiful: *Maddox-Brüder*:
Band 1: Beautiful Disaster   Band 1: Beautiful Oblivion
Band 2: Walking Disaster   Band 2: Beautiful Redemption
Band 3: Beautiful Wedding
Band 4: Something Beautiful

From Here to You
Happenstance – Zartes Erwachen

Überarbeitete Neuausgabe
ISBN 978-3-492-31628-6
1. Auflage Februar 2023
4. Auflage April 2023
© Jamie McGuire 2011
Titel der amerikanischen Originalausgabe:
»Beautiful Disaster«, Simon and Schuster, London 2012
© der deutschsprachigen Ausgabe:
Piper Verlag GmbH, München 2013, 2023
Aus dem Amerikanischen von Henriette Zeltner-Shane
Umschlaggestaltung: Hafen Werbeagentur
Umschlagabbildung: PM Images / Getty Images (Glas), Neo Edmund /
Shutterstock (Schmetterling), BW Folsom / Shutterstock (Hintergrund)
Satz: Uhl + Massopust, Aalen
Gesetzt aus der Bembo
Gedruckt von ScandBook in Litauen
Printed in the EU

Liebe LeserInnen,

dieses Buch enthält potenziell
triggernde Inhalte.
Um euch das bestmögliche Leseerlebnis
zu ermöglichen, findet ihr deshalb auf
S. 463 eine Contentwarnung.

Euer *everlove*-Team

Für die Fans,
deren Begeisterung für eine Geschichte
aus einem Wunsch
dieses Buch gemacht hat

1. KAPITEL

Rotes Tuch

Alles in dem Raum schrie mir entgegen, dass ich dort nicht hingehörte. Die Stufen bröckelten ab, die Leute standen Schulter an Schulter, es stank nach einer Mischung aus Schweiß, Blut und Schimmel. Die Stimmen verschwammen, während mit wedelnden Armen pausenlos Zahlen und Namen durcheinandergerufen wurden. Geld wechselte den Besitzer, und man versuchte, sich mit Gesten zu verständigen. Ich schob mich durch die Menge, meiner besten Freundin dicht auf den Fersen.

»Lass dein Geld im Portemonnaie, Abby!«, rief America mir zu. Ihr breites Lächeln strahlte selbst in dem schummrigen Licht.

»Zusammenbleiben! Das wird noch schlimmer, wenn es erst losgeht!«, schrie Shepley über den Lärm hinweg. America griff nach seiner Hand und dann nach meiner, und so ließen wir uns von ihm durch die Menschenmasse lotsen.

Das schrille Geräusch eines Megafons gellte durch die verrauchte Luft. Ich erschrak, zuckte zusammen und hielt nach der Lärmquelle Ausschau. Ein Mann war auf einen Holzstuhl gestiegen, in einer Hand ein Bündel

Geldscheine, in der anderen das Megafon. Er hielt das Plastik dicht an seine Lippen.

»Willkommen zum Blutbad! Falls du auf der Suche nach der Einführungsvorlesung Betriebswirtschaft bist... dann bist du hier verdammt falsch, mein Freund! Wenn du aber den Circle suchst, dann ist das hier dein Paradies! Mein Name ist Adam. Ich mache die Regeln und rufe den Beginn des Kampfes aus. Das Wetten hat ein Ende, sobald die Kontrahenten am Boden sind. Kein Berühren der Kämpfer, keine Hilfen, kein Ändern der Wetten mehr und kein Eingreifen in den Ring. Sollte einer diese Regeln brechen, prügeln wir ihn windelweich und werfen ihn hochkant und ohne sein Geld raus! Das gilt auch für euch, Ladys! Also verlasst euch nicht auf eure Schlampen, um das System auszutricksen, Jungs!«

Shepley schüttelte den Kopf. »Mein Gott, Adam!«, brüllte er über den Lärm hinweg dem Moderator zu. Er war mit der Wortwahl seines Freundes sichtlich unzufrieden.

Mir hämmerte das Herz in der Brust. Mit meiner pinkfarbenen Kaschmirstrickjacke und den Perlenohrringen fühlte ich mich in etwa so deplatziert wie eine Grundschullehrerin bei der Landung der US-Truppen in der Normandie. Ich hatte America zwar versprochen, mit allem zurechtzukommen, was uns widerfahren mochte, aber auch an Ground Zero hatte ich ihren Arm, der so dünn war wie ein Zahnstocher, mit beiden Händen umklammert. Sie würde mich sicher nicht absichtlich in Gefahr bringen, aber in diesem Keller mit etwa fünfzig betrunkenen Collegestudenten, die auf Blut und Wettgewinne aus waren, fehlte mir ein bisschen die Zuversicht, dass wir unbeschadet davonkommen würden.

Nachdem America Shepley bei einer Einführungsveranstaltung für Studienanfänger kennengelernt hatte, begleitete sie ihn oft zu den Kämpfen, die in unterschiedlichen Kellern der Eastern University ausgetragen wurden. Jedes Event fand an einem anderen Ort statt und wurde bis eine Stunde vor Beginn geheim gehalten.

Weil ich mich ansonsten in deutlich harmloseren Kreisen bewegte, staunte ich nicht schlecht, als ich von dieser Unterwelt an der Eastern erfuhr. Shepley hatte davon schon vor seiner Immatrikulation gewusst. Sein Zimmergenosse und Cousin Travis hatte seinen ersten Kampf vor sieben Monaten absolviert. Obwohl er noch Studienanfänger war, hieß es über ihn, er sei der tödlichste Gegner, den Adam in den drei Jahren seit Gründung des Circle je erlebt habe. Mit Beginn seines zweiten Studienjahrs galt Travis als unschlagbar. Aus den Gewinnen bestritten er und Shepley locker ihre Miete und die Nebenkosten.

Adam hob das Megafon wieder an seine Lippen, und das Geschrei und Gerangel wurden noch heftiger.

»Heute Abend begrüßen wir einen neuen Herausforderer! Den Star der Ringermannschaft der Eastern, Marek Young!«

Jubel brandete auf, dann teilte sich die Menge wie das Rote Meer, als Marek eintrat. Eine kreisförmige Fläche wurde frei gemacht, dann pfiffen und johlten alle und riefen dem Herausforderer Scherze zu. Der hüpfte auf und ab, ließ den Kopf kreisen und machte ein ernstes, konzentriertes Gesicht. Die Menge wurde leise, bis nur noch ein tiefes Brummen zu hören war, und meine Hände schossen an meine Ohren, als aus riesigen Lautsprechern an der anderen Seite des Kellers plötzlich Musik aus großen Boxen schallte.

»Unser nächster Fighter braucht keine Vorstellung, aber weil ich mich so vor ihm fürchte, dass ich mir fast in

die Hose scheiße, soll er trotzdem eine bekommen! Er-
zittert, Jungs, lasst die Höschen fallen, Mädels! Ich prä-
sentiere euch: Travis ›Mad Dog‹ Maddox!«

Der Geräuschpegel explodierte förmlich, als Travis im
Türrahmen auf der anderen Seite des Raumes auftauchte.
Er trat mit nacktem Oberkörper, aber entspannt und ungerührt ein. Dann schlenderte er in die Mitte des Rings
wie jemand, der bloß an seinem alltäglichen Arbeitsplatz
auftaucht. Sehnen und Muskeln zeichneten sich unter
seiner tätowierten Haut ab, als er mit seinen Fäusten gegen Mareks Knöchel stieß. Er beugte sich vor, flüsterte
Marek etwas ins Ohr, woraufhin der Ringer Mühe hatte,
seine undurchdringliche Miene beizubehalten. Marek
stand unmittelbar vor Travis, und die beiden starrten sich
direkt in die Augen. Mareks Gesichtsausdruck war mör-
derisch, während Travis leicht amüsiert wirkte.

Dann traten die Jungs jeweils ein paar Schritte zurück, und Adam gab durch sein Megafon das Startsignal.
Marek nahm eine defensive Haltung ein, Travis griff an.
Ich stand auf den Zehenspitzen, als man mir plötzlich die
Sicht versperrte. Ich beugte mich von einer Seite zur anderen, schob mich näher heran und schlüpfte durch die
schreiende Menge. Ellbogen trafen meine Rippen, und
Schultern stießen mich an. Ich wurde herumgeschubst
wie eine Kugel in einem Flipper. Endlich konnte ich zumindest wieder die Hinterköpfe der Kontrahenten sehen
und schob mich noch weiter vorwärts.

Als ich schließlich die vorderste Reihe erreicht hatte,
packte Marek Travis gerade mit seinen dicken Armen
und versuchte, ihn zu Boden zu werfen. In dieser Ab-
wärtsbewegung rammte ihm Travis sein Knie ins Gesicht. Bevor Marek sich von dem Treffer erholen konnte,
stürzte Travis sich auf ihn und ließ seine Fäuste wieder
und wieder auf Mareks blutiges Gesicht niedergehen.

Fünf Finger krallten sich in meinen Arm, und ich sprang entsetzt zurück.

»Was zum Teufel machst du da, Abby?«, fuhr Shepley mich an.

»Ich konnte von da hinten nichts sehen«, rief ich ihm zu.

Ich drehte mich gerade rechtzeitig wieder nach vorn, um zu sehen, wie Marek einen anständigen Treffer landete. Travis taumelte, und einen Moment lang glaubte ich, er habe einen weiteren Schlag einstecken müssen, doch er drehte sich einmal um sich selbst und rammte seinen Ellbogen mit voller Wucht gegen Mareks Nase. Blut spritzte mir ins Gesicht und über meine Jacke. Marek fiel mit einem dumpfen Geräusch auf den Betonboden, und einen kurzen Moment lang herrschte absolute Stille.

Dann warf Adam einen viereckigen roten Stofffetzen auf Mareks schlaffen Körper, und die Menge explodierte. Bargeld wurde herumgereicht, und es gab zufriedene wie auch frustrierte Gesichter.

Ich wurde von der sich bewegenden Menge hin und her gestoßen. Von irgendwo weit hinten rief America meinen Namen, aber ich war von den roten Spuren, die mir von der Brust bis zur Taille reichten, wie hypnotisiert.

Ein Paar schwerer schwarzer Stiefel trat vor mich und lenkte meine Aufmerksamkeit Richtung Boden. Dann wanderte mein Blick an ihnen hinauf. Blutbefleckte Jeans, deutlich herausgearbeitete Bauchmuskeln, eine nackte, tätowierte, schweißüberströmte Brust und schließlich ein Paar warmer, brauner Augen. Ich bekam einen Stoß in den Rücken, und Travis fing mich auf.

»Hey! Haltet mal ein bisschen Abstand von ihr!« Travis runzelte die Stirn und stieß alle in meiner Nähe zurück. Seine finstere Miene wurde zu einem Lächeln, als er auf meine Jacke schaute. Dann tupfte er mein Gesicht mit einem Handtuch ab. »Tut mir leid, Täubchen.«

Adam tätschelte Travis den Hinterkopf. »Komm schon, Mad Dog! Auf dich wartet ne Menge Kohle!«

Travis ließ meinen Blick nicht los. »Verdammt schade um die schöne Jacke. Die steht dir.« Im nächsten Moment war er von Fans umringt und verschwand so, wie er gekommen war.

»Was hast du dir bloß dabei gedacht?«, schimpfte America und zog an meinem Arm.

»Ich bin doch gekommen, um mir einen Kampf anzusehen, oder nicht?«, sagte ich grinsend.

»Du dürftest nicht mal hier sein, Abby«, tadelte mich Shepley.

»America aber auch nicht«, entgegnete ich.

»Sie versucht aber wenigstens nicht, in den Ring zu springen!« Er machte ein finsteres Gesicht. »Lasst uns abhauen.«

America lächelte mir zu und wischte über mein Gesicht. »Du bist so eine Nervensäge, Abby. Aber meine Güte, ich liebe dich!« Sie legte einen Arm um meinen Hals, und so traten wir zusammen hinaus in die dunkle Nacht.

America begleitete mich noch auf mein Zimmer im Studentenwohnheim und grinste meine Mitbewohnerin Kara an. Ich schlüpfte sofort aus der blutigen Jacke und warf sie in den Wäschekorb.

»Du lieber Himmel. Wo wart ihr denn?«, fragte Kara von ihrem Bett aus.

Ich warf einen Blick zu America, die mit den Achseln zuckte. »Nasenbluten. Hast du noch nie eine von Abbys berühmten Nasenblutattacken erlebt?«

Kara setzte ihre Brille auf und schüttelte den Kopf.

»Ach, das kommt schon noch.« Sie zwinkerte mir zu

und schloss dann die Tür hinter sich. Weniger als eine Minute später ertönte mein Handy. Wie immer hatte America mir, schon Sekunden nachdem wir uns getrennt hatten, eine SMS geschickt.

schlafe b shep c u 2morrow ring queen

Ich warf einen Blick zu Kara, die mich ansah, als könne es jeden Moment aus meiner Nase zu sprudeln beginnen.

»Sie hat nur gescherzt«, sagte ich.

Kara nickte vage und wandte sich wieder den Büchern zu, die auf ihrem Bett ausgebreitet lagen.

»Ich geh wohl besser mal duschen«, beschloss ich und griff mir ein Handtuch und meinen Kulturbeutel.

»Und ich werde die Medien informieren«, erwiderte Kara trocken, ohne den Kopf zu heben.

Am nächsten Tag stießen Shepley und America beim Mittagessen zu mir. Ich hatte vorgehabt, allein zu sitzen, aber während immer mehr Studenten in die Cafeteria strömten, füllten sich die Plätze um mich herum mit Shepleys Kumpeln aus der Fraternity, seiner Studentenverbindung, oder dem Footballteam. Einige von ihnen waren auch bei dem Kampf dabei gewesen, aber niemand erwähnte mein Erlebnis am Ring.

»Shep«, rief jemand im Vorübergehen.

Shepley nickte, und America und ich drehten uns beide zu Travis um, der sich in diesem Moment an den Tisch setzte. Ihm folgten zwei üppige, wasserstoffgebleichte Blondinen, die T-Shirts mit dem Emblem der Sigma Kappa Sorority trugen. Eine setzte sich auf Travis' Schoß, die andere ließ sich neben ihm nieder und fummelte an seinem Shirt herum.

»Ich glaube, mir ist gerade ein bisschen was hochgekommen«, murmelte America.

Die Blondine auf Travis' Schoß fuhr zu America herum: »Das hab ich gehört, du Schlampe.«

America griff nach ihrem Brötchen und warf es über den Tisch, wobei sie das Gesicht des Mädchens nur knapp verfehlte. Bevor die noch ein Wort sagen konnte, zog Travis seine Knie auseinander und ließ sie auf den Boden plumpsen.

»Autsch!«, quiekte sie und schaute zu Travis hoch.

»America ist eine Freundin von mir. Da musst du dir wohl einen anderen Schoß suchen, Lexie.«

»Travis«, jammerte sie und rappelte sich hoch.

Doch Travis richtete seine Aufmerksamkeit danach ausschließlich auf seinen Teller und ignorierte sie. Die Blondine sah ihre Schwester an, schnaubte, und dann zogen die beiden Hand in Hand ab.

Travis zwinkerte America zu und schob sich, als wäre nichts gewesen, den nächsten Bissen in den Mund. Da bemerkte ich den kleinen Riss über seiner Augenbraue. Er wechselte noch einen Blick mit Shepley und begann anschließend eine Unterhaltung mit einem der Footballspieler, der ihm gegenübersaß.

Die Reihen lichteten sich bereits wieder, aber America, Shepley und ich blieben noch sitzen, um Pläne für das Wochenende zu schmieden. Travis stand auf, wohl um auch zu gehen, blieb dann aber an unserem Ende des Tisches noch mal stehen.

»Ja?«, fragte Shepley laut und hielt eine Hand um seine Ohrmuschel.

Ich versuchte, ihn so lange wie möglich zu ignorieren, doch als ich aufsah, starrte Travis mich an.

»Du kennst sie, Trav. Americas beste Freundin. Sie ist gestern Abend mit uns mitgekommen«, sagte Shepley.

Travis schenkte mir sein vermutlich charmantestes Lächeln. Er strahlte Sex und Rebellion aus mit seinen widerspenstigen braunen Haaren und den tätowierten Unterarmen. Ich verdrehte bei diesem Versuch, mich zu ködern, nur die Augen.

»Seit wann hast du eine beste Freundin, Mare?«, fragte Travis.

»Seit meinem ersten Jahr auf der Highschool«, antwortete sie und presste die Lippen zusammen, während sie mich angrinste. »Schon vergessen, Travis? Du hast ihre Jacke ruiniert.«

Travis grinste ebenfalls. »Ich ruiniere eine Menge Jacken.«

»Widerlich«, murmelte ich.

Travis drehte schnell den Stuhl neben mir mit der Lehne nach vorn und verschränkte seine Arme darauf. »Dann bist du das Täubchen, was?«

»Nein«, giftete ich. »Ich habe einen Namen.«

Das schien ihn zu amüsieren, was mich noch wütender machte. »Also? Welchen denn?«, fragte er.

Ich nahm einen Bissen von der letzten Apfelspalte auf meinem Teller und ignorierte ihn.

»Na, dann eben Täubchen«, sagte er achselzuckend.

Ich warf America einen Blick zu und wandte mich an Travis: »Ich versuche hier zu essen.«

Travis schien die Herausforderung anzunehmen. »Ich heiße Travis. Travis Maddox.«

Ich verdrehte die Augen. »Ich weiß, wer du bist.«

»Ach ja?«, bemerkte Travis.

»Bild dir darauf nicht zu viel ein. Dein Name wäre auch schwer zu überhören gewesen, als fünfzig Betrunkene ihn grölten.«

Travis richtete sich ein bisschen größer auf. »Das passiert mir öfter.« Ich rollte erneut mit den Augen, und Travis kicherte. »Hast du Zuckungen?«

»Habe ich was?«

»Zuckungen. Deine Augen verdrehen sich dauernd so komisch.« Er lachte wieder, während ich ihn anfunkelte. »Tolle Augen übrigens«, sagte er und näherte sich bis auf wenige Zentimeter meinem Gesicht. »Was für eine Farbe ist das eigentlich? Grau?«

Ich schaute wieder auf meinen Teller und ließ lange Strähnen meines karamellfarbenen Haars wie einen Vorhang zwischen uns fallen. Mir gefiel nicht, wie ich mich fühlte, wenn er mir so nahe kam. Ich wollte nicht zu den Scharen von Mädchen an der Eastern gehören, die in seiner Gegenwart erröteten. Ich wollte, dass er überhaupt keine Wirkung auf mich hatte.

»Denk nicht mal dran, Travis. Sie ist wie eine Schwester für mich«, warnte America ihn.

»Baby«, sagte Shepley, »du hättest es ihm nicht verbieten sollen. Jetzt wird es ihm keine Ruhe lassen.«

»Du bist nicht ihr Typ«, legte sie nach.

Travis tat gekränkt. »Ich bin der Typ jeder Frau!«

Ich schielte zu ihm hin und lächelte.

»Ah! Ein Lächeln! Dann bin ich wohl doch kein elender Bastard.« Er zwinkerte mir zu. »Es war nett, dich kennenzulernen, Täubchen.« Damit ging er um den Tisch herum und beugte sich zu Americas Ohr hinunter.

Shepley warf eines seiner Pommes frites nach seinem Cousin. »Nimm deine Zunge aus dem Ohr meiner Süßen, Trav!«

»Netzwerken! Ich bin nur beim Netzwerken!« Travis wich mit unschuldig erhobenen Händen zurück.

Ein paar andere Mädchen waren ihm sofort auf den Fersen. Kichernd fuhren sie sich mit den Fingern durch die Haare, um seine Aufmerksamkeit zu erregen. Als er ihnen die Tür aufhielt, quietschten sie vor Begeisterung.

America lachte. »O nein. Jetzt bist du echt in Schwierigkeiten, Abby.«

»Was hat er denn gesagt?«, fragte ich argwöhnisch.

»Er möchte, dass du sie mit in die Wohnung bringst, oder?«, fragte Shepley, woraufhin America nickte und er den Kopf schüttelte. »Du bist ein kluges Kind, Abby. Ich rate dir schon jetzt, nicht auf seinen Scheiß reinzufallen, denn wenn du dann am Ende sauer auf ihn bist, kannst du nicht mir und America die Schuld daran geben, okay?«

Ich lächelte. »Ich werde nicht drauf reinfallen, Shep. Oder sehe ich für dich aus wie einer dieser Barbie-Zwillinge?«

»Sie wird nicht drauf reinfallen«, versicherte America ihm und legte eine Hand auf seinen Arm.

»Das wäre nicht mein erstes Rodeo, Mare. Weißt du, wie oft er mir schon die Tour vermasselt hat, weil er auf einen One-Night-Stand mit der besten Freundin scharf war? Denn dann ist es plötzlich ein Interessenkonflikt, mich zu daten, weil das ja Verbrüderung mit dem Feind wäre! Ich sag's dir noch mal, Abby«, er sah mich durchdringend an, »erzähl Mare dann bloß nicht, sie darf mich nicht treffen, weil du auf Travs Tour reingefallen bist. Betrachte dich also als gewarnt.«

»Nicht nötig, aber trotzdem danke«, sagte ich. Ich versuchte, Shepley mit einem Lächeln zu beruhigen, aber sein Pessimismus rührte schließlich von jahrelanger Mitleidenschaft durch Travis' Eskapaden.

America ging winkend mit Shepley davon, während ich mich auf den Weg zu meinen Nachmittagskursen machte. Ich blinzelte in die grelle Sonne und packte meine Rucksackträger fester. Die Eastern University war genau das, was ich mir erhofft hatte, von den kleineren Unterrichtsräumen bis hin zu den fremden Gesichtern. Für mich war es ein Neubeginn. Endlich konnte ich mich wieder an einem Ort bewegen, an dem nicht

Leute, die etwas über meine Vergangenheit wussten oder auch nur vermeintlich wussten, hinter meinem Rücken flüsterten. Ich war so unauffällig wie jeder naive, übereifrige Studienanfänger auf dem Weg zu seinen Kursen. Kein Anstarren, keine Gerüchte, kein Mitleid, keine Verurteilung. Nur die Illusion dessen, was ich für die anderen darstellen wollte: die in Kaschmir gekleidete, nüchterne Abby Abernathy.

Ich stellte meinen Rucksack auf den Boden und ließ mich auf einen Stuhl fallen. Dann beugte ich mich hinunter, um meinen Laptop herauszufischen. Als ich mich wieder aufrichtete, um ihn auf den Tisch zu stellen, rutschte Travis gerade auf den Platz neben mir.

»Gut. Du kannst für mich mitschreiben.« Er kaute auf einem Stift und lächelte zweifellos sein charmantestes Lächeln.

Ich bedachte ihn mit einem verächtlichen Blick. »Du gehst noch nicht mal in diesen Kurs.«

»Ich will verdammt sein, wenn ich's nicht tue. Normalerweise sitze ich aber da drüben.« Er deutete mit dem Kopf auf die hinterste Reihe. Eine kleine Gruppe von Mädchen starrte mich an, und ich bemerkte einen leeren Stuhl in ihrer Mitte.

»Ich werde sicher nicht für dich mitschreiben«, stellte ich klar, während ich meinen Computer hochfuhr.

Travis beugte sich so nah zu mir herüber, dass ich seinen Atem an meiner Wange spürte. »Entschuldige ... Sag mal, hab ich dich mit irgendwas beleidigt?«

Ich seufzte.

»Und was ist dann dein Problem?«

Ich antwortete mit gesenkter Stimme: »Ich werde nicht mit dir schlafen. Also solltest du besser gleich aufgeben.«

Langsam breitete sich ein Grinsen auf seinem Gesicht

aus, bevor er antwortete. »Ich hab dich gar nicht gefragt, ob du mit mir schlafen willst.« Sein Blick wanderte gedankenverloren Richtung Decke. »Oder hab ich das?«

»Ich bin nicht eine der Barbie-Zwillinge und auch keine von deinen kleinen Groupies da drüben.« Ich warf einen Blick auf die Mädels hinter uns. »Mich beeindrucken weder deine Tätowierungen noch dein jungenhafter Charme oder deine gespielte Gleichgültigkeit. Also kannst du mit den Mätzchen aufhören, okay?«

»Okay, Täubchen.« Er schien ärgerlicherweise immun gegen meine Grobheiten. »Warum kommst du heute Abend nicht zusammen mit America vorbei?« Ich schnaubte verächtlich, aber er beugte sich noch weiter herüber. »Ich versuche gar nicht, dich flachzulegen. Nur ein bisschen zusammen abhängen.«

»Mich flachlegen? Ich frage mich, wie du es mit diesem Vokabular überhaupt schaffst, jemals jemanden ins Bett zu kriegen?«

Travis brach in Gelächter aus. »Schau doch einfach vorbei. Ich werde nicht mal mit dir flirten, großes Ehrenwort.«

»Ich werd drüber nachdenken.«

Professor Chaney kam hereingeschlendert, und Travis richtete seine Aufmerksamkeit nach vorn. Auf seinem Gesicht blieb jedoch ein Lächeln, das das Grübchen in seiner Wange verstärkte. Je mehr er lächelte, desto mehr wünschte ich mir, ihn zu hassen. Doch genau dieser Ausdruck machte mir das Hassen unmöglich.

»Wer kann mir sagen, welcher Präsident eine Ehefrau hatte, die schielte und auch sonst ziemlich hässlich war?«, fragte Chaney.

»Sieh zu, dass du das mitschreibst«, flüsterte Travis. »Das werde ich mal für meine Vorstellungsgespräche brauchen.«

»Pschscht«, machte ich und tippte jede Silbe von Cha-ney mit.

Travis grinste und lehnte sich entspannt zurück. Im Verlauf der Stunde gähnte er entweder oder lehnte sich an meinen Arm, um auf meinen Bildschirm zu schauen. Ich gab mir größte Mühe, ihn zu ignorieren, aber seine Nähe und die aus seinem Arm hervortretenden Mus-keln erschwerten mir das. Bis Chaney uns entließ, zupfte er schließlich noch an dem schwarzen Lederband, das er um sein Handgelenk trug.

Ich sah zu, dass ich zur Tür hinauskam, und eilte den Flur hinunter. Gerade als ich mich in Sicherheit wähnte, tauchte Travis Maddox neben mir auf.

»Hast du es dir überlegt?«, fragte er und setzte seine Sonnenbrille auf.

Eine zierliche Brünette trat uns in den Weg, mit gro-ßen, hoffnungsvollen Augen. »Hey, Travis«, zwitscherte sie, während sie mit ihrem Haar spielte.

Ich blieb stehen, irritiert von ihrem honigsüßen Ton, und machte dann einen Bogen um sie. Ich hatte sie im Gemeinschaftsbereich des Mädchenwohnheims, Morgan Hall, durchaus schon normal sprechen gehört. Da hatte sie sehr viel reifer geklungen, und ich fragte mich, wes-halb sie wohl glaubte, diese Kleinkinderstimme würde bei Travis ankommen. Sie plapperte noch ein paar Sätze in dieser höheren Oktave, dann war er wieder neben mir.

Er holte ein Feuerzeug aus seiner Tasche, zündete sich eine Zigarette an und stieß eine dicke Rauchwolke aus. »Wo war ich stehen geblieben? Ach ja... du hast über-legt.«

Ich schnitt eine Grimasse. »Wovon redest du da?«

»Hast du dir überlegt, ob du vorbeikommst?«

»Wenn ich jetzt Ja sage, hörst du dann auf, mich zu verfolgen?«

Er dachte kurz über dieses Angebot nach und nickte dann. »Ja.«

»Dann komme ich vorbei.«

»Wann?«

Ich seufzte. »Heute Abend. Ich werde heute Abend vorbeikommen.«

Travis lächelte und blieb abrupt stehen. »Schön. Dann sehen wir uns später, Täubchen«, rief er mir nach.

Als ich um die Ecke bog, sah ich America mit Finch vor dem Wohnheim stehen. Wir drei hatten bei der Orientierungsveranstaltung für Studienanfänger zufällig am selben Tisch gesessen, und ich hatte schon damals gewusst, er würde das willkommene dritte Rädchen an unserer wohlgeölten Maschine werden. Er war nicht besonders groß, aber immer noch viel größer als ich mit meinen eins dreiundsechzig. Seine kugelrunden Augen bildeten einen interessanten Kontrast zu seinem länglichen, schmalen Gesicht, und sein wasserstoffblondes Haar war vorn meistens hochgegelt.

»Travis Maddox? Mein Gott, Abby, seit wann fischst du denn in so gefährlichen Gewässern?«, sagte Finch mit missbilligendem Blick.

America zog den Kaugummi aus ihrem Mund zu einer langen Schnur. »Du machst es nur schlimmer, wenn du ihn abblitzen lässt. Das ist er nicht gewohnt.«

»Hast du eine bessere Idee? Soll ich vielleicht gleich mit ihm ins Bett steigen?«

America zuckte mit den Achseln. »Das würde zumindest Zeit sparen.«

»Ich habe zugesagt, heute Abend vorbeizukommen.«

Finch und America tauschten einen Blick.

»Was denn? Er hat versprochen aufzuhören, mich zu nerven, wenn ich Ja sage. Du gehst heute Abend doch auch hin, oder?«

»Äh, ja schon«, sagte America. »Und du willst wirklich mit?«

Ich grinste und ging an ihnen vorbei zu den Wohnheimzimmern. Dabei fragte ich mich, ob Travis sein Versprechen halten und nicht mit mir flirten würde. Er war ja nicht so wahnsinnig schwer zu durchschauen; entweder betrachtete er mich als Herausforderung oder als unattraktiv genug, um zu einer guten Freundin zu taugen. Ich war mir nicht sicher, worüber ich mich mehr ärgern sollte.

Vier Stunden später klopfte America an meine Tür, um mich zu Shepley und Travis mitzunehmen. Sie nahm kein Blatt vor den Mund, als ich auf den Flur trat.

»Igitt, Abby, wie siehst du denn aus?«

»Gut«, antwortete ich und grinste. Meine Haare hatte ich zu einem lockeren Dutt zusammengebunden. Ich war komplett abgeschminkt und trug statt meiner Kontaktlinsen eine rechteckige, schwarze Brille. In einem schäbigen T-Shirt, Jogginghose und Flip-Flops schlurfte ich an ihr vorbei. Schon vor ein paar Stunden war ich zu dem Schluss gekommen, dass unattraktiv der beste Plan war. Idealerweise würde das Travis sofort abturnen, sodass er mit seinen lächerlichen Annäherungsversuchen aufhörte. Und falls er nur auf der Suche nach einem weiblichen Kumpel war, wollte ich zu schluderig rüberkommen, als dass er sich mit mir sehen lassen würde.

America ließ das Fenster ihres Wagens herunter und spuckte einen Kaugummi hinaus. »Das ist so offensichtlich. Warum hast du dich nicht auch noch in Hundescheiße gewälzt, um dein Erscheinungsbild perfekt zu machen?«

»Ich will hier halt überhaupt niemanden beeindrucken«, sagte ich.

»Wie man sieht.«

Wir stellten uns auf den Parkplatz von Shepleys Wohnanlage, und ich folgte America die Treppen hinauf. Shepley machte uns die Tür auf und lachte, als ich eintrat.

»Was ist denn mit dir passiert?«

»Sie versucht, unbeeindruckend zu wirken«, erklärte America.

Sie folgte Shepley in sein Zimmer. Die Tür schloss sich, und ich blieb allein zurück, mit dem Gefühl, fehl am Platz zu sein. Also setzte ich mich in den Sessel, der am nächsten stand, und streifte die Flip-Flops von meinen Füßen.

Die Wohnung war ästhetisch ansprechender als eine typische Junggesellenbude. An den Wänden hingen zwar erwartungsgemäß Poster halb nackter Frauen sowie geklaute Straßenschilder, aber es war sauber, die Möbel wirkten neu, und es roch bemerkenswerterweise nicht nach schalem Bier und dreckiger Wäsche.

»Das wurde ja auch Zeit, dass du aufkreuzt«, sagte Travis und ließ sich auf die Couch fallen.

Ich grinste und schob meine Brille hoch, während ich darauf wartete, dass mein Anblick ihn abstieß. »America musste ein Paper fertig machen.«

»Apropos Paper, hast du das für Geschichte schon gemacht?«

Er würdigte meine strubbelige Frisur keines Blickes, und ich runzelte verärgert die Stirn. »Du etwa?«

»Ich hab's heut Nachmittag fertig geschrieben.«

»Das brauchen wir doch erst bis nächsten Mittwoch«, sagte ich erstaunt.

»Ich hab's einfach hingehauen. So schwer ist ein zweiseitiger Aufsatz über Grant ja wohl nicht, oder?«

»Ich schätze, ich neige dazu, Sachen auf die lange Bank zu schieben.« Ich zuckte mit den Schultern. »Wahrscheinlich fang ich vor dem Wochenende gar nicht damit an.«

»Also, falls du Hilfe brauchst, sag Bescheid.«

Ich wartete, dass er lachte oder mir sonst wie zu verstehen gab, dass er scherzte, aber sein Gesicht blieb ganz ernst. Ich hob eine Augenbraue. »Du willst mir bei meinem Paper helfen?«

»Ich stehe in dem Kurs auf A.« Er wirkte von meinem Unglauben etwas gekränkt.

»Er steht in allen seinen Kursen auf A. Weil er ein verdammtes Genie ist. Ich hasse ihn«, bemerkte Shepley, der gerade mit America an der Hand ins Wohnzimmer zurückkam.

Ich musterte Travis zweifelnd, und er hob die Hände. »Was denn? Du glaubst wohl nicht, dass ein Typ mit Tattoos, der sich für Geld prügelt, gute Noten schreiben kann? Aber ich gehe nicht auf die Uni, weil ich nichts Besseres zu tun habe.«

»Warum schlägst du dich dann überhaupt? Warum hast du dich nicht um ein Stipendium beworben?«, fragte ich.

»Hab ich. Ich hab die Hälfte meiner Studiengebühren bewilligt bekommen. Aber da wären noch die Bücher, der Lebensunterhalt und natürlich die andere Hälfte. Ich mein's ernst, Täubchen. Falls du Hilfe brauchst, frag mich einfach.«

»Ich brauche deine Hilfe nicht. Ich kann meine Papers selbst schreiben.« Dabei hätte ich es gern belassen. Überhaupt hätte ich die Finger von dem ganzen Themenkomplex lassen sollen, aber diese neue Seite an ihm hatte meine Neugier geweckt. »Und du findest nichts anderes? Irgendwas – wie soll ich sagen? – weniger Sadistisches?«

Travis zuckte mit den Achseln. »Das ist eine gute Möglichkeit, Kohle zu machen. Wenn ich in der Mall jobben würde, käme nicht so viel dabei rum.«

»Ich würde es nicht als gut bezeichnen, wenn dir dabei in die Fresse gehauen wird.«

»Wie? Machst du dir etwa Sorgen um mich?« Er zwinkerte mir zu. Ich schnitt eine Grimasse, und er kicherte. »So oft erwischt es mich nicht. Wenn sie ausholen, weiche ich aus. Das ist nicht besonders schwierig.«

Ich lachte kurz auf. »Das klingt ja, als wäre da außer dir noch keiner draufgekommen.«

»Wenn ich einen Treffer lande, stecken sie ihn ein und versuchen, es mir heimzuzahlen. So gewinnt man eben keinen Kampf.«

Ich verdrehte die Augen. »Wer bist du, Karate Kid? Wo hast du das überhaupt gelernt?«

Shepley und America tauschten einen Blick und richteten ihre Augen dann zu Boden. Rasch war mir klar, dass ich wohl etwas Falsches gesagt hatte.

Doch Travis schien es nichts auszumachen. »Ich hatte einen jähzornigen Vater mit einem Alkoholproblem und vier ältere Brüder mit dem Arschlochgen.«

»Oh.« Meine Ohren glühten.

»Das braucht dir doch nicht peinlich sein, Täubchen. Dad hat mit dem Trinken aufgehört, die Brüder sind erwachsen und friedlich geworden.«

»Ist mir auch nicht peinlich.« Ich fummelte an den losen Strähnen meiner Frisur herum und beschloss dann, den Knoten ganz aufzumachen und die Haare neu zusammenzubinden. Dabei versuchte ich, das unangenehme Schweigen zu überhören.

»Ich mag es, dass du so *au naturel* rumläufst. Sonst kommen Mädchen nicht so her.«

»Ich wurde gezwungen, hierherzukommen. Mir lag nichts ferner, als dich zu beeindrucken«, sagte ich irritiert, weil mein Plan dermaßen gescheitert war.

Er lächelte sein jungenhaftes, amüsiertes Lächeln, und

meine Wut steigerte sich, was mein Unbehagen hoffentlich kaschierte. Ich wusste nicht, wie sich die meisten Mädchen in seiner Gegenwart fühlten, ich sah nur, wie sie sich benahmen. Mich befielen eher Orientierungslosigkeit und eine leichte Übelkeit als alberne Schwärmerei, und je mehr Mühe er sich gab, mir ein Lächeln abzuringen, desto unruhiger wurde ich.

»Ich bin beeindruckt. Normalerweise muss ich Mädchen nicht bitten, mich in meiner Wohnung zu besuchen.«

»Glaub ich dir sofort.« Ich verzog angewidert das Gesicht.

Sein Selbstvertrauen war von der schlimmsten Sorte. Nicht nur dass er sich seiner Anziehungskraft schamlos bewusst war, er war es auch so gewohnt, dass Frauen sich ihm an den Hals warfen, dass er meine kühle Zurückweisung weniger als Kränkung, sondern eher als erfrischende Abwechslung empfand. Da würde ich meine Taktik wohl ändern müssen.

America zielte mit der Fernbedienung auf den Fernseher und schaltete ihn ein. »Heute Abend gibt's einen tollen Film. Will irgendjemand rausfinden, was wirklich mit Baby Jane geschah?«

Travis stand auf. »Ich wollte gerade was essen gehen. Hast du Hunger?«

»Hab schon gegessen«, sagte ich achselzuckend.

»Hast du nicht«, hielt America dagegen, bevor sie ihren Fauxpas bemerkte. »Oh ... äh ... stimmt. Ich hatte vergessen, dass du dir im Weggehen noch ... ein Stück ... Pizza? ... genommen hast. Bevor wir losgefahren sind.«

Ich quittierte ihren lahmen Versuch, den Fehltritt wiedergutzumachen, mit einer Grimasse und wartete auf Travis' Reaktion.

Er ging durchs Zimmer und hielt die Tür auf. »Komm schon. Dann musst du doch hungrig sein.«

»Wo willst du denn hin?«

»Wo immer du hin möchtest. Wir können in eine Piz-zeria gehen.«

Ich sah an mir herunter. »Dafür bin ich nicht ange-zogen.«

Er musterte mich kurz und grinste dann. »Du siehst prima aus. Los jetzt, ich bin am Verhungern.«

Ich stand auf, winkte America kurz zu und ging an Travis vorbei die Treppe runter. Auf dem Parkplatz blieb ich stehen und beobachtete mit Schrecken, wie er auf ein mattschwarzes Motorrad stieg.

»Äh ...« Ich verstummte und rollte meine nackten Zehen ein.

Er warf mir einen ungeduldigen Blick zu. »Komm schon, steig auf. Ich fahre auch langsam.«

»Was ist das überhaupt?«, fragte ich und las zu spät den Schriftzug auf dem Tank.

»Das ist eine Harley Night Rod. Sie ist die Liebe mei-nes Lebens, also zerkratz mir beim Aufsteigen nicht den Lack.«

»Ich trage Flip-Flops!«

Travis starrte mich an, als redete ich in einer anderen Sprache. »Und ich trage Stiefel. Steig auf.«

Er setzte seine Sonnenbrille auf und ließ den Mo-tor an, der mit einem Knurren zum Leben erwachte. Ich kletterte hinauf und tastete hinter mir nach etwas zum Festhalten, aber meine Finger rutschten vom Leder des Sitzes direkt auf das Plastik des Rücklichts.

Travis packte meine Handgelenke und zog sie um seine Taille. »Hier gibt's nichts anderes zum Festhal-ten als mich, Täubchen. Nicht loslassen«, sagte er noch und schob die Maschine mit den Füßen zurück. Mit ei-ner kleinen Handbewegung lenkte er uns auf die Straße, wo wir raketengleich davonschossen. Die losen Strähnen meiner Frisur flatterten mir ins Gesicht, und ich duckte mich hinter Travis, weil ich mich vor den Insekten fürchtete, die unweigerlich auf meiner Brille gelandet wären, wenn ich über seine Schulter geblickt hätte.

Erst als wir in die Einfahrt zu einem Restaurant bogen, drosselte er das Tempo, und sobald er zum Stehen gekommen war, sprang ich auf den sicheren Erdboden.

»Du bist ja wohl ein Irrer!«

Travis kicherte und stellte seine Maschine auf den Ständer, bevor er abstieg. »Ich hab die Geschwindigkeitsbegrenzung eingehalten.«

»Ja, wenn wir auf einer Autobahn unterwegs gewesen wären!«, sagte ich und löste den Dutt, um meine Haare neu zusammenzudrehen.

Travis sah mir zu, wie ich mir Strähnen aus dem Gesicht wischte, dann ging er zur Tür und hielt sie für mich auf. »Ich würde doch nicht wollen, dass dir irgendwas zustößt, Täubchen.«

Ich stürmte an ihm vorbei ins Lokal, wobei meine Füße und mein Kopf sich nicht ganz synchron bewegten. Der Geruch von Bratfett und Kräutern hing in der Luft, während wir über den roten, mit Brotkrümeln übersäten Teppich gingen. Er wählte eine Nische in einer Ecke aus, abseits der Studentenrunden und Familien, und bestellte zwei Bier. Ich suchte den Raum mit den Augen ab, registrierte Eltern, die ihre quengeligen Kinder zum Essen ermahnten, und wich den fragenden Blicken von anderen Studenten der Eastern aus.

»Gern, Travis«, säuselte die Kellnerin, als sie unsere Getränkebestellung aufnahm. Sie sah aus, als wäre sie von seiner Anwesenheit nahezu berauscht.

Ich schob mir eine widerspenstige Strähne hinters Ohr und genierte mich plötzlich für meine Erscheinung. »Bist wohl oft hier?«, fragte ich spitz.

Travis lehnte sich mit den Ellbogen auf den Tisch und richtete seine braunen Augen direkt auf meine. »Was ist das für eine Geschichte bei dir? Bist du grundsätzlich Männerhasserin, oder hasst du nur mich?«

»Ich glaube, nur dich«, brummte ich.

Er lachte einmal kurz auf. »Ich werde aus dir nicht schlau. Du bist das erste Mädchen, das mich noch vor dem Sex verabscheut. Du wirst nicht total verlegen, wenn du mit mir sprichst, und du versuchst nicht, meine Aufmerksamkeit zu erregen.«

»Das ist keine Masche. Ich mag dich einfach nicht.«

»Du wärst nicht hier, wenn du mich nicht mögen würdest.«

Meine finstere Miene hellte sich unwillkürlich auf, und ich seufzte. »Ich habe ja nicht gesagt, dass du ein schlechter Mensch bist. Ich mag es nur nicht, dass für dich von vorneherein feststeht, wie die Sache läuft, nur weil ich eine Vagina habe.« Ich schaute konzentriert auf die Salzkörner auf dem Tisch, bevor ein keuchendes Geräusch von Travis mich aufblicken ließ.

Er riss die Augen auf und brach in schallendes Gelächter aus. »O mein Gott! Du machst mich fertig! Wie du das sagst! Wir müssen Freunde werden. Ein Nein lasse ich nicht gelten.«

»Ich hab nichts gegen Freundschaft, solange das nicht bedeutet, dass du alle fünf Sekunden versuchst, in mein Höschen zu kommen.«

»Du wirst nicht mit mir schlafen. Hab ich verstanden.«

Ich versuchte, nicht zu lächeln, was mir jedoch misslang.

Sein Blick hellte sich auf. »Du hast mein Wort. Ich werde nicht mal an dein Höschen denken … außer du möchtest es.«

Ich stützte die Ellbogen auf den Tisch und beugte mich vor. »Da das nicht passieren wird, können wir Freunde sein.«

Ein schelmisches Grinsen breitete sich auf seinem Gesicht aus, als er sich noch ein bisschen weiter vorbeugte. »Sag niemals nie.«

»Also, wie lautet deine Geschichte?«, fragte ich. »Warst du schon immer Travis ›Mad Dog‹ Maddox, oder bist du das erst, seit du hier bist?« Ich benutzte zwei Finger jeder Hand, um die Anführungszeichen an seinem Spitznamen anzudeuten, und sah dabei zum ersten Mal sein Selbstvertrauen schwinden. Er sah ein wenig verlegen drein.

»Nein. Damit hat Adam nach meinem ersten Kampf angefangen.«

Seine kurzen Antworten begannen, mich zu nerven. »Das ist alles? Mehr willst du mir nicht über dich erzählen?«

»Was möchtest du denn wissen?«

»Das Übliche. Woher du kommst, was du werden wolltest, als du noch klein warst ... solche Sachen.«

»Ich bin von hier. Bin hier geboren und aufgewachsen. Und ich studiere im Hauptfach Strafrechtspflege.«

Mit einem Seufzer rollte er sein Besteck aus der Serviette und legte es neben seinen Teller. Sein Mund war angespannt und er schaute über seine Schulter. Zwei Tische, an denen die Fußballmannschaft der Eastern saß, brachen in Gelächter aus, was Travis zu verärgern schien.

»Du machst Witze«, sagte ich ungläubig.

»Nein, ich bin ein Einheimischer.«

»Ich meinte eher das mit dem Strafrecht. Du siehst irgendwie nicht wie der typische Strafrechtspfleger aus.«

Er zog die Brauen zusammen und schien sich wieder ganz auf unser Gespräch zu konzentrieren. »Warum?«

Ich ließ meinen Blick über die Tätowierungen gleiten,

die seine Arme bedeckten. »Ich will damit nur sagen, dass du eher nach Strafe als nach Recht aussiehst.«

»Ich war noch nie in Schwierigkeiten ... fast nie. Dad war ziemlich streng.«

»Und wo war deine Mom?«

»Sie starb, als ich noch klein war.«

»Das ... das tut mir leid«, sagte ich. Auf diese Antwort war ich nicht gefasst gewesen.

Er wehrte mein Mitgefühl ab. »Ich kann mich nicht an sie erinnern. Meine Brüder schon, aber ich war erst drei, als sie starb.«

»Vier Brüder, hm? Wie hast du die bloß in Schach gehalten?«, neckte ich ihn.

»Ich habe sie in Schach gehalten, indem ich am härtesten zuschlug. Da hieß es auch, der Älteste gegen den Jüngsten. Thomas, die Zwillinge Taylor und Tyler und dann Trenton. Und man durfte sich nie und nimmer allein in einem Raum mit Taylor und Ty aufhalten. Die Hälfte dessen, was ich im Ring anwende, habe ich von ihnen gelernt. Trenton war zwar der Kleinste, aber er ist schnell. Er ist inzwischen der Einzige, der bei mir noch einen Treffer landen kann.«

Ich war verblüfft von der Vorstellung von fünf Travises, die durch ein Haus tobten. »Habt ihr alle Tattoos?«

»Mehr oder weniger. Bis auf Thomas. Der ist Werbemanager in Kalifornien.«

»Und dein Dad? Wo ist der?«

»Irgendwo in der Gegend«, sagte er. Seine Kiefer mahlten wieder, und die Fußballer schienen ihn zunehmend zu irritieren.

»Worüber lachen die?«, fragte ich und deutete auf die lärmende Runde. Er schüttelte den Kopf und wollte sichtlich nicht mit der Sprache heraus. Ich verschränkte die Arme und rutschte auf meinem Platz herum. Es machte mich nervös, dass diese Jungs ihn dermaßen beschäftigten. »Erzähl's mir.«

»Sie lachen darüber, dass ich dich erst noch zum Abendessen einladen muss. Das ist normalerweise... nicht mein Ding.«

»Erst noch?«

Als er mir ansah, dass ich es endlich begriffen hatte, zuckte Travis angesichts meines Gesichtsausdrucks zusammen.

»Und ich dachte schon, die lachen darüber, dass du dich mit mir sehen lässt, so, wie ich gerade rumlaufe, und glauben, ich würde mit dir schlafen.«

»Warum sollte ich mich denn nicht mit dir sehen lassen?«

»Wovon sprachen wir gerade?«, fragte ich und versuchte, nicht rot zu werden.

»Von dir. Was machst du im Hauptfach?«, fragte er.

»Ach, äh ... Studium generale vorläufig. Ich bin noch unentschlossen, aber ich tendiere zu Rechnungswesen.«

»Du bist aber nicht von hier. Ein ausländisches Gewächs.«

»Aus Wichita. Genau wie America.«

»Wie kommt ihr aus Kansas ausgerechnet hierher?«

Ich zupfte am Etikett meiner Bierflasche. »Wir mussten einfach weg.«

»Von was?«

»Meinen Eltern.«

»Oh. Und America? Hat die auch ein Problem mit ihren Eltern?«

»Nein, Mark und Pam sind klasse. Die haben mich praktisch großgezogen. Sie ist einfach mitgekommen; wollte nicht, dass ich das allein durchziehe.«

Travis nickte. »Und warum gerade die Eastern?«

»Ist das hier ein Kreuzverhör?«, sagte ich. Die Fragen

wurden immer persönlicher. Ich begann, mich unwohl zu fühlen.

Einige Stühle stießen zusammen, als die Fußballer aufstanden. Sie machten noch einen letzten Scherz, bevor sie auf den Ausgang zusteuerten. Ihr Tempo erhöhte sich, als Travis sich ebenfalls erhob. Von hinten wurde geschoben, alle wollten draußen sein, bevor Travis den Raum durchquert hätte. Er setzte sich wieder und zwang sich, seinen Frust und Zorn zu unterdrücken.

Ich hob fragend eine Augenbraue.

»Du wolltest gerade erzählen, warum du dir die Eastern ausgesucht hast«, fuhr er fort.

»Schwer zu sagen.« Ich zuckte mit den Achseln. »Ich schätze, ich hatte einfach das Gefühl, dass es passt.«

Lächelnd schlug er seine Speisekarte auf. »Ich weiß genau, was du meinst.«

2. KAPITEL

Schwein

Vertraute Gesichter saßen an unserem Lieblingstisch, America auf meiner Seite, Finch auf der anderen. Die übrigen Plätze nahmen Shepley und seine Freunde von der Sigma Tau Fraternity ein. Wegen des Hintergrundgemurmels in der Cafeteria konnte man sich nur schwer verständigen. Und die Klimaanlage war anscheinend mal wieder auf Eisschrank eingestellt. Es roch heftig nach Frittiertem und verschwitzter Haut, aber irgendwie wirkten alle energiegeladener als sonst.

»Hey, Brazil«, begrüßte Shepley einen Typen, der mir gegenübersaß und eine Kappe mit dem Schriftzug »Eastern Football« trug, die er sich tief in die Stirn gezogen hatte.

»Hab dich am Samstag nach dem Spiel verpasst, Shep. Hab ein Bier oder auch sechs für dich mitgetrunken«, grinste er breit.

»Oh, vielen Dank auch. Ich bin mit Mare essen gewesen«, sagte er und beugte sich zu ihr hinüber, um sie auf den Scheitel ihrer langen blonden Mähne zu küssen.

»Du sitzt auf meinem Platz, Brazil.«

Brazil drehte sich um und sah Travis hinter sich stehen. Dann schaute er mich erstaunt an. »Ach, ist sie eine von deinen Mädels, Trav?«

»Sicher nicht«, stellte ich kopfschüttelnd klar.

Brazil schaute wieder zu Travis, der ihn erwartungsvoll anstarrte. Dann zuckte Brazil mit den Schultern und trug sein Tablett ans Ende des Tisches.

Travis lächelte mir zu, als er sich setzte. »Was ist los, Täubchen?«

»Was ist das denn?«, fragte ich und konnte den Blick nicht von seinem Tablett lassen. Das mysteriöse Essen darauf sah aus wie eine Nachbildung aus Wachs.

Travis lachte und nahm einen Schluck aus seinem Wasserglas. »Die Buffetdamen machen mir Angst. Ich würde es nie wagen, ihre Kochkünste zu kritisieren.«

Die anerkennenden Blicke der anderen Leute am Tisch blieben mir nicht verborgen. Travis' Benehmen weckte ihre Neugier, und ich musste ein Grinsen unterdrücken, weil ich das einzige Mädchen war, neben dem zu sitzen er je verlangt hatte.

»Bäh ... diese Bioarbeit steht nach dem Mittagessen an«, stöhnte America.

»Hast du gelernt?«, fragte ich.

»Mein Gott, nein. Ich habe den Abend damit verbracht, meinen Freund davon zu überzeugen, dass du nicht mit Travis schlafen wirst.«

Die Footballspieler am Ende unseres Tisches dämpften ihr unerträgliches Gelächter, um zu lauschen, was auch die Aufmerksamkeit anderer Studenten weckte. Ich funkelte America an, aber sie schien sich keiner Schuld bewusst, sondern stupste nur Shepley mit der Schulter an.

»Meine Güte, Shep. Echt so schlimm?«, fragte Travis und bewarf seinen Cousin mit einem Ketchuptütchen. Shepley reagierte darauf zwar nicht, aber ich war Travis dankbar für die Ablenkung.

America strich ihm über den Rücken. »Er wird es schon schaffen. Aber er braucht einfach noch ein Weilchen, bis er wirklich glaubt, dass Abby deinem Charme widerstehen kann.«

»Ich habe meinen Charme gar nicht spielen lassen«, behauptete Travis leicht indigniert. »Sie ist einfach eine Freundin.«

Ich warf Shepley einen Blick zu. »Das hab ich dir doch gesagt. Du musst dir wirklich keine Sorgen machen.«

Endlich erwiderte Shepley meinen Blick, und als er meinen ernsten Gesichtsausdruck registrierte, hellte sich seine Miene ein wenig auf.

»Hast du gelernt?«, fragte Travis mich.

Ich verzog das Gesicht. »Für Biologie kann ich lernen, so viel ich will. Ich krieg das einfach nicht in meinen Kopf.«

Travis stand auf. »Dann komm.«

»Wie?«

»Lass uns deine Aufzeichnungen holen gehen. Ich helfe dir beim Lernen.«

»Travis ...«

»Komm schon, Täubchen. Du schaffst den Test mit links.«

Ich zog im Vorbeigehen an einem von Americas langen blonden Zöpfen. »Man sieht sich im Klassenzimmer, Mare.«

Sie lächelte. »Ich werde dir einen Platz frei halten. Ich brauche jede Hilfe, die ich kriegen kann.«

Travis folgte mir auf mein Zimmer. Dort suchte ich meine Aufzeichnungen heraus, während er schon das Buch aufschlug. Er fragte mich unermüdlich ab und erklärte mir ein paar Dinge, die ich nicht verstanden hatte. So, wie er das tat, wurde für mich das, was ich ursprünglich verwirrend gefunden hatte, logisch.

»... und somatische Zellen betreiben zur Reproduktion Mitose. Das ist die Sache mit den Phasen. Sie klingen fast wie ein Mädchenname: Prometa Anatelo.«

Ich lachte. »Prometa Anatelo?«

»Prophase, Metaphase, Anaphase und Telophase.«

»Prometa Anatelo«, wiederholte ich nickend.

Er schlug mir mit den Papieren auf den Kopf. »Jetzt hast du's. Du beherrschst den Stoff vorwärts und rückwärts.«

Ich seufzte. »Warten wir's ab.«

»Ich begleite dich zum Klassenzimmer. Unterwegs frage ich dich noch mal ab.«

Ich schloss hinter uns die Tür ab. »Du wirst mir doch nicht böse sein, wenn ich diese Arbeit verhaue, oder?«

»Du wirst sie nicht verhauen. Allerdings sollten wir für die nächste ein bisschen früher anfangen«, sagte er und hielt auf dem Weg zum Gebäude für die Naturwissenschaften mit mir Schritt.

»Wie willst du mir Nachhilfe geben, deine eigenen Hausaufgaben machen, lernen und dich auf deine Kämpfe vorbereiten?«

Travis lachte leise. »Ich bereite mich nicht auf meine Kämpfe vor. Adam ruft mich an und sagt mir, wo das Ganze stattfindet, dann komme ich dorthin.«

Ich sah ihn ungläubig an, doch er hatte den Blick bereits auf die Unterlagen vor sich gerichtet, um mir die erste Frage zu stellen. Bis wir den Klassenraum erreichten, waren wir den Stoff fast zweimal komplett durchgegangen.

»Super.« Er lächelte, gab mir meine Unterlagen zurück und lehnte sich an den Türrahmen.

»Hey, Trav.«

Ich drehte mich um und erblickte einen großen, schlaksigen Jungen, der Travis beim Hereinkommen zulächelte.

»Parker.« Travis nickte zurück.

Parkers Augen leuchteten ein bisschen auf, als er mich ansah und ebenfalls anlächelte. »Hi, Abby.«

»Hi«, antwortete ich und staunte darüber, dass er meinen Namen kannte. Ich hatte ihn zwar schon in einem der Kurse gesehen, aber wir hatten uns einander nie vorgestellt.

Parker ging zu seinem Platz und begann dort, mit den Banknachbarn zu scherzen.

»Wer war das?«, fragte ich.

Travis zuckte mit den Achseln, aber die Haut um seine Augen wirkte eine Spur angespannter als zuvor. »Parker Hayes. Einer aus meiner Sigma Tau Fraternity.«

»Du bist in einer Frat?«, fragte ich zweifelnd.

»Sigma Tau, genau wie Shep. Ich dachte, du wüsstest das«, sagte er und schaute an mir vorbei zu Parker.

»Nun ja ... du wirkst ... nicht wie ein typisches Fraternitymitglied«, sagte ich und sah unwillkürlich auf die Tattoos an seinen Unterarmen.

Travis richtete seine ganze Aufmerksamkeit wieder auf mich und grinste. »Mein Dad ist ein Alumnus dort, und meine Brüder sind auch alle Sig Tau. Das ist so eine Art Familientradition.«

»Und da wurde von dir erwartet, dass du dich auch dazu verpflichtest?«, fragte ich skeptisch.

»Nicht unbedingt. Aber die Jungs sind schon in Ordnung. Du solltest jetzt besser reingehen.«

»Danke, dass du mir geholfen hast«, sagte ich und stupste ihn mit dem Ellbogen an. In dem Moment kam America vorbei, und ich folgte ihr zu unseren Plätzen.

»Wie ist es gelaufen?«, fragte sie.

Ich zuckte mit den Schultern. »Er ist ein guter Lehrer.«

»Nur ein Lehrer?«

»Auch ein guter Freund.«

Sie wirkte enttäuscht, und ich musste über ihre Miene kichern.

America hatte schon immer davon geträumt, dass wir Freunde daten, und die beiden Mitbewohner-Cousins kamen für sie einem Jackpot gleich. Nachdem sie sich entschlossen hatte, mit mir auf die Eastern zu gehen, hatte sie auch ein Zimmer mit mir teilen wollen, aber ich war dagegen gewesen, weil ich mir ein bisschen mehr Selbstständigkeit wünschte. Sobald sie mir das verziehen hatte, war sie auf die Suche nach einem Freund Shepleys gegangen, mit dem sie mich verkuppeln konnte.

Travis' beharrliches Interesse an mir übertraf ihre kühnsten Erwartungen.

Ich absolvierte den Test mit Leichtigkeit und wartete hinterher auf den Stufen vor dem Gebäude auf America. Als sie sich erschöpft neben mich plumpsen ließ, sagte ich erst einmal nichts.

»Das war furchtbar!«, rief sie.

»Du solltest mit uns zusammen lernen. Travis kann wirklich gut erklären.«

America stöhnte und lehnte sich an mich. »Du warst mir überhaupt keine Hilfe! Hättest du mir nicht mal aus Mitleid zunicken können oder so?« Ich legte den Arm um ihren Nacken und begleitete sie zu unseren Zimmern.

Im Verlauf der nächsten Woche unterstützte Travis mich bei meinem Aufsatz für Geschichte und gab mir erneut Bionachhilfe. Zusammen standen wir vor dem Büro von Professor Campbell und kontrollierten den Anschlag mit den Noten. Meine Studentennummer war die dritte von oben.

»Drittbeste Arbeit des Kurses! Sehr schön, Täubchen!«, sagte er und drückte mich. Seine Augen strahlten vor Freude und Stolz. Ich verspürte ein irritierendes Gefühl und trat einen Schritt von ihm weg.

»Danke, Trav. Ohne dich hätte ich das nicht geschafft«, antwortete ich und zupfte an seinem T-Shirt.

Er warf mich über seine Schulter und schob sich durch die Menge hinter uns. »Platz da! Aus dem Weg, Leute! Macht Platz für das schrecklich unförmige, gigantische Gehirn dieser armen Frau! Sie ist ein verdammtes Genie!«

Ich musste über die amüsierten und neugierigen Gesichter meiner Kommilitonen lachen.

In den folgenden Tagen schürten wir weiter die Gerüchte über eine Beziehung. Travis' Ruf trug dazu bei, den Klatsch einzudämmen. Noch nie hatte man gehört, dass er mit einem Mädchen länger als eine Nacht zusammengeblieben war. Daher begriffen die anderen, je öfter sie uns zusammen sahen, den platonischen Charakter unserer Beziehung. Aber auch wenn permanent nachgefragt wurde, ob wir etwas miteinander hätten, riss das Interesse der anderen Studentinnen an Travis nicht ab.

Er saß weiterhin in Geschichte neben mir und aß mit mir zu Mittag. Ich brauchte nicht lange, um zu erkennen, dass ich mich in ihm getäuscht hatte. Bald verteidigte ich Travis sogar gegen Leute, die ihn weniger gut kannten als ich.

Einmal stellte er mir in der Cafeteria ein Glas Orangensaft hin.

»Das wäre nicht nötig gewesen. Ich hätte mir auch selbst eins geholt«, sagte ich, während ich aus meiner Jacke schlüpfte.

»Tja, das kannst du dir jetzt sparen.« Er zeigte mir das Grübchen auf seiner linken Wange.

Brazil schnaubte. »Hat sie dich in einen Laufburschen

verwandelt, Travis? Was kommt als Nächstes, fächelst du ihr in einer knackigen Badehose mit einem Palmwedel Luft zu?«

Travis warf ihm einen finsteren Blick zu, und ich verteidigte ihn. »Dir würde eine Badehose nicht mal stehen, Brazil. Also halt bloß die Klappe.«

»Bleib locker, Abby! War ja nur ein Spaß!« Brazil hob die Hände.

»Dann ... red nicht so einen Mist über ihn daher.«

Travis' Gesichtsausdruck war eine Mischung aus Staunen und Dankbarkeit. »Jetzt kann mich echt nichts mehr überraschen. Gerade hat mich ein Mädchen verteidigt«, sagte er und stand auf. Bevor er mit seinem Tablett davonging, warf er Brazil einen letzten warnenden Blick zu. Dann stellte er sich zu einer kleinen Gruppe von Leuten, die vor dem Gebäude rauchten.

Ich bemühte mich, ihn nicht zu beobachten, während er lachte und sich unterhielt. Jedes Mädchen dort draußen kämpfte mehr oder weniger offensichtlich um den Platz neben ihm. America stieß mir ihren Ellbogen in die Rippen, als sie merkte, wie abwesend ich war.

»Wohin guckst du denn, Abby?«

»Nirgendwohin. Ich gucke nirgendwohin.«

Sie stützte das Kinn auf ihre Hand und wiegte den Kopf. »Die machen das derart offensichtlich. Schau dir die Rothaarige an. Sie fährt sich mindestens so oft mit den Fingern durchs Haar, wie sie blinzelt. Ich frage mich, ob das Travis nicht irgendwann langweilig wird.«

Shepley nickte. »Das tut es. Jeder meint, er sei ein Arschloch, dabei muss man sich mal vorstellen, wie viel Geduld er für jedes Mädchen aufbringt, das glaubt, ihn zähmen zu können ... Er kann einfach nirgendwo hingehen, ohne dass sie ihn nerven. Glaubt mir, er macht das viel höflicher, als ich es machen würde.«

»Ach komm, als ob dir das nicht auch gefallen würde«, sagte America und küsste ihn auf die Wange.

Travis war gerade mit seiner Zigarette fertig, als ich vor der Cafeteria an ihm vorbeiging. »Warte. Ich begleite dich.«

»Du musst mich nicht zu jedem Kurs bringen. Ich finde mich schon allein zurecht.«

Travis wurde von einem Mädchen mit langen schwarzen Haaren und Minirock abgelenkt. Sie ging vorbei und lächelte ihn an. Er folgte ihr mit den Augen und nickte in ihre Richtung, während er seine Kippe wegwarf.

»Dann seh ich dich später.«

»Klar.« Ich verdrehte die Augen, während er an die Seite des besagten Mädchens joggte.

Während des Kurses blieb Travis' Platz leer. Und wie ich feststellte, irritierte es mich ein wenig, dass er das für ein Mädchen tat, das er gar nicht kannte. Professor Chaney beendete die Stunde früh, und ich eilte über den Rasen, weil ich Finch um drei treffen sollte. Wir hatten vereinbart, dass ich ihm Sherri Cassidys Notizen zur Musikinterpretation geben würde. Ich schaute auf meine Armbanduhr und beschleunigte meine Schritte.

»Abby?«

Parker kam über die Wiese gelaufen. »Ich glaube, wir haben uns noch gar nicht vorgestellt«, sagte er und streckte mir seine Hand hin. »Parker Hayes.«

Ich ergriff seine Hand und lächelte. »Abby Abernathy.«

»Ich stand hinter dir, als du deine Bionote erfahren hast. Gratulation.« Er lächelte und schob die Hände in seine Taschen.

»Danke. Travis hat mir geholfen, sonst hätte ich auf dieser Liste ganz unten gestanden, glaub mir.«

»Oh, seid ihr zwei...?«

»Befreundet.«

Parker nickte und lächelte wieder. »Hat er dir schon erzählt, dass es dieses Wochenende im Verbindungshaus eine Party geben wird?«

»Wir unterhalten uns meist nur über Biologie und übers Essen.«

Parker lachte. »Das klingt mir ganz nach Travis.«

Am Eingang zur Morgan Hall ließ Parker seine großen grünen Augen über mein Gesicht wandern. »Du solltest kommen. Es wird sicher lustig.«

»Ich werde es America vorschlagen. Ich glaube nicht, dass wir was anderes vorhaben.«

»Gibt's euch nur im Doppelpack?«

»Wir haben diesen Sommer einen Pakt geschlossen. Nie solo auf Partys.«

»Schlau.« Er nickte anerkennend.

»Sie hat Shep auf der Einführungsveranstaltung kennengelernt, also war ich als Begleitung nicht so oft gefragt. Das wird jetzt das erste Mal sein, dass ich sie bitte, mitzukommen, deshalb bin ich mir sicher, sie wird es gerne tun.« Ich wand mich innerlich vor Unbehagen. Ich plapperte nicht nur umständlich daher, sondern gab ihm gleichzeitig auch noch zu verstehen, dass ich nie zu irgendwelchen Partys eingeladen wurde.

»Großartig. Dann sehe ich dich dort!« Er ließ noch mal dieses perfekte modelmäßige Lächeln in seinem Gesicht mit dem markanten Kinn und der leicht gebräunten Haut aufblitzen, drehte sich um und ging über den Campus davon.

Ich sah ihm nach. Er war groß, ordentlich rasiert, trug ein gebügeltes Hemd mit Nadelstreifen und Jeans. Sein lockiges dunkelblondes Haar wippte beim Gehen ein wenig.

Ich biss mir auf die Lippe. Seine Einladung schmeichelte mir.

»Na, das ist doch schon eher dein Format«, sagte Finch direkt neben meinem Ohr.

»Er ist süß, was?«, fragte ich und konnte nicht aufhören zu lächeln.

»Klar, verdammt. Wenn man auf Preppies und Missionarsstellung steht.«

»Finch!«, rief ich und boxte ihm gegen die Schulter.

»Hast du Sherris Notizen?«

»Hab ich«, sagte ich und holte sie aus meiner Tasche. Er zündete sich eine Zigarette an, hielt sie zwischen den Lippen und musterte die Papiere mit leicht zusammengekniffenen Augen.

»Verdammt, das ist perfekt!« Er überflog die Seiten, faltete sie dann zusammen, schob sie in seine Tasche und nahm einen weiteren Zug. »Wie gut, dass die Boiler im Morgan außer Betrieb sind. Denn du kannst eine kalte Dusche brauchen, nachdem dich dieser heiße Typ dermaßen beäugt hat.«

»Heißt das, im Studentenwohnheim gibt's kein warmes Wasser?«, jammerte ich.

»Genau das heißt es.« Finch warf sich seinen Rucksack über die Schulter. »Ich muss zu Algebra. Sag Mare, ich hätte dich erinnert, mich am Wochenende nicht zu vergessen.«

»Sag ich ihr«, brummte ich, während ich wütend auf die antike Backsteinmauer unseres Wohnheims starrte. Ich stapfte in mein Zimmer hinauf, rauschte durch die Tür und ließ meinen Rucksack auf den Boden fallen.

»Kein warmes Wasser«, murmelte Kara von ihrer Seite des Schreibtisches.

»Hab ich schon gehört.«

Mein Handy summte, und ich klappte es auf. Eine Nachricht von America, in der sie über die Boiler fluchte. Einige Augenblicke später klopfte es an der Tür.

America kam hereinspaziert und ließ sich mit verschränkten Armen auf mein Bett fallen. »Ist das zu glauben? Was für ein verdammter Mist. Wie viel bezahlen wir hier? Und jetzt können wir nicht mal heiß duschen.«

Kara seufzte. »Hör auf zu lamentieren. Warum bleibst du nicht einfach bei deinem Freund? Bei dem wohnst du doch sowieso praktisch schon.«

America funkelte böse in Karas Richtung. »Gute Idee, Kara. Dass du eine solche Bitch bist, hat manchmal echte Vorteile.«

Kara behielt die Augen ungerührt auf den Bildschirm gerichtet.

America zog ihr Handy aus der Tasche und tippte mit beeindruckender Geschicklichkeit und Geschwindigkeit eine SMS hinein. Gleich darauf summte ihr Telefon, und sie strahlte mich an. »Wir wohnen bei Shep und Travis, bis die Boiler repariert sind.«

»Wie bitte? Ich bestimmt nicht!«, rief ich.

»O doch, du auch. Es gibt keinen Grund, warum du bei diesen Eisduschen bleiben solltest, während Travis und Shep in ihrer Wohnung zwei Bäder haben.«

»Ich wurde nicht eingeladen.«

»Ich lade dich gerade ein. Shep hat schon geschrieben, dass es okay ist. Du kannst ja auf der Couch schlafen ... falls Travis die nicht braucht.«

»Und falls er sie braucht?«

America zuckte mit den Achseln. »Dann schläfst du eben in Travis' Bett.«

»Sicher nicht!«

Sie verdrehte die Augen. »Jetzt benimm dich doch nicht wie ein Baby, Abby. Ihr beide seid doch befreundet, oder etwa nicht? Wenn er bis jetzt noch keinen Versuch unternommen hat, dann glaube ich kaum, dass er es noch tun wird.«

Ihre Äußerung ließ mich verstummen. Travis war in den letzten Wochen irgendwie dauernd um mich herum gewesen. Und ich war damit beschäftigt gewesen, auch noch dem Letzten klarzumachen, dass wir nur gute Freunde waren, dabei war mir nie in den Sinn gekommen, dass er wirklich nur an einer Freundschaft interessiert sein mochte. Ich hätte nicht einmal sagen können, warum, aber irgendwie fühlte ich mich gekränkt.

Kara musterte uns ungläubig. »Travis Maddox hat nicht versucht, mit dir zu schlafen?«

»Wir sind nur befreundet!«

»Ich weiß, aber hat er es trotzdem nicht mal *versucht*? Der hat's doch schon mit jeder getrieben.«

»Außer mit uns«, sagte America und sah sie triumphierend an. »Und mit dir.«

Kara zuckte mit den Schultern. »Also, ich kenne ihn noch nicht mal persönlich. Ich habe nur davon gehört.«

»Ganz genau«, giftete ich. »Du kennst ihn nicht mal.«

Kara wandte sich wieder ihrem Bildschirm zu, als hätte sie unsere Anwesenheit bereits vergessen.

Ich seufzte. »Na schön, Mare. Dann muss ich wohl packen.«

»Und zwar gleich für ein paar Tage. Wer weiß, wie lange die brauchen, um die Boiler zu reparieren«, sagte sie und klang total aufgekratzt.

Mich überfiel dagegen echtes Unbehagen, als würden wir uns auf feindliches Gebiet schleichen. »Ach … also gut.«

America hüpfte auf und ab und umarmte mich gleichzeitig. »Das wird so ein Spaß werden!«

Eine halbe Stunde später beluden wir ihren Honda und fuhren zur Wohnung. America holte beim Fahren kaum Luft zum Reden. Als sie langsam auf ihren üblichen Parkplatz rollte, hupte sie. Schon kam Shepley die Stufen

heruntergelaufen und hob unser Gepäck aus dem Kofferraum. Damit folgte er uns die Treppe hinauf.

»Ist offen«, schnaufte er.

America stieß die Tür auf. Shepley brummte, als er
unsere Koffer fallen ließ. »Meine Güte, Baby! Dein Koffer ist zehn Kilo schwerer als Abbys!«

America und ich erstarrten, denn in dem Moment
kam eine Frau aus dem Bad, die sich noch im Gehen
ihre Bluse zuknöpfte.

»Hi«, sagte sie erstaunt. Ihre leicht von Wimperntusche verschmierten Augen musterten erst uns, dann unser Gepäck. Ich erkannte in ihr die langbeinige Brünette,
der Travis vor der Cafeteria gefolgt war.

America funkelte Shepley an.

Der hob abwehrend die Hände. »Sie gehört zu Travis!«

Da bog Travis auch schon in Boxershorts gähnend um
die Ecke. Er schaute seinen Gast an und klopfte ihr nach-
lässig auf den Rücken. »Mein Besuch ist da, dann gehst
du jetzt wohl besser.«

Sie lächelte, legte die Arme um ihn und küsste seinen
Hals. »Ich leg dir meine Telefonnummer auf den Tresen.«

»Äh... mach dir damit keine Umstände«, gab Travis
lässig zurück.

»Was?«, fragte sie und lehnte sich zurück, um ihm in
die Augen zu sehen.

»Jedes Mal das Gleiche!« America betrachtete die Frau.
»Wie kann dich das überraschen? Er ist Travis Fucking
Maddox! Er ist genau dafür berühmt-berüchtigt, und sie
tun jedes Mal so überrascht!«, sagte sie und drehte sich
zu Shepley um. Der legte beschwichtigend einen Arm
um sie.

Das Mädchen warf Travis noch einen Blick aus
schmalen Augen zu, schnappte sich ihre Handtasche und
stürmte türenknallend hinaus.

Travis spazierte in die Küche und öffnete den Kühl-schrank, als sei nichts gewesen.

America schüttelte den Kopf und ging den Flur hi-nunter. Shepley folgte ihr, wobei er ganz schief ging, um das Gewicht des Koffers auszugleichen, den er ihr hin-terherschleppte.

Ich ließ mich erschöpft in einen Sessel fallen, seufzte und fragte mich, wie verrückt es von mir gewesen war, mich auf diese Sache einzulassen. Mir war wohl nicht ganz klar gewesen, dass Shepleys Wohnung eine Drehtür für ahnungslose Betthäschen war.

Travis stand mit vor der Brust verschränkten Armen hinter der Frühstückstheke und lächelte. »Was ist los, Täubchen? Harten Tag gehabt?«

»Nein, ich bin nur total angewidert.«

»Von mir?« Er grinste. Ich hätte wissen müssen, dass er mit dieser Unterhaltung gerechnet hatte. Aber das brachte mich nur dazu, erst recht kein Blatt vor den Mund zu nehmen.

»Ja, von dir. Wie kannst du nur jemand erst benutzen und dann so behandeln?«

»Wie habe ich sie denn behandelt? Sie hat mir ihre Nummer angeboten, ich habe das Angebot abgelehnt.«

Mir blieb vor Staunen über sein fehlendes Schuldbe-wusstsein der Mund offen stehen. »Du schläfst mit ihr, aber du willst ihre Nummer nicht?«

Travis stützte sich mit den Ellbogen auf die Theke. »Warum sollte ich ihre Nummer wollen, wenn ich sie sowieso nicht anrufen werde?«

»Warum solltest du mit ihr schlafen, wenn du sie da-nach nicht mal anrufen willst?«

»Ich verspreche niemand irgendwas, Täubchen. Und sie hat auch keinen Beziehungsvertrag ausgehandelt, be-vor sie auf meiner Couch die Grätsche gemacht hat.«

Ich starrte angewidert auf die Couch. »Sie ist die Tochter von jemandem, Travis. Was würdest du sagen, wenn irgendwann mal jemand so mit deiner Tochter umginge?«

»Meine Tochter sollte ihren Slip besser nicht für so ein Arschloch wie mich fallen lassen, um es mal so auszudrücken.«

Ich verschränkte die Arme und ärgerte mich über seine bezwingende Logik. »Also, mal abgesehen davon, dass du zugibst, ein Arschloch zu sein, willst du behaupten, sie habe es verdient, wie eine streunende Katze behandelt zu werden, weil sie mit dir geschlafen hat?«

»Ich sage, dass ich ehrlich mit ihr war. Sie ist erwachsen, es passierte einvernehmlich … sie war sogar ein bisschen zu scharf drauf, wenn du es genau wissen willst. Aber du benimmst dich, als hätte ich ein Verbrechen begangen.«

»Sie schien sich über deine Absichten aber nicht im Klaren zu sein, Travis.«

»Frauen begründen ihr Verhalten normalerweise mit irgendetwas, das sie sich in ihrem Kopf zusammenreimen. Sie hat mir vorher genauso wenig gesagt, dass sie eine Beziehung erwartet, wie ich ihr gesagt habe, dass ich unverbindlichen Sex erwarte. Wo ist denn da der Unterschied?«

»Du bist ein Schwein.«

Travis zuckte mit den Schultern. »Ich habe mir schon Schlimmeres anhören müssen.«

Ich starrte auf die Couch, auf der die Kissen von der jüngsten Verwendung noch zerknautscht und verrutscht herumlagen. Die Vorstellung, wie viele Frauen sich ihm auf diesem Stoff schon hingegeben hatten, ekelte mich an. Noch dazu war es ein kratziges Material.

»Ich schätze, ich schlafe lieber im Sessel«, brummte ich.

»Warum denn?«

Ich sah ihn böse an und ärgerte mich über sein erstauntes Gesicht. »Weil ich auf dem Ding da nicht schlafe! Gott weiß, in was ich da liegen würde!«

Er hob mein Gepäck auf. »Du schläfst weder auf der Couch noch im Sessel. Du schläfst in meinem Bett.«

»Das wahrscheinlich noch unhygienischer ist, würde ich wetten.«

»Darin hat außer mir noch nie jemand gelegen.«

Ich verdrehte die Augen. »Erzähl mir doch keine Märchen!«

»Das ist mein absoluter Ernst. Ich knalle sie nur auf der Couch. Ich lasse sie nicht mal in mein Zimmer.«

»Und warum lässt du dann mich in dein Bett?«

Er verzog einen Mundwinkel zu einem süffisanten Grinsen. »Hast du vor, heute Nacht mit mir zu schlafen?«

»Nein!«

»Darum. Und jetzt bring mal deinen faulen Hintern hoch, nimm eine heiße Dusche, und dann lass uns noch ein bisschen Bio lernen.«

Einen Moment lang schaute ich ihn finster an, tat dann aber widerwillig, was er mir aufgetragen hatte. Ich stand lange unter der Dusche und ließ mir meinen Groll wegspülen. Während ich das Shampoo einmassierte, seufzte ich darüber, wie schön es war, mal wieder in etwas anderem als einem Gemeinschaftsbad zu duschen – keine Flip-Flops, kein Kulturbeutel, einfach nur die entspannende Mixtur aus Wasser und Dampf.

Die Tür ging auf, und ich zuckte zusammen. »Mare?«

»Nein, ich bin's, Travis.«

Ich schlug automatisch die Arme vor die Körperstellen, die er nicht sehen sollte. »Was machst du hier? Geh raus!«

»Du hast ein Handtuch vergessen, außerdem bringe

ich dir deine Klamotten, deine Zahnbürste und diese komische Creme, die ich in deiner Tasche gefunden habe.«

»Du hast in meinen Sachen gewühlt?«, kreischte ich. Er antwortete nicht darauf. Stattdessen hörte ich, wie er den Wasserhahn aufdrehte und sich dann die Zähne putzte.

Ich linste um den Duschvorhang herum, den ich mir vor die Brust hielt. »Hau ab, Travis.«

Er schaute mich an, die Lippen voller Zahnpastaschaum. »Ich kann nicht ins Bett gehen, ohne mir vorher die Zähne zu putzen.«

»Solltest du dich diesem Vorhang auf weniger als fünfzig Zentimeter nähern, werde ich dir im Schlaf die Augen ausstechen.«

»Ich schau schon nicht, Täubchen«, kicherte er.

Ich wartete mit fest verschränkten Armen unter dem Wasserstrahl. Er spuckte aus, gurgelte, spuckte wieder aus, und dann schloss er die Tür hinter sich. Ich wusch mir die Seife ab, trocknete mich so schnell wie möglich ab und schlüpfte dann in mein T-Shirt und die Shorts, setzte meine Brille auf und fuhr mir mit einem Kamm durch die Haare. Die Nachtcreme, die Travis hereingebracht hatte, fiel mir ins Auge, und ich musste lächeln. Wenn er wollte, konnte er aufmerksam und geradezu nett sein.

Da machte Travis schon wieder die Tür auf. »Los jetzt, Täubchen! Ich werde schon langsam alt!«

Ich warf mit dem Kamm nach ihm, aber er duckte sich, schloss grinsend die Tür und lachte auf dem Weg zurück in sein Zimmer. Ich putzte mir noch die Zähne, schlurfte dann über den Flur, vorbei an Shepleys Zimmer.

»Nacht, Abby«, rief America aus dem Dunkeln.

»Nacht, Mare.«

Ich zögerte kurz, bevor ich zweimal leise an Travis' Tür klopfte.

»Komm rein, Täubchen. Du brauchst nicht anzuklopfen.«

Er machte mir die Tür auf, und ich trat ein. Sein schwarzes Eisenbett stand vor einer Reihe von Fenstern an der gegenüberliegenden Wand. Die Wände waren bis auf einen einsamen Sombrero über dem Kopfende leer. Ich hatte fast erwartet, sein Zimmer wäre von Postern halb nackter Frauen übersät, aber es gab nicht mal eine Bierwerbung. Sein Bett war schwarz, der Teppich grau, alles andere im Zimmer weiß. Es sah aus, als wäre er gerade erst eingezogen.

»Netter Pyjama«, bemerkte Travis über meine gelb und dunkelblau karierten Shorts und das graue T-Shirt der Eastern. Er setzte sich aufs Bett und klopfte auf das Kissen neben sich. »Also, komm schon. Ich werde dich nicht beißen.«

»Ich hab keine Angst vor dir«, sagte ich, ging zum Bett hinüber und ließ mein Biologiebuch neben ihn fallen. »Hast du einen Stift?«

Er deutete mit dem Kopf auf den Nachttisch. »Oberste Schublade.«

Ich lehnte mich übers Bett und zog die Schublade auf. Darin lagen drei Faserschreiber, ein Bleistift, eine Tube Gleitgel und ein durchsichtiges Glas, das von Kondomen unterschiedlichster Marken überquoll. Angewidert griff ich mir einen Stift und stieß die Lade wieder zu.

»Was denn?«, sagte er und blätterte eine Seite in meinem Buch um.

»Hast du eine Apotheke überfallen?«

»Nee, warum?«

Ich zog die Kappe vom Stift und konnte eine missbilligende Miene nicht verhindern. »Wegen des Kondomvorrats auf Lebenszeit.«

»Mach's, aber mach's mit, oder?«

Ich verdrehte die Augen. Travis richtete seine Aufmerksamkeit wieder auf das Biobuch, doch dabei spielte ein ironisches Lächeln um seine Lippen. Er las mir aus den Aufzeichnungen vor, unterstrich wichtige Punkte, stellte mir Fragen und erklärte geduldig, was ich nicht verstand.

Nach einer Stunde nahm ich meine Brille ab und rieb mir die Augen. »Ich bin völlig erschlagen. Und ich kann mir kein einziges Makromolekül mehr merken.«

Travis schloss grinsend das Buch. »Na gut.«

Ich schwieg und war mir unsicher, wie es nun ablaufen sollte. Da verließ Travis das Zimmer, ging über den Flur, sagte halblaut etwas in Richtung von Shepleys Zimmer und drehte sich dann die Dusche auf. Ich deckte das Bett auf, kuschelte mich bis zur Nasenspitze ein und lauschte auf das Geräusch des Wassers in den Leitungen.

Zehn Minuten später wurde die Dusche abgestellt, und der Fußboden knarrte unter Travis' Schritten. Mit einem um die Hüften geschlungenen Handtuch spazierte er durchs Zimmer. Er hatte auf der Brust zwei gegenüberliegende Tattoos, die sich deutlich wölbenden Schultern waren mit schwarzen Tribal-Art-Mustern bedeckt. Auf seinem rechten Arm zogen sich schwarze Linien und Symbole von der Schulter bis zum Handgelenk, auf dem linken endeten die Tätowierungen am Ellbogen, und es zog sich nur eine einzige Schriftzeile über den Unterarm. Ich drehte ihm den Rücken zu, und während er vor seiner Kommode stand, hörte ich das Handtuch zu Boden fallen und das Rascheln von Stoff, wahrscheinlich zog er Boxershorts an.

Nachdem er das Licht ausgemacht hatte, schlüpfte er neben mich ins Bett.

»Du schläfst auch hier?«, fragte ich und drehte mich

zu ihm um. Der Vollmond vor den Fenstern ließ Schatten auf sein Gesicht fallen. »Äh, ja. Das ist schließlich mein Bett.«

»Ich weiß, aber...« Ich schwieg. Meine einzigen Alternativen waren die Couch oder der Sessel.

Travis grinste und schüttelte den Kopf. »Traust du mir immer noch nicht? Ich werde mich tadellos benehmen. Ich schwöre!« Er hielt zwei Finger hoch, die die Boy Scouts of America sicher niemals offiziell zugelassen hätten.

Ich debattierte nicht weiter, sondern drehte mich einfach um, legte meinen Kopf wieder aufs Kissen und stopfte die Decke in meinem Rücken zu einer deutlichen Barriere zwischen meinem und seinem Körper fest.

»Gutnacht, Täubchen«, flüsterte er mir ins Ohr. Ich spürte seinen Minzatem auf meiner Wange, was mir Gänsehaut am ganzen Körper bereitete. Gott sei Dank war es so dunkel, dass er weder diese peinliche Reaktion noch die Röte meiner Wangen bemerkte.

Es kam mir vor, als hätte ich gerade erst die Augen geschlossen, als ich auch schon den Wecker hörte. Ich streckte den Arm aus, um ihn abzustellen, zog meine Hand aber entsetzt zurück, als ich warme Haut unter meinen Fingern spürte. Ich versuchte, mich daran zu erinnern, wo ich mich befand. Als es mir schlagartig klar wurde, schämte ich mich, weil Travis denken mochte, ich hätte das mit Absicht gemacht.

»Travis? Dein Wecker«, flüsterte ich. Er rührte sich nicht. »Travis!«, sagte ich schon lauter und stieß ihn an. Als er sich immer noch nicht bewegte, griff ich über ihn hinweg, tastete im Dämmerlicht herum, bis ich endlich den Wecker zu fassen bekam. Weil ich nicht wusste, wie man ihn abstellte, schlug ich oben drauf, bis das Ding endlich Ruhe gab. Mit einem Seufzer ließ ich mich zurück aufs Kissen fallen.

Travis lachte in sich hinein.

»Du warst schon wach?«

»Ich habe versprochen, mich gut zu benehmen. Aber ich wusste nicht, dass du dich auf mich legen würdest.«

»Ich habe mich nicht auf dich gelegt«, protestierte ich. »Ich bin nur nicht an den Wecker gekommen. Der übrigens den schrecklichsten Ton von sich gibt, den ich je gehört habe. Das klingt wie ein sterbendes Tier.«

Er griff danach und drückte auf einen Knopf. »Möchtest du Frühstück?«

Ich warf ihm einen bösen Blick zu. »Hab keinen Hunger.«

»Aber ich. Warum fährst du nicht mit mir mal eben die Straße runter ins Café?«

»Ich glaube nicht, dass ich deine mangelhaften Fahrkünste um diese Uhrzeit schon ertrage«, sagte ich. Dann schwang ich die Füße aus dem Bett, schlüpfte in meine Pantoffeln und schlappte zur Tür.

»Wo gehst du hin?«, fragte er.

»Ich zieh mich an und gehe dann in die Uni. Brauchst du täglich meinen Routenplan, solange ich hier bin?«

Travis räkelte sich und kam dann, immer noch in seinen Boxershorts, zu mir. »Bist du immer so temperamentvoll, oder lässt das nach, wenn du erst davon überzeugt bist, dass ich keinen ausgeklügelten Plan verfolge, um in dein Höschen zu kommen?« Er legte die Hände auf meine Schultern, und ich spürte, wie er mir mit den Daumen gleichzeitig über die Haut strich.

»Ich bin nicht temperamentvoll.«

Er beugte sich dicht zu mir und flüsterte in mein Ohr: »Ich will nicht mit dir schlafen, Täubchen. Dafür mag ich dich zu sehr.«

Er ging an mir vorbei ins Bad, und ich blieb verdattert zurück. In meinem Kopf hörte ich Karas Worte. Travis Maddox hat's schon mit jeder getrieben. Ich konnte nicht anders, als mich irgendwie minderwertig zu fühlen, weil ich wusste, er hatte nicht einmal das Verlangen, auch nur den Versuch zu starten, mit mir zu schlafen.

Da ging die Tür wieder auf, und America kam herein. »Hurtig, Kinder, kommt zu Tisch«, lächelte sie und gähnte.

»Du verwandelst dich bereits in deine Mutter, Mare«, brummte ich und wühlte in meinem Koffer.

»Oooh … hat da jemand letzte Nacht zu wenig Schlaf abbekommen?«

»Er hat kaum in meine Richtung geatmet«, antwortete ich gereizt.

Ein wissendes Lächeln breitete sich auf Americas Gesicht aus. »Oh.«

»Oh was?«

»Nichts«, antwortete sie und verschwand wieder in Shepleys Zimmer.

Travis stand in der Küche und summte irgendwas vor sich hin, während er Rührei zubereitete. »Willst du bestimmt nichts?«, fragte er.

»Bestimmt nicht. Aber danke.«

Shepley und America kamen dazu, und Shepley nahm zwei Teller aus dem Schrank, die er Travis hinhielt. Der schaufelte auf jeden einen Berg dampfendes Rührei. Shepley stellte die Teller auf die Bar, und er und America setzten sich dicht nebeneinander, um den Appetit zu stillen, den sie aller Wahrscheinlichkeit nach in der vergangenen Nacht entwickelt hatten.

»Schau mich nicht so an, Shep. Tut mir leid, aber ich habe einfach keine Lust, da hinzugehen«, meinte America.

»Baby, das Verbindungshaus veranstaltet zweimal im Jahr so eine Date-Party«, erklärte Shepley kauend. »Bis dahin vergeht noch ein Monat. Also hast du noch reichlich Zeit, dir ein Kleid auszusuchen und diese ganzen typischen Mädchensachen zu machen.«

»Das würde ich ja auch, Shep ... du bist wirklich süß ... aber ich würde da absolut niemanden kennen.«

»Ne Menge der Mädchen, die da hingehen, kennen nicht viele andere Leute«, meinte er und schien von ihrer Ablehnung überrascht.

Sie sackte auf ihrem Hocker zusammen. »Die Mädels aus den Sororitys werden zu so was eingeladen. Die kennen sich alle untereinander ... das wäre bescheuert.«

»Ach, komm schon, Mare. Zwing mich doch nicht, allein zu gehen.«

»Aber ... vielleicht könntest du noch jemand auftreiben, der Abby mitnimmt?«, sagte sie, sah erst mich und dann Travis an.

Travis hob eine Augenbraue, und Shepley schüttelte den Kopf. »Trav geht nicht auf Date-Partys. Das sind Anlässe, zu denen man seine Freundin mitbringt ... und Travis hat keine ... du weißt schon.«

America zuckte die Achseln. »Wir könnten sie doch mit jemand anderem verkuppeln.«

Ich musterte sie aus schmalen Augen. »Ich kann euch übrigens laut und deutlich hören, ja?«

America machte das Gesicht, von dem sie weiß, dass ich ihr damit nichts abschlagen kann. »Ach bitte, Abby! Wir finden für dich auch einen netten Typen, der lustig und geistreich und – versprochen – richtig heiß ist. Du wirst garantiert deinen Spaß haben! Und wer weiß? Vielleicht verstehst du dich richtig gut mit ihm.«

Travis schmiss die Pfanne ins Waschbecken. »Ich habe nicht gesagt, dass ich nicht mit ihr hingehen würde.«

Ich rollte mit den Augen. »Du musst mir keinen Gefallen tun, Travis.«

»Das habe ich auch nicht gemeint, Täubchen. Date-Partys sind was für Jungs mit Freundin, und es ist allgemein bekannt, dass ich diese Sache mit einer festen Freundin nicht mache. Aber bei dir müsste ich ja keine Angst haben, dass du hinterher einen Verlobungsring von mir erwartest.«

America zog einen Schmollmund. »Bitte, Abby, bitte, bitte!«

»Schau mich nicht so an!«, beschwerte ich mich. »Travis will nicht hin, ich will nicht hin … ihr hättet bestimmt nicht viel Spaß mit uns.«

Travis verschränkte die Arme und lehnte sich ans Spülbecken. »Ich habe nicht gesagt, dass ich nicht hinwill. Ich glaube, es könnte sogar ganz lustig werden, wenn wir zu viert gehen«, meinte er achselzuckend.

Alle Blicke richteten sich auf mich, und ich schrak regelrecht zurück. »Warum machen wir nicht einfach hier irgendwas?«

America schmollte, und Shepley beugte sich vor. »Weil ich da hinmuss, Abby. Ich bin ein Freshman, ein Erstsemester. Ich muss helfen, dass alles glattläuft, dass jeder ein Bier in die Hand bekommt und solche Sachen.«

Travis kam durch die Küche, legte einen Arm um meine Schultern und zog mich an sich. »Na los, Täubchen. Willst du mit mir hingehen?«

Ich sah erst America an, dann Shepley und schließlich Travis. »Ja«, seufzte ich.

America quietschte und umarmte mich, danach spürte ich Shepleys Hand auf meinem Rücken. »Danke, Abby.«

3. KAPITEL

Unfair

Finch nahm noch einen Zug. Der Rauch quoll ihm aus beiden Nasenlöchern. Ich reckte mein Gesicht in die Sonne, während er mir Bericht von seinem letzten Wochenende mit Tanzen, Saufen und einem sehr anhänglichen neuen Freund erstattete.

»Wenn er dich regelrecht verfolgt, warum lässt du dir dann Drinks von ihm kaufen?« Ich lachte.

»Ganz einfach, Abby, weil ich pleite bin.«

Ich lachte wieder, und Finch stupste mich mit dem Ellbogen in die Seite, weil er Travis entdeckt hatte, der auf uns zukam.

»Hey, Travis«, flötete Finch und zwinkerte mir zu.

»Finch«, erwiderte Travis nur mit einem Nicken. Er hielt seine Schlüssel hoch. »Ich mach mich auf den Heimweg, Täubchen. Brauchst du eine Mitfahrgelegenheit?«

»Ich wollte gerade reingehen«, grinste ich ihn hinter meiner Sonnenbrille hervor an.

»Dann übernachtest du heute nicht bei mir?«, fragte er. Seine Miene war eine Mischung aus Staunen und Enttäuschung.

»Doch, das tue ich. Aber ich muss mir noch ein paar Sachen mitnehmen, die ich vergessen hatte.«

»Was zum Beispiel?«

»Meinen Rasierer. Aber was kümmert dich das?«

»Das wird auch Zeit, dass du deine Beine mal wieder rasierst. Sie haben meine schon total zerkratzt«, sagte er mit einem schelmischen Grinsen.

Finch riss die Augen auf, während er mich rasch von oben bis unten musterte. Ich schnitt eine böse Grimasse in Travis' Richtung. »So entstehen Gerüchte!« Dann sah ich Finch an und schüttelte den Kopf. »Ich schlafe in seinem Bett ... aber ich schlafe da nur.«

»Klar«, lächelte Finch süffisant.

Ich schlug ihm auf den Arm, bevor ich die Tür aufstieß und die Treppe hinaufstapfte. Als ich den ersten Stock erreicht hatte, war Travis schon neben mir.

»Ach, sei doch nicht wütend. Ich habe ja nur Spaß gemacht.«

»Es vermutet sowieso schon jeder, dass wir Sex haben. Du machst es damit nur schlimmer.«

»Wen kümmert's, was andere vermuten?«

»Mich, Travis! Mich kümmert's!« Ich riss die Tür zu meinem Zimmer auf, stopfte alles Mögliche in eine kleine Stofftasche und stürmte wieder hinaus, Travis immer im Schlepptau. Er kicherte, als er mir die Tasche aus der Hand nahm, und ich funkelte ihn wütend an. »Das ist nicht komisch. Möchtest du, dass die ganze Uni glaubt, ich sei eine von deinen Schlampen?«

Travis runzelte die Stirn. »Das glaubt keiner. Und wenn doch, dann kann ich nur hoffen, dass es mir nicht zu Ohren kommt.«

Er hielt mir die Tür auf, und nachdem ich durchgegangen war, blieb ich abrupt stehen.

»Hoppla!«, rief er, als er in mich hineinrannte.

Ich fuhr herum. »Mein Gott, wahrscheinlich denken alle schon, dass wir zusammen sind, und du machst einfach mit deinem schamlosen… Lebensstil weiter. Ich muss dabei so was von erbärmlich wirken!« Das Ganze kam mir erst richtig zu Bewusstsein, während ich es aussprach. »Ich glaube, ich sollte nicht mehr bei dir wohnen. Wir sollten uns grundsätzlich für eine Weile voneinander fernhalten.«

Ich nahm ihm meine Tasche ab, und er entriss sie mir wieder.

»Keiner denkt, wir wären zusammen, Täubchen. Du musst also nicht aufhören, mit mir zu reden, um das zu beweisen.«

Wir begannen ein Gerangel um die Tasche, und als er sich weigerte, sie loszulassen, stöhnte ich frustriert auf. »Hat je ein Mädchen – ich meine damit eine Freundin – bei dir übernachtet? Hast du je Mädchen zum College und zurück gefahren? Hast du jemals mit einer tagtäglich zu Mittag gegessen? Niemand weiß, was er von uns halten soll, selbst wenn wir es den Leuten sagen!«

Er ging zum Parkplatz und nahm meine Sachen als Pfand mit. »Ich werde das in Ordnung bringen, okay? Ich will nicht, dass jemand wegen mir eine schlechte Meinung von dir hat«, sagte er mit sorgenvoller Miene. Dann hellte sich sein Blick wieder auf, und er lächelte. »Lass es mich wiedergutmachen. Warum gehen wir nicht heute Abend ins Dutch?«

»Das ist eine Biker-Bar«, schnaubte ich und beobachtete, wie er meine Tasche an seiner Maschine befestigte.

»Okay, dann lass uns in einen Klub gehen. Ich führe dich zum Essen aus, und dann können wir ins Red Door gehen. Auf meine Rechnung.«

»Wie soll das Problem denn gelöst sein, wenn wir abendessen und danach in einen Klub gehen? Wenn die Leute uns zusammen sehen, wird es doch nur schlimmer.«

Er schob sein Motorrad vom Ständer. »Überleg doch mal. Ich betrunken in einem Raum voller aufreizend gekleideter Frauen? Da wird es nicht lange dauern, bis jeder checkt, dass wir kein Paar sind.«

»Und was soll *ich* dann deiner Meinung nach dort tun? Mir zum weiteren Beweis einen Typen an der Bar aufgabeln?«

»Das habe ich nicht gesagt. Kein Grund, so zu übertreiben«, meinte er düster.

Ich verdrehte die Augen, stieg hinter ihm auf und legte die Arme um seine Mitte. »Irgendein zufällig ausgesuchtes Mädchen kommt dann mit uns aus der Bar mit? So willst du es bei mir wiedergutmachen?«

»Du bist doch nicht etwa eifersüchtig, oder?«

»Eifersüchtig worauf? Darauf, dass du dir eine Geschlechtskrankheit einfängst?«

Travis lachte, dann startete er seine Harley. Wir rasten doppelt so schnell wie erlaubt zu seinem Apartment, und ich schloss die Augen, um die an uns vorüberfliegenden Autos und Häuser nicht sehen zu müssen.

Nachdem ich von der Maschine abgestiegen war, schlug ich ihn auf die Schulter. »Hast du vergessen, dass du mich dabeihattest? Oder versuchst du, mich umzubringen?«

»Es wäre schwer zu vergessen, dass du hinter mir sitzt, wenn deine Oberschenkel mich fast zerquetschen.« Über seinen nächsten Gedanken musste er versonnen grinsen. »Eigentlich kann ich mir zum Sterben kein angenehmeres Gefühl vorstellen.«

»Mit dir stimmt ganz massiv etwas nicht.«

Wir waren gerade erst reingekommen, als America aus Shepleys Zimmer schlenderte. »Wir überlegen, heute Abend auszugehen. Bleibt ihr beide zuhause?«

Ich sah Travis an und grinste. »Wir werden erst einen Abstecher ins Sushilokal machen, bevor es ins Red geht.«

America grinste übers ganze Gesicht. »Shep!«, rief sie und hüpfte ins Bad. »Wir gehen heute Abend aus!«

Ich kam als Letzte aus der Dusche, deshalb standen Shepley, America und Travis schon ungeduldig neben der Tür, als ich in einem schwarzen Kleid und Pumps in knalligem Pink das Bad verließ.

America pfiff. »Verdammt heiß, Mama!«

Ich lächelte dankbar, und Travis streckte mir seine Hand hin. »Hübsche Beine.«

»Hatte ich erwähnt, dass es ein magischer Rasierer ist?«

»Ich glaube nicht, dass es am Rasierer liegt«, meinte er lächelnd und zog mich mit nach draußen.

Wir benahmen uns in der Sushibar deutlich zu laut und anstößig. Auch hatten wir eigentlich schon für einen ganzen Abend genug getrunken, als wir das Red Door ansteuerten. Shepley bog auf den Parkplatz ein und ließ sich viel Zeit, die richtige Lücke zu finden.

»Heute noch, Shep«, murmelte America.

»Hey, ich muss eine breite Lücke finden. Ich will doch nicht, dass mir irgendein Besoffener den Lack verkratzt.«

Nachdem wir endlich geparkt hatten, klappte Travis seinen Sitz nach vorn und half mir beim Aussteigen. »Ich wollte euch schon wegen eurer Ausweise fragen. Die sind ja makellos. Bestimmt habt ihr die nicht hier aus der Gegend.«

»Stimmt, die haben wir schon länger. Das war auch nötig in ... in Wichita«, sagte ich.

»Nötig?«, fragte Travis.

»Ein Glück, dass du so gute Connections hast«, bemerkte America. Dann hickste sie und hielt sich kichernd die Hand vor den Mund.

»Meine Güte, Mädchen!« Shepley fasste America am Arm, die unsicher über den Schotter stöckelte. »Ich glaube, du hast für heute Abend schon genug.«

Travis verzog das Gesicht. »Wovon redest du da, Mare? Was für Connections meinst du?«

»Abby hat ein paar alte Freunde, die —«

»Die Ausweise sind gefälscht, Trav«, unterbrach ich sie. »Aber man muss die richtigen Leute kennen, wenn man ordentliche bekommen will, stimmt's?«

America sah bewusst nicht zu Travis hin, und ich wartete einfach ab.

»Stimmt.« Er streckte seine Hand nach meiner aus.

Ich umfasste nur drei Finger, lächelte und konnte an seinem Gesicht ablesen, dass ihn meine Antwort nicht zufriedenstellte.

»Ich brauche noch einen Drink!«, unternahm ich den zweiten Versuch, das Thema zu wechseln.

»Shots!«, kreischte America.

Shepley verdrehte die Augen. »Ah ja, genau das brauchst du, noch einen Shot.«

Sobald wir drinnen waren, zog America mich auf die Tanzfläche. Ihre blonden Haare waren überall, und ich musste über das entrückte Gesicht lachen, das sie machte, während sie sich zur Musik bewegte. Als der Song zu Ende war, gesellten wir uns zu den Jungs an die Bar. Eine aufgetakelte Platinblondine hatte sich an Travis rangemacht und löste bei America eine angewiderte Miene aus.

»So wird das den ganzen Abend über laufen, Mare. Ignorier sie einfach«, sagte Shepley und deutete mit dem Kopf auf eine kleine Gruppe von Mädchen, die nicht weit weg von uns standen. Sie beobachteten die Blondine und schienen darauf zu warten, selbst an die Reihe zu kommen.

»Sieh mal an, der Schwarm der Geier ist bereits gelandet«, ätzte America.

Travis zündete sich eine Zigarette an und bestellte noch zwei Bier. Die Blonde biss sich auf ihre aufgeblähte, mit Gloss eingepinselte Lippe und lächelte. Der Barkeeper öffnete die Flaschen und schob sie Travis hin. Blondie griff nach einem Bier, doch Travis nahm es ihr wieder aus der Hand.

»Äh … das ist nicht deins«, erklärte er und gab mir die Flasche.

Mein erster Gedanke war, sie in den Müll zu werfen, aber die Frau sah so gekränkt drein, dass ich nur grinste und einen Schluck nahm. Schnaubend zog sie ab, und ich musste kichern, weil Travis das nicht einmal zu bemerken schien.

»Als ob ich irgendwelchen Mädels an der Bar Bier ausgeben würde«, sagte er. Ich hob meine Flasche, und er verzog den Mund zu einem halben Lächeln. »Du bist natürlich was anderes.«

Ich stieß mit meiner Flasche an seine. »Darauf, dass ich das einzige Mädchen bin, mit dem ein Typ ohne Grundsätze nicht schlafen will!« Ich nahm noch einen Schluck.

»Meinst du das ernst?«, fragte er und zog mir die Flasche vom Mund. Als ich das nicht bestritt, beugte er sich näher zu mir. »Also erstens … ich habe Grundsätze. Ich war nie mit einer hässlichen Frau zusammen. Niemals. Zweitens will ich sehr wohl mit dir schlafen. Ich habe mir schon fünfzig verschiedene Varianten überlegt, wie ich dich auf meine Couch werfen würde, aber ich hab es nicht getan, weil ich dich inzwischen anders sehe. Es bedeutet nicht, dass ich mich nicht zu dir hingezogen fühle. Ich denke nur, dass du besser bist.«

Ich konnte ein hämisches Grinsen nicht unterdrücken. »Du hältst mich also für zu gut für dich.«

Er schnaubte nur über diese zweite Beleidigung. »Mir fällt kein einziger Typ ein, der gut genug für dich wäre.«

Die Häme verschwand und machte einem gerührten, dankbaren Lächeln Platz. »Danke, Trav«, sagte ich und stellte meine leere Flasche auf den Tresen.

Travis zog mich an der Hand. »Los, komm!« Er führte mich zwischen den Leuten hindurch zur Tanzfläche.

»Ich hab schon so viel getrunken! Ich werde bestimmt hinfallen!«

Travis lächelte, zog mich an sich und legte seine Hände an meine Hüften. »Sei still und tanz.«

America und Shepley tauchten neben uns auf. Shepley wirkte, als habe er zu viele Usher-Videos gesehen. Travis versetzte mich, so wie er sich an mich presste, beinah in Panik. Wenn er sich auf seiner Couch nur annähernd so bewegte, war mir jetzt klar, warum so viele Mädchen die Demütigung am darauffolgenden Morgen in Kauf nahmen.

Er hielt mich an den Hüften fest, und ich bemerkte einen anderen, fast ernsten Gesichtsausdruck an ihm. Ich fuhr mit meinen Händen über seine makellose Brust und sein Sixpack, das sich unter dem engen Hemd im Rhythmus der Musik abzeichnete. Dann drehte ich ihm den Rücken zu und lächelte, als er seine Arme um meine Taille schlang. Zusammen mit dem Alkohol, den ich im Blut hatte, löste die Art und Weise, wie er mich an sich presste, bei mir Gedanken aus, die alles andere als freundschaftlich waren.

Der Song, zu dem wir gerade getanzt hatten, ging direkt in den nächsten über, und Travis machte keine Anstalten, an die Bar zurückzukehren. In meinem Nacken bildeten sich Schweißperlen, und das bunt zuckende Licht machte mich leicht schwindelig. Ich schloss die Augen und lehnte meinen Kopf an seine Schulter. Er ergriff meine Hände und legte sie um seinen Nacken. Seine Hände strichen meine Arme und von dort meine Rippen entlang, bis sie schließlich wieder auf meinen Hüften ruhten. Als ich seine Lippen und seine Zunge an meinem Hals spürte, schob ich mich von ihm weg.

Er lachte leise und sah etwas erstaunt drein. »Was denn, Täubchen?«

Zorn flammte in mir auf, aber die scharfen Worte, die ich eigentlich aussprechen wollte, blieben in meinem Hals stecken. Ich ging an die Bar zurück und bestellte mir noch ein Bier. Travis setzte sich auf den Hocker neben mir und hob den Finger, um sich auch eine Flasche zu bestellen. Sobald der Barkeeper das Bier vor mich gestellt hatte, setzte ich die Flasche an und trank sie halb aus, bevor ich sie zurück auf den Tresen knallte.

»Glaubst du etwa, dass das die Meinung, die irgendjemand von uns hat, ändert?«, sagte ich und warf meine Haare so auf die Seite, dass sie die Stelle bedeckten, an der er mich geküsst hatte.

Er lachte kurz auf. »Mir ist die Meinung anderer Leute über uns scheißegal.«

Ich warf ihm einen tödlichen Blick zu und starrte dann geradeaus.

»Täubchen«, sagte er und berührte meinen Arm.

Ich riss mich von ihm los. »Lass das. Ich könnte nie so betrunken sein, dass du mich auf diese Couch kriegst.«

Er verzog das Gesicht vor Wut, aber bevor er noch etwas darauf erwidern konnte, näherte sich ihm eine dunkelhaarige Schönheit mit Schmollmund, riesengroßen blauen Augen und viel zu tiefem Ausschnitt.

»Na, wenn das nicht Travis Maddox ist«, sagte sie und drückte ihre Brüste vorteilhaft hoch.

Er nahm einen Schluck von seinem Bier und sah mich eindringlich an. »Hey, Megan.«

»Stell mir doch deine Freundin vor«, meinte sie lächelnd. Ich verdrehte nur die Augen.

Travis legte den Kopf in den Nacken, um auszutrinken und die leere Flasche dann mit Schwung über den ganzen Tresen rutschen zu lassen. Alle, die dort auf ihre Drinks warteten, sahen sie am anderen Ende in den Mülleimer plumpsen. »Sie ist nicht meine Freundin.«

Er packte Megans Hand, und sie lief glücklich hinter ihm her auf die Tanzfläche. Dort fiel er einen Song lang quasi über sie her, dann noch einen und noch einen. So, wie sie sich von ihm begrapschen ließ, sorgten sie für echtes Aufsehen, und als er sie nach hinten bog, drehte ich den beiden endgültig den Rücken zu.

»Du siehst ziemlich angepisst aus«, sagte ein Typ, der neben mir saß. »Ist das dort dein Freund?«

»Nein, wir sind nur so befreundet«, brummte ich.

»Na, dann ist es ja gut. Sonst wäre das doch bestimmt ziemlich unangenehm für dich.« Er drehte sich mit dem Gesicht zur Tanzfläche und sah sich skeptisch das Spektakel an.

»Was du nicht sagst«, meinte ich und trank mein Bier aus. Die letzten beiden hatte ich kaum gemerkt, aber seltsamerweise fühlten sich meine Zähne wie taub an.

»Möchtest du noch eins?«, fragte er. Ich sah zu ihm hinüber, und er lächelte. »Ich bin Ethan.«

»Abby.« Ich schüttelte seine ausgestreckte Hand.

Er zeigte dem Barkeeper zwei hochgereckte Finger. »Danke.«

»Dann bist du wohl von hier?«, fragte er.

»Ich wohne in der Morgan Hall an der Eastern.«

»Und ich habe eine Wohnung in Hinley.«

»Dann gehst du auf die State?«, fragte ich. »Ist das nicht... so etwa eine Stunde entfernt? Was treibst du dann hier?«

»Ich hab letzten Mai meinen Abschluss gemacht. Meine kleine Schwester geht auf die Eastern. Dieses Wochenende wohne ich bei ihr, während ich mich um Jobs bewerbe.«

»Oho ... dann stehst du schon im richtigen Leben, was?«

Ethan lachte. »Und es ist genau so, wie es immer beschrieben wird.«

Ich zog den Lipgloss aus meiner Tasche und schmierte mir etwas davon auf den Mund, wobei ich den Spiegel benutzte, mit dem die Rückseite der Bar vertäfelt war.

»Hübscher Farbton«, sagte er und beobachtete, wie ich meine Lippen aufeinanderpresste.

Ich lächelte, spürte meine Wut auf Travis und den Alkohol. »Vielleicht kannst du ihn nachher mal probieren.«

Ethans Augen leuchteten auf, als ich etwas näher rückte, und ich lächelte, als er mein Knie berührte. Er zog seine Hand allerdings abrupt zurück, als Travis zwischen uns trat.

»Bist du so weit, Täubchen?«

»Ich unterhalte mich gerade, Travis«, sagte ich und schob ihn weg. Sein Hemd war von dem Zirkus, den er auf der Tanzfläche aufgeführt hatte, feucht, und ich wischte mir die Hand theatralisch an meinem Kleid ab.

Travis schnitt eine Grimasse. »Kennst du diesen Typen überhaupt?«

»Das ist Ethan.« Ich schenkte meinem neuen Bekannten mein schönstes Flirtlächeln.

Er zwinkerte mir zu, sah dann Travis an und streckte ihm die Hand hin. »Schön, dich kennenzulernen.«

Travis musterte mich erwartungsvoll, bis ich schließlich nachgab und mit der Hand eine vage Geste in seine Richtung machte. »Ethan, das ist Travis«, murmelte ich.

»Travis Maddox«, sagte er und starrte auf Ethans Hand, als wollte er sie ihm abreißen.

Ethans graue Augen weiteten sich, dann zog er seine Hand vorsichtig zurück. »Travis Maddox? *Der* Travis Maddox von der Eastern?«

Ich stützte eine Wange auf meine Faust und wappnete mich innerlich für die nun wohl unvermeidliche testosterongetriebene Geschichte.

Travis streckte einen Arm hinter mir vorbei und hielt sich an der Bar fest. »Ja, was dagegen?«

»Ich hab dich letztes Jahr gegen Shawn Smith kämpfen sehen, Mann. Da dachte ich, ich würde einen sterben sehen!«

Travis starrte finster auf ihn herab. »Willst du so was noch mal erleben?«

Ethan lachte nur kurz, während sein Blick zwischen uns beiden hin und her ging. Als ihm aufging, dass Travis das ernst meinte, lächelte er mir entschuldigend zu und verschwand.

»Bist du jetzt fertig?«, giftete Travis mich an.

»Weißt du, was für ein Riesenarschloch du bist?«, entgegnete ich.

»Ich habe mir schon Schlimmeres anhören müssen«, sagte er und half mir von dem Barhocker runter.

Wir folgten America und Shepley zum Auto, und als Travis versuchte, nach meiner Hand zu greifen, um mich über den Parkplatz zu führen, schlug ich sie weg. Er wirbelte herum, und ich blieb abrupt stehen und drehte mich weg, als er sich bis auf wenige Zentimeter meinem Gesicht näherte.

»Ich sollte dich einfach küssen und es hinter mich bringen!«, schrie er. »Du benimmst dich lächerlich! Ich habe dich auf den Hals geküsst, na und?«

Ich konnte das Bier und die Zigaretten in seinem

Atem riechen und stieß ihn weg. »Ich bin nicht dein Fuck-Buddy, Travis.«

Er schüttelte ungläubig den Kopf. »Das habe ich auch nie behauptet! Du bist vierundzwanzig Stunden am Tag und sieben Tage die Woche mit mir zusammen, du schläfst in meinem Bett, aber die halbe Zeit über tust du so, als ob du nicht mit mir gesehen werden möchtest!«

»Ich bin mit dir hierhergekommen!«

»Und ich habe dich nie anders als respektvoll behandelt.«

Ich beharrte auf meinem Standpunkt. »Nein, du behandelst mich wie deinen Besitz. Du hattest kein Recht, Ethan so abzufertigen!«

»Weißt du denn, wer dieser Ethan ist?«, fragte er. Als ich verneinte, beugte er sich etwas näher zu mir. »Ich schon. Er wurde letztes Jahr wegen sexueller Nötigung eingesperrt, aber dann wurde die Anzeige zurückgezogen.«

Ich verschränkte die Arme. »Ach, dann habt ihr beide ja etwas gemeinsam?«

Travis' Augen wurden schmal, und die Muskeln um seinen Kiefer wurden sichtbar. »Nennst du mich etwa einen Vergewaltiger?«, fragte er mit kalter, leiser Stimme.

Ich presste die Lippen zusammen und ärgerte mich noch mehr, weil er recht hatte. Ich war zu weit gegangen. »Nein, ich bin nur stinksauer auf dich!«

»Ich habe was getrunken, ja? Deine Haut war drei Finger breit von meinem Gesicht entfernt, und du bist hübsch, und du riechst verdammt gut, wenn du schwitzt. Ich habe dich geküsst! Es tut mir leid! Krieg dich wieder ein!«

Seine Entschuldigung brachte meine Mundwinkel wieder nach oben. »Dann findest du mich also hübsch?«

Angewidert verzog er das Gesicht. »Du bist umwerfend, und du weißt es. Was gibt es denn da zu lachen?«

Ich versuchte vergeblich, meine Heiterkeit zu verbergen. »Nichts. Lass uns gehen.«

Travis lachte auf und schüttelte den Kopf. »Wie ...? Du ...? Du tötest mir noch den letzten Nerv!«, rief er und funkelte mich wütend an. Ich konnte nicht aufhören zu grinsen, und bald bewegten auch Travis' Mundwinkel sich wieder nach oben. Er schüttelte erneut den Kopf und legte dann seinen Arm um meinen Nacken. »Du machst mich fertig. Aber du weißt es, stimmt's?«

Bei der Wohnung angekommen, stolperten wir alle durch die Tür. Ich ging schnurstracks ins Bad, um mir den Rauch aus den Haaren zu waschen. Als ich aus der Dusche trat, stellte ich fest, dass Travis mir eines seiner T-Shirts und eine seiner Boxershorts hingelegt hatte.

In dem T-Shirt ertrank ich fasst, und die Shorts waren darunter nicht mehr zu sehen. Ich fiel ins Bett, seufzte und musste immer noch darüber lächeln, was er auf dem Parkplatz gesagt hatte.

Travis sah mich einen Moment lang an, und ich fühlte einen Stich in meiner Brust. Ich hatte das fast unbändige Verlangen, sein Gesicht zu umfassen und meine Lippen auf seine zu pressen, aber ich kämpfte gegen den Alkohol und die Hormone, die in meinem Blut verrücktspielten.

»Nacht, Täubchen«, flüsterte er und drehte sich weg.

Ich war noch nicht bereit einzuschlafen. »Trav?«, sagte ich und richtete mich auf, um mein Kinn auf seine Schulter zu legen.

»Mhm?«

»Ich weiß, dass ich betrunken bin und wir gerade einen Riesenkrach hatten, aber ...«

»Ich werde keinen Sex mit dir haben, also spar dir die

Frage«, sagte er, während er mir immer noch den Rücken zukehrte.

»Was? Nein!«, rief ich.

Travis lachte und drehte sich um. Mit einem weichen Gesichtsausdruck sah er mich an. »Was ist los?«

Ich seufzte. »Das«, sagte ich, legte meinen Kopf auf seine Brust und schlang meine Arme um seine Mitte, wobei ich mich so eng an ihn kuschelte wie nur möglich.

Er machte sich steif und hielt die Hände nach oben, als wisse er nicht, wie er darauf reagieren sollte. »Du bist betrunken.«

»Ich weiß«, antwortete ich, zu benommen, um mich zu genieren.

Er legte eine entspannte Hand auf meinen Rücken, die andere auf mein feuchtes Haar und drückte mir dann seine Lippen auf die Stirn. »Du bist die verwirrendste Frau, die mir je begegnet ist.«

»Das ist ja wohl das wenigste, was du für mich tun kannst, nachdem du den einzigen Typen verjagt hast, der sich mir heute Abend genähert hat.«

»Du meinst Ethan, den Vergewaltiger? Klar, dafür bin ich dir noch was schuldig.«

»Schon gut«, sagte ich und spürte eine gewisse Ablehnung aufkeimen.

Er griff nach meinem Arm und presste ihn an seinen Bauch, um mich am Wegrücken zu hindern. »Nein, ich meine das ernst. Du musst vorsichtiger sein. Wäre ich nicht da gewesen … Ich will nicht mal daran denken. Und jetzt erwartest du, dass ich mich dafür entschuldige, ihn verjagt zu haben?«

»Ich will gar nicht, dass du dich entschuldigst. Darum geht es gar nicht.«

»Worum geht's dann?«, fragte er und schien in meinen

Augen nach etwas zu suchen. Sein Gesicht war nur wenige Zentimeter von meinem entfernt, und ich konnte seinen Atem auf meinen Lippen spüren.

Ich runzelte die Stirn. »Ich bin betrunken, Travis. Das ist die einzige Ausrede, die ich vorbringen kann.«

»Du möchtest, dass ich dich nur so halte, bis du eingeschlafen bist?«

Ich antwortete nicht.

Er drehte sich ein Stückchen herüber, um mir direkt in die Augen zu sehen. »Ich sollte Nein sagen, um es dir heimzuzahlen. Aber ich würde mich später dafür hassen, wenn ich jetzt Nein sagte und du mich nie mehr darum bitten würdest.«

Ich schmiegte meine Wange an seine Brust, und er drückte mich seufzend. »Du brauchst keine Ausrede, Täubchen. Du musst einfach nur fragen.«

Ich schrak zusammen, als die Sonnenstrahlen durchs Fenster fielen und der Wecker mir ins Ohr plärrte. Travis schlief noch und hatte mich mit Armen und Beinen umfangen. Ich schaffte es, einen Arm frei zu bekommen und auf den Knopf zu hauen. Ich rieb mir übers Gesicht und schaute Travis an, wie er so wenige Zentimeter von mir entfernt tief und fest schlummerte.

»O mein Gott«, flüsterte ich und fragte mich, wie es uns gelungen war, uns derart miteinander zu verknoten. Ich holte tief Luft und hielt dann den Atem an, als ich versuchte, mich aus seiner Umklammerung zu befreien.

»Lass das, Täubchen, ich schlafe noch«, murmelte er und drückte mich an sich.

Nach einigen weiteren Versuchen entwand ich mich ihm und saß schließlich auf der Bettkante. Ich drehte mich nach dem halb nackten, in Decken gehüllten Körper um. Einen Augenblick lang musterte ich ihn und seufzte. Die Grenzen begannen zu verschwimmen, und das war meine Schuld.

Seine Hände glitten über die Laken, und er berührte meine Fingerspitzen. »Was ist los?«, fragte er und bekam die Augen kaum auf.

»Ich hole mir ein Glas Wasser, möchtest du auch irgendwas?«

Travis lehnte ab und schloss die Augen, seine Wange gegen die Matratze gepresst.

»Morgen, Abby«, sagte Shepley aus dem Sessel, als ich um die Ecke kam.

»Wo ist Mare?«

»Schläft noch. Warum bist du denn schon so früh auf?«, fragte er und schaute auf die Uhr.

»Der Wecker ist losgegangen, aber ich wache immer früh auf, nachdem ich was getrunken habe. Das ist wie ein Fluch.«

»Geht mir genauso.« Er nickte.

»Du solltest Mare lieber wecken. Wir müssen in einer Stunde in unserem Kurs sitzen.« Ich drehte den Wasserhahn auf und beugte mich darunter, um einen Schluck zu nehmen.

Shepley nickte. »Ich wollte sie eigentlich ausschlafen lassen.«

»Mach das nicht. Sie wird sauer sein, wenn sie den Kurs verpasst.«

»Oh.« Er stand auf. »Ich wecke sie wohl besser.« Dann drehte er sich noch mal um. »Abby?«

»Ja?«

»Ich weiß nicht, was da zwischen dir und Travis läuft, aber ich weiß, dass er irgendeinen Blödsinn machen wird, um dich abzuschrecken. Das ist so ein Tick von ihm. Er lässt nicht oft jemanden so nah an sich heran, und aus welchem Grund auch immer hat er es dir erlaubt. Aber du musst über seine Dämonen hinwegsehen. Nur dann wird er es erkennen.«

»Was erkennen?«, fragte ich und war etwas genervt von seinem melodramatischen Ton.

»Ob du die Mauer überwindest«, antwortete er.

Ich kicherte. »Wie du meinst, Shep ...«

Shepley zuckte mit den Achseln und verschwand wieder in seinem Zimmer. Ich hörte leises Gemurmel, protestierendes Stöhnen und dann Americas süßes Lachen.

Ich rührte die Haferflocken in meiner Schüssel um und quetschte gleichzeitig Schokosirup aus einer Plastikflasche darüber.

»Das ist ja abartig«, stellte Travis fest, der nur grün karierte Boxershorts trug. Er rieb sich die Augen und holte eine Schachtel Cornflakes aus dem Küchenschrank.

»Ich wünsche dir auch einen wunderschönen guten Morgen«, sagte ich und ließ den Flaschendeckel zurückschnalzen.

»Wie ich gehört habe, hast du bald Geburtstag. Dein letztes Jahr als Teenager.« Er grinste mit geschwollenen, roten Augen.

»Stimmt ... Aber ich hab's nicht so mit Geburtstagen. Ich schätze mal, Mare wird mich zum Essen ausführen oder so.« Ich lächelte. »Du kannst mitkommen, wenn du willst.«

»Na schön.« Er zuckte mit den Schultern. »Das ist am Sonntag in einer Woche, oder?«

»Ja. Und wann hast du Geburtstag?«

Er goss sich Milch ein und tauchte die Flakes mit seinem Löffel unter. »Erst im April. Am ersten.«

»Red keinen Quatsch.«

»Doch. Das ist mein Ernst.«

»Du hast am ersten April Geburtstag?«, fragte ich noch mal.

Er lachte. »Ja! Und du wirst zu spät kommen. Ich zieh mich besser auch mal an.«

»Ich werd bei Mare mitfahren.«

Ich konnte ihm ansehen, wie er sich bemühte, cool zu reagieren. »Wie du willst«, sagte er und drehte mir den Rücken zu, um sein Frühstück aufzuessen.

4. KAPITEL

Die Wette

»Er starrt dich definitiv an«, flüsterte America und lehnte sich zurück, um durch den Raum zu spähen.

»Hör auf, dauernd zu ihm hinzugucken, das merkt er doch.«

America grinste und winkte ab. »Er hat mich schon bemerkt. Aber er starrt noch immer her.«

Ich zögerte kurz, nahm dann aber all meinen Mut zusammen, um selbst in seine Richtung zu blicken. Parker sah mich direkt an, grinsend.

Ich erwiderte sein Lächeln und tat dann so, als müsse ich etwas in meinen Laptop tippen.

»Schaut er immer noch her?«, murmelte ich.

»Ja-ha«, antwortete sie kichernd.

Nach dem Kurs hielt Parker mich auf dem Flur an. »Vergiss die Party am Wochenende nicht.«

»Werd ich schon nicht«, sagte ich und bemühte mich, einen verführerischen Augenaufschlag oder etwas ähnlich Lächerliches zu vermeiden.

America und ich schlenderten anschließend über den Rasen zur Cafeteria, um Travis und Shepley zum Mittagessen zu treffen. Sie lachte immer noch über Parkers Benehmen, als die beiden schon auf uns zukamen.

»Hey, Baby.« America küsste ihren Freund mitten auf den Mund.

»Was ist denn so lustig?«, fragte Shepley.

»Ach, ein Typ im Kurs hat Abby die ganze Stunde über angestarrt. Es war hinreißend.«

»Solange er nur Abby angestarrt hat«, meinte Shepley augenzwinkernd.

»Wer war das?« Travis schnitt eine Grimasse.

Ich schob meinen Rucksack zurecht, was Travis veranlasste, ihn mir von den Schultern zu nehmen und zu tragen. Ich schüttelte den Kopf. »Mare bildet sich Sachen ein.«

»Abby! Wie kannst du nur so lügen? Es war Parker Hayes, und er hat es so offensichtlich gemacht. Dem Jungen lief fast schon die Spucke aus dem Mund.«

Travis verzog angewidert das Gesicht. »Parker Hayes?«

Shepley zog an Americas Hand. »Ab in die Cafeteria. Wollt ihr heute nicht auch die exquisite Cuisine dort genießen?«

America küsste ihn statt einer Antwort erneut, und Travis und ich trabten hinter den beiden her. Ich stellte mein Tablett zwischen Americas und Finchs, aber Travis nahm nicht seinen üblichen Platz mir gegenüber ein. Stattdessen setzte er sich ein paar Stühle weiter weg hin. Erst da wurde mir klar, dass er auf dem Weg zur Cafeteria kaum gesprochen hatte.

»Alles okay, Trav?«, fragte ich.

»Bei mir? Alles gut, warum?«, sagte er und machte ein etwas freundlicheres Gesicht.

»Du wirkst so still.«

Einige Mitglieder des Footballteams kamen an den Tisch und setzten sich laut lachend. Travis sah ein bisschen verärgert zu ihnen hin, während er das Essen auf seinem Teller herumschob.

Dann warf Chris Jenks eines seiner Pommes frites auf Travis' Tablett. »Was ist los, Trav? Ich hab gehört, du hast Tina Martin flachgelegt. Sie hat heute deinen Namen durch den Dreck gezogen.«

»Halt's Maul, Jenks«, brummte Travis und hielt den Blick auf seinen Teller gesenkt.

Ich beugte mich vor, sodass der bullige Riese, der vor Travis saß, meinen zornigen Blick auch richtig zu sehen bekam. »Lass das, Chris.«

Travis bohrte seinen Blick in meinen. »Ich kann mich schon selbst wehren, Abby.«

»Tut mir leid, ich …«

»Ich will nicht, dass dir was leidtut. Ich will überhaupt nichts von dir«, giftete er, schob abrupt seinen Stuhl zurück und stürmte zur Tür hinaus.

Finch sah mich skeptisch an. »Oha. Was war das denn gerade?«

Ich spießte eine Krokette auf meine Gabel und schnaubte. »Ich habe keine Ahnung.«

Shepley klopfte mir auf den Rücken. »Das hat nichts mit dir zu tun, Abby.«

»Er hat einfach seine eigenen Probleme«, fügte America noch hinzu.

»Was für Probleme denn?«, fragte ich.

Shepley zuckte mit den Achseln und wandte sich wieder seinem Teller zu. »Du solltest inzwischen wissen, dass es Geduld und Toleranz braucht, um mit Travis befreundet zu sein. Er ist ein Kapitel für sich.«

»Das trifft vielleicht auf den Travis zu, den alle kennen … nicht auf den, den ich kenne.«

Shepley beugte sich erneut vor. »Da gibt es keinen Unterschied. Du darfst es dir einfach nicht zu Herzen nehmen.«

Nach den Kursen fuhr ich mit America in die Wohnung. Travis' Motorrad war weg. Ich ging in sein Zimmer und rollte mich auf seinem Bett zu einer Kugel zusammen. Einen Arm legte ich schützend um meinen Kopf. Am Morgen war Travis noch völlig in Ordnung gewesen. Nachdem wir schon so viel Zeit miteinander verbracht hatten, konnte ich mir nicht vorstellen, dass mir entgangen sein sollte, was ihn so verstimmte. Außerdem störte es mich, dass America zu wissen schien, was los war, nur ich nicht.

Mein Atem wurde gleichmäßiger, und meine Lider wurden schwer. Es dauerte nicht lange, dann war ich eingeschlummert. Als ich die Augen wieder aufschlug, hatte der Nachthimmel die Fenster verdunkelt. Gedämpfte Stimmen drangen aus dem Wohnzimmer herüber, darunter auch Travis' tiefer Bass. Ich schlich auf den Flur und erstarrte, als ich meinen Namen hörte.

»Abby versteht das, Trav. Mach dich doch deshalb nicht fertig«, sagte Shepley.

»Ihr geht doch schon gemeinsam zu der Date-Party. Warum fragst du sie denn dann nicht, ob sie mit dir zusammen sein will?«, fragte America.

Bewegungslos wartete ich auf seine Antwort. »Ich will nicht mit ihr zusammen sein; ich will nur in ihrer Nähe sein. Sie ist ... anders.«

»Inwiefern anders?«, fragte America und klang irritiert.

»Sie lässt sich meinen Bullshit nicht gefallen, das ist irgendwie erfrischend. Und du hast es doch selbst gesagt, Mare: Ich bin nicht ihr Typ. Es ist einfach ... nicht so zwischen uns.«

»Du kommst ihrem Typ näher, als du denkst.«.

Ich zog mich so leise wie möglich zurück, und als die Holzdielen unter meinen nackten Füßen knackten, machte ich laut Travis' Zimmertür zu und kam über den Flur ins Wohnzimmer.

»Hey, Abby«, sagte America grinsend. »Wie war dein Schläfchen?«

»Ich war fünf Stunden lang wie weggetreten. Das hat wohl mehr von einem Koma als von einem Schläfchen.«

Travis starrte mich einen Moment lang an, und als ich ihn anlächelte, kam er direkt auf mich zu, nahm mich bei der Hand und zog mich über den Flur in sein Zimmer. Er schloss die Tür, und mein Herz hämmerte. Ich war gefasst auf eine weitere Äußerung, die mein Ego empfindlich treffen würde.

Er zog die Brauen zusammen. »Es tut mir so leid, Täubchen. Ich hab mich dir gegenüber heute wie ein Arschloch benommen.«

Ich entspannte mich ein wenig, weil ich den Kummer in seinen Augen sah. »Ich wusste ja nicht, dass du wütend auf mich warst.«

»Ich war nicht wütend auf dich. Ich habe nur die schlechte Angewohnheit, meine Laune an denen auszulassen, die mir am Herzen liegen. Das ist eine erbärmliche Ausrede, ich weiß, aber es tut mir leid«, sagte er und schloss mich in seine Arme.

Ich schmiegte meine Wange an seine Brust und beruhigte mich. »Worüber warst du denn wütend?«

»Das ist unwichtig. Das Einzige, worüber ich mir Gedanken mache, bist du.«

Ich lehnte mich zurück, um ihn anzusehen. »Ich komme mit deinen Wutanfällen schon zurecht.«

Seine Augen wanderten kurz über mein ganzes Gesicht, bevor ein kleines Lächeln seine Lippen umspielte. »Ich weiß nicht, warum du es mit mir aushältst, und ich weiß nicht, was ich machen würde, wenn du es nicht tätest.«

Ich konnte die Mischung aus Zigaretten und Pfefferminz in seinem Atem riechen und schaute auf seine

Lippen. Mein Körper reagierte darauf, wie nah wir uns waren. Travis' Miene veränderte sich, und sein Atem stockte – er hatte es auch bemerkt.

Er beugte sich eine Spur dichter zu mir, und dann zuckten wir beide zurück, als sein Handy klingelte. Er seufzte und zog es aus der Tasche.

»Ja. Hoffman? Meine Güte... okay. Das wird ein leicht verdienter Tausender. Jefferson?« Er schaute zu mir und zwinkerte. »Wir kommen.« Dann beendete er das Gespräch und ergriff meine Hand. »Komm mit.« Er zog mich auf den Flur. »Das war Adam«, sagte er zu Shepley. »Brady Hoffman wird in neunzig Minuten im Jefferson sein.«

Shepley nickte und stand auf, um sein Telefon aus der Hosentasche zu ziehen. Dann tippte er die Informationen rasch ein und schickte exklusive Einladungen per SMS an die Eingeweihten, die vom Circle wussten. Diese ungefähr zehn Leute würden dann jeweils zehn Leute von ihrer eigenen Liste anschreiben und so weiter, bis alle genau wussten, wo der nächste fliegende Ringkampf stattfand.

»Auf geht's«, rief America lächelnd. »Dann sollten wir uns mal besser ein wenig frisch machen!«

Die Atmosphäre in der Wohnung war angespannt und beschwingt zugleich. Travis schien das Ganze am wenigsten auszumachen. Er zog seine Stiefel an und schlüpfte in ein weißes Tanktop, als wolle er nur mal eben ein paar Besorgungen machen.

America zog mich über den Flur zu Travis' Zimmer und runzelte die Stirn. »Du musst dich umziehen, Abby. Du kannst so was nicht bei einem Kampf tragen.«

»Beim letzten Mal hatte ich eine verdammte Strickjacke an, und du hast kein Wort dazu gesagt!«, protestierte ich.

»Beim letzten Mal dachte ich auch nicht, dass du wirklich mitkommen würdest. Hier«, sie warf mir ein paar Sachen zu, »nimm das.«

»So was ziehe ich nicht an!«

»Los, kommt!«, rief Shepley aus dem Wohnzimmer.

»Beeil dich!«, rief America und rannte schon in Shepleys Zimmer.

Ich zog also das tief ausgeschnittene gelbe Neckholdertop an und dazu eine enge, hüfttief geschnittene Jeans, die America mir zugeworfen hatte. Dann schlüpfte ich noch in ein Paar hochhackige Schuhe und fuhr mir im Flur noch rasch mit einer Bürste durch die Haare. America kam in einem kurzen grünen Babydollkleid mit passenden hohen Schuhen aus dem Zimmer, und als wir gemeinsam um die Ecke bogen, standen Travis und Shepley schon an der Wohnungstür.

Travis fiel die Kinnlade runter. »Ach du Scheiße, nein. Willst du mich umbringen? Du musst was anderes anziehen.«

»Wieso denn?« Ich schaute an mir runter.

America stemmte die Hände in die Taille. »Sie sieht süß aus, Trav, also lass sie zufrieden!«

Travis nahm mich bei der Hand und führte mich den Flur zurück. »Zieh dir ein T-Shirt an und irgendwelche Turnschuhe. Was Bequemes.«

»Was? Warum das?«

»Weil ich mir sonst mehr Sorgen darüber mache, wer dir in diesem Teil auf die Brüste starrt, als um Hoffman«, sagte er und blieb vor seiner Zimmertür stehen.

»Ich dachte, dir wäre scheißegal, was irgendjemand denkt?«

»Das ist hier ein ganz anderes Szenario, Täubchen.« Travis schaute auf meinen Busen und dann wieder in mein Gesicht. »Du kannst das zum Kampf nicht anziehen, also bitte … zieh doch … zieh doch einfach was anderes an«, stotterte er, schob mich ins Zimmer und schloss die Tür hinter mir.

»Travis!«, rief ich. Ich schleuderte die Pumps von meinen Füßen und fuhr in meine Converse-Sneakers. Dann schälte ich mich aus dem Top, warf es quer durchs Zimmer und zerrte mir das erste Baumwoll-T-Shirt über den Kopf, das mir in die Finger kam. So stürmte ich zur Tür hinaus und blieb erst an der Wohnungstür wieder stehen.

»Besser?«, keuchte ich und band meine Haare zu einem Pferdeschwanz zusammen.

»Ja!«, sagte Travis erleichtert. »Dann also los!«

Wir rannten zum Parkplatz hinunter. Ich sprang hinter Travis auf, während er schon die Maschine startete und losrollte. Er raste die Straße zum College entlang. Vor Aufregung fasste ich ihn fest um die Taille. Die Hektik vor dem Aufbruch hatte für reichlich Adrenalin in meinen Adern gesorgt.

Travis fuhr auf den Gehsteig und parkte sein Motorrad im Schatten hinter dem Gebäude der Jefferson Liberal Arts. Er schob sich die Sonnenbrille in die Haare und schnappte sich meine Hand. Grinsend schlichen wir zur Rückseite des Hauses. An einem offenen Souterrainfenster blieb er stehen.

Meine Augen weiteten sich, als mir klar wurde, was er vorhatte. »Du machst Witze.«

Travis lächelte. »Das ist der VIP-Eingang. Du solltest mal sehen, wie alle anderen reinkommen.«

Ich schüttelte noch den Kopf, während er schon sein Bein durch die Öffnung schob und dann verschwand. Ich beugte mich hinein und rief ins Dunkel. »Travis!«

»Hier unten, Täubchen. Lass dich einfach mit den Füßen voraus runter, ich fange dich auf.«

»Verdammt noch mal, du glaubst doch wohl nicht, dass ich in diese Finsternis springe!«

»Ich fange dich doch! Versprochen! Jetzt beweg schon endlich deinen Hintern hier rein!«

Ich seufzte und griff mir an die Stirn. »Das ist vollkommen lächerlich!«

Ich setzte mich und schob mich vorwärts, bis etwa mein halber Körper in der Dunkelheit schwebte. Dann drehte ich mich auf den Bauch und tastete mit den Zehenspitzen nach dem Fußboden. Ich erwartete, Travis' Hand zu spüren, rutschte aber ab und fiel kreischend nach hinten. Zwei Hände fingen mich auf, und ich hörte Travis' Stimme im Dunkeln.

»Du fällst wie ein Mädchen«, meinte er glucksend.

Er setzte meine Füße auf den Boden und zog mich dann tiefer in die Dunkelheit hinter sich her. Nach etwa einem Dutzend Stufen konnte ich das vertraute Schreien von Zahlen und Namen hören, dann war da ein erleuchteter Raum. In einer Ecke stand eine Laterne und spendete gerade so viel Helligkeit, dass ich Travis' Gesicht erkennen konnte.

»Was machen wir hier?«

»Warten. Adam muss erst seine Nummer abziehen, bevor ich reingehe.«

Ich zappelte vor Aufregung. »Soll ich hier warten oder reingehen? Wo soll ich hin, wenn der Kampf anfängt? Wo sind Shep und Mare?«

»Sie haben den anderen Eingang genommen. Du folgst mir einfach da rein; ich schick dich nicht alleine in dieses Haifischbecken. Bleib bei Adam; der wird aufpassen, dass du nicht zerquetscht wirst. Ich kann nicht gleichzeitig auf dich aufpassen und Schläge austeilen.«

»Zerquetscht?«

»Hier wird heute Abend mehr los sein. Brady Hoffman kommt von der State. Die haben da ihren eigenen Circle. Deshalb sind ihre und unsere Leute da. Deshalb wird die Hölle los sein.«

»Bist du nervös?«, fragte ich.

Er lächelte auf mich herab. »Nein. Aber du siehst ein bisschen nervös aus.«

»Vielleicht«, gestand ich.

»Wenn du dich dann besser fühlst, werde ich dafür sorgen, dass er mich nicht mal berührt. Ich lasse ihn nicht mal einen Treffer für seine Fans landen.«

»Wie willst du das denn hinkriegen?«

Er zuckte mit den Achseln. »Meist lasse ich ihnen einen durchgehen – damit es fair aussieht.«

»Du … du lässt dich absichtlich von jemand schlagen?«

»Wie viel Spaß würde es denn machen, wenn ich jemand nur massakrieren und der nie einen Treffer landen würde? Das wäre auch nicht gut fürs Geschäft, weil dann niemand mehr gegen mich setzen würde.«

»Was für ein absoluter Blödsinn!« Ich verschränkte die Arme.

Travis hob eine Augenbraue. »Gehe ich dir auf die Nerven?«

»Es ist einfach schwer zu glauben, dass sie dich nur treffen, wenn du dich treffen lässt.«

»Möchten Sie eine Wette darauf abschließen, Abby Abernathy?« Er lächelte, und seine Augen blitzten.

Ich lächelte zurück. »Die Wette nehme ich an. Ich glaube, dass er einen Treffer bei dir landen wird.«

»Und wenn nicht? Was gewinne ich dann?«, fragte er. Ich zuckte mit den Schultern, während das Geschrei auf der anderen Seite der Mauer zu einem Brüllen anschwoll. Adam begrüßte die Menge und erklärte dann kurz die Regeln.

Travis' Mund wurde zu einem breiten Grinsen. »Wenn du gewinnst, verzichte ich einen Monat lang auf Sex.« Ich verzog das Gesicht, und er behielt das Grinsen bei. »Aber wenn ich gewinne, musst du einen Monat lang bei mir wohnen bleiben.«

»Wie? Das tue ich doch sowieso schon! Was für eine Art Wette soll das denn sein?«, rief ich über den Lärm hinweg.

»Sie haben heute die Boiler im Morgan repariert«, sagte Travis mit einem Augenzwinkern.

Ein Grinsen machte sich in meinem Gesicht breit, als Adam Travis' Namen rief. »Um zu sehen, wie du dich zur Abwechslung mal in Abstinenz übst, ist mir jedes Risiko recht.«

Travis küsste mich auf die Wange und ging dann hoch erhobenen Hauptes hinein. Ich folgte ihm und staunte über die Riesenmenge Leute, die sich in dem kleinen Raum drängten. Man konnte sowieso nur stehen, aber Geschiebe und Geschrei nahmen noch zu, als wir den Raum betraten. Travis nickte in meine Richtung, und schon lag Adams Hand auf meiner Schulter. Er zog mich neben sich.

Ich beugte mich an Adams Ohr. »Ich setze zwei auf Travis.«

Adams Augenbrauen schossen in die Höhe, als ich zwei Hunderter aus meiner Hosentasche zog. Er streckte die Hand aus, und ich knallte ihm die Scheine auf die Handfläche.

»Du bist gar nicht so ein Unschuldsengel, wie ich dachte.« Er musterte mich von Kopf bis Fuß.

Brady war mindestens einen Kopf größer als Travis, und ich musste schlucken, als die beiden sich direkt gegenüberstanden. Brady wirkte massig, doppelt so breit wie Travis und sehr muskulös. Travis' Miene konnte ich nicht erkennen, aber Brady war anzusehen, dass er auf Blutvergießen aus war.

Adam presste seine Lippen an mein Ohr. »Vielleicht solltest du dir jetzt mal kurz die Ohren zuhalten, Kiddo.«

Ich legte mir die Hände über die Ohren, und Adam drückte die Hupe am Megafon. Anstatt anzugreifen, machte Travis ein paar Schritte zurück. Brady holte aus, und Travis duckte sich nach rechts. Wieder holte Brady aus, und Travis wich mit einem Schritt zur anderen Seite aus.

»Was zum Teufel soll das? Das ist doch kein Boxkampf, Travis!«, brüllte Adam.

Travis landete einen Treffer auf Bradys Nase. Danach war die Lautstärke in dem Keller ohrenbetäubend. Travis versenkte einen linken Haken in Bradys Kiefer, und ich schlug die Hand vor den Mund, als Brady noch ein paar Schläge versuchte und jedes Mal nur ins Leere traf. Brady prallte gegen seine Entourage, nachdem Travis ihm den Ellbogen ins Gesicht geschlagen hatte. Gerade als ich schon dachte, es sei bald vorbei, holte Brady noch mal aus. Er unternahm einen Versuch nach dem anderen, aber irgendwie gelang ihm nichts. Beide Männer waren schweißbedeckt, und ich schnappte nach Luft, als Brady wieder nicht traf, aber mit seiner Hand gegen eine Betonsäule krachte. Nachdem er in sich zusammengesackt war, und sich die Faust hielt, holte Travis zum tödlichen Schlag aus.

Erbarmungslos stieß er erst sein Knie gegen Bradys Gesicht und drosch dann auf ihn ein, bis Brady erst wankte und dann zu Boden ging. Der Lärm schwoll noch mal an, als Adam mich stehen ließ, um den roten Stofffetzen auf Bradys blutendes Gesicht zu werfen.

Travis verschwand hinter seinen Fans, und ich presste meinen Rücken an die Wand, um mich zu der Tür zurückzutasten, durch die wir hereingekommen waren. Als ich wieder bei der Laterne angelangte, fühlte ich mich sehr erleichtert. Ich fürchtete, umgerannt und zertrampelt zu werden.

Mein Blick blieb auf die Tür gerichtet, und ich war darauf gefasst, dass die Menge gleich in den kleinen Raum strömen würde. Als nach ein paar Minuten immer noch nichts von Travis zu sehen war, stellte ich mich darauf ein, mich allein zum Fenster zurückzutasten. Angesichts der vielen Leute, die hier alle auf einmal rauswollten, schien es mir zu riskant, länger zu warten.

Gerade als ich in die Dunkelheit zurückwich, hörte ich Schritte auf dem nackten Betonboden. Travis suchte anscheinend panisch nach mir.

»Abby!«

»Ich bin hier!«, rief ich und lief in seine Arme.

Travis schaute finster auf mich herab. »Du hast mir eine Scheißangst eingejagt! Ich hätte fast noch einen Kampf anfangen müssen, nur um zu dir zu gelangen... Dann schaffe ich es endlich hierher, und du bist weg!«

»Ich bin froh, dass du wieder hier bist. Ich habe mich nicht gerade darauf gefreut, im Dunkeln allein hier rauszufinden.«

Sein Gesicht war nun nicht mehr besorgt, sondern er strahlte mich an. »Ich glaube, die Wette hast du verloren.«

Adam kam hereingestapft, warf erst mir einen Blick zu und sah dann Travis böse an. »Wir müssen reden.«

Travis zwinkerte mir zu. »Bleib, wo du bist. Ich bin gleich wieder da.«

Die beiden verschwanden in der Dunkelheit. Adam erhob ein paarmal die Stimme, aber ich konnte nicht verstehen, was er sagte. Travis kam zurück, stopfte sich ein Bündel Geldscheine in die Tasche und grinste mich schief an. »Du wirst wohl noch ein paar Klamotten brauchen.«

»Du willst mich wirklich dazu zwingen, einen Monat lang bei dir zu wohnen?«

»Hättest du mich dazu gezwungen, einen Monat ohne Sex auszukommen?«

Ich lachte, weil er recht hatte. »Dann schauen wir wohl besser kurz am Morgan vorbei.«

Travis strahlte. »Das dürfte spannend werden.«

Als Adam vorbeiging, knallte er mir noch meinen Gewinn in die Hand und tauchte dann in der sich zerstreuenden Menge unter.

Travis sah mich skeptisch an. »Du hast gesetzt?«

Ich lächelte. »Ich dachte, ich sollte mal das ganze Programm erleben.«

Er führte mich zum Fenster, kroch selbst hinauf und half mir dann raus in die frische Abendluft. Die Grillen zirpten im Schatten und setzten nur so lange aus, bis wir an ihnen vorbeigegangen waren. Das Ziergras neben dem Gehweg wiegte sich in einer leichten Brise und erinnerte mich an das Geräusch des fernen Meeres. Es war weder zu warm noch zu kalt. Einfach ein perfekter Abend.

»Warum um Himmels willen möchtest du überhaupt, dass ich bei dir wohne?«, fragte ich.

Travis schob die Hände in seine Hosentaschen. »Ich weiß nicht, weil alles besser ist, wenn du da bist.«

Das wohlig warme Gefühl, das seine Worte auslösten, schwand schnell dahin, als ich die roten Flecken auf seinem Shirt sah. »Iih, du bist total voller Blut.«

Travis schaute ungerührt an sich herunter, öffnete dann die Tür und bedeutete mir einzutreten. Ich rauschte an Kara vorbei, die auf ihrem Bett lernte und von den diversen Büchern um sie herum gefesselt zu sein schien.

»Die Boiler wurden heute Morgen repariert«, sagte sie.

»Hab ich schon gehört«, entgegnete ich, während ich in meinem Schrank herumwühlte.

»Hi«, sagte Travis zu Kara.

Kara verzog das Gesicht, während sie Travis' verschwitzte, blutbespritzte Erscheinung musterte.

»Travis, das ist meine Mitbewohnerin, Kara Lin. Kara, Travis Maddox.«

»Nett, dich kennenzulernen.« Kara schob die Brille auf ihrem Nasenrücken hoch. Dann schaute sie auf meine sich füllenden Taschen. »Ziehst du aus?«

»Nö. Hab nur eine Wette verloren.«

Travis brach in Gelächter aus und schnappte sich meine Taschen. »Fertig?«

»Ja. Aber wie soll ich das alles in deine Wohnung schaffen? Wir sind doch mit deiner Maschine unterwegs.«

Travis zog lächelnd sein Handy aus der Tasche. Er trug mein Gepäck auf die Straße, und Minuten später hielt Shepleys alter schwarzer Dodge Charger neben uns.

Das Fenster des Beifahrersitzes öffnete sich, und America streckte den Kopf heraus. »Hey, Süße!«

»Selber hey. Die Boiler im Morgan funktionieren wieder. Bleibst du trotzdem noch bei Shep wohnen?«

Sie zwinkerte mir zu. »Ach, ich dachte mir, heute Abend noch. Und wie ich gehört habe, hast du eine Wette verloren.«

Bevor ich darauf antworten konnte, schlug Travis den Kofferraumdeckel zu, und Shep brauste los. America kreischte, als sie in den Wagen zurückfiel.

Wir gingen zu seiner Harley, und er wartete, bis ich mich zurechtgesetzt hatte. Als ich die Arme um ihn schlang, ließ er seine Hand auf meiner liegen.

»Ich bin froh, dass du heute Abend dabei warst, Täubchen. In meinem ganzen Leben hatte ich noch nie so
viel Spaß bei einem Kampf.«

Ich stützte mein Kinn auf seine Schulter und lächelte.
»Das lag nur daran, dass du versucht hast, unsere Wette
zu gewinnen.«

Er verrenkte sich den Hals, um mir ins Gesicht zu sehen. »Und damit lag ich verdammt richtig.« Sein Blick
war nicht ironisch; es war ihm ernst, und er wollte wohl,
dass ich das auch sah.

Meine Augenbrauen schossen in die Höhe. »Warst du
deshalb heute so schlechter Stimmung? Weil du wusstest,
dass sie die Boiler repariert hatten und ich heute Abend
wieder gehen würde?«

Travis antwortete nicht. Er lächelte nur, während er
seine Maschine anließ. Die Fahrt zu seiner Wohnung
verlief untypisch langsam. An jeder roten Ampel legte
Travis entweder eine Hand auf meine oder ließ sie auf
meinem Knie ruhen. Die Grenzen verschwammen wieder, und ich fragte mich, wie wir einen Monat zusammen verbringen sollten, ohne alles kaputt zu machen.
Die losen Enden unserer Freundschaft verhedderten sich
auf eine Weise, wie ich es nie für möglich gehalten hätte.

Als wir den Parkplatz der Wohnanlage erreichten,
stand Shepleys Karre an der üblichen Stelle.

Ich blieb vor der Treppe stehen. »Ich hasse es immer,
wenn die beiden schon eine Weile zu Hause sind. Es
kommt mir vor, als würden wir sie stören.«

»Gewöhn dich dran. Das ist die nächsten vier Wochen
dein Zuhause.« Travis lächelte und drehte mir den Rücken zu. »Spring rauf!«

»Wie bitte?« Ich lächelte ebenfalls.

»Komm schon, ich trag dich hoch.«

Ich kicherte und hüpfte auf seinen Rücken. Die Finger hatte ich vor seiner Brust verschränkt, während er die Stufen hinaufrannte. America riss die Tür auf, bevor wir oben angekommen waren, und grinste.

»Jetzt sieh sich einer euch beide an. Wenn ich es nicht besser wüsste ...«

»Hör auf damit, Mare«, sagte Shepley von der Couch aus.

America lächelte vielsagend und machte die Tür so weit auf, dass wir beide durchpassten. Travis ließ sich auf den Sessel fallen. Ich kreischte, als er sich auf mich lehnte.

»Du bist heute Abend so gut drauf, Trav. Was ist los?«, legte America nach.

Ich beugte mich vor, um sein Gesicht zu sehen. Ich hatte ihn noch nie so zufrieden erlebt.

»Ich habe nur gerade eine Menge Kohle verdient, Mare. Doppelt so viel, wie ich erwartet hatte. Wie soll ich mich darüber nicht freuen?«

America grinste. »Nein, da ist noch was anderes.« Sie beobachtete Travis' Hand, die meinen Oberschenkel tätschelte. Sie hatte recht. Er war anders. Er strahlte eine solche Friedfertigkeit aus, als sei sein Gemüt auf ganz neue Weise besänftigt.

»Mare«, warnte Shepley.

»Schön, dann lasst uns von etwas anderem reden. Hat Parker dich nicht zu der Sig-Tau-Party an diesem Wochenende eingeladen, Abby?«

Travis' Lächeln verschwand, und er drehte sich zu mir, um zu sehen, was ich darauf antworten würde.

»Äh ... ja? Aber gehen wir da nicht alle hin? So wie auf diese Date-Party demnächst?«

»Ich werde auf alle Fälle da sein«, sagte Shepley, vom Fernseher abgelenkt.

»Und das heißt, ich gehe auch.« America sah Travis erwartungsvoll an.

Der musterte mich einen Moment lang und stupste dann gegen mein Bein. »Holt er dich ab oder so was?«

»Nein, er hat mir nur von der Party erzählt.«

America grinste schelmisch und hopste vor Ungeduld fast auf und ab. »Er hat aber gesagt, man würde sich dort sehen. Und er ist ja wirklich süß.«

Travis warf einen irritierten Blick in Americas Richtung und sah dann wieder mich an. »Gehst du hin?«

»Ich habe ihm gesagt, ja«, meinte ich achselzuckend. »Gehst du auch?«

»Klar«, gab er ohne Zögern zurück.

Shepley wandte sich an Travis. »Letzte Woche noch wolltest du nicht hin.«

»Dann habe ich meine Meinung eben geändert, Shep. Wo ist das Problem?«

»Nirgends«, brummte er und verzog sich in sein Zimmer.

America funkelte Travis an. »Du weißt, wo das Problem ist. Warum hörst du nicht auf, ihn damit fertig zu machen, und klärst das endlich?« Sie folgte Shepley in sein Zimmer, und hinter der geschlossenen Tür hörte man ihre Stimmen nur als leises Gemurmel.

»Na, dann bin ich ja froh, dass alle außer mir Bescheid wissen«, sagte ich.

Travis erhob sich. »Ich geh mich mal schnell duschen.«

»Haben die beiden irgendwas?«

»Nein, das bildet er sich nur ein.«

»Es ist wegen uns«, riet ich. Travis' Blick hellte sich auf, und er nickte.

»Was?«, fragte ich und musterte ihn misstrauisch.

»Du hast recht. Es ist wegen uns. Schlaf noch nicht ein, okay? Ich will noch was mit dir besprechen.«

Er ging ein paar Schritte rückwärts und verschwand dann im Bad. Ich spielte mit meinen Haaren und dachte darüber nach, wie er das Wort »uns« betont und was für ein Gesicht er dabei gemacht hatte. Ich fragte mich, ob es überhaupt jemals Grenzen gegeben hatte und ob ich die Einzige war, die Travis und mich für nur befreundet hielt.

Shepley stürmte aus seinem Zimmer, America kam ihm nachgelaufen. »Nicht, Shep!«, bat sie.

Er schaute auf die Badezimmertür, dann zu mir. Seine Stimme war leise, aber wütend. »Du hast es versprochen, Abby. Als ich gemeint habe, du sollst ihn nicht verurteilen, da wollte ich doch nicht, dass ihr beide eine Beziehung anfangt! Ich dachte, ihr wärt nur Freunde!«

»Das sind wir doch auch«, sagte ich, entsetzt von seiner unerwarteten Attacke.

»Nein, das seid ihr nicht!«, fauchte er.

America berührte ihn an der Schulter. »Baby, ich hab dir doch gesagt, das kommt alles in Ordnung.«

Er riss sich aus ihrem Griff los. »Warum förderst du das auch noch, Mare? Ich habe dir doch gesagt, wo es hinführt!«

Sie umfasste sein Gesicht mit beiden Händen. »Und ich habe dir gesagt, dass es so nicht kommen wird! Vertraust du mir nicht?«

Shepley seufzte, sah sie an, dann mich und stampfte schließlich zurück in sein Zimmer.

America ließ sich auf den Sessel neben mir fallen und schnaubte. »Ich krieg es einfach nicht in seinen Kopf, dass egal, ob du und Travis das hinbekommt, es keine Auswirkungen auf uns beide haben wird. Aber er hat da einfach schon zu viele schlechte Erfahrungen gemacht. Er glaubt mir nicht.«

»Wovon redest du, Mare? Travis und ich sind nicht zusammen. Wir sind nur befreundet. Du hast ihn doch selbst gehört… er ist in dieser Hinsicht nicht an mir interessiert.«

»Hast du ihn das sagen gehört?«

»Na ja, schon.«

»Und das glaubst du ihm?«

Ich zuckte mit den Schultern. »Das spielt doch keine Rolle. Es wird nie passieren. Er hat mir gesagt, dass er mich sowieso nicht so sieht. Außerdem hat er totale Bindungsangst. Ich hätte Mühe, hier ein Mädchen außer dir kennenzulernen, mit dem er noch nicht geschlafen hat, und außerdem komme ich mit seinen Launen nicht zurecht. Ich kann einfach nicht glauben, dass Shep etwas anderes denkt.«

»Weil er Travis nicht nur genau kennt … er hat auch mit ihm gesprochen, Abby.«

»Wie meinst du das?«

»Mare?«, rief Shepley aus seinem Zimmer.

America seufzte. »Du bist meine beste Freundin. Ich glaube, manchmal kenne ich dich besser als du dich selbst. Ich sehe euch beide doch zusammen, und der einzige Unterschied zwischen mir und Shep und dir und Travis ist, dass wir miteinander Sex haben. Aber sonst? Kein Unterschied.«

»Da gibt es einen riesengroßen Unterschied. Bringt Shep jeden Abend andere Mädchen mit nach Hause? Gehst du auf die Party morgen Abend, um sie mit einem Typen zu verbringen, der echtes Datingpotenzial hat? Weißt du, ich kann mit Travis gar keine Beziehung anfangen, Mare. Ich weiß gar nicht, warum wir das überhaupt diskutieren.«

Americas Gesicht drückte Enttäuschung aus. »Ich bilde mir doch keine Sachen ein, Abby. Im letzten Monat hast du fast jede Minute mit ihm verbracht. Gib es zu, du empfindest etwas für ihn.«

»Lass es, Mare.« Travis zog das Handtuch um seine Hüften enger.

America und ich zuckten zusammen, und als mein Blick seinen traf, sah ich, dass die Fröhlichkeit daraus verschwunden war. Ohne ein weiteres Wort ging er den Flur hinunter, und America sah mich traurig an.

»Ich glaube, du machst einen Fehler«, flüsterte sie, bevor sie mich allein ließ. »Du brauchst nicht auf diese Party gehen, um einen Typen zu treffen, denn du hast hier schon einen, der verrückt nach dir ist.«

Ich schaukelte auf dem Sessel und ließ mir alles, was in der vergangenen Woche passiert war, noch einmal durch den Kopf gehen. Shepley war wütend auf mich, America enttäuscht von mir, und Travis … er hatte gerade noch glücklicher gewirkt, als ich ihn je gesehen hatte, und war jetzt anscheinend derart gekränkt, dass es ihm die Sprache verschlagen hatte. Zu nervös, um mich neben ihn ins Bett zu legen, starrte ich auf die Uhr, während die Minuten verstrichen.

Eine Stunde war vergangen, als Travis aus seinem Zimmer und den Flur entlang kam. Er bog um die Ecke, und ich erwartete, dass er mich auffordern würde, schlafen zu gehen, aber er war angezogen und hatte die Schlüssel für sein Motorrad in der Hand. Seine Augen waren hinter der Sonnenbrille verborgen, und er steckte sich eine Zigarette zwischen die Lippen, als er nach dem Knauf der Wohnungstür griff.

»Du gehst noch weg?«, fragte ich und setzte mich auf. »Wohin denn?«

»Raus.« Er riss die Tür auf und knallte sie hinter sich zu.

Ich ließ mich in den Sessel zurückfallen und stöhnte. Irgendwie war ich die Böse geworden, ohne dass ich hätte sagen können, wie ich das geschafft hatte.

Als die Uhr über dem Fernseher zwei Uhr zeigte, raffte ich mich endlich dazu auf, ins Bett zu gehen. Die

Matratze war leer ohne ihn, und mir kam immer wieder in den Sinn, ihn auf seinem Handy anzurufen. Ich war schon fast eingeschlafen, als ich Travis' Harley auf den Parkplatz fahren hörte. Kurz danach schlugen zwei Autotüren zu, und dann hörte ich viele Schritte auf der Treppe. Travis kämpfte kurz mit dem Schloss, schließlich ging die Tür auf. Er lachte und murmelte etwas, und dann hörte ich nicht eine, sondern zwei weibliche Stimmen. Ihr Gekicher wurde von Kussgeräuschen und Gestöhne unterbrochen. Mein Herz wurde schwer, und sofort ärgerte ich mich darüber. Ich kniff die Augen fest zu, als eines der Mädchen aufquietschte, und als Nächstes meinte ich die drei auf die Couch fallen zu hören.

Ich überlegte, America um ihre Autoschlüssel zu bitten, aber Shepleys Tür lag direkt im Blick der Couch, und ich hätte es nicht über mich gebracht, das Bild zu sehen, das zu den Geräuschen gehörte, die ich aus dem Wohnzimmer vernahm. Ich vergrub meinen Kopf unter dem Kissen und schloss die Augen, als plötzlich die Tür aufsprang. Travis ging durchs Zimmer, öffnete die Nachttischschublade, wühlte in seinem Glas mit den Kondomen, schloss die Lade wieder und lief zurück auf den Flur. Die Mädchen kicherten vielleicht noch eine halbe Stunde lang, dann wurde es still.

Sekunden später waren Stöhnen, Brummen und Geschrei in der ganzen Wohnung zu hören. Es klang, als würde im Wohnzimmer ein Porno gedreht. Ich verbarg mein Gesicht hinter den Händen. Welche Grenzen auch immer in der letzten Woche verschwommen oder verschwunden waren, jetzt befand sich an ihrer Stelle eine undurchdringliche Mauer. Ich schüttelte meine lächerlichen Gefühle ab und zwang mich, wieder locker zu werden. Travis war eben Travis, und wir beide ohne den geringsten Zweifel Freunde und nur Freunde.

Nach einer Stunde verebbten das Geschrei und die anderen Übelkeit erregenden Töne, es folgte Gejammer und dann Protest der Damen, als sie rausgeworfen wurden. Travis duschte und ließ sich wenig später auf seine Seite des Bettes fallen. Mit dem Rücken zu mir. Selbst nach der Dusche roch er noch, als habe er genug Whiskey getrunken, um ein Pferd zu betäuben. Ich war wütend, dass er in so einem Zustand noch Motorrad gefahren war.

Obwohl das Unbehagen nachließ und mein Zorn verebbte, konnte ich immer noch nicht schlafen. Sobald Travis' Atem tief und regelmäßig ging, setzte ich mich auf und schaute auf den Wecker. Die Sonne würde erst in einer Stunde aufgehen. Ich warf die Decke zurück, ging den Flur hinunter und holte mir eine Decke aus dem Garderobenschrank. Der einzige Beweis für Travis' Dreier waren zwei leere Kondompäckchen auf dem Boden. Ich stieg über sie und ließ mich in den Sessel fallen.

Ich schloss die Augen. Als ich sie wieder aufschlug, saßen America und Shepley schweigend auf der Couch und schauten Fernsehen ohne Ton. Sonnenschein erfüllte die ganze Wohnung, und ich zuckte zusammen, als mein Rücken schon bei dem Versuch, mich zu bewegen, rebellierte.

Americas Aufmerksamkeit war sofort bei mir. »Abby?« Sie eilte zu mir und musterte mich argwöhnisch. Anscheinend erwartete sie Wut, Tränen oder irgendeinen anderen emotionalen Ausbruch.

Shepley sah elend aus. »Es tut mir leid wegen gestern Abend, Abby. Das war alles meine Schuld.«

Ich lächelte. »Ist schon okay, Shep. Du musst dich nicht entschuldigen.«

America und Shepley wechselten einen Blick, dann griff sie nach meiner Hand. »Travis ist einkaufen. Er ist... ach, es spielt überhaupt keine Rolle, was er ist. Ich habe deine Sachen gepackt, und ich bringe dich ins Studentenwohnheim, bevor er zurück ist, dann hast du gar nichts mit ihm zu tun.«

Erst in diesem Moment war mir zum Weinen zumute: Ich war rausgeflogen. Ich bemühte mich, meine Stimme unter Kontrolle zu kriegen, bevor ich antwortete. »Hab ich noch Zeit, vorher zu duschen?«

America schüttelte den Kopf. »Lass uns lieber fahren, Abby. Ich will nicht, dass du ihn sehen musst. Er verdient es nicht –«

Die Tür flog auf, und Travis kam rein, die Arme voller Lebensmitteltüten. Er ging direkt in die Küche und begann fieberhaft, Dosen und Schachteln in die Schränke zu räumen.

»Wenn sie aufwacht, sagt mir Bescheid, okay? Ich habe Spaghetti und Pfannkuchen und Erdbeeren und diesen Haferflockenscheiß mit den Schokostückchen, und sie mag doch Fruit Loops zum Frühstück, oder, Mare?«, fragte er und drehte sich um.

Als er mich entdeckte, erstarrte er. Nach einer verlegenen Pause hatte er seine Mimik wieder im Griff und sprach in sanftem, süßem Ton. »Hey, Täubchen.«

Ich hätte nicht verwirrter sein können, wenn ich in einem fremden Land aufgewacht wäre. Nichts ergab einen Sinn. Erst hatte ich gedacht, ich sei rausgeworfen worden, und jetzt kam Travis beladen mit meinen Leibspeisen nach Hause.

Er machte ein paar Schritte ins Wohnzimmer und schob dabei nervös die Hände in die Taschen. »Hast du Hunger? Ich werde dir ein paar Pfannkuchen machen. Oder es gibt auch... äh... Haferflocken. Und ich hab dir was von diesem pinkfarbenen Schaumzeug besorgt, mit dem Mädchen sich rasieren, und einen Föhn und...

nur eine Sekunde, es ist hier drin«, sagte er und rannte in sein Zimmer.

Die Tür ging auf, wieder zu, und schon kam er um die Ecke. Bleich. Er holte tief Luft und zog die Brauen zusammen. »Dein ganzes Zeug ist gepackt.«

»Ich weiß«, entgegnete ich.

»Dann gehst du also«, sagte er wie besiegt.

Ich sah America an, die Travis so böse anfunkelte, als wolle sie ihn töten. »Hast du im Ernst gedacht, sie bleibt?«

»Baby«, flüsterte Shepley.

»Komm mir jetzt verdammt noch mal nicht damit, Shep. Und wag es ja nicht, ihn vor mir zu verteidigen«, fauchte sie.

Travis sah verzweifelt drein. »Es tut mir so leid. Ich weiß nicht mal, was ich sagen soll.«

»Los komm, Abby!« America stand da und zog an meinem Arm.

Travis machte einen Schritt, aber America zeigte mit dem ausgestreckten Zeigefinger auf ihn. »So wahr mir Gott helfe, Travis! Wenn du versuchst, sie aufzuhalten, dann übergieß ich dich im Schlaf mit Benzin und zünde dich an!«

»America!« Shepley war verzweifelt. Ich konnte sehen, dass er zwischen seinem Cousin und dem Mädchen, das er liebte, schrecklich hin- und hergerissen war. Es war genau die Situation, die er unbedingt hatte vermeiden wollen.

»Mir geht's gut«, sagte ich entnervt.

»Was meinst du damit, mir geht's gut?«, fragte Shepley fast hoffnungsvoll.

Ich verdrehte die Augen. »Travis hat letzte Nacht Frauen aus der Bar mit nach Hause genommen, na und?«

America sah besorgt drein. »Hallo, Abby. Willst du damit sagen, was passiert ist, hat dir nichts ausgemacht?«

Ich sah sie alle nacheinander an. »Travis kann mit in seine Wohnung nehmen, wen er will.«

America starrte mich an, als hätte ich den Verstand verloren. Shepley lächelte beinah, und Travis sah elender aus als vorher, als er fragte: »Du hast nicht selbst gepackt?«

Ich schüttelte den Kopf und schaute auf die Uhr. Es war zwei Uhr nachmittags. »Nein, und ich werde jetzt alles wieder auspacken. Außerdem muss ich was essen, duschen, mich anziehen…« Während ich das sagte, war ich schon auf dem Weg ins Bad. Nachdem ich die Tür hinter mir zugemacht hatte, lehnte ich mich dagegen und rutschte auf den Boden hinunter. Ich war mir sicher, America restlos vergrault zu haben, aber ich hatte Shepley nun mal ein Versprechen gegeben.

Über mir wurde leise an die Tür geklopft. »Täubchen?«

»Ja?« Ich versuchte, normal zu klingen.

»Dann bleibst du?«

»Ich kann auch gehen, aber eine Wette ist eine Wette.«

Die Tür vibrierte leicht, als Travis mit der Stirn dagegen stieß. »Ich möchte nicht, dass du gehst. Aber ich würde dir keinen Vorwurf machen, wenn du es tun würdest.«

»Willst du damit sagen, ich bin von meiner Wettschuld befreit?«

Es gab eine Pause. »Wenn ich jetzt Ja sage, gehst du dann?«

»Na klar. Ich wohne schließlich nicht hier, Dummkopf.« Ich rang mir ein kleines Lachen ab.

»Dann nein, die Wette gilt noch.«

Ich schaute hoch und spürte Tränen in meinen Augen. Ich wusste nicht, warum ich weinte, konnte aber auch nicht damit aufhören. »Kann ich jetzt duschen?«

»Klar…«, seufzte er.

Ich hörte Americas Schritte, als sie an Travis vorbei-stampfte. »Du bist ein selbstsüchtiger Bastard«, knurrte sie, bevor sie Shepleys Tür hinter sich zuschlug.

Ich erhob mich schwerfällig, drehte die Dusche auf, zog mich aus und stieg hinter den Vorhang.

Nachdem er wieder angeklopft hatte, hörte ich Travis sich räuspern.

»Hallo? Ich habe dir ein paar von deinen Sachen ge-bracht.«

»Leg sie einfach aufs Waschbecken.«

Travis kam rein und machte die Tür hinter sich zu. »Ich war wütend. Ich hatte gehört, wie du alles, was bei mir nicht stimmt, vor America ausgebreitet hast, und das hat mich angepisst. Ich wollte eigentlich nur ausgehen, auf ein paar Drinks und um ein paar Sachen zu durch-denken, aber bevor ich es gemerkt hatte, war ich sturz-besoffen, und diese Mädels…« Er schwieg. »Ich bin heute früh aufgewacht, und du warst nicht im Bett, und als ich dich dann im Sessel gefunden habe und die lee-ren Päckchen auf dem Boden sah, da habe ich mich total elend gefühlt.«

»Du hättest mich auch einfach fragen können, ob ich bleibe, anstatt so viel Geld im Supermarkt auszugeben, um mich zu bestechen.«

»Ich mache mir eigentlich gar nichts aus Geld. Ich hatte Angst, du würdest gehen und nie mehr ein Wort mit mir reden.«

Seine Erklärung tat mir richtig weh. Ich hatte nicht aufgehört, darüber nachzudenken, wie er sich gefühlt ha-ben musste, als er mich davon reden hörte, dass er absolut nicht für mich infrage kam. Und jetzt war die Situation elend verfahren.

»Ich wollte deine Gefühle nicht verletzen«, erklärte ich, während ich weiter unter dem Wasserstrahl stand.

»Ich weiß … Und ich weiß auch, dass es keine Rolle mehr spielt, was ich sage, weil ich es mal wieder verbockt habe …«

»Trav?«

»Ja?«

»Steig nicht mehr betrunken auf deine Maschine, ja?«

Ich musste eine geschlagene Minute warten, bis er endlich tief Luft holte. »Ja, okay.« Er machte die Tür wieder hinter sich zu.

5. KAPITEL

Parker Hayes

»Komm rein«, rief ich, als ich das Klopfen an der Tür hörte.

Travis blieb wie angewurzelt im Türrahmen stehen. »Wow.«

Ich lächelte und schaute auf mein Kleid. Ein Bustier, das in einen Minirock überging. Zugegebenermaßen äußerst gewagt. Das Material war dünn, schwarz und durchsichtig. Dazu gehörte ein hautfarbenes Unterkleid. Parker würde auf dieser Party sein, und es war mein fester Vorsatz, von ihm bemerkt zu werden.

»Du siehst großartig aus«, sagte er, während ich in meine High Heels schlüpfte.

Ich nickte anerkennend zu seinem weißen Oberhemd und der Jeans. »Du siehst auch gut aus.«

Seine Ärmel waren bis zu den Ellbogen hochgekrempelt, was die komplizierten Tattoos auf seinen Unterarmen zum Vorschein brachte. Ich bemerkte, dass er sein liebstes schwarzes Lederarmband trug, als er die Hände in die Hosentaschen schob.

America und Shepley warteten im Wohnzimmer auf uns.

»Parker wird sich nass machen, wenn er dich sieht«,

alberte America, als wir hinter Shepley zum Auto gingen.

Travis öffnete die Tür, und ich kletterte auf den Rücksitz von Shepleys Dodge Charger. Obwohl wir schon x-mal so gefahren waren, empfand ich es plötzlich als peinlich, neben ihm zu sitzen.

Autos säumten die Straße. Einige parkten sogar auf dem Rasen. Das Haus schien aus allen Nähten zu platzen, und man sah immer noch Leute von den Studentenwohnheimen die Straße herunterkommen. Shepley parkte auf der Rasenfläche hinter dem Haus, und America und ich folgten den Jungs nach drinnen.

Travis brachte mir ein Bier in einem roten Plastikbecher und flüsterte: »Nimm von niemandem außer Shep und mir was an. Ich will nicht, dass dir jemand was in deinen Drink tut.«

Ich verdrehte die Augen. »Niemand wird irgendwas in meinen Drink tun, Travis.«

»Du bist hier nicht mehr in Kansas.«

»Darauf wär ich nicht gekommen.« Genervt nahm ich ihm den Becher ab.

Eine Stunde verging, und von Parker keine Spur. America und Shepley tanzten in einem der Räume zu einem langsamen Song. Travis zog an meiner Hand. »Willst du tanzen?«

»Nein, danke.«

Er machte ein enttäuschtes Gesicht.

Ich berührte ihn an der Schulter. »Ich bin bloß müde, Trav.«

Er legte seine Hand auf meine und wollte gerade etwas sagen, als ich hinter ihm Parker entdeckte.

»Hey, Abby! Da bist du ja!« Parker strahlte.

»Ja, wir sind schon ungefähr seit einer Stunde hier«, sagte ich und zog meine Hand unter der von Travis weg.

»Du siehst unglaublich aus!«, brüllte er, um die Musik zu übertönen.

»Danke!« Ich grinste und warf einen verstohlenen Blick zu Travis. Seine Lippen waren zu einem Strich zusammengepresst.

Parker deutete mit dem Kopf in Richtung Tanzfläche und lächelte. »Du möchtest nicht tanzen, oder?«

Ich kräuselte die Nase. »Nee, bin ein bisschen müde.«

Daraufhin sah Parker Travis an. »Ich dachte, du wolltest nicht kommen.«

»Hab meine Meinung geändert«, sagte Travis irritiert.

»Wie man sieht«, meinte Parker und schaute wieder zu mir. »Vielleicht ein bisschen frische Luft schnappen?«

Ich nickte, und Parker nahm meine Hand, um mich die Treppe hinauf in den zweiten Stock zu führen. Oben öffnete er die Glastüren zu einem Balkon.

»Ist dir kalt?«, fragte er.

»Ein bisschen frisch ist es schon«, lächelte ich, als er sein Jackett auszog und es mir um die Schultern legte. »Danke.«

»Bist du mit Travis hier?«

»Wir sind nur zusammen hergefahren.«

Parkers Mund verzog sich zu einem breiten Grinsen, dann blickte er auf den Rasen hinunter. Eine Gruppe Mädchen drängte sich zusammen, alle hatten sich gegen die Kälte beieinander untergehakt. Krepppapier und Bierdosen sowie leere Flaschen diverser alkoholischer Getränke lagen auf dem Gras verstreut. Mittendrin standen Sig-Tau-Mitglieder rund um ihr Meisterwerk: eine Pyramide aus Bierfässchen, mit weißen Lichtern dekoriert.

Parker schüttelte den Kopf. »Bis morgen früh wird das wie ein Schlachtfeld aussehen. Die Putzkolonne wird zu tun haben.«

»Ihr habt eine Putzkolonne?«

»Klar!« Er grinste. »Wir nennen sie Freshmen.«

»Armer Shep.«

»Der ist nicht dabei. Er kommt davon, weil er Travis' Cousin ist und nicht im Haus der Fraternity wohnt.«

»Wohnst du hier?«

Parker nickte. »Seit zwei Jahren. Aber ich muss mir jetzt eine Wohnung suchen. Ich brauche mehr Ruhe zum Lernen.«

»Lass mich raten ... Hauptfach Wirtschaft?«

»Biologie, und Anatomie im Nebenfach. Ich habe noch ein Jahr vor mir, mache den Zulassungstest für das Medical College und gehe dann auf die Harvard Med.«

»Du weißt schon, dass die dich nehmen?«

»Mein Dad war in Harvard. Ich meine, ich weiß es noch nicht sicher, aber er ist ein großzügiger Alumnus, wenn du verstehst. Ich stehe auf 1,0, hatte 2200 Punkte im Studierfähigkeitstest, 36 bei der Hochschulzulassung. Da habe ich wohl gute Chancen.«

»Dein Dad ist Arzt?«

Parker bestätigte das mit einem fröhlichen Grinsen. »Orthopädischer Chirurg.«

»Beeindruckend.«

»Und was machst du?«, fragte er.

»Bin noch unentschlossen.«

»Typische Erstsemesterantwort.«

Ich seufzte theatralisch. »Ich schätze, meine Chance darauf, etwas Außergewöhnliches zu sein, habe ich schon vergeigt.«

»Ach, mach dir darüber mal keine Gedanken. Mir bist du schon am ersten Tag aufgefallen. Was machst du als Erstsemester eigentlich in Analysis III?«

Ich lächelte und spielte mit einer Haarsträhne. »Die Kurse an der Highschool habe ich ziemlich lässig abgehakt und zwei Sommerkurse an der Wichita State absolviert.«

»Das ist aber doch ganz schön beeindruckend«, sagte er.

Wir standen stundenlang auf dem Balkon, redeten über alles, von der Gastronomie vor Ort bis zu meiner Freundschaft mit Travis.

»Ich würde nicht davon anfangen, wenn ihr beide nicht das Gesprächsthema Nummer eins wärt.«

»Na, toll«, murmelte ich.

»Es ist nur einfach so ungewöhnlich für Travis. Er freundet sich eigentlich nicht mit Frauen an. Eher neigt er dazu, sie sich zu Feinden zu machen.«

»Ach, ich weiß nicht. Ich habe schon einige gesehen, die entweder an Gedächtnisverlust leiden müssen oder einfach zu nachsichtig sind, was ihn betrifft.«

Parker lachte. Seine weißen Zähne strahlten in dem perfekt gebräunten Gesicht. »Die Leute kapieren eure Beziehung eben nicht. Und du musst doch zugeben, dass sie ein bisschen unklar ist.«

»Willst du mich auf diese Weise fragen, ob ich mit ihm schlafe?«

Er grinste. »Wenn du das tun würdest, wärst du jetzt nicht hier. Ich kenne ihn, seit ich vierzehn bin, und ich weiß sehr genau, wie er agiert. Aber eure Freundschaft interessiert mich trotzdem.«

»Sie ist, wie sie ist«, meinte ich achselzuckend. »Wir gehen zusammen aus, essen, schauen fern, lernen und streiten. Mehr ist da nicht.«

Parker lachte laut auf. »Ich habe gehört, du seist der einzige Mensch, der Travis die Meinung sagen darf. Das ist an sich schon eine Auszeichnung.«

»Was immer das heißen mag. Er ist jedenfalls nicht so schlimm, wie alle immer sagen.«

Der Himmel färbte sich erst violett, dann rosa, als die Sonne über den Horizont stieg. Parker schaute auf seine Uhr und dann über die Balkonbrüstung auf die sich verlaufende Menschenmenge unten auf dem Rasen. »Sieht aus, als wäre die Party vorbei.«

»Dann geh ich wohl mal besser Shep und Mare suchen.«

»Hättest du was dagegen, wenn ich dich nach Hause fahre?«, fragte er.

Ich versuchte, meine Aufregung zu überspielen. »Nicht das Geringste. Ich sag America nur Bescheid.« Dann drehte ich mich wieder zu ihm um. »Weißt du, wo Travis wohnt?«

Parker hob seine dichten Augenbrauen. »Ja, warum?«

»Weil ... ich dort wohne«, sagte ich zögernd.

»Du wohnst bei Travis?«

»Ich habe eine Wette verloren, deshalb bin ich für einen Monat dort.«

»Einen Monat?«

»Das ist eine lange Geschichte«, meinte ich.

»Aber ihr beide seid nur befreundet?«

»Ja.«

»Dann bringe ich dich auch zu Travis«, lächelte er.

Ich ging die Treppe hinunter, um America zu suchen, und kam an einem beleidigten Travis vorbei, der sich über das betrunkene Mädchen zu ärgern schien, das auf ihn einredete. Er folgte mir in die Eingangshalle, wo ich America antippte.

»Ihr könnt schon mal ohne mich fahren. Parker hat angeboten, mich heimzufahren.«

»Was?« America strahlte vor Begeisterung.

»Was?«, fragte Travis wütend.

»Gibt's ein Problem damit?«, fragte America ihn.

Er funkelte sie böse an, dann zog er mich um die Ecke,

während sein Kiefer heftig mahlte. »Du kennst den Typen nicht mal.«

Ich befreite mich aus seinem Griff. »Das geht dich überhaupt nichts an, Travis.«

»Verdammt, und wie mich das was angeht. Ich lasse dich doch nicht mit einem Wildfremden nach Hause fahren. Was, wenn er irgendwas versucht?«

»Gut! Er ist süß!«

Travis' Gesichtsausdruck wechselte von Staunen zu Zorn. »Parker Hayes? Im Ernst? Parker Hayes«, wiederholte er verächtlich. »Was für ein Name ist das überhaupt?«

Ich verschränkte die Arme. »Lass das, Travis. Du benimmst dich wie ein Arsch.«

Er beugte sich zu mir. »Falls er dich anrührt, bring ich ihn um.«

»Ich mag ihn«, sagte ich und betonte jedes Wort.

Mein Geständnis schien ihn zu verblüffen. Und dann verdüsterte sich sein Gesicht. »Na schön. Wenn es damit endet, dass er auf dem Rücksitz seines Wagens über dich herfällt, dann komm bloß nicht zu mir und jammere.«

Ich war gekränkt und gleichzeitig stocksauer. »Da mach dir mal keine Sorgen«, fauchte ich und ließ ihn stehen.

Travis schnappte nach meinem Arm und seufzte. »Ich hab's nicht so gemeint, Täubchen. Falls er dir wehtun sollte – oder selbst wenn du dich nur unwohl fühlst –, sag es mir.«

Mein Zorn verflog. »Das weiß ich doch. Aber du musst diese überbehütende Großer-Bruder-Einstellung in den Griff kriegen.«

Travis lachte laut auf. »Ich spiele hier nicht den großen Bruder. Ganz sicher nicht.«

Parker kam um die Ecke, schob die Hände in die Taschen und hielt mir seinen Ellbogen hin. »Alles geklärt?«

Travis biss die Zähne zusammen, und ich stellte mich auf Parkers andere Seite, um ihn von Travis' Miene abzulenken. »Ja, lass uns gehen.« Ich nahm Parkers Arm und ging ein paar Schritte mit ihm, bevor ich mich umdrehte, um mich von Travis zu verabschieden. Doch der starrte finster auf Parkers Hinterkopf.

»Lass es«, formte ich stumm mit den Lippen, als sein Blick zu mir schoss, und folgte Parker durch die Schar der letzten Gäste zu seinem Wagen.

»Meiner ist der silberne.« Die Scheinwerfer seines Autos blinkten zweimal.

Er öffnete die Beifahrertür, und ich lachte. »Du fährst einen Porsche?«

»Sie ist nicht nur ein Porsche, sondern ein Porsche 911 GT3. Das ist ein Unterschied.«

»Lass mich raten, ist sie die Liebe deines Lebens?«, fragte ich und zitierte Travis' Statement über sein Motorrad.«

»Nein, das ist ein Auto. Die Liebe meines Lebens wird eine Frau sein, die meinen Nachnamen trägt.«

Ich versuchte, nicht zu gerührt zu sein. Er reichte mir die Hand, um mir beim Einsteigen zu helfen. Nachdem er sich hinters Steuer gesetzt hatte, lehnte er den Kopf an seinen Sitz und lächelte mir zu.

»Was machst du heute Abend?«

»Heute Abend?«, fragte ich.

»Jetzt ist Morgen. Ich möchte dich nur zum Abendessen einladen, bevor mir jemand anders zuvorkommt.«

Da musste ich grinsen. »Noch keinerlei Pläne.«

»Soll ich dich um sechs abholen?«

»Okay.« Ich sah zu, wie er seine Finger in meine schob.

Parker fuhr mich direkt zu Travis. Dabei beachtete er die Geschwindigkeitsbegrenzung und ließ seine Hand in meiner. Er parkte hinter der Harley und öffnete mir wie schon zuvor die Tür. Als wir den Treppenabsatz erreicht hatten, beugte er sich herab, um mich auf die Wange zu küssen.

»Schlaf ein bisschen. Ich sehe dich dann heute Abend«, flüsterte er mir ins Ohr.

»Bye«, sagte ich und drehte den Türknopf. Als ich dagegen drückte, gab die Tür nach, und ich stolperte nach vorn.

Travis hatte mich am Arm gefasst, bevor ich hinfiel. »Gemach, Euer Gnaden.«

Ich drehte mich um und sah, dass Parker uns mit merklichem Unbehagen anstarrte. Er beugte sich vor, um in die Wohnung zu spähen. »Irgendwelche gedemütigten, gestrandeten Mädchen da, die eine Mitfahrgelegenheit brauchen?«

Travis funkelte Parker böse an. »Leg dich nicht mit mir an.«

Parker zwinkerte mir zu. »Ich ziehe ihn immer damit auf. Wobei ich nicht mehr ganz so oft Gelegenheit dazu habe, seit er draufgekommen ist, dass es bequemer ist, wenn er sie dazu bringen kann, mit dem eigenen Auto zu fahren.«

»Schätze, das macht die Sache einfacher«, neckte ich Travis.

»Das ist nicht komisch, Täubchen.«

»Täubchen?«, fragte Parker.

»Das ist… sein Spitzname für mich. Ich weiß gar nicht mehr, wie er eigentlich draufgekommen ist«, sagte ich. Es war das erste Mal, dass mir der Name, den Travis mir an dem Abend gegeben hatte, als wir uns kennenlernten, peinlich war.

»Das musst du mir unbedingt verraten, wenn es dir wieder einfällt. Klingt nach einer guten Geschichte.« Parker lächelte. »Nacht, Abby.«

»Meinst du nicht eher guten Morgen?«, rief ich ihm nach.

»Das auch«, rief er mit einem entzückenden Lächeln. Travis knallte die Tür zu.

»Was?«, giftete ich.

Travis schüttelte den Kopf und steuerte sein Zimmer an. Ich folgte ihm und hüpfte auf einem Bein, um einen meiner Schuhe auszuziehen. »Er ist nett, Trav.«

Er seufzte und kam zu mir. »Du wirst dir nur wehtun«, sagte er, legte einen Arm um meine Taille und streifte mir mit der anderen Hand die Schuhe von den Füßen. Er warf sie in den Schrank und zog dann auf dem Weg zum Bett sein Hemd aus.

Ich öffnete den Reißverschluss meines Kleides und schlängelte mich heraus. Danach schlüpfte ich in ein T-Shirt, öffnete meinen BH und zog ihn durch den Ärmel aus. Als ich meine Haare zu einem Dutt oben auf meinem Kopf zusammenband, bemerkte ich, dass er mich anstarrte.

»Ich bin mir sicher, dass ich nichts habe, was du nicht schon mal gesehen hast.« Ich schlüpfte unter die Decken, rückte mir das Kissen zurecht und rollte mich zu einer Kugel zusammen. Er öffnete seinen Gürtel, zog die Jeans runter und stieg aus den Hosenbeinen.

Ich wartete, während er einen Moment lang reglos stehen blieb. Ich hatte ihm den Rücken zugekehrt, sodass ich mich nur fragen konnte, was er da wohl gerade machte, während er schweigend neben dem Bett ausharrte. Die Matratze senkte sich, als er sich schließlich doch neben mich legte, aber ich erstarrte, als ich seine Hand auf meiner Hüfte spürte.

»Ich habe heute Abend einen Kampf verpasst«, meinte er. »Adam hat angerufen. Ich bin nicht hingegangen.«

»Warum?«, sagte ich und drehte mich zu ihm.

»Ich wollte sicher sein, dass du nach Hause kommst.«

Ich rümpfte die Nase. »Du bist nicht mein Babysitter.«

Er strich mit einem Finger über meinen Arm, sodass mir Schauer über den Rücken liefen. »Ich weiß. Ich schätze, ich fühle mich einfach immer noch schlecht wegen gestern Nacht.«

»Ich hab dir doch gesagt, es war mir egal.«

»Hast du deshalb auf dem Sessel geschlafen? Weil es dir egal war?«

»Ich konnte nicht einschlafen, nachdem deine … Freundinnen gegangen waren.«

»Du hast in dem Sessel prima geschlafen. Warum dann nicht neben mir?«

»Du meinst, neben einem Typen, der immer noch nach den zwei angetrunkenen Mädels roch, die er gerade hinauskomplimentiert hatte? Ich weiß auch nicht! Wie egoistisch von mir.«

Travis jammerte: »Ich habe doch schon gesagt, dass es mir leidtut.«

»Und ich sagte, es ist mir egal. Gute Nacht.« Und damit drehte ich mich wieder um.

Einige Augenblicke lang war es still. Dann schob er seine Hand über mein Kissen und ließ sie auf meiner liegen. Er streichelte die zarte Haut zwischen meinen Fingern, und dann presste er seine Lippen auf mein Haar. »Sosehr ich Angst hatte, du würdest nie mehr ein Wort mit mir reden … Aber dass du gleichgültig bist, das ist noch schlimmer.«

Ich hielt die Augen geschlossen. »Was willst du von mir, Travis? Du möchtest nicht, dass ich wütend darüber bin, was du getan hast, aber es soll mir nicht egal sein. Du sagst America, dass du mich nicht daten willst, aber du bist so angepisst, wenn ich das Gleiche sage, dass du davonstürmst und dich bis zur Lächerlichkeit betrinkst. Das ergibt doch alles keinen Sinn.«

»Hast du das deshalb zu America gesagt? Weil ich ihr gegenüber meinte, ich würde dich nicht daten?«

Ich biss die Zähne zusammen. Er hatte gerade unterstellt, dass ich Spielchen mit ihm spielte. Deshalb gab ich die undiplomatischste Antwort, die mir in den Sinn kam: »Nein, ich habe es so gemeint, wie ich es gesagt habe. Allerdings nicht als Kränkung.«

»Ich habe das nur gesagt, weil ...«, er kratzte sich nervös in seinen kurzen Haaren, »... weil ich nichts kaputt machen wollte. Ich wüsste ja nicht mal, wie ich es anfangen sollte, jemand zu werden, den du verdienst. Ich habe erst mal versucht, das in meinem Kopf auf die Reihe zu kriegen.«

»Wie auch immer. Ich muss jetzt jedenfalls ein bisschen schlafen. Ich habe heute Abend eine Verabredung.«

»Mit Parker?« Sein Ärger war deutlich hörbar.

»Ja. Und kann ich jetzt bitte schlafen?«

»Klar.« Er sprang aus dem Bett und knallte die Tür hinter sich zu. Der Sessel quietschte unter seinem Gewicht, dann drangen gedämpfte Stimmen aus dem Fernseher über den Flur an mein Ohr. Ich zwang mich, die Augen zu schließen.

Es war drei Uhr nachmittags, als ich meine Augen mühsam wieder aufschlug. Ich schnappte mir ein Handtuch und meinen Bademantel und tappte ins Bad. Ich hatte den Duschvorhang gerade zugezogen, als die Tür auf- und wieder zuging. Ich wartete, dass jemand etwas sagen würde, aber ich hörte nur, wie der Klodeckel aufgeklappt wurde.

»Travis?«

»Nö, ich bin's«, sagte America.

»Musst du ausgerechnet hier aufs Klo? Ihr habt doch ein eigenes Bad.«

»Da war Shep eine halbe Stunde lang mit Bierdurchfall drin. Da setze ich keinen Fuß rein.«

»Schön.«

»Wie ich höre, hast du heute Abend ein Date. Travis ist total angepisst!«, trällerte sie.

»Um sechs! Er ist so süß, America. Er ist…« Seufzend verstummte ich. Ich schwärmte, und das war total untypisch für mich. Ich musste daran denken, wie perfekt er seit unserer ersten Begegnung gewesen war. Er war genau, was ich brauchte: das absolute Gegenteil von Travis.

»Hat's dir die Sprache verschlagen?« Sie kicherte.

Ich schaute um den Duschvorhang herum. »Ich wollte gar nicht nach Hause! Ich hätte mich noch ewig mit ihm unterhalten können!«

»Klingt vielversprechend. Ist es aber nicht irgendwie seltsam, dass du trotzdem hier bist?«

Ich stellte mich wieder unter den Wasserstrahl, um den Schaum abzuspülen. »Ich hab's ihm erklärt.«

Die Toilettenspülung rauschte, sie drehte den Wasserhahn auf, und kurz war das Wasser der Dusche eiskalt. Ich schrie auf, und die Badtür flog auf.

»Abby?«, rief Travis.

America lachte. »Ich habe nur die Spülung gedrückt. Mach dich locker, Trav.«

»Oh. Bei dir alles klar, Täubchen?«

»Alles bestens. Mach, dass du rauskommst.« Die Tür schloss sich wieder, und ich seufzte. »Ist eine abschließbare Tür zu viel verlangt?«

America antwortete nicht darauf.

»Mare?«

»Es ist wirklich zu schade, dass ihr beide nicht zusammenkommen konntet. Du bist das einzige Mädchen, das ihn hätte…« Sie seufzte. »Aber spielt jetzt ja keine Rolle mehr.«

Ich drehte das Wasser ab und wickelte mich in ein Handtuch. »Du bist genauso schlimm wie er. Das ist wie eine ansteckende Krankheit… keiner hier benimmt sich logisch. Du bist doch stinksauer auf ihn, schon vergessen?«

»Ich weiß.«

Ich schaltete meinen neuen Föhn ein und begann das große Aufstylen. Ich drehte mir Locken und färbte mir Nägel und Lippen tiefrot. Fast ein bisschen zu viel des Guten. Ich musterte mich mit tadelnder Miene im Spiegel. Es war nicht Parker, den ich beeindrucken wollte. Ich sollte wohl nicht die Beleidigte mimen, wenn Travis mir vorwarf, Spielchen zu spielen. Schuldgefühle überkamen mich. Travis gab sich solche Mühe, und ich war ein bockiges Kind. Als ich ins Wohnzimmer kam, lächelte Travis mich an – eine Reaktion, mit der ich nicht im Geringsten gerechnet hatte.

»Du… bist wunderschön.«

»Danke.« Ich war verunsichert, weil weder Irritation noch Eifersucht in seiner Stimme lagen.

Shepley pfiff leise. »Gut gewählt, Abby. Jungs stehen auf Rot.«

»Die Locken sind atemberaubend«, fügte America hinzu.

Es klingelte, und eine lächelnde America winkte mir theatralisch: »Viel Spaß!«

Ich machte die Tür auf. Parker hielt einen kleinen Blumenstrauß in der Hand. Er trug Anzughose und Krawatte und musterte mich hingerissen von Kopf bis Fuß. »Du bist das schönste Geschöpf, das ich je gesehen habe.«

Ich schaute mich noch mal um, um America zuzuwinken, die so breit grinste, dass ich jeden einzelnen ihrer Zähne sah. Shepley sah aus wie ein stolzer Vater, und Travis hielt den Blick auf den Fernseher gerichtet.

Parker streckte die Hand aus und führte mich zu seinem polierten Porsche. Sobald wir darin saßen, atmete er geräuschvoll aus.

»Was denn?«, fragte ich.

»Ich muss sagen, es hat mich ein bisschen nervös gemacht, die Frau abzuholen, in die Travis Maddox verliebt ist... noch dazu aus seiner Wohnung. Du glaubst nicht, wie viele Leute mir heute schon den Verstand abgesprochen haben.«

»Travis ist nicht in mich verliebt. Manchmal hält er es in meiner Nähe kaum aus.«

»Ist es vielleicht eine Hassliebe? Denn als ich meinen Freunden erzählt habe, dass ich heute mit dir ausgehe, da haben sie mir alle das Gleiche gesagt. Er benimmt sich in letzter Zeit – selbst für seine Verhältnisse – extrem unberechenbar. Das ließ für alle nur einen Schluss zu.«

»Die irren sich alle«, beharrte ich.

Parker schüttelte den Kopf, als sei ich total ahnungslos. Er legte eine Hand auf meine. »Wir sollten besser los. Ich habe vorhin einen Tisch reserviert.«

»Wo?«

»Im Biasetti. Ich... hoffe, du magst Italienisch.«

Ich hob eine Augenbraue. »War das nicht zu kurzfristig? Der Laden ist immer knallvoll.«

»Nun... das Restaurant gehört uns zur Hälfte.«

»Ich mag Italienisch.«

Parker fuhr umsichtig, vorsichtig und exakt im Rahmen der Geschwindigkeitsbegrenzung. Als wir beim Lokal angekommen waren, kicherte ich.

»Was ist?«, fragte er.

»Du bist... ein sehr vorsichtiger Fahrer. Das ist gut.«

»Anders als auf dem Rücksitz von Travis' Motorrad?«

Ich hätte lachen sollen, aber der Vergleich fühlte sich nicht gut an. »Lass uns heute Abend nicht über Travis sprechen, okay?«

»Sehr gern.« Er stieg aus, um mir die Tür zu öffnen.

Wir bekamen einen Tisch an einem großen Erkerfenster. Obwohl ich auch ein Kleid trug, sah ich im Vergleich zu den anderen weiblichen Gästen geradezu ärmlich aus. Sie waren mit Diamanten behängt und trugen Cocktailkleider. Ich hatte noch niemals in einem so protzigen Lokal gegessen.

Wir bestellten, und Parker klappte lächelnd seine Speisekarte zu. »Und bitte bringen Sie uns noch eine Flasche von dem Allegrini Amarone.«

»In Ordnung, Sir«, entgegnete der Ober.

»Das ist ja unglaublich hier«, flüsterte ich und beugte mich dabei ein Stück über den Tisch.

Der Blick seiner grünen Augen wurde weich. »Danke, ich werde deinen Eindruck an meinen Vater weitergeben.«

Eine Frau trat an unseren Tisch. Ihr blondes Haar war zu einem strengen französischen Knoten frisiert. Aus ihrem Pony stach eine graue Strähne hervor. Ich versuchte, nicht auf die funkelnden Juwelen um ihren Hals oder an ihren Ohrläppchen zu starren, doch die waren als Hingucker gedacht. Sie musterte mich aus leicht zusammengekniffenen blauen Augen.

Dann wandte sie sich rasch an meinen Begleiter. »Wer ist deine Freundin, Parker?«

»Mutter, das ist Abby Abernathy. Abby, das ist meine Mutter, Vivienne Hayes.«

Ich streckte ihr meine Hand hin, und sie schüttelte sie genau einmal. Wie ein Reflex leuchtete Interesse in ihren strengen Zügen auf, und sie sah wieder Parker an. »Abernathy?«

Ich schluckte und fürchtete, sie habe den Namen erkannt.

Parkers Gesicht wurde ungeduldig. »Sie stammt aus Wichita, Mom. Du kennst ihre Familie nicht. Sie geht auf die Eastern.«

»Oh?« Vivienne beäugte mich erneut. »Parker geht nächstes Jahr nach Harvard.«

»Das hat er erzählt. Sie müssen sehr stolz auf ihn sein.«

Die Spannung um ihre Augen ließ ein wenig nach, und ihre Mundwinkel hoben sich zu einem blasierten Lächeln. »Das sind wir. Danke sehr.«

Ich konnte nur darüber staunen, wie ihre an sich höflichen Worte derart verletzend und arrogant klingen konnten.

»Es war schön, dich zu sehen, Mom. Gute Nacht.« Sie küsste ihn auf die Wange und wischte den Lippenstift mit dem Daumen weg. Danach begab sie sich wieder an ihren Tisch. »Tut mir leid, ich wusste nicht, dass sie hier sein würde.«

»Kein Problem. Sie wirkt ... nett.«

Parker lachte. »Ja, für einen Piranha.« Ich unterdrückte ein Kichern, und er lächelte entschuldigend. »Man wird dann schon warm mit ihr. Sie braucht dafür nur eine Weile.«

»Na, dann bin ich ja beruhigt.«

Wir unterhielten uns endlos über Essen, die Eastern University, Analysis und sogar über den Circle. Parker war charmant und witzig. Verschiedene Leute kamen, um ihn zu begrüßen, und er stellte mich stets mit einem stolzen Lächeln vor. In diesem Restaurant genoss er regelrechte Prominenz, und als wir gingen, spürte ich die wohlwollenden Blicke aller Anwesenden auf mir.

»Und jetzt?«, fragte ich.

»Ich fürchte, ich muss Montagmorgen gleich einen

Halbjahrestest in vergleichender Wirbeltieranatomie schreiben. Dafür muss ich noch ein bisschen lernen«, meinte er und legte seine Hand auf meine.

»Besser du als ich«, scherzte ich und versuchte, nicht zu enttäuscht zu wirken.

Er fuhr mich zur Wohnung und führte mich an der Hand die Treppe hinauf.

»Danke, Parker.« Ich war mir des lächerlichen Grinsens in meinem Gesicht sehr wohl bewusst. »Ich habe mich großartig amüsiert.«

»Ist es zu früh, dich um eine zweite Verabredung zu bitten?«

»Überhaupt nicht.« Ich strahlte.

»Also kann ich dich morgen anrufen?«

»Klingt perfekt.«

Dann kam der Moment verlegenen Schweigens. Küssen oder nicht küssen? Ich hasste diese Frage.

Bevor ich jedoch Gelegenheit hatte, mich zu fragen, ob er mich wohl küssen würde, berührte er mein Gesicht links und rechts, zog mich an sich und drückte seine Lippen auf meine. Sie waren weich und warm und wundervoll. Er hob den Kopf ein bisschen und küsste mich gleich noch mal.

»Wir sprechen uns morgen, Abs.«

Ich winkte und sah ihm nach, wie er die Stufen hinunter zu seinem Wagen ging. »Bye.«

Auch diesmal gab die Tür, sobald ich den Knopf drehte und dagegen drückte, nach, sodass ich nach vorn stolperte. Travis fing mich auf, und ich fand wieder Halt.

»Würdest du das bitte sein lassen?«, fragte ich und schloss die Tür hinter mir.

»›Abs‹? Was bist du, ein Absatz? Ein Absender?«, höhnte er.

»›Täubchen‹?«, erwiderte ich im gleichen verächtlichen Ton. »Ein lästiger Vogel, der alle Bürgersteige voll-scheißt?«

»Du magst ›Täubchen‹«, sagte er defensiv. »Das kann eine Turteltaube sein, ein Symbol für Frieden, für Hoff-nung, für den Heiligen Geist oder ein hübsches Mädchen, such dir was aus. Du bist jedenfalls mein Täubchen.«

Ich griff nach seinem Arm, um mir die hochhacki-gen Schuhe auszuziehen, und ging dann in sein Zimmer. Während ich mir meinen Pyjama anzog, bemühte ich mich, weiterhin wütend auf ihn zu sein.

Travis saß mit verschränkten Armen auf dem Bett. »Hattest du es nett?«

»Das hatte ich«, seufzte ich. »Es war phantastisch. Ein-fach perfekt. Er ist…« Mit fiel kein adäquates Wort ein, um ihn zu beschreiben, also schüttelte ich nur den Kopf.

»Hat er dich geküsst?«

Ich presste meine Lippen zusammen und nickte. »Er hat wirklich weiche Lippen.«

Travis zuckte zusammen. »Ist mir doch egal, was der für Lippen hat.«

»Glaub mir, das ist wichtig. Ich mach mir über erste Küsse immer so wahnsinnig viele Gedanken, aber dies-mal war es gar nicht schlecht.«

»Du bist nervös wegen eines Kusses?«, fragte er amü-siert.

»Nur wegen erster Küsse. Die kann ich eigentlich nicht ausstehen.«

»Könnte ich auch nicht, wenn ich Parker Hayes küs-sen müsste.«

Ich kicherte und ging ins Bad, um mir das Make-up vom Gesicht zu schrubben. Travis folgte mir und lehnte im Türrahmen. »Dann geht ihr wohl noch mal aus?«

»Ja. Er ruft mich morgen an.« Ich trocknete mir das Gesicht ab, tänzelte über den Flur und hüpfte ins Bett.

Travis zog sich bis auf seine Boxershorts aus und setzte sich mit dem Rücken zu mir. Ein bisschen gebeugt. Er wirkte erschöpft. Seine klar definierten Rückenmuskeln dehnten sich dabei. Kurz schaute er zu mir her. »Wenn du dich so großartig amüsiert hast, warum bist du dann so früh wieder zu Hause?«

»Er hat am Montag eine wichtige Prüfung.«

Travis zog die Nase kraus. »Na und?«

»Er versucht, nach Harvard zu kommen. Deshalb muss er lernen.«

Er schnaubte und legte sich bäuchlings hin. »Jaja, das erzählt er jedem.«

»Sei nicht so gemein. Er hat eben Prioritäten … Ich denke, das ist verantwortungsbewusst.«

»Sollte seine Freundin nicht an erster Stelle dieser Prioritäten stehen?«

»Ich bin nicht seine Freundin. Wir hatten erst ein einziges Date, Trav«, schimpfte ich.

»Also, was habt ihr zwei Hübschen denn unternommen?« Ich warf ihm einen bösen Blick zu, woraufhin er lachte. »Was denn? Ich bin doch bloß neugierig!«

Er schien es ernst zu meinen, also beschrieb ich ihm alles, vom Interieur über das Essen bis hin zu Parkers witzigen Bemerkungen. Ich konnte einfach nicht aufhören zu lächeln, während ich meinen perfekten Abend schilderte.

Travis betrachtete mich mit einem amüsierten Lächeln. Er stellte sogar Fragen und schien sich ehrlich zu freuen, mich so glücklich zu sehen. Schließlich kuschelte Travis sich auf seiner Bettseite ein, und ich gähnte. Wir sahen uns einen Moment lang wortlos an, bevor er seufzend meinte: »Gut, dass du es so schön hattest, Täubchen. Du verdienst es.«

»Danke.« Ich grinste. Da begann mein Handy auf dem

Nachttisch zu klingeln, und ich sprang auf, um auf das Display zu schauen.

»Hallo?«

»Jetzt ist morgen«, sagte Parker.

Ich schaute auf den Wecker und lachte. Es war 00:01 Uhr. »Stimmt.«

»Wie wär's mit Montagabend?«, fragte er.

Ich holte tief Luft. »Hm, ja. Montagabend ist super.«

»Gut. Dann sehen wir uns Montag.« Ich hörte ihm an, dass er lächelte.

Ich beendete das Gespräch und warf einen Blick auf Travis, der mich mit leichtem Unmut beobachtete.

»Magst du Parker wirklich?«

»Verdirb mir das nicht, Travis!«

6. KAPITEL

Wendepunkt

Das Date am Montagabend erfüllte all meine Erwartungen. Wir gingen chinesisch essen, und ich kicherte über Parkers mangelndes Geschick mit den Stäbchen. Als er mich nach Hause brachte, öffnete Travis die Tür, bevor Parker mich küssen konnte. Am Mittwoch gingen wir wieder aus, und diesmal küsste Parker mich schon im Auto.

Am Donnerstag wartete Parker beim Mittagessen in der Cafeteria auf mich und erstaunte alle, indem er sich auf Travis' Platz setzte. Als Travis seine Zigarette fertig geraucht hatte und hereinkam, ging er gleichgültig an Parker vorbei und setzte sich ans Ende des Tisches. Megan näherte sich ihm, wurde jedoch sofort enttäuscht, als er sie wegscheuchte. Danach herrschte am Tisch gedämpfte Stimmung, und mir fiel es schwer, mich auf irgendetwas zu konzentrieren, das Parker sagte.

»Ich schätze, ich wurde bei den Einladungen nur vergessen.« Parker hatte meine Aufmerksamkeit gewonnen.

»Was?«

»Ich habe gehört, dass am Sonntag deine Geburtstagsparty stattfindet. Bin ich nicht eingeladen?«

America sah zu Travis, der Parker so wütend anfunkelte, als würde er ihn in der nächsten Sekunde niedermähen.

»Das sollte eine Überraschungsparty werden, Parker«, sagte America leise.

»Oh.« Parker zuckte zusammen.

»Du schmeißt eine Überraschungsparty für mich?«, fragte ich America.

Sie zuckte die Achseln. »Es war Travis' Idee. Bei Brazil, am Sonntag. Ab achtzehn Uhr.«

Parker errötete ein wenig. »Dann, nehme ich mal an, bin ich jetzt definitiv nicht eingeladen.«

»Nein! Natürlich bist du das!«, sagte ich und nahm auf dem Tisch seine Hand. Zwölf Augenpaare fokussierten auf unsere Hände. Ich konnte sehen, dass Parker die Aufmerksamkeit ebenso unangenehm war wie mir, daher ließ ich ihn los und legte meine Hände auf den Schoß.

Parker erhob sich. »Ich habe vor dem Kurs noch ein paar Dinge zu erledigen. Ich rufe dich später an.«

»Okay.« Ich lächelte entschuldigend.

Parker beugte sich über den Tisch und küsste mich auf den Mund. Die Stille hatte nun schon die gesamte Cafeteria erfasst, und nachdem Parker gegangen war, stupste America mich mit dem Ellbogen an.

»Ist das nicht gruselig, wie alle euch beobachten?«, flüsterte sie. Sie schaute mit finsterer Miene durch den Raum. »Was denn?«, schrie sie auf einmal. »Kümmert euch um euern eigenen Dreck, ihr Perverslinge!« Ein Kopf nach dem anderen wandte sich ab, und langsam kamen die Gespräche wieder in Gang.

Ich schlug die Hände vors Gesicht. »Weißt du, erst war ich bemitleidenswert, weil man mich für die arme ahnungslose Freundin von Travis hielt. Jetzt bin ich die Böse, weil jeder glaubt, ich würde wie ein Tischtennisball zwischen Parker und Travis hin und her springen.«

Als America nichts dazu sagte, schaute ich hoch. »Wie? Sag bloß nicht, dass du diesen verdammten Bullshit auch glaubst!«

»Ich habe gar nichts gesagt!«

Ungläubig starrte ich sie an. »Aber denkst du das?«

America schüttelte den Kopf, schwieg aber noch immer. Die eisigen Blicke der anderen Studenten waren mir auf einmal unerträglich, also stand ich auf und ging ans Ende des Tisches.

»Wir müssen reden.« Ich tippte Travis auf die Schulter und versuchte, höflich zu bleiben, aber der in mir brodelnde Zorn ließ meine Worte scharf klingen. Die ganze Studentenschaft, inklusive meiner besten Freundin, glaubte, ich würde mit zwei Männern spielen. Da gab es nur eine einzige Lösung.

»Dann red«, meinte Travis und schob sich irgendetwas Paniertes und Frittiertes in den Mund.

Ich zappelte herum und spürte die neugierigen Blicke aller Leute in Hörweite, doch Travis rührte sich nicht. Also packte ich ihn am Arm und zog kräftig daran. Er stand schließlich auf und folgte mir grinsend nach draußen.

»Was ist denn, Täubchen?« Er schaute von meiner Hand auf seinem Arm zu mir.

»Du musst mir meine Wettschulden erlassen«, bat ich.

Er sah bestürzt aus. »Du willst ausziehen? Warum? Was hab ich denn gemacht?«

»Du hast gar nichts gemacht, Trav. Aber hast du nicht bemerkt, wie alle geglotzt haben? Ich werde bald die Ausgestoßene der Eastern University sein.«

Travis zündete sich eine Zigarette an. »Nicht mein Problem.«

»Doch, das ist es. Parker sagt, jeder glaubt, er müsse Todessehnsucht haben, weil du in mich verliebt bist.«

Travis' Augenbrauen schossen in die Höhe, und er verschluckte sich an dem Rauch, den er gerade inhaliert hatte. »Das sagen die Leute?«, keuchte er hustend.

Ich nickte. Mit weit aufgerissenen Augen nahm er einen neuen Zug.

»Travis! Du musst mich aus der Wette entlassen! Ich kann nicht Parker daten und gleichzeitig mit dir zusammenleben. Das vermittelt einen schrecklichen Eindruck!«

»Dann hör auf, Parker zu daten.«

Ich starrte ihn wütend an. »Das ist nicht das Problem, und du weißt es.«

»Ist das der einzige Grund, aus dem du wegwillst? Wegen dem Gerede der anderen?«

»Zumindest bevor ich eine Ahnung hatte und du der Böse warst«, brummte ich.

»Beantworte die Frage.«

»Ja!«

Travis schaute über mich hinweg zu den Studenten, die aus der Cafeteria kamen oder hineingingen. Er überlegte, und ich wurde langsam ungeduldig, während er sich Zeit ließ.

Endlich richtete er sich gerade auf und wirkte entschlossen. »Nein.«

Ich war mir sicher, mich verhört zu haben. »Wie bitte?«

»Nein. Du hast ja selbst gesagt: Eine Wette ist eine Wette. Wenn der Monat rum ist, bist du mit Parker weg, er wird Arzt, ihr heiratet und bekommt 2,5 Kinder, und ich werde dich nie wieder sehen.« Er schnitt eine Grimasse. »Mir bleiben noch drei Wochen. Und auf die werde ich wegen Kantinentratsch nicht verzichten.«

Ich schaute durch die großen Fenster und sah, dass praktisch die gesamte Cafeteria uns beobachtete. Die unwillkommene Aufmerksamkeit trieb mir Tränen in die Augen. Ich ließ ihn stehen, um mich auf den Weg zu meinem nächsten Kurs zu machen.

»Abby!«, rief Travis mir nach.

Ich drehte mich nicht mehr um.

Am selben Abend saß America auf dem Badezimmerboden und quasselte über die Jungs, während ich vor dem Spiegel stand und meine Haare zu einem Pferdeschwanz frisierte. Ich hörte nur mit halbem Ohr zu, denn ich musste daran denken, wie geduldig Travis gewesen war – erst recht für seine Verhältnisse. Natürlich gefiel es ihm nicht, dass Parker mich jeden zweiten Abend aus seiner Wohnung abholte.

Travis' Gesichtsausdruck, als ich ihn gebeten hatte, mir die Wettschulden zu erlassen, und auch der, als ich ihm gesagt hatte, die Leute meinten, er sei in mich verliebt, kamen mir in den Sinn. Andauernd fragte ich mich, warum er es nicht bestritten hatte.

»Also, Shep meint, du seist zu hart mit ihm. Er hatte noch nie jemanden, an dem ihm so viel gelegen hätte, dass er...«

Travis steckte den Kopf herein und lächelte, als er mich mit meinen Haaren herumhantieren sah. »Lust, irgendwo einen Happen zu essen?«, fragte er.

America stand auf, um sich im Spiegel zu betrachten, und fuhr sich mit den Fingern durch ihre Goldmähne. »Shep möchte mal diesen neuen Mexikaner in Downtown ausprobieren, falls ihr Lust habt, mitzukommen.«

Travis schüttelte den Kopf. »Ich dachte mir, Abby und ich könnten heute Abend alleine ausgehen.«

»Ich gehe mit Parker aus.«

»Schon wieder?«, zischte er ärgerlich.

»Schon wieder«, zwitscherte ich.

Es klingelte an der Tür, und ich eilte an Travis vorbei, um aufzumachen. Parker stand vor mir, mit seinen blonden Locken und frisch rasierten Wangen.

»Siehst du jemals weniger gut als umwerfend aus?«, fragte Parker.

»Wenn ich daran denke, wie sie zum ersten Mal hier aufgekreuzt ist, muss ich sagen, ja«, mischte sich Travis hinter mir ein.

Ich verdrehte die Augen und lächelte, dann hob ich einen Finger, um Parker zu bedeuten, er möge warten. Ich drehte mich um und fiel Travis um den Hals. Er war vor Staunen zunächst wie erstarrt, entspannte sich aber gleich wieder und zog mich fest an sich.

Lächelnd schaute ich ihm in die Augen. »Danke dafür, dass du meine Geburtstagsparty organisierst. Und kann ich für das Abendessen einen Gutschein bekommen?«

Ein Dutzend Emotionen spiegelten sich gleichzeitig in Travis' Miene. Dann zog er die Mundwinkel zu einem Grinsen hoch. »Für morgen?«

Ich drückte ihn und grinste. »Mit Vergnügen.« Ich winkte ihm noch mal zu, als Parker mich bei der Hand nahm.

»Was war das denn?«, fragte Parker.

»Wir sind in letzter Zeit nicht besonders gut klargekommen. Das war meine Version eines Olivenzweigs.«

»Muss ich mir darüber Gedanken machen?«, fragte er und öffnete mir die Beifahrertür.

»Nein.« Ich küsste ihn auf die Wange.

Beim Abendessen erzählte Parker von Harvard und dem Haus der Fraternity und seinen Plänen hinsichtlich der Wohnungssuche. Irgendwann runzelte er die Stirn. »Wird Travis dich zu deiner Geburtstagsparty bringen?«

»Ich weiß es nicht genau. Er hat dazu noch nichts gesagt.«

»Wenn er nichts dagegen hat, würde ich das gern übernehmen.« Er nahm meine Hand und küsste meine Fingerspitzen.

»Ich werde ihn fragen. Die Party war seine Idee, daher …«

»Verstehe. Wenn nicht, dann sehen wir uns eben dort.« Er lächelte.

Parker brachte mich zurück zur Wohnung und hielt auf dem Parkplatz an. Als er mir einen Abschiedskuss gab, blieben seine Lippen auf meinen liegen. Er zog die Handbremse an, während seine Lippen über mein Kinn bis zum Ohr und dann ein Stück weit den Hals hinunterwanderten. Ich war total überrumpelt und stieß einen leisen Seufzer aus.

»Du bist so schön«, flüsterte er. »Ich war den ganzen Abend über so abgelenkt, weil du die Haare hochgebunden hast und dein Hals so gut zu sehen war.« Er bedeckte meinen Hals mit Küssen, und ich atmete summend aus.

»Was hat dich so lange gehindert?«, fragte ich lächelnd und hob mein Kinn, damit er leichter überall hinkam.

Parker konzentrierte sich wieder auf meine Lippen. Er nahm mein Gesicht in seine Hände und küsste mich fester als sonst. Wir hatten im Auto nicht viel Platz, aber den vorhandenen nutzten wir vorteilhaft. Er lehnte sich gegen mich, und ich winkelte mein Knie an, während ich mit dem Rücken ans Fenster stieß. Seine Zunge glitt in meinen Mund, und seine Hand umschloss erst meine Fessel und schob sich dann mein Bein hinauf bis zum Oberschenkel. Das kalte Glas der Fenster beschlug von unserem heftigen Atem minutenschnell. Seine Lippen streiften mein Schlüsselbein, doch dann riss er den Kopf hoch, als die Scheiben unter mehreren heftigen Schlägen vibrierten.

Parker setzte sich auf, und auch ich rückte mich zurecht und zog mein Kleid wieder glatt. Ich zuckte zusammen, als die Tür aufflog. Travis und America standen neben dem Auto. America sah mitleidig und bekümmert drein, während Travis kurz vor einem Anfall blinder Wut zu sein schien.

»Was zum Teufel soll das, Travis?«, brüllte Parker.

Die Situation fühlte sich mit einem Mal bedrohlich an. Ich hatte Parker noch nie seine Stimme erheben gehört. Und Travis' Knöchel traten weiß hervor, als er sie in seine Seiten stemmte.

Ich befand mich genau zwischen den beiden. Americas Hand wirkte winzig, als sie sie auf Travis' massigen Arm legte und Parker mit einem Kopfschütteln stumm warnte.

»Komm, Abby. Ich muss mit dir reden.«

»Worüber?«

»Jetzt komm einfach!«, fauchte sie.

Ich sah Parker an und registrierte die Verwirrung in seinem Blick. »Tut mir leid, ich muss gehen.«

»Nein, schon gut. Geh nur.«

Travis half mir aus dem Porsche und trat dann die Tür zu. Ich fuhr herum und stand jetzt zwischen ihm und dem Wagen. »Was ist mit dir los? Lass das sein!«

America wirkte nervös. Ich begriff rasch, warum. Travis roch nach Whiskey. Entweder hatte sie darauf bestanden, ihn zu begleiten, oder er mochte sie darum gebeten haben. Aber wie auch immer hielt sie ihn davon ab, gewalttätig zu werden.

Die Reifen von Parkers poliertem Porsche quietschten, als er davonfuhr, und Travis zündete sich eine Zigarette an. »Du kannst jetzt wieder reingehen, Mare.«

Sie zog an meinem Kleid. »Komm, Abby.«

»Warum bleibst du nicht noch, Abs?«, ätzte er.

Ich bedeutete America mit einem Kopfnicken, vorzugehen, und sie tat es widerstrebend. Ich verschränkte die Arme und war bereit für einen Streit. Ich nahm mir vor, ihn nach der unvermeidlichen Predigt niederzumachen. Travis zog noch ein paarmal an seiner Zigarette, und als klar war, dass er von sich aus nichts erklären würde, verlor ich die Geduld.

»Warum hast du das getan?«, fragte ich.

»Warum? Weil er direkt vor meiner Wohnung über dich hergefallen ist!«, schrie er. Seine Augen schienen nicht in der Lage, sich auf irgendwas zu fokussieren, und mir war klar, dass er zu einem vernünftigen Gespräch nicht in der Lage war.

Ich schlug einen ruhigen Ton an. »Ich mag zwar bei dir wohnen, aber was ich tue und mit wem ich es tue, das ist meine Sache.«

Er trat seine Kippe aus. »Du bist viel zu gut dafür, Täubchen. Lass ihn dich doch nicht im Auto vögeln wie ein billiges Prom-Date.«

»Ich wollte keinen Sex mit ihm haben!«

Er deutete auf die leere Parklücke, wo Parkers Wagen gestanden hatte. »Was wolltest du denn dann?«

»Hast du noch nie mit jemandem geknutscht, Travis? Einfach nur rumgemacht, ohne dass es zum Äußersten gekommen wäre?«

Er runzelte die Stirn, als würde ich totalen Quatsch daherreden. »Wozu das denn?«

»Das machen tatsächlich viele Leute … vor allem solche, die sich daten.«

»Die Fenster waren alle beschlagen, der Wagen wackelte … woher sollte ich das denn wissen?«, sagte er und fuchtelte mit den Armen in Richtung der leeren Parklücke.

»Vielleicht solltest du mir nicht nachspionieren!«

Er rieb sich mit den Händen übers Gesicht. »Ich halte das nicht aus, Täubchen. Es macht mich fertig.«

Ich warf die Hände in die Luft und ließ sie auf meine Oberschenkel fallen. »Du hältst was nicht aus?«

»Wenn du mit ihm schläfst, will ich es nicht wissen. Ich werde für lange Zeit in den Knast gehen, wenn ich dahinterkomme, dass... Erzähl es mir einfach nicht.«

»Travis«, fauchte ich. »Ich kann nicht glauben, was du da gerade gesagt hast. Das wäre ein Riesenschritt für mich!«

»Das sagen doch alle Mädchen!«

»Ich meine nicht die Schlampen, mit denen du dich abgibst! Ich meine mich!« Ich schlug mir mit der Hand gegen die Brust. »Ich habe noch nie... ach! Ist ja auch egal.« Ich wollte ihn einfach stehen lassen, aber er bekam mich am Arm zu fassen und wirbelte mich herum, sodass er mir ins Gesicht sehen konnte.

»Du hast was noch nie?«, fragte er und schwankte ein bisschen. Ich antwortete nicht – das musste ich schließlich nicht. Da konnte ich sehen, wie ihm ein Licht aufging, und er lachte kurz. »Du bist noch Jungfrau?«

»Na und?«, sagte ich und merkte, wie meine Wangen heiß wurden.

Sein Blick ging von mir weg, hierhin und dorthin, während er versuchte, trotz des Whiskeys klar zu denken. »Darum war America sich so sicher, dass es nicht allzu weit gehen würde.«

»Ich hatte in den ganzen vier Jahren an der Highschool denselben Freund. Er war ein angehender baptistischer Jugendpfarrer! Da war das nie ein Thema!«

Travis' Zorn verflog, und in seinen Augen sah ich Erleichterung. »Ein Jugendpfarrer? Und was passierte nach dieser ganzen schwer verdienten Abstinenz?«

»Er wollte heiraten und in... in Kansas bleiben. Ich

nicht.« Verzweifelt wünschte ich mir, das Thema zu wechseln. Die Belustigung in Travis' Gesicht war demütigend genug. Ich wollte nicht, dass er noch weiter in meiner Vergangenheit herumstocherte.

Er tat einen Schritt auf mich zu und nahm mein Gesicht in seine Hände. »Eine Jungfrau! Das hätte ich nie vermutet, nachdem ich dich im Red habe tanzen sehen.«

»Sehr witzig«, fauchte ich und stapfte die Treppe hoch.

Travis versuchte, mir zu folgen, stolperte aber und fiel hin. Er rollte auf den Rücken und lachte hysterisch.

»Was tust du da? Steh auf!«, verlangte ich und half ihm wieder auf die Beine.

Er legte einen Arm um meinen Nacken, und so schleppte ich ihn nach oben. Shepley und America waren anscheinend schlafen gegangen, und ohne Hilfe in Sicht kickte ich meine Pumps von den Füßen, um mir nicht den Fuß zu brechen, während ich Travis in sein Zimmer lotste. Er fiel rücklings aufs Bett und zog mich mit sich.

Als wir aufkamen, war sein Gesicht nur Zentimeter von meinem entfernt. Da wurde seine Miene plötzlich ernst. Er stützte sich auf und hätte mich beinah geküsst, aber ich stieß ihn weg. Travis runzelte die Stirn.

»Lass das, Travis.«

Er hielt mich fest an sich gepresst, bis ich aufhörte, mich zu wehren, und dann schob er den Träger meines Kleides von meiner Schulter. »Seit das Wort Jungfrau über diese wunderschönen Lippen gekommen ist … verspüre ich das dringende Bedürfnis, dir aus diesem Kleid zu helfen.«

»Ach, das tut mir aber leid. Vor zwanzig Minuten wolltest du Parker dafür noch umbringen, also sei nicht so ein Heuchler.«

»Zur Hölle mit Parker. Er kennt dich nicht so wie ich.«

»Trav, komm schon. Lass uns deine Klamotten ausziehen und dich ins Bett kriegen.«

»Genau davon rede ich doch«, meinte er kichernd.

»Wie viel hast du getrunken?«, fragte ich und fand endlich Halt zwischen seinen Beinen.

»Genug.« Er lächelte und zog am Saum meines Kleides.

»Genug war es wahrscheinlich schon einen Liter vorher«, sagte ich und schlug seine Hand weg. Ich brachte mein Knie neben ihm auf der Matratze in Position und zog ihm das Hemd über den Kopf. Er griff wieder nach mir, da packte ich ihn am Handgelenk und schnupperte den stechenden Geruch, der in der Luft lag. »Mein Gott, Trav, du stinkst nach Jack Daniel's.«

»Jim Beam«, korrigierte er mich nickend.

»Das riecht wie verkohltes Holz und Chemikalien.«

»So schmeckt es auch.« Er lachte. Ich öffnete seinen Gürtel. Er lachte weiter, während ich das Ding aus den Schlaufen ruckelte, bis er den Kopf hob, um mich anzusehen. »Pass lieber auf deine Jungfräulichkeit auf, Täubchen. Du weißt doch, ich mag es auf die harte Tour.«

»Halt die Klappe.« Ich knöpfte seine Jeans auf, zog sie über seine Hüften und dann die Beine runter. Nachdem ich die Hose auf den Boden geworfen hatte, stand ich mit den Händen in den Hüften schwer atmend neben dem Bett. Seine Beine hingen über die Bettkante, seine Augen waren geschlossen, sein Atem ging tief und schwer. Anscheinend war er eingeschlafen.

Ich trat an den Schrank und suchte in unseren Kleidern herum. Dann öffnete ich den Reißverschluss meines Kleids, schob es über meine Hüften und ließ es zu Boden fallen. Nachdem ich es in die Ecke gekickt hatte, öffnete ich meine Haarspange und schüttelte das offene Haar.

Der Schrank drohte mit seinen und meinen Sachen darin schier auseinanderzuplatzen, und ich schnaubte und pustete mir die Haare aus der Stirn, während ich in dem Durcheinander nach einem T-Shirt wühlte. Als ich gerade eines von einem Bügel zog, stieß Travis gegen meinen Rücken und legte seine Arme um meine Taille.

»Du hast mich zu Tode erschreckt!«, beklagte ich mich.

Er strich mit den Händen über meine Haut. Das fühlte sich anders, bedächtig und entschlossen an. Ich schloss die Augen, als er mich an sich zog und sein Gesicht in meinen Haaren vergrub, während er an meinem Hals schnupperte. Als ich seine nackte Haut auf meiner spürte, brauchte ich einen Moment, bis ich protestierte.

»Travis...«

Er schob mein Haar auf eine Seite und strich mit seinen Lippen von einer Schulter zur anderen und öffnete dabei den Verschluss meines BHs. Er küsste die nackte Haut am Halsansatz, und ich schloss die Augen. Sein Mund fühlte sich so warm und weich an, dass ich es nicht fertigbrachte, ihn davon abzuhalten. Ein leises Stöhnen drang aus seiner Kehle, als er sein Becken an mich presste, und ich konnte durch seine Shorts hindurch spüren, wie sehr er mich wollte. Ich hielt den Atem an, weil ich genau wusste, dass nur zwei dünne Lagen Stoff uns von dem großen Schritt abhielten, gegen den ich noch vor wenigen Augenblicken so unbedingt gewesen war.

Travis drehte mich mit dem Gesicht zu ihm und presste sich an mich, während ich mit dem Rücken an der Wand lehnte. Unsere Blicke trafen sich, und ich konnte den Schmerz in seinem Gesicht sehen, während seine Augen über meine nackte Haut wanderten. Ich hatte ihn schon Frauen abschätzen sehen, doch das hier war etwas anderes. Er wollte mich nicht erobern; er wollte, dass ich Ja sagte.

Er beugte sich vor, um mich zu küssen, und hielt im Abstand von zwei Zentimetern inne. Ich spürte die Wärme seiner Haut bis zu meinen Lippen ausstrahlen, und ich musste mich zwingen, ihn nicht das letzte Stück zu mir heranzuziehen. Seine Finger strichen über meine Haut, während er zögerte, und dann rutschten sie von meinem Rücken zum Saum meines Slips. Seine Zeigefinger glitten über meine Hüften und schoben sich zwischen meine Haut und den Spitzenstoff. Und in dem Moment, als er das Höschen schon fast meine Beine hinunterschieben wollte, zögerte er. Gerade als ich den Mund aufmachen wollte, um Ja zu sagen, kniff er die Augen zusammen.

»Nicht so«, flüsterte er und strich flüchtig mit seinen Lippen über meine. »Ich will dich, aber nicht so.«

Er stolperte, fiel rückwärts aufs Bett, und ich stand kurz mit verschränkten Armen da. Sobald sein Atem gleichmäßig ging, schob ich die Arme in das T-Shirt, das ich noch immer in der Hand hielt, und zog es über den Kopf. Travis rührte sich nicht, und ich atmete langsam aus. Ich wusste, dass ich keinen von uns hätte stoppen können, wenn ich neben ihn ins Bett gekrochen wäre und er mit einer inzwischen womöglich weniger ehrenhaften Einstellung aufgewacht wäre.

Also eilte ich zum Wohnzimmersessel, ließ mich darauf fallen und schlug die Hände vors Gesicht. Ich spürte etliche Wellen von Enttäuschung in mir hin und her wogen. Parker war gekränkt davongefahren, Travis hatte gewartet, bis ich mit jemandem ausging – jemandem, den ich wirklich mochte –, bevor er Interesse an mir zeigte. Und dann schien ich auch noch das einzige Mädchen zu sein, mit dem er nicht schlafen konnte, selbst wenn er stockbesoffen war.

Am nächsten Morgen goss ich mir ein großes Glas Orangensaft ein und nippte daran, während ich im Rhythmus der Musik aus meinem iPod nickte. Ich war vor Sonnenaufgang wach gewesen und hatte mich bis acht auf dem Sessel hin und her gedreht. Danach hatte ich beschlossen, die Küche sauber zu machen, um mir die Zeit zu vertreiben, bis meine weniger aufgeweckten Mitbewohner wach würden. Ich räumte die Spülmaschine ein, wischte und putzte den Boden, die Schränke und die Arbeitsplatten. Als die ganze Küche glänzte, nahm ich mir den Korb mit der gewaschenen Wäsche vor, setzte mich auf die Couch und faltete, bis mich ein gutes Dutzend Wäschestapel umgaben.

Ich hörte Gemurmel aus Shepleys Zimmer. America kicherte, dann war es ein paar Minuten lang still, und schließlich hörte ich Geräusche, die dafür sorgten, dass ich mich so allein im Wohnzimmer ein wenig unwohl fühlte.

Ich sortierte die Kleiderstapel in den Korb zurück und trug alles in Travis' Zimmer. Ich musste schmunzeln, als ich bemerkte, dass er sich von der Stelle, auf die er gestern gefallen war, nicht wegbewegt hatte. Ich stellte den Korb ab, zog die Decke über ihn und unterdrückte ein Kichern, als er sich umdrehte.

»Sieh mal an, Täubchen«, murmelte er, bevor seine Atmung wieder langsam und gleichmäßig wurde.

Ich konnte nicht anders, als ihm beim Schlafen zusehen. Und zu wissen, dass er dabei von mir träumte, versetzte mich in einen Rausch, den ich nicht erklären konnte. Travis schien in einen ruhigen Schlaf zurückzufinden, sodass ich beschloss zu duschen. Dabei hoffte ich, die Geräusche von jemand, der auf war, würden Shepleys und Americas Stöhnen und das Knarren und Rumpeln ihres Bettes, das gegen die Wand stieß, dämpfen. Nachdem ich das Wasser wieder abgedreht hatte, war mir klar, dass sie sich anscheinend weiterhin keine Sorgen darüber machten, dass man sie hörte.

Ich kämmte mir die Haare und verdrehte die Augen wegen Americas hohem Fiepen, das eher an einen Pudel erinnerte als an einen Pornostar. Als es an der Tür klingelte, schlüpfte ich in meinen blauen Frotteebademantel, knotete den Gürtel zu und lief durchs Wohnzimmer. Die Geräusche aus Shepleys Zimmer erstarben sofort. Ich öffnete die Tür und schaute in Parkers lächelndes Gesicht.

»Guten Morgen.«

Ich strich mir die nassen Haare mit den Fingern zurück. »Was tust du hier?«

»Es hat mir nicht gefallen, wie wir uns gestern verabschiedet haben. Also bin ich heute Morgen losgegangen, um dein Geburtstagsgeschenk zu besorgen, und dann konnte ich es nicht erwarten, es dir zu überreichen. Deshalb«, sagte er und holte eine glänzende Schachtel aus seiner Sakkotasche. »Happy Birthday, Abs.«

Er legte das silberne Päckchen in meine Hand, und ich beugte mich vor, um ihn auf die Wange zu küssen. »Danke.«

»Mach schon. Ich möchte dein Gesicht sehen, wenn du es aufmachst.«

Ich schob den Finger unter das Klebeband an der Unterseite der Schachtel, riss das Papier ab und gab es ihm. Ein Strang schimmernder Diamanten war in ein Armband aus Weißgold eingearbeitet.

»Parker«, flüsterte ich.

Er strahlte. »Gefällt es dir?«

»Das tut es«, bestätigte ich und hielt es ehrfürchtig vor mein Gesicht, »aber es ist zu viel. Ich könnte das nicht annehmen, selbst wenn wir seit einem Jahr miteinander ausgehen würden.«

Parker schnitt eine Grimasse. »Ich dachte mir, dass du das sagen würdest. Den ganzen Vormittag lang habe ich nach dem perfekten Geschenk gesucht, und als ich das hier sah, da wusste ich, es kann nur einen Ort geben, an den es gehört«, sagte er, nahm es mir aus der Hand und legte es um mein Handgelenk. »Und ich hatte recht. Es sieht unglaublich an dir aus.«

Ich hielt meine Hand hoch und schüttelte den Kopf, hypnotisiert vom Glanz der Farben, die im Sonnenlicht schillerten. »Es ist das Schönste, was ich je gesehen habe. Niemand hat mir je etwas so ...« *Teures* kam mir in den Sinn, aber das wollte ich nicht sagen. »Kostbares geschenkt. Ich weiß nicht, was ich sagen soll.«

Parker lachte und küsste mich auf die Wange. »Sag, dass du es morgen tragen wirst.«

Ich grinste von einem Ohr zum anderen und schaute auf mein Handgelenk. »Ich werde es morgen tragen.«

»Ich bin froh, dass es dir gefällt. Dein Gesichtsausdruck war die sieben Läden wert, die ich aufgesucht habe.«

Ich seufzte. »Du warst in sieben verschiedenen Läden?« Er nickte, und ich nahm sein Gesicht in meine Hände. »Ich danke dir. Es ist perfekt«, sagte ich und küsste ihn schnell.

Er drückte mich fest. »Ich muss los. Ich esse mit meinen Eltern zu Mittag, aber ich rufe dich später an, okay?«

»Okay. Danke!«, rief ich ihm im Flur nach, während er schon wieder die Treppe hinunterlief.

Ich war unfähig, den Blick von meinem Handgelenk zu lösen, als ich mich umdrehte und in die Wohnung zurückeilte.

»Heilige Scheiße, Abby!« America packte meine Hand. »Wo hast du das denn her?«

»Parker hat es vorbeigebracht. Es ist mein Geburtstagsgeschenk.«

America glotzte erst mich an, dann wieder das Armband. »Er hat dir ein Tennisarmband mit Diamanten gekauft? Nach einer Woche? Wenn ich es nicht besser wüsste, würde ich sagen, du hast eine magische Pussy!«

Ich lachte laut auf und löste so einen albernen gemeinsamen Kicheranfall im Wohnzimmer aus.

Shepley tauchte aus seinem Zimmer auf. Er sah müde und zufrieden aus. »Was kreischt ihr beiden verrückten Hühner denn hier so rum?«

America hielt mein Handgelenk hoch. »Schau mal! Ihr Geburtstagsgeschenk von Parker!«

Shepley kniff die Augen zusammen und riss sie dann auf. »Boah!«

»Ich weiß. Wahnsinn, oder?«, meinte America nickend.

Travis kam um die Ecke gewankt und sah ein wenig mitgenommen aus.

»Ihr seid so was von verdammt laut«, brummte er und knöpfte sich im Gehen seine Jeans zu.

»Entschuldige.« Ich entzog America meine Hand. Unser Beinaherlebnis schoss mir durch den Kopf, und ich konnte ihm kaum in die Augen schauen.

Er stürzte den Rest meines Orangensafts hinunter und wischte sich den Mund ab. »Wer zum Teufel hat mich gestern Abend so viel trinken lassen?«

America schnaubte. »Du selber. Du bist losgezogen und hast dir eine ganze Flasche Stoff gekauft, nachdem Abby mit Parker weg war. Und bis sie wieder da war, hast du die alle gemacht.«

»Verdammt.« Er schüttelte den Kopf. »Hattest du's nett?«, fragte er und sah mich an.

»Machst du Witze?«

»Wieso denn?«

America lachte. »Du hast sie aus Parkers Auto gezerrt, weil du rotgesehen hast, nachdem du sie dabei erwischt hattest, als sie wie Highschoolkids rummachten. Mit beschlagenen Fenstern und allem Drum und Dran!«

Travis' Blick verschwamm, und er schien sein Gedächtnis nach Erinnerungen an den Vorabend zu durchforsten. Ich hatte Mühe, mein Temperament zu zügeln. Wenn er sich nicht mehr daran erinnerte, mich aus dem Wagen gezogen zu haben, dann würde er auch nicht mehr wissen, wie dicht davor ich gewesen war, ihm meine Jungfräulichkeit auf dem Silbertablett zu offerieren.

»Wie sauer bist du?«, fragte er unbehaglich.

»Ziemlich sauer.« Dabei war ich wütender darüber, dass meine Gefühle nichts mit Parker zu tun hatten. Ich zurrte meinen Bademantel fester und stapfte über den Flur davon. Ich hörte Travis' Schritte direkt hinter mir.

»Täubchen«, sagte er und fing die Tür ab, die ich ihm vor der Nase zuschlagen wollte. Er schob sie langsam auf und stellte sich vor mich hin, bereit, meinen Zorn über sich ergehen zu lassen.

»Erinnerst du dich an irgendetwas, das du gestern Abend zu mir gesagt hast?«, fragte ich.

»Nein. Warum? War ich gemein zu dir?« Seine blutunterlaufenen Augen waren voller Sorge, was meine Wut nur noch verstärkte.

»Nein, du warst nicht gemein zu mir! Du ... wir ...« Ich schlug die Hände vors Gesicht und erstarrte, als Travis nach meinem Handgelenk griff.

»Wo kommt das denn her?«, fragte er und starrte auf das Armband.

»Das gehört mir«, fauchte ich und entzog ihm meine Hand.

Er nahm die Augen nicht von meinem Handgelenk. »Das habe ich noch nie an dir gesehen. Es sieht neu aus.«

»Ist es auch.«

»Woher hast du es?«

»Parker hat es mir vor circa fünfzehn Minuten geschenkt.« Ich sah, wie sich sein Gesichtsausdruck von staunend zu wütend änderte.

»Was zur Hölle hat dieser Trottel hier gemacht? Hat er etwa hier übernachtet?« Seine Lautstärke nahm mit jeder Frage weiter zu.

Ich verschränkte die Arme vor der Brust. »Er ist heute Morgen mein Geburtstagsgeschenk besorgen gegangen und hat es vorbeigebracht.«

»Dabei hast du noch gar nicht Geburtstag.« Sein Gesicht lief dunkelrot an, während er sich bemühte, die Fassung zu wahren.

»Er konnte es eben nicht abwarten.« Ich reckte stolz mein Kinn.

»Kein Wunder, dass ich deinen Hintern aus seinem Wagen zerren musste. Klingt ja, als wärst du…« Er verstummte und presste die Lippen zusammen.

Mein Blick verengte sich. »Was? Wonach klingt das?«

Sein Kiefer verspannte sich, und er holte tief Luft, die er durch die Nase wieder ausblies. »Nichts. Ich bin nur angepisst und hätte fast etwas gesagt, das ich nicht meine.«

»Das hat dich früher ja auch nicht davon abgehalten.«

»Ich weiß. Ich arbeite auch daran.« Er wandte sich zur Tür. »Ich lass dich in Ruhe, damit du dich anziehen kannst.«

Als er die Hand nach dem Türgriff ausstreckte, hielt er plötzlich inne und rieb sich dann den Arm. Als seine Finger den blauen Fleck berührten, hob er den Ellbogen und entdeckte die Prellung. Er starrte sie kurz an und drehte sich dann wieder zu mir um.

»Ich bin gestern Abend auf der Treppe gestürzt. Und du hast mir ins Bett geholfen…«, sagte er und schien die verschwommenen Bilder in seinem Gedächtnis durchzugehen.

Mein Herz pochte heftig, und ich schluckte, als ich sah, wie ihn die Erkenntnis überfiel. Seine Augen wurden schmal. »Wir…«, begann er, machte einen Schritt auf mich zu, schaute dann auf den Schrank und aufs Bett.

»Nein, haben wir nicht. Es ist nichts passiert.«

Er zuckte zusammen, während sich offenbar die Erinnerungen in seinem Kopf abspulten. »Die Fenster von Parkers Wagen sind beschlagen, ich ziehe dich aus dem Auto, und dann versuche ich…« Er schüttelte den Kopf, drehte sich zur Tür, packte den Knauf, und seine Fingerknöchel traten weiß hervor. »Du verwandelst mich in einen verdammten Psycho, Täubchen«, knurrte er über die Schulter. »Ich kann in deiner Gegenwart nicht mehr klar denken.«

»Dann ist es meine Schuld?«

Er drehte sich abermals um. Sein Blick wanderte von meinem Gesicht über den Bademantel zu meinen Beinen und Füßen und wieder zurück bis zu meinen Augen. »Ich weiß es nicht. Meine Erinnerung ist ein bisschen verschwommen… aber ich erinnere mich nicht daran, dass du Nein gesagt hast.«

Ich machte einen Schritt vorwärts, bereit, über diese kleine irrelevante Sache zu streiten, aber ich schaffte es nicht. Er hatte recht. »Was willst du von mir hören, Travis?«

Er schaute auf das Armband und anklagend wieder in meine Augen. »Hast du gehofft, ich würde mich nicht mehr erinnern?«

»Nein! Ich war angepisst, dass du es vergessen hast!«

Seine braunen Augen bohrten sich in meine. »Warum?«

»Weil wenn ich… wenn wir… und du es nicht… Ich weiß auch nicht, warum! Ich war einfach sauer!«

Er stürzte durchs Zimmer, blieb jedoch Zentimeter vor mir stehen, Seine Hand berührte meine Wangen, und sein Atem ging schneller, während er mit den Augen über mein Gesicht glitt. »Was tun wir da nur, Täubchen?«

Mein Blick wanderte von seinem Gürtel über die Muskeln und Tattoos an seinem Bauch und seiner Brust hinauf, bis er im warmen Braun seiner Augen verharrte. »Sag du es mir.«

7. KAPITEL

Neunzehn

»Abby?«, rief Shepley und klopfte an die Tür. »Mare will ein paar Sachen erledigen fahren, und ich soll dir Bescheid sagen, für den Fall, dass du mitkommen möchtest.«

Travis hatte den Blick nicht von mir gelassen. »Täubchen?«

»Moment«, rief ich Shepley zu. »Ich muss auch ein paar Sachen erledigen.«

»Gut, dann wartet sie, bis du fertig bist«, sagte Shepley, und ich hörte, wie seine Schritte sich über den Flur entfernten.

»Täubchen?«

Ich zog ein paar Sachen aus dem Schrank und schob mich an ihm vorbei. »Können wir später darüber reden? Ich habe heute noch viel zu tun.«

»Klar«, sagte er mit einem gezwungenen Lächeln.

Erleichtert floh ich ins Badezimmer und schloss schnell die Tür hinter mir. Noch zwei Wochen in dieser Wohnung, und keine Möglichkeit, dieses Gespräch zu vermeiden – zumindest nicht so lange. Meine Vernunft beharrte darauf: Parker war mein Typ – attraktiv, klug und an mir interessiert. Warum ich mit Travis herummachte, war etwas, das ich selbst nie begreifen würde.

Aber aus welchem Grund auch immer, es machte uns jedenfalls beide fertig. Ich hatte mich schon in zwei verschiedene Persönlichkeiten entwickelt: die Sanftmütige und Verbindliche, die ich gegenüber Parker war, und die Wütende, Verwirrte und Frustrierte, wenn Travis zugegen war. Die ganze Universität hatte mitbekommen, wie Travis sich von dem unberechenbaren, knallharten Typen, der er vorher gewesen war, in einen unsicheren, fast schon weichen Menschen verwandelte.

Ich zog mich rasch an und ließ Travis und Shepley zurück, um mit America in die Stadt zu fahren. Sie kicherte über ihre morgendliche Nummer mit Shepley, während ich zuhörte und pflichtbewusst an den richtigen Stellen nickte. Doch es fiel mir schwer, mich auf dieses Thema zu konzentrieren, während die Diamanten meines Armbands bunte Lichtflecken an den Himmel des Autos warfen und mich an die Wahl erinnerten, vor der ich plötzlich stand. Travis wollte eine Antwort, und ich hatte keine.

»Okay, Abby. Was ist los? Du bist so still.«

»Diese Sache mit Travis ... das ist so ein Chaos.«

»Warum?« Sie schob ihre Sonnenbrille hoch, indem sie die Nase krauszog.

»Er hat mich gefragt, was wir da eigentlich machen.«

»Was machst du denn? Bist du jetzt mit Parker zusammen, oder was?«

»Ich mag ihn, aber das geht doch erst seit einer Woche. Das ist doch noch nichts Ernstes.«

»Du empfindest etwas für Travis, oder?«

»Ich weiß nicht, was ich für ihn empfinde. Ich sehe einfach nicht, wie das gehen soll, Mare. Mit ihm ist einfach zu viel Negatives verbunden.«

»Keiner von euch beiden wird je aus der Deckung kommen und es zugeben, das ist euer Problem. Ihr habt beide so viel Angst davor, was passieren könnte, dass ihr euch mit Händen und Füßen dagegen wehrt. Dabei weiß ich todsicher, dass Travis, wenn du ihm in die Augen schauen und ihm sagen würdest, dass du ihn willst, nie wieder eine andere Frau anschauen würde.«

»Das weißt du todsicher?«

»Ja. Ich bin im Vorteil, schon vergessen?«

Nachdenklich schwieg ich einen Moment lang. Travis hatte mit Shepley über mich gesprochen, aber Shepley würde eine Beziehung nicht fördern, indem er America davon erzählte. Er wusste, sie würde es mir weitersagen. Das ließ nur einen Schluss zu: America musste sie belauscht haben. Ich wollte sie schon fragen, was da geredet worden war, besann mich dann aber doch eines Besseren.

»Da wäre ein gebrochenes Herz doch praktisch vorprogrammiert«, stellte ich fest. »Ich glaube nicht, dass er in der Lage wäre, treu zu sein.«

»Er war auch nicht in der Lage, eine Freundschaft zu einer Frau zu pflegen, aber diesbezüglich habt ihr ja wohl die ganze Eastern überrascht.«

Ich befingerte mein Armband und seufzte. »Ich weiß nicht. Mich stört die jetzige Situation nicht. Wir können doch einfach Freunde sein.«

America schüttelte den Kopf. »Ihr seid aber nicht bloß Freunde«, seufzte sie. »Weißt du was? Ich habe jetzt genug von dem Thema. Lass uns zum Friseur und zur Kosmetik gehen. Ich kaufe dir zu deinem Geburtstag ein neues Outfit.«

»Ich glaube, das ist genau das, was ich jetzt brauche.«

Nach Stunden mit Maniküre, Pediküre, Gesichtsbehandlung, Waxing und Make-up schlüpfte ich in meine High Heels aus gelbem Lackleder und ein neues graues Kleid.

»Das ist doch mal die Abby, die ich kenne und liebe!«

America lachte über mein neues Ensemble. »Das musst du auch zu deiner Party morgen anziehen.«

»War das nicht auch so vorgesehen?«, grinste ich. Mein Handy summte, und ich ging ran. »Hallo?«

»Abendessenszeit! Wohin zum Teufel seid ihr beiden eigentlich durchgebrannt?«, rief Travis.

»Wir haben uns ein bisschen verwöhnen lassen. Du und Shep, ihr konntet doch auch essen, bevor es uns gab. Also bin ich mir sicher, dass ihr das schon hinkriegen werdet.«

»Ja, klar. Aber wir machen uns eben Sorgen um euch.«

Ich sah America an und lächelte. »Keine Sorge, uns geht's gut.«

»Sag ihm, dass ich dich in null Komma nichts zurückbringe. Ich muss nur noch bei Brazil vorbei und ein paar Notizen für Shep abholen, und dann fahren wir direkt nach Hause.«

»Hast du das gehört?«, fragte ich.

»Klar. Bis gleich also, Täubchen.«

Wir fuhren schweigend zu Brazils Haus. America stellte den Motor ab und starrte auf das vor uns liegende Apartmentgebäude. Dass Shepley America gebeten hatte, hier vorbeizufahren, wunderte mich; wir waren hier nur einen Block von Shepleys und Travis' Wohnung entfernt.

»Was ist los, Mare?«

»Brazil ist mir nicht ganz geheuer. Als ich das letzte Mal mit Shep bei ihm war, hat er andauernd mit mir geflirtet.«

»Na schön, dann komme ich eben mit rein. Und wenn er dich auch nur anblinzelt, stech ich ihm mit einem meiner neuen Absätze ins Auge, okay?«

America lächelte und umarmte mich. »Danke, Abby!«

Wir gingen zur Rückseite des Gebäudes, und America

holte tief Luft, bevor sie anklopfte. Wir warteten, aber nichts passierte.

»Ich schätze, er wird nicht da sein«, meinte ich.

»Er ist da«, sagte sie und wirkte irritiert. Sie schlug mit der Faust gegen das Holz, und da flog die Tür auf.

»HAPPY BIRTHDAY!«, schallte es heraus.

Die Decke war von pinkfarbenen und schwarzen Heliumballons bedeckt, von denen lange Silberfäden bis auf die Gäste herabhingen. Die Menge teilte sich, und Travis kam mit einem breiten Grinsen auf mich zu. Er nahm mein Gesicht in beide Hände und küsste mich auf die Stirn.

»Happy Birthday, Täubchen.«

»Der ist doch erst morgen«, sagte ich. Immer noch unter Schock versuchte ich, alle um uns herum anzulächeln.

Travis zuckte mit den Schultern. »Also, nachdem du es gesteckt bekommen hast, mussten wir in letzter Minute umdisponieren, um dich doch noch zu überraschen. Überrascht?«

»Sehr!«, stammelte ich, während Finch mich umarmte.

»Happy Birthday, Baby!«, schmetterte er und küsste mich auf den Mund.

America stieß mich mit dem Ellbogen an. »Gut, dass ich dich dazu bringen konnte, mitzukommen, sonst hättest du heute Abend ganz schön mies ausgesehen!«

»Du siehst klasse aus!« Travis musterte mein Kleid.

Brazil umarmte mich und drückte seine Wange an meine. »Und ich hoffe, du weißt, dass Americas Geschichte von wegen, Brazil ist mir nicht geheuer, nur ein Trick war, um dich hier reinzukriegen.«

Ich sah America an, und sie lachte. »Hat doch funktioniert, oder?«

Nachdem jeder mich umarmt und mir gratuliert hatte, flüsterte ich America ins Ohr: »Wo ist Parker?«

»Er kommt später«, flüsterte sie zurück. »Shepley hat ihn erst heute Nachmittag ans Telefon bekommen, um ihm Bescheid zu sagen.«

Brazil drehte die Lautstärke der Musik hoch, und alle kreischten. »Komm her, Abby!«, rief er und ging zur Küche. Er reihte Schnapsgläser auf der Küchentheke auf und nahm eine Flasche Tequila aus seiner Bar. »Happy Birthday vom Footballteam, Babygirl«, sagte er lächelnd und füllte jedes Glas mit Patrón. »So feiern wir Geburtstag: Du wirst neunzehn, also bekommst du neunzehn Shots. Du kannst sie selbst trinken oder verschenken, aber je mehr du trinkst, desto mehr bekommst du von denen hier.« Er fächerte eine Handvoll Zwanziger auf.

»O mein Gott!«, quietschte ich.

»Runter damit, Täubchen!«, rief Travis.

Ich sah Brazil misstrauisch an. »Für jeden Shot, den ich trinke, kriege ich einen Zwanziger?«

»Ganz genau, Leichtgewicht. Und wenn ich dich so abschätze, dann denke ich, wir werden am Ende des Abends nicht mehr als sechzig Bucks verloren haben.«

»Überleg dir das lieber noch mal, Brazil.« Ich schnappte mir das erste Gläschen, ließ es über meine Lippen rollen, legte den Kopf in den Nacken, um es zu leeren, und ließ es auf der anderen Seite in meine andere Hand fallen.

»Ach du Scheiße!«, rief Travis.

»Das ist aber wirklich Verschwendung, Brazil.« Ich wischte mir den Mund ab. »Du solltest eher Cuervo ausschenken, keinen Patrón.«

Das verschlagene Grinsen auf Brazils Gesicht verblasste, und er schüttelte den Kopf. »Dann mal ran. Ich habe hier die Geldbörsen von zwölf Footballspielern, die behaupten, du würdest keine zehn schaffen.«

Ich kniff die Augen ein wenig zusammen. »Sagen wir,

ich krieg das Doppelte, wenn ich fünfzehn schaffe, und sonst geh ich komplett leer aus.«

»Boah!«, rief Shepley. »Du darfst dich an deinem Geburtstag nicht krankenhausreif trinken, Abby!«

»Sie schafft das«, sagte America und starrte Brazil an.

»Vierzig Bucks pro Shot?« Brazil wirkte verunsichert.

»Hast du etwa Angst?«, fragte ich.

»Verdammt noch mal, nein! Ich gebe dir zwanzig pro Shot, und wenn du fünfzehn schaffst, verdopple ich deine Gesamtsumme.«

»So feiern die Leute aus Kansas Geburtstag«, dröhnte ich und kippte den nächsten.

Eine Stunde und drei Shots später tanzte ich mit Travis im Wohnzimmer. Es lief eine Rockballade, und Travis sagte mir den Text vor, während wir tanzten. Am Ende des ersten Refrains ließ er mich hintenüber sinken, und ich ließ meine Arme hinter mich fallen. Er zog mich wieder hoch, und ich seufzte.

»Wenn ich schon bei den zweistelligen Shots bin, darfst du so was nicht mehr machen«, meinte ich kichernd.

»Habe ich dir schon gesagt, wie unglaublich du heute Abend aussiehst?«

Ich umarmte ihn und lehnte meinen Kopf an seine Schulter. Er verstärkte seinen Griff und drückte sein Gesicht in meinen Nacken, sodass ich alle Entscheidungen, Armbänder und gespaltenen Persönlichkeiten vergaß. Ich war genau dort, wo ich sein wollte.

Als die Musik wechselte und ein schnellerer Beat ertönte, ging die Tür auf.

»Parker!«, rief ich und lief auf ihn zu, um ihn zu umarmen. »Hast du es doch geschafft!«

»Tut mir leid wegen der Verspätung, Abs«, sagte er und drückte seine Lippen auf meine. »Happy Birthday.«

»Danke«, hauchte ich und bemerkte aus dem Augenwinkel, wie Travis uns beobachtete.

Parker hob mein Handgelenk. »Du trägst es.«

»Das hatte ich doch versprochen. Magst du tanzen?«

Er schüttelte den Kopf. »Äh ... ich tanze nicht.«

»Oh. Na, dann möchtest du vielleicht mitbezeugen, wie ich meinen sechsten Shot Patrón kippe?« Ich grinste und hielt meine fünf Zwanziger hoch. »Ich kriege das Doppelte, wenn ich es bis zur Fünfzehn schaffe.«

»Ist das nicht ein bisschen gefährlich?«

Ich beugte mich zu seinem Ohr. »Ich erledige das so nebenbei. Das Spiel habe ich mit meinem Dad gespielt, seit ich sechzehn war.«

»Oh«, sagte Parker und machte ein missbilligendes Gesicht. »Du hast mit deinem Dad Tequila getrunken?«

Ich zuckte mit den Schultern. »Das war seine Art von Bonding.«

Parker wirkte unbeeindruckt, denn sein Blick schweifte von mir ab und wanderte über die Gästeschar. »Ich kann nicht lange bleiben. Morgen breche ich ganz früh mit meinem Vater zu einem Jagdausflug auf.«

»Da ist es ja gut, dass meine Party heute Abend stattfindet, sonst hättest du es morgen doch gar nicht geschafft.«

Lächelnd ergriff er meine Hand. »Ich wäre rechtzeitig wieder da gewesen.«

Ich zog ihn in die Küche, nahm mir ein weiteres Shotglas, leerte es und knallte es verkehrt herum auf die Theke, so wie die vorherigen fünf. Brazil händigte mir einen weiteren Zwanziger aus, und ich tanzte ins Wohnzimmer. Dort packte Travis mich, und wir tanzten mit America und Shepley.

Plötzlich schlug mir Shepley aufs Hinterteil. »Eins!«

America verpasste mir den zweiten Klaps, und dann

beteiligten sich auch alle anderen, mit Ausnahme von Parker.

Vor der Nummer neunzehn klatschte Travis in die Hände. »Ich bin dran!«

Ich rieb mir mein schmerzendes Hinterteil. »Sei nett! Mein Hintern tut schon weh!«

Mit einem durchtriebenen Grinsen holte er extrem weit aus. Ich kniff die Augen fest zusammen. Nach ein paar Sekunden linste ich zu ihm. Kurz bevor seine Hand mich berührte, hielt er inne und gab mir nur einen zärtlichen Klaps.

»Neunzehn!«, rief er dazu.

Die Gäste jubelten, und America begann eine betrunkene Interpretation von *Happy Birthday*. Ich lachte, als sie an die Stelle kamen, an der mein Name vorkommen sollte, und alle »Täubchen« sangen.

Beim nächsten langsamen Song aus der Anlage zog Parker mich auf die improvisierte Tanzfläche. Ich brauchte nicht lange, um herauszufinden, warum er eigentlich nicht tanzte.

»Entschuldige«, sagte er, nachdem er mir zum dritten Mal auf die Zehen getreten war.

Ich legte meinen Kopf an seine Schulter. »Du machst das ganz gut«, log ich.

Er presste die Lippen an meine Schläfe. »Was machst du Montagabend?«

»Mit dir zum Abendessen ausgehen?«

»Ja, in meine neue Wohnung.«

»Du hast eine gefunden!«

Er lachte und nickte. »Aber wir bestellen uns was. Denn was ich koche, ist nicht wirklich genießbar.«

»Ich würde es trotzdem essen.« Ich schaute lächelnd zu ihm hoch.

Parker sah sich im Zimmer um und führte mich

dann auf den Flur. Dort drückte er mich sanft gegen die Wand und küsste mich mit seinen weichen Lippen. Seine Hände waren überall. Zuerst machte ich mit, aber nachdem er seine Zunge zwischen meine Lippen geschoben hatte, überkam mich das unmissverständliche Gefühl, etwas Falsches zu tun.

»Okay, Parker«, sagte ich und wich ihm aus.

»Alles in Ordnung?«

»Ich denke nur, es ist unhöflich von mir, mit dir in einer dunklen Ecke rumzumachen, während ich so viele Gäste habe.«

Er lächelte und küsste mich noch einmal. »Du hast recht. Tut mir leid. Ich wollte dir nur noch einen denkwürdigen Geburtstagskuss geben, bevor ich gehe.«

»Du gehst schon?«

Er berührte meine Wange. »Ich muss in vier Stunden schon wieder aufstehen, Abs.«

Ich presste die Lippen zusammen. »Okay. Dann sehe ich dich am Montag?«

»Du siehst mich morgen. Ich komme kurz vorbei, wenn ich wieder da bin.«

Er ging noch mit mir zur Tür und küsste mich auf die Wange, bevor er tatsächlich ging. Ich merkte, dass Shepley, America und Travis alle zu mir herstarrten.

»Daddy ist weg!«, brüllte Travis, sobald die Tür wieder zu war. »Zeit, die Party zu beginnen!«

Alle jubelten, und Travis zog mich auf die Mitte der Tanzfläche.

»Einen Moment noch ... ich hab hier einen Zeitplan einzuhalten.« Und ich führte ihn an der Hand zur Küchentheke. Dort kippte ich einen weiteren Tequila und lachte, als Travis einen vom anderen Ende nahm und austrank. Ich schnappte mir noch einen, und er tat dasselbe.

»Noch sieben, Abby«, sagte Brazil und gab mir zwei Zwanzigdollarscheine.

Ich wischte mir den Mund ab, als Travis mich schon wieder ins Wohnzimmer zurückzog. Ich tanzte mit America, dann mit Shepley, aber als Chris Jenks vom Footballteam mit mir tanzen wollte, zog Travis ihn an seinem Shirt zurück und schüttelte den Kopf. Chris zuckte mit den Achseln, wandte sich ab und tanzte mit dem erstbesten Mädchen, das er erblickte.

Der zehnte Shot fuhr mir ganz schön in die Knochen. Mir war leicht schwindelig, als ich mit America auf Brazils Couch stand, und wir tanzten wie unbeholfene Grundschülerinnen. Wir kicherten grundlos und ruderten mit den Armen im Rhythmus.

Ich stolperte und wäre fast hintenüber von der Couch gekippt, doch Travis hatte sofort die Hände auf meinen Hüften, um mich aufzufangen.

»Du hast es allen gezeigt«, sagte er. »Du hast mehr getrunken, als wir das je bei einem Mädchen gesehen haben. Ich erlöse dich.«

»Den Teufel wirst du tun«, lallte ich. »Auf mich warten sechshundert Bucks auf dem Boden dieses Schnapsglases. Und du bist wohl der Letzte, der mir erzählen will, dass ich für Geld keine extremen Sachen machen soll.«

»Falls du so knapp bei Kasse bist, Täubchen …«

»Werde ich mir bestimmt kein Geld von dir leihen«, schnaubte ich.

»Ich wollte dir auch nur vorschlagen, das Armband zu verpfänden«, meinte er lächelnd.

Ich schlug ihm auf den Arm, und im selben Moment begann America den Countdown bis Mitternacht runterzuzählen. Als die Zeiger genau auf der Zwölf standen, brachen wir alle in Jubel aus.

Ich war neunzehn.

America und Shepley küssten mich gleichzeitig, jeder auf eine Wange. Danach hob Travis mich hoch und wirbelte mich durch die Luft.

»Happy Birthday, Täubchen«, sagte er mit sanfter Miene.

Ich schaute kurz in seine warmen braunen Augen und verlor mich darin. Die Zeit schien stillzustehen, während wir einander ansahen. Und wir waren uns so nah, dass ich seinen Atem auf meiner Haut spürte.

»Shots!«, rief ich und stolperte in die Küche.

»Du siehst total fertig aus, Abby. Ich glaube, es ist an der Zeit, für heute Schluss zu machen«, meinte Brazil.

»Ich bin doch kein Drückeberger«, sagte ich. »Ich will meine Kohle sehen.«

Brazil legte je einen Zwanziger unter die letzten beiden Gläser, und dann rief er seine Teamkollegen zu sich. »Sie trinkt das! Ich brauche noch mal fünfzehn!«

Sie stöhnten alle und verdrehten die Augen, während sie ihre Geldbeutel zückten und einen Stapel aus Zwanzigern hinter dem letzten Glas errichteten. Travis hatte die vier Shots auf der anderen Seite meines fünfzehnten erledigt.

»Ich hätte nie gedacht, dass ich fünfzig Mäuse bei einer Fünfzehn-Shots-Wette gegen ein Mädchen verlieren könnte«, klagte Chris.

»Darauf kannst du einen lassen, Jenks.« Ich nahm ein Glas in jede Hand.

Dann kippte ich sie nacheinander und wartete, dass sich das, was mir die Kehle hochstieg, wieder setzte.

»Täubchen?« Travis machte einen Schritt auf mich zu.

Ich hob einen Finger, und Brazil grinste. »Das verliert sie«, sagte er.

»Nein, wird sie nicht«, stellte America klar. »Tief durchatmen, Abby.«

Ich schloss die Augen, holte tief Luft und nahm mir das letzte Glas.

»Gütiger Gott, Abby! Du wirst noch an einer Alkoholvergiftung verrecken!«, schrie Shepley.

»Sie packt das«, versicherte America ihm.

Ich legte den Kopf in den Nacken und ließ den Tequila meine Kehle hinabrinnen. Meine Zähne und Lippen waren schon seit der Nummer acht wie taub, und die vierzig Prozent Alkohol hatten längst ihre Schärfe verloren. Die ganze Gesellschaft brach in Pfeifen und Johlen aus, während Brazil mir den Geldstapel überreichte.

»Danke«, sagte ich voller Stolz und stopfte die Scheine in meinen BH.

»Du bist gerade unglaublich sexy«, flüsterte Travis mir ins Ohr, als wir ins Wohnzimmer zurückgingen.

Wir tanzten bis in den Morgen, und der Tequila in meinen Adern machte es mir leicht, ins Vergessen abzutauchen.

8. KAPITEL

Gerüchte

Nachdem ich meine Augen endlich mühsam aufbekommen hatte, merkte ich, dass mein Kissen aus Beinen bestand, die in einer Jeans steckten. Travis saß mit dem Rücken an die Badewanne gelehnt, wie ohnmächtig. Er sah so mitgenommen aus, wie ich mich fühlte. Ich schob die Decke von mir weg und stand auf. Mein entsetzliches Spiegelbild über dem Waschbecken ließ mich vor Schreck nach Luft schnappen.

Ich sah aus wie der Tod.

Verschmierte Wimperntusche, schwarze Tränenspuren auf den Wangen, Lippenstiftreste um den Mund herum und verfilzte Strähnen zu beiden Seiten meines Gesichts.

Laken, Handtücher und Decken lagen um Travis verstreut. Anscheinend hatte er ein weiches Lager bereitet, während ich die fünfzehn Shots loszuwerden versuchte, die ich am Vorabend konsumiert hatte. Travis hatte mir über der Kloschüssel die Haare zurückgehalten und die ganze Nacht bei mir gesessen.

Ich drehte den Wasserhahn auf und begann, mir den Dreck vom Gesicht zu schrubben. Kurz darauf hörte ich ein Stöhnen vom Boden. Travis regte sich, rieb sich die

Augen und streckte sich. Nachdem er neben sich geschaut hatte, zuckte er panisch zusammen.

»Ich bin hier«, sagte ich. »Warum legst du dich nicht ins Bett? Und versuchst ein bisschen zu schlafen?«

»Bist du okay?«, fragte er und rieb sich erneut die Augen.

»Ja, mir geht's gut. Also, den Umständen entsprechend. Bestimmt werde ich mich besser fühlen, nachdem ich geduscht habe.«

Er stand auf. »Du hast mir gestern den Rang abgelaufen, nur damit du es weißt. Keine Ahnung, was dich dazu gebracht hat so viel zu trinken, aber ich will nicht, dass du das noch mal machst.«

»Damit bin ich mehr oder weniger aufgewachsen, Trav. Keine große Sache.«

Er nahm mein Kinn in seine Hand und wischte mir mit dem Daumen die Reste der Mascara unter den Augen weg. »Für mich war es eine große Sache.«

»Schön, dann werde ich es nicht wieder tun. Zufrieden?«

»Ja. Aber ich muss dir was sagen. Allerdings nur, wenn du versprichst, nicht auszuflippen.«

»O Gott, was habe ich angestellt?«

»Nichts. Aber du musst America anrufen.«

»Wo ist sie denn?«

»In der Morgan Hall. Sie hat sich gestern Nacht mit Shep gestritten.«

Ich beeilte mich mit Duschen und sprang in die Klamotten, die Travis mir aufs Waschbecken gelegt hatte. Als ich aus dem Bad kam, saßen Shepley und Travis im Wohnzimmer.

»Was hast du mit ihr gemacht?«, fragte ich.

Shepley machte ein langes Gesicht. »Sie ist stocksauer auf mich.«

»Was ist passiert?«

»Ich war wütend, weil sie dich ermutigt hat, so viel zu trinken. Ich dachte, wir würden dich am Ende noch ins Krankenhaus bringen müssen. Ein Wort gab das andere, und das Nächste, woran ich mich erinnere, ist, dass wir uns angeschrien haben. Wir waren beide betrunken, Abby. Aber ich habe ein paar Sachen gesagt, die ich nicht mehr zurücknehmen kann.« Er schüttelte den Kopf und starrte zu Boden.

»Was zum Beispiel?«, fauchte ich wütend.

»Ich habe ihr ein paar Beschimpfungen an den Kopf geworfen, auf die ich nicht stolz bin, und dann habe ich ihr gesagt, sie solle verschwinden.«

»Du hast sie betrunken rausgeworfen? Was bist du denn für ein Volltrottel?« Ich schnappte mir meine Handtasche.

»Ganz ruhig, Täubchen. Er fühlt sich auch so schon schlecht genug«, meinte Travis.

Ich fischte mein Telefon aus der Tasche und wählte Americas Nummer.

»Hallo?«, meldete sie sich. Sie klang schrecklich.

»Ich habe es gerade erfahren«, seufzte ich. »Alles so weit okay mit dir?« Ich ging auf den Flur, um ungestört reden zu können, warf Shepley aber noch einen letzten giftigen Blick zu.

»Mir geht's gut. Er ist ein Arschloch.« Ihre Worte klangen schroff, aber ich hörte ihrer Stimme an, wie verletzt sie war. America beherrschte die Kunst, ihre Gefühle zu verbergen, geradezu vollendet, und das gelang ihr gegenüber jedem – jedem, außer mir.

»Tut mir leid, dass ich dich nicht begleitet habe.«

»Das hatte doch mit dir nichts zu tun, Abby«, wiegelte sie ab.

»Warum kommst du mich nicht abholen? Dann können wir drüber reden.«

Sie atmete ins Telefon. »Ich weiß nicht. Ich will ihn wirklich nicht sehen.«

»Dann sag ich ihm, dass er drinnen bleiben soll.«

Nach einer langen Pause hörte ich im Hintergrund Schlüssel klirren. »Na schön. Ich bin in einer Minute da.«

Ich ging ins Wohnzimmer zurück und warf mir meine Tasche über die Schulter. Die beiden Jungs sahen mir nach, wie ich die Tür aufmachte, um auf America zu warten, als Shepley plötzlich von der Couch hochfuhr.

»Sie kommt her?«

»Sie will dich aber nicht sehen, Shep. Ich habe ihr gesagt, du würdest drinnen bleiben.«

Er seufzte und ließ sich wieder in die Polster fallen. »Sie hasst mich.«

»Ich werde mit ihr reden. Aber trotzdem solltest du dir schon mal eine grandiose Entschuldigung zurechtlegen.«

Zehn Minuten später hupte draußen ein Auto zweimal, und ich schloss die Tür hinter mir. Als ich den Fuß der Treppe erreicht hatte, stürmte Shepley an mir vorbei auf Americas roten Honda zu und verrenkte sich den Hals, um sie durchs Fenster zu sehen. Ich blieb stehen und sah, wie America ihn ignorierte, indem sie einfach stur geradeaus schaute. Dann ließ sie aber doch ihr Fenster runter, und Shepley schien ihr etwas erklären zu wollen. Gleich darauf begannen sie zu streiten. Ich ging wieder rein, um ihre Privatsphäre zu achten.

»Täubchen?«, sagte Travis, der auch die Stufen heruntergetrottet kam.

»Es sieht nicht gut aus.«

»Lass die beiden das ausfechten. Komm wieder rein«, sagte er und schob seine Hand in meine, um mich die Treppe hinaufzuführen.

»War es so schlimm?«, fragte ich.

Er nickte. »Es war ziemlich schlimm. Aber sie lassen gerade die Flitterwochenphase hinter sich. Sie werden das schon hinkriegen.«

»Für jemanden, der noch nie eine Freundin hatte, scheinst du eine Menge über Beziehungen zu wissen.«

»Ich habe vier Brüder und eine Menge Freunde«, grinste er.

Minuten später kam Shepley hinter uns her in die Wohnung gestampft und knallte die Tür zu. »Sie ist verdammt noch mal einfach unmöglich!«

Ich küsste Travis auf die Wange. »Das ist mein Einsatz.«

»Viel Glück«, sagte Travis.

Als ich neben America einstieg, schnaubte sie. »Er ist verdammt noch mal einfach unmöglich!«

Ich kicherte, woraufhin sie mir einen tödlichen Blick zuwarf. »Tschuldigung«, knurrte ich und zwang mir das Lächeln aus dem Gesicht.

Wir fuhren los, und America schrie und weinte und schrie weiter. Zwischendurch ließ sie Schimpftiraden gegen Shepley los, als säße er an meiner Stelle. Ich schwieg und ließ sie sich austoben.

»Er hat mich verantwortungslos genannt! Mich! Als ob ich dich nicht kennen würde! Als ob ich nicht miterlebt hätte, wie du deinem Vater Hunderte von Dollars geklaut hast, um doppelt so viel zu trinken. Er weiß verdammt noch mal gar nicht, wovon er redet! Er hat keine Ahnung, was für ein Leben du geführt hast! Er weiß nicht, was ich weiß, und er benimmt sich, als wäre ich nicht seine Freundin, sondern sein Kind!« Ich legte meine Hand auf ihre, aber sie zog sie weg. »Er dachte, du seist der Grund dafür, dass wir es nicht hinkriegen; das hat ihm ja von Anfang an Sorgen bereitet. Und jetzt hat er es ganz allein hingekriegt. Und da wir gerade von dir reden, was zum Teufel sollte das mit Parker gestern Abend?«

Der plötzliche Themenwechsel traf mich unvorbereitet. »Wovon redest du?«

»Travis hat diese Party für dich geschmissen. Und du, Abby, setzt dich mal eben ab, um mit Parker rumzumachen. Und dann wundert es dich, dass sich alle das Maul über dich zerreißen!«

»Moment mal! Ich habe Parker gesagt, dass wir nicht in einer dunklen Ecke rummachen können, während meinetwegen Gäste da sind. Aber welche Rolle spielt es, ob Travis eine Party für mich gibt oder nicht? Ich bin nicht mit ihm zusammen!«

America schaute stur geradeaus, aber sie schnaubte vernehmlich.

»Na schön, Mare. Was ist? Bist du jetzt auf mich wütend?«

»Ich bin nicht wütend auf dich. Ich will bloß nichts mit kompletten Deppen zu tun haben.«

Ich schaute aus dem Fenster, bevor ich etwas sagte, das sich nicht mehr zurücknehmen ließ. America war schon immer in der Lage gewesen, dafür zu sorgen, dass ich mich auf der Stelle wie der letzte Dreck fühlte.

»Siehst du überhaupt, was da läuft?«, fragte sie. »Travis hat aufgehört zu kämpfen. Er geht ohne dich nicht mehr aus. Er hat nach diesen Zwillingsflittchen kein Mädchen mehr mit nach Hause geschleppt, muss sich mit Parker abfinden, und du machst dir Sorgen, irgendjemand könnte behaupten, dass du mit beiden spielst. Weißt du, woran das liegt, Abby? Daran, dass es die Wahrheit ist!«

Ich drehte mich zu ihr und verrenkte mir regelrecht den Hals, um ihr den bösesten Blick entgegenzuschleudern, zu dem ich imstande war. »Was zum Teufel stimmt nicht mit dir?«

»Du datest jetzt Parker und bist ach so glücklich mit ihm«, meinte sie in verächtlichem Ton. »Und warum wohnst du dann nicht im Morgan?«

»Weil ich diese Wette verloren habe, wie du genau weißt!«

»Ach, hör doch damit auf, Abby! Du erzählst, wie perfekt Parker ist, hast diese tollen Verabredungen mit ihm, telefonierst stundenlang mit ihm, und dann liegst du jede Nacht neben Travis. Siehst du, was an dieser Situation nicht stimmt? Wenn du Parker wirklich wolltest, dann wären deine Sachen längst wieder im Morgan.«

Ich biss die Zähne zusammen. »Du weißt, dass ich mich noch nie vor einer Wettschuld gedrückt habe, Mare.«

»Genau, das habe ich mir gedacht.« Sie krallte ihre Hände fest ums Lenkrad. »Travis ist der, den du willst, und Parker ist der, von dem du denkst, dass du ihn brauchst.«

»Ich weiß, dass es so aussieht, aber –«

»Es sieht für jeden so aus. Wenn es dir also nicht passt, wie die Leute von dir reden – dann ändere was. Es ist jedenfalls nicht Travis' Schuld. Er hat für dich eine Hundertachtzig-Grad-Wende hingelegt. Du erntest den Lohn, und Parker ist der Nutznießer.«

»Vor einer Woche wolltest du noch, dass ich zusammenpacke und Travis nie mehr auch nur in meine Nähe lasse! Und jetzt verteidigst du ihn?«

»Abigail! Ich verteidige ihn doch nicht! Ich passe auf dich auf! Ihr seid beide verrückt nach einander! Also tu was dagegen!«

»Wie kannst du dir auch nur denken, dass ich mit ihm zusammen sein sollte?«, jammerte ich. »Dabei solltest du mich von Leuten wie ihm fernhalten!«

Sie presste die Lippen zusammen und war sichtlich mit ihrer Geduld am Ende. »Du hast so hart daran gearbeitet, dich von deinem Vater zu distanzieren. Das ist auch der einzige Grund, warum du jemanden wie Parker überhaupt in Erwägung ziehst! Er ist das totale Gegenteil von Mick, und du denkst, mit Travis würdest du genau wieder dort enden, wo du schon mal warst. Er ist aber nicht wie dein Dad, Abby.«

»Das habe ich auch nicht behauptet, aber er bringt mich wie kein anderer dazu, in seine Fußstapfen zu treten.«

»Das würde Travis dir niemals antun. Ich glaube, du verkennst, wie viel du ihm bedeutest. Wenn du ihm doch nur sagen würdest –«

»Nein. Wir haben das nicht alles hinter uns gelassen, damit mich jeder hier genauso ansieht wie in Wichita. Lass uns jetzt doch mal zum vordringlichen Problem zurückkehren. Shep wartet auf dich.«

»Ich will jetzt nicht über Shep reden.« Sie bremste vor einer roten Ampel.

»Er leidet, Mare. Er liebt dich.«

Ihre Augen füllten sich mit Tränen, und ihre Unterlippe zitterte. »Ist mir egal.«

»Ist es nicht.«

»Ich weiß«, wimmerte sie und lehnte ihren Kopf an meine Schulter.

Sie weinte, bis die Ampel wieder umsprang, dann küsste ich sie auf den Kopf. »Es ist grün.«

Sie setzte sich wieder gerade und putzte sich die Nase. »Ich war vorhin ziemlich gemein zu ihm. Ich glaube nicht, dass er noch mit mir reden wird.«

»Er wird mit dir reden. Er wusste, dass du wütend warst.«

America wischte sich übers Gesicht und wendete dann langsam. Ich hatte Sorge, dass ich sie heftig würde drängen müssen, mit mir zu kommen, aber Shepley kam schon die Treppe heruntergerannt, bevor sie auch nur den Motor abgestellt hatte.

Er riss ihre Tür auf und zog sie heraus. »Es tut mir so leid, Baby. Ich hätte mich um meine Angelegenheiten kümmern sollen. Ich ... bitte geh nicht. Ich weiß nicht, was ich ohne dich tun soll.«

America nahm sein Gesicht in ihre Hände und lächelte. »Du bist ein arroganter Arsch, aber ich liebe dich immer noch.«

Shepley küsste sie wieder und wieder, als hätte er sie monatelang nicht gesehen, und ich lächelte über meine gute Vorarbeit. Travis stand an der Wohnungstür und grinste, als ich hereinkam.

»Und so lebten sie glücklich und zufrieden bis ans Ende ihrer Tage«, sagte er und schloss die Tür hinter mir.

Ich ließ mich auf die Couch fallen, und er setzte sich neben mich und zog meine Beine auf seinen Schoß.

»Was möchtest du heute machen, Täubchen?«

»Schlafen. Oder ausruhen ... oder schlafen.«

»Kann ich dir vorher noch mein Geschenk geben?«

Ich stieß ihn an der Schulter an. »Ach komm, du hast ein Geschenk für mich?«

Er verzog den Mund zu einem nervösen Lächeln. »Es ist kein Diamantarmband, aber ich dachte mir, es könnte dir gefallen.«

»Ich werde es unbesehen lieben.«

Er hob meine Beine von seinem Schoß und verschwand in Shepleys Schlafzimmer. Ich hob eine Augenbraue, als ich ihn etwas murmeln hörte. Dann kam er mit einer Schachtel wieder raus. Er stellte sie zu meinen Füßen ab und ging dahinter in die Hocke.

»Beeil dich, ich möchte, dass du überrascht bist«, meinte er lächelnd.

»Beeilen?«, fragte ich und hob den Deckel an.

Mir fiel die Kinnlade runter, als ich in ein Paar großer dunkler Augen sah, die zu mir aufschauten.

»Ein Welpe?«, quiekte ich und griff in die Schachtel. Ich hob das dunkle, drahthaarige Hundebaby an mein Gesicht, und es bedeckte meinen Mund mit warmen, nassen Küssen.

Travis strahlte triumphierend. »Gefällt er dir?«

»Er? Ich liebe ihn! Du schenkst mir einen Welpen!«

»Er ist ein Cairn-Terrier. Am Donnerstag bin ich nach dem Unterricht drei Stunden weit gefahren, um ihn abzuholen.«

»Als du gesagt hast, du begleitest Shepley zur Werkstatt, da seid ihr …«

»Da sind wir losgefahren, um dein Geschenk zu besorgen.« Er nickte.

»Er ist so zappelig!« Ich lachte.

»Jedes Mädchen aus Kansas braucht einen Toto«, sagte Travis und half mir, die kleine Fellkugel auf meinem Schoß zu halten.

»Er sieht wie ein Toto aus! Und genauso werde ich ihn nennen.« Ich rümpfte die Nase.

»Du kannst ihn hierlassen. Ich werde mich um ihn kümmern, wenn du wieder im Morgan wohnst.« Er verzog den Mund zu einem schiefen Lächeln. »So kann ich sicherstellen, dass du mich besuchen kommst, wenn dein Monat vorbei ist.«

Ich presste die Lippen zusammen. »Ich würde auch so wiederkommen, Trav.«

»Und ich würde alles für das Lächeln tun, das du gerade im Gesicht hast.«

»Ich glaube, du brauchst ein Nickerchen, Toto. Ja, das brauchst du«, flüsterte ich dem Welpen zu.

Travis nickte, zog mich auf seinen Schoß und stand dann auf. »Dann kommt mal.«

Er trug mich in sein Schlafzimmer, schlug die Decken zurück und legte mich auf die Matratze. Er krabbelte noch über mich hinweg, um die Vorhänge zuzuziehen, und fiel dann auf sein eigenes Kissen.

»Danke, dass du letzte Nacht bei mir geblieben bist.« Ich streichelte Totos weiches Fell. »Du hättest ja nicht auf dem Badezimmerboden schlafen müssen.«

»Die letzte Nacht war eine der besten meines Lebens.«

Ich drehte mich um, um in sein Gesicht zu sehen. Es war so ernst, dass ich ihn zweifelnd anschaute. »Zwischen dem Klo und der Badewanne auf einem kalten, harten Fliesenboden mit einer Betrunkenen, die sich die Seele aus dem Leib kotzt? Wenn das eine deiner besten Nächte war, dann ist das aber traurig, Trav.«

»Nein, bei dir zu sitzen, als es dir schlecht ging, und dich schließlich auf meinem Schoß einschlafen zu sehen, das war eine meiner besten Nächte. Es war nicht gemütlich, und der Schlaf, den ich bekommen habe, war nicht der Rede wert, aber ich habe deinen neunzehnten Geburtstag mit dir verbracht, und du bist wirklich ziemlich süß, wenn du betrunken bist.«

»Ich bin mir sicher, dass ich zwischen dem Würgen und Kotzen ausgesprochen charmant war.«

Er zog mich an sich und tätschelte Toto, der sich an meinen Hals geschmiegt hatte. »Du bist die einzige Frau, die ich kenne, die selbst mit dem Kopf in der Kloschüssel noch unglaublich gut aussieht. Das will schon was heißen.«

»Danke, Trav. Ich werde aufpassen, dass du nicht noch mal den Babysitter für mich spielen musst.«

Er lehnte sich auf seinem Kissen zurück. »Wie auch immer. Jedenfalls kann niemand dein Haar so halten wie ich.«

Ich kicherte, schloss die Augen und ließ mich in die Dunkelheit sinken.

»Steh auf, Abby!«, rief America und schüttelte mich.

Toto leckte meine Wange. »Ich bin schon auf! Bin schon auf!«

»Unser Kurs fängt in einer halben Stunde an!«

Ich sprang aus dem Bett. »Dann habe ich … vierzehn Stunden geschlafen? Wie das denn, verdammt noch mal?«

»Geh jetzt einfach duschen! Wenn du nicht in zehn Minuten fertig bist, kannst du sehen, wo du bleibst!«

»Dann bleibt mir keine Zeit zum Duschen!«, sagte ich und riss mir die Klamotten vom Leib, in denen ich eingeschlafen war.

Travis stützte den Kopf in seine Hand und gluckste vor Lachen. »Ihr Mädels benehmt euch vielleicht albern. Das ist doch nicht das Ende der Welt, wenn ihr mal zu einem Kurs zu spät kommt.«

»Wenn du America bist, dann schon. Sie versäumt nichts, und sie hasst es, zu spät zu kommen«, sagte ich, zog mir ein Shirt über den Kopf und schlüpfte in meine Jeans.

»Lass Mare vorfahren. Ich bringe dich.«

Ich hüpfte auf einem Fuß und dann auf dem anderen, um in meine Stiefel zu kommen. »Meine Tasche ist in ihrem Auto, Trav.«

»Wie du willst, tut euch bloß nichts, um pünktlich zu sein.« Er hob Toto hoch, legte ihn sich wie einen kleinen Football in die Armbeuge und trug ihn den Flur hinunter.

America schob mich zur Tür hinaus und ins Auto. »Ich kann nicht glauben, dass er dir diesen Welpen gekauft hat«, sagte sie und schaute sich noch mal um, bevor sie aus der Parklücke fuhr.

Travis stand in seinen Boxershorts und barfuß in der Morgensonne und rieb sich die Arme gegen die Kälte. Er beobachtete Toto, der an einem kleinen Grasflecken schnupperte, und redete ihm wie ein stolzer Vater gut zu.

»Ich hatte noch nie einen Hund«, sagte ich. »Das wird also bestimmt spannend.«

America blickte ein letztes Mal zu Travis und legte geräuschvoll den Gang ein. »Sieh ihn dir an! Travis Maddox – Mister Mom.«

»Toto ist so süß. Selbst du wirst Wachs in seinen Pfötchen sein.«

»Du weißt doch, dass du ihn nicht mit ins Studentenwohnheim nehmen kannst. Ich glaube, dass Travis das nicht zu Ende überlegt hat.«

»Travis hat gesagt, dass er ihn in seiner Wohnung behält.«

Sie sah zweifelnd drein. »Aber natürlich wird er das. Travis denkt voraus, das muss ich ihm lassen.« Sie schüttelte erneut den Kopf. Dann gab sie Gas.

Schnaufend fiel ich eine Minute vor Vorlesungsbeginn auf meinen Stuhl. Sobald das Adrenalin in meinem Körper wieder abgebaut war, legte sich die Schwere des nachgeburtstäglichen Komas wieder über mich. America stupste mich mit dem Ellbogen in die Seite, als die Stunde vorbei war, und ich folgte ihr in die Cafeteria.

Shepley erwartete uns an der Tür, und ich sah ihm sofort an, dass irgendwas nicht stimmte.

»Mare«, sagte er und fasste sie am Arm.

Travis kam angejoggt, stemmte die Hände in die Hüften und musste erst einmal zu Atem kommen.

»Verfolgt dich ein Mob wütender Frauen?«, neckte ich ihn.

»Ich wollte dich nur abfangen … bevor … ihr reingeht«, keuchte er.

»Was ist denn los?«, fragte America Shepley.

»Es geht ein Gerücht um«, begann Shepley. »Alle sagen, dass Travis Abby mit nach Hause genommen hat und ... die Details unterscheiden sich, aber es klingt ziemlich schlimm.«

»Wie? Meinst du das im Ernst?«, rief ich.

America verdrehte die Augen. »Wen kümmert das, Abby? Die Leute spekulieren seit Wochen über dich und Trav. Es wäre ja nicht das erste Mal, dass jemand unterstellt, ihr würdet miteinander schlafen.«

Travis und Shepley tauschten einen Blick.

»Was?«, fragte ich. »Da geht es noch um etwas anderes, oder?«

Shepley zuckte zusammen. »Es heißt, du hättest bei Brazil mit Parker geschlafen und dann zugelassen, dass Travis ... dich mit nach Hause nimmt, wenn du verstehst, was ich meine.«

Mir blieb vor Schreck der Mund offen. »Na toll! Dann bin ich jetzt wohl die Schulschlampe?«

Travis' Blick verfinsterte sich, und sein Kiefer mahlte. »Das ist meine Schuld. Ginge es um jemand anderen, würde niemand so was über dich sagen.« Er ging in die Cafeteria und hatte die Hände zu Fäusten geballt.

America und Shepley folgten ihm. »Lasst uns bloß hoffen, dass niemand so dumm sein wird, ihn darauf anzusprechen«, sagte America.

»Oder sie«, fügte Shepley hinzu.

Travis setzte sich ein paar Plätze von mir entfernt hin und beugte sich finster über sein Sandwich. Ich wartete, dass er zu mir hersah, und wollte ihn aufmunternd anlächeln. Travis hatte zwar einen gewissen Ruf, aber schließlich hatte ich mich von Parker auf den Flur von Brazils Wohnung ziehen lassen.

Shepley stieß mich mit dem Ellbogen an, während ich

seinen Cousin anstarrte. »Er fühlt sich einfach schlecht. Es nervt ihn kolossal, was alles so geredet wird.«

»Du musst nicht so weit weg sitzen, Trav. Komm schon, setz dich her.« Ich klopfte mit der Hand auf den Tisch, direkt mir gegenüber.

»Wie ich gehört habe, hattest du einen ganz schön heißen Geburtstag, Abby«, sagte Chris Jenks und warf gleichzeitig ein Salatblatt auf Travis' Teller.

»Lass sie in Ruhe, Jenks«, knurrte Travis warnend.

Chris grinste und warf mit geröteten Wangen einen Blick in die Runde. »Hab gehört, Parker soll außer sich sein. Er sagt, er sei gestern bei deiner Wohnung vorbeigekommen, und du und Travis hättet noch im Bett gelegen.«

»Sie haben ein Nickerchen gemacht, Chris«, meldete America sich höhnisch zu Wort.

Meine Augen schossen zu Travis hinüber. »Parker war da?«

Unbehaglich rutschte er auf seinem Stuhl herum. »Ich wollte es dir noch sagen.«

»Wann denn?«, giftete ich zurück.

America beugte sich zu meinem Ohr. »Parker war das Gerücht zu Ohren gekommen, und er wollte dich zur Rede stellen. Ich habe versucht, ihn aufzuhalten, aber er ist durch den Flur gestürmt... und hat einen völlig falschen Eindruck bekommen.«

Ich stützte die Ellbogen auf den Tisch und schlug die Hände vors Gesicht. »Das wird ja immer besser.«

»Dann habt ihr beide es also gar nicht miteinander getrieben?«, fragte Chris. »Verdammt, das ist natürlich eine Scheiße. Eigentlich dachte ich, Trav, Abby wäre die Richtige für dich.«

»Du hältst jetzt besser die Klappe, Chris«, warnte Shepley.

»Wenn du gar nicht mit ihr geschlafen hast, könnte ich es dann wohl mal versuchen?«, fragte Chris und prustete mit seinen Teamkollegen.

Mein Gesicht brannte vor Verlegenheit, aber dann kreischte mir America ins Ohr, weil Travis aufgesprungen war. Er langte über den Tisch und packte Chris mit einer Hand bei der Gurgel, mit der anderen an seinem T-Shirt. Der Linebacker rutschte über die Tischplatte, während Dutzende Stühle zurückgeschoben wurden, weil die Leute schaulustig aufgesprungen waren. Travis schlug ihm mehrmals ins Gesicht, und bei jedem Ausholen fuhr sein Ellbogen durch die Luft. Das Einzige, was Chris tun konnte, war, sein Gesicht mit den Händen zu schützen.

Niemand rührte Travis an. Er war außer Kontrolle geraten, und angesichts seines Rufes wagte es keiner, ihm Einhalt zu gebieten. Selbst die Footballspieler duckten sich nur und zuckten zusammen, während ihr Teamkollege gnadenlos auf den Steinboden gezerrt wurde.

»Travis!«, schrie ich und lief um den Tisch herum.

Mitten in einem Schlag hielt Travis inne, dann ließ er Chris auf den Boden fallen. Er keuchte, als er sich nach mir umdrehte; noch nie hatte ich ihn so furchterregend gesehen. Ich schluckte und wich einen Schritt zurück, als er sich an mir vorbeidrängte.

Ich wollte ihm nachlaufen, doch America griff nach meinem Arm. Shepley gab ihr einen flüchtigen Kuss und folgte seinem Cousin durch die Tür nach draußen.

»Jesus«, flüsterte America.

Wir drehten uns wieder um und sahen, wie Chris' Teamkollegen ihn vom Boden aufhoben, und beim Anblick seines roten, geschwollenen Gesichts zog sich mir alles zusammen. Aus seiner Nase sickerte Blut, und Brazil drückte ihm eine Serviette in die Hand.

»Dieser verrückte Hurensohn!«, stöhnte Chris, setzte sich auf einen Stuhl und hielt sich das Gesicht. Dann sah er mich an. »Tut mir leid, Abby. Ich hab doch nur Spaß gemacht.«

Mir fiel darauf nichts ein. Ich hatte für das, was gerade geschehen war, auch keine andere Erklärung als er.

»Sie hat mit keinem von beiden geschlafen«, sagte America.

»Du weißt einfach nie, wann du besser die Schnauze halten solltest, Jenks«, knurrte Brazil genervt.

America zog mich am Arm. »Komm schon. Lass uns gehen.« Unverzüglich schleppte sie mich zu ihrem Auto.

Als sie gerade den Gang einlegte, fasste ich sie am Handgelenk. »Warte mal! Wo fahren wir überhaupt hin?«

»Na, zu Shep. Ich will nicht, dass er mit Travis allein ist. Hast du ihn gesehen? Der Typ war ja total außer sich!«

»Da muss ich aber auch nicht in seiner Nähe sein!«

America starrte mich ungläubig an. »Ganz offensichtlich geht doch da gerade irgendwas in ihm vor. Willst du nicht wissen, was?«

»In diesem Fall siegt mein Selbsterhaltungstrieb über meine Neugier, Mare.«

»Das Einzige, das ihn bremsen konnte, war deine Stimme, Abby. Auf dich wird er hören. Du musst mit ihm reden.«

Ich seufzte und ließ mich gegen die Rückenlehne des Beifahrersitzes fallen. »Also gut. Fahren wir.«

Nachdem wir auf den Parkplatz gebogen waren, stellte America sich zwischen Shepleys Dodge Charger und Travis' Harley. Dann stapfte sie zur Treppe.

»Jetzt komm schon, Abby!«, rief sie und winkte mir, ihr zu folgen.

Zögernd ging ich ihr schließlich hinterher, blieb aber

stehen, als ich Shepley die Stufen herunterlaufen und America etwas ins Ohr flüstern sah. Er schaute mich an, schüttelte den Kopf und flüsterte dann weiter.

»Was ist?«, fragte ich.

»Shep meint...«, suchte sie nach Worten. »Shep meint, es wäre keine gute Idee, wenn wir jetzt reingehen würden. Travis ist immer noch ziemlich wütend.«

»Du meinst, er findet, dass ich nicht reingehen sollte.« America sah verlegen Shepley an.

Shepley berührte mich an der Schulter. »Du hast überhaupt nichts falsch gemacht, Abby. Er will... Er will dich nur jetzt gerade nicht sehen.«

»Wenn ich doch nichts falsch gemacht habe, warum sollte er mich dann nicht sehen wollen?«

»Das weiß ich auch nicht so genau. Ich glaube, es ist ihm peinlich, dass er vor dir die Fassung verloren hat.«

»Er hat die Fassung vor der ganzen Cafeteria verloren! Was hat das denn mit mir zu tun?«

»Mehr, als du denkst«, sagte Shepley und wich meinem Blick aus.

Ich sah die beiden noch einen Moment lang an, dann schob ich mich an ihnen vorbei und lief die Treppe hinauf. Als ich in die Wohnung stürmte, fand ich das Wohnzimmer leer. Die Tür zu Travis' Zimmer war zu, daher klopfte ich.

»Travis? Ich bin's, mach auf.«

»Geh weg, Täubchen«, kam es von der anderen Seite.

Ich spähte hinein und sah ihn mit dem Gesicht zum Fenster auf der Bettkante sitzen. Toto kratzte mit der Pfote an seinem Rücken, anscheinend um sich darüber zu beschweren, dass man ihn ignorierte.

»Was ist mit dir los, Trav?«, fragte ich. Er antwortete nicht, also stellte ich mich mit verschränkten Armen neben ihn. Seine Kiefermuskeln spannten sich an, aber er hatte nicht länger diesen furchterregenden Gesichtsausdruck. Er schien traurig. Hoffnungslos und tieftraurig.

»Willst du nicht mit mir darüber reden?«

Ich wartete, aber er blieb stumm. Als ich mich zur Tür wandte, seufzte er immerhin. »Erinnerst du dich noch an den Tag, als Brazil mich schwach angeredet hat und du mir beigesprungen bist? Also ... so war das heute auch. Ich habe mich nur zu ein bisschen mehr hinreißen lassen.«

»Du warst schon wütend, bevor Chris irgendwas gesagt hat«, stellte ich klar, kehrte zu ihm zurück und setzte mich neben ihn aufs Bett.

Er starrte weiter zum Fenster raus. »Ich habe das vorhin ernst gemeint. Du musst weggehen, Täubchen. Gott weiß, dass ich es nicht schaffe, mich von dir zu trennen.«

Ich berührte seinen Arm. »Du willst doch nicht, dass ich gehe.«

Travis' Kiefer spannte sich wieder an, und schließlich legte er seinen Arm um mich. Kurz hielt er inne, dann küsste er mich auf die Stirn und drückte danach seine Wange an meine Schläfe. »Es spielt keine Rolle, wie sehr ich es versuche. Du wirst mich sowieso hassen, wenn alles vorbei ist.«

Ich schlang meine Arme um ihn. »Wir müssen Freunde sein. Ein Nein lasse ich nicht gelten«, zitierte ich ihn selbst.

Er zog die Augenbrauen zusammen und nahm mich dann in beide Arme, während er weiterhin zum Fenster hinausstarrte. »Ich sehe dir oft beim Schlafen zu. Du siehst immer so friedlich aus. Ich habe so eine Ruhe gar nicht. In mir kocht diese Wut, dieser Zorn – außer wenn ich dir beim Schlafen zusehe. Das habe ich auch gemacht, als Parker reinkam«, fuhr er fort. »Ich war wach, und er kam rein und stand einfach nur da, mit diesem Entsetzen im Gesicht. Ich wusste, was er dachte, aber ich habe ihn nicht aufgeklärt. Weil ich wollte, dass er dachte, es wäre etwas passiert. Jetzt glaubt die ganze Universität, du wärst in einer einzigen Nacht mit uns beiden zusammen gewesen.«

Toto drängelte sich auf meinen Schoß, und ich streichelte seine Ohren. Travis tätschelte ihn einmal und ließ dann seine Hand auf meiner liegen. »Es tut mir leid.«

Ich zuckte mit den Achseln. »Wenn er diese Gerüchte glaubt, ist er selbst schuld.«

»Es war auch schwer, irgendwas anderes zu glauben, nachdem er uns beide im Bett gesehen hat.«

»Er weiß doch, dass ich bei dir wohne. Ich war außerdem doch vollständig angezogen, verdammt noch mal.«

Travis seufzte. »Er war wahrscheinlich viel zu sauer, um das zu registrieren. Ich weiß, dass du ihn magst, Täubchen. Ich hätte es ihm erklären sollen. Ich schulde dir so viel.«

»Ist doch egal.«

»Dann bist du nicht böse auf mich?«, fragte er überrascht.

»Hat dich das so aufgeregt? Dachtest du, ich wäre böse auf dich gewesen, nachdem du mir die Wahrheit gesagt hast?«

»Das solltest du sein. Wenn jemand mal eben meinen Ruf ruinieren würde, dann wäre ich durchaus ein bisschen angepisst.«

»Du machst dir doch überhaupt nichts aus einem Ruf. Was ist aus dem Travis geworden, den es einen Dreck kümmert, was andere denken?«, neckte ich ihn.

»Das war, bevor ich dein Gesicht gesehen habe, als du erfuhrst, was alle denken. Ich will nicht, dass man dir wegen mir wehtut.«

»Du würdest nie irgendwas anstellen, das mir wehtut.«

»Lieber würde ich mir den Arm abschneiden«, seufzte er.

Entspannt lehnte er seine Wange an meine Schläfe. Ich wusste darauf keine Antwort, und auch Travis schien alles Nötige gesagt zu haben. So blieben wir einfach schweigend sitzen. Hin und wieder drückte Travis mich fester an sich. Ich krallte mich in sein Shirt und wusste nicht, was ich sonst hätte tun sollen, damit er sich besser fühlte, außer mich von ihm halten zu lassen.

Als es draußen langsam dämmerte, hörte ich ein schwaches Klopfen an der Tür. »Abby?«, erklang Americas Stimme ganz zart durch das Holz.

»Komm rein, Mare«, antwortete Travis.

America kam mit Shepley rein, und sie lächelte, als sie uns so ineinander verschlungen dasitzen sah. »Wir wollen irgendwas essen gehen. Habt ihr beide Lust auf eine Runde im Pei Wei Asian Diner?«

»Bäh… schon wieder asiatisch, Mare? Im Ernst?«, fragte Travis.

Ich lächelte. Er klang wieder wie er selbst.

America bemerkte es ebenfalls. »Ja, ganz recht. Kommt ihr jetzt mit oder nicht?«

»Ich verhungere«, bemerkte ich.

»Na klar, du bist ja gar nicht zum Mittagessen gekommen«, sagte er tadelnd. Er stand auf und zog mich mit hoch. »Na komm. Lass uns dir was zu essen besorgen.«

Er behielt den Arm um mich gelegt und nahm ihn erst weg, als wir in einer Nische im Pei Wei saßen.

Sobald Travis auf die Toilette gegangen war, beugte America sich vor. »Also? Was hat er gesagt?«

»Nichts«, meinte ich achselzuckend.

»Du warst zwei Stunden lang in seinem Zimmer. Und er hat nichts gesagt?«

»Das macht er normalerweise, wenn er wütend ist«, bestätigte Shepley.

»Er musste doch irgendwas sagen«, beharrte America.

»Er sagte, er habe sich ein bisschen hinreißen lassen, um mich zu verteidigen, und dass er Parker nicht die Wahrheit gesagt hat, als der reingeplatzt ist. Das war's«, teilte ich ihnen mit und rückte am Salz- und Pfefferstreuer herum.

Shepley schüttelte den Kopf und schloss kurz die Augen.

»Travis ist ...«, seufzte er, »ach, vergesst es.«

America machte ein entschlossenes Gesicht. »Oh nein, du kannst nicht —«

Sie verstummte, weil Travis sich in diesem Moment wieder zu uns setzte und seinen Arm erneut um mich legte. »Verdammt! Ist das Essen etwa immer noch nicht da?«

Wir lachten und scherzten, bis das Lokal zumachte, und quetschten uns für die Heimfahrt alle in ein Auto. Shepley trug America auf dem Rücken die Stufen hinauf, aber Travis blieb ein wenig zurück und zog mich am Arm, damit ich den beiden nicht folgte. Er schaute zu ihnen hoch, bis sie hinter der Wohnungstür verschwunden waren. Dann schenkte er mir ein bedauerndes Lächeln. »Ich schulde dir noch eine Entschuldigung für heute. Also, es tut mir leid.«

»Du hast dich doch schon entschuldigt. Es ist okay.«

»Nein, ich habe mich für die Sache mit Parker entschuldigt. Aber ich will nicht, dass du mich für aggro hältst, der Leute wegen irgendwelcher Kleinigkeiten attackiert. Aber ich muss mich auch bei dir entschuldigen, weil ich dich nicht aus dem richtigen Grund verteidigt habe.«

»Und der wäre ...?«, hakte ich nach.

»Ich bin ihm an den Kragen, weil er gesagt hat, er wolle der Nächste sein, der an der Reihe ist, nicht, weil er dich aufgezogen hat.«

»Anzudeuten, es gäbe da eine Reihe, ist wohl Grund genug, mich zu verteidigen, Trav.«

»Genau das meine ich ja. Ich war angepisst, weil ich es so verstanden habe, dass er mit dir schlafen will.«

Nachdem ich über Travis' Äußerung nachgedacht hatte, packte ich ihn am T-Shirt und presste meine Stirn gegen seine Brust. »Weißt du was? Es ist mir egal.« Ich schaute zu ihm hoch. »Mir ist egal, was die Leute reden oder dass du die Beherrschung verloren hast oder warum du Chris die Fresse poliert hast. Das Letzte, was ich mir wünsche, ist ein schlechter Ruf, aber ich bin es auch leid, jedem unsere Freundschaft zu erklären. Zur Hölle mit denen.«

Travis' Blick wurde weich, und seine Mundwinkel gingen nach oben. »Unsere Freundschaft? Manchmal frage ich mich, ob du mir überhaupt zuhörst.«

»Wie meinst du das?«

»Lass uns reingehen. Ich bin müde.«

Ich nickte, und er drückte mich an sich, bis wir in der Wohnung waren. America und Shepley hatten sich schon in ihr Schlafzimmer zurückgezogen, und ich sprang nur noch rasch unter die Dusche. Travis saß mit dem frisch versorgten Toto im Wohnzimmer, während ich mir rasch meinen Pyjama anzog, und innerhalb einer halben Stunde lagen wir beide im Bett.

Ich stützte den Kopf in die Hand und atmete sehr lange und tief aus. »Nur noch zwei Wochen. Was wirst du machen, damit es so aufregend bleibt, wenn ich erst wieder im Morgan bin?«

»Keine Ahnung.« Selbst im Dunkeln konnte ich seine gequälte Miene sehen.

»Hey.« Ich berührte ihn am Arm. »Ich hab doch nur Spaß gemacht.«

Lange Zeit beobachtete ich, wie er atmete, blinzelte und sich zu entspannen versuchte. Er drehte sich hin und her und sah schließlich zu mir rüber. »Vertraust du mir, Täubchen?«

»Klar, warum?«

»Dann komm her«, sagte er und zog mich an sich. Ein, zwei Sekunden lang verharrte ich steif, doch dann schmiegte ich meinen Kopf an seine Brust. Was auch immer in ihm vorgehen mochte, er brauchte mich ganz nah bei sich. Und das hätte ich ihm, selbst wenn ich es gewollt hätte, nicht abschlagen können. Es fühlte sich richtig an, so bei ihm zu liegen.

9. KAPITEL

Versprochen

Finch schüttelte den Kopf. »Also, bist du jetzt mit Parker oder mit Travis zusammen? Ich kenne mich da nicht mehr aus.«

»Parker redet im Moment nicht mit mir, von daher kann ich es nicht genau sagen«, antwortete ich und rückte hüpfend meinen Rucksack zurecht.

Finch blies eine Rauchwolke aus und pickte sich einen Tabakkrümel von der Zunge. »Dann also mit Travis?«

»Wir sind Freunde.«

»Dir ist aber schon klar, dass alle glauben, ihr hättet da so eine heiße Freundschaft mit gewissen Vorzügen am Laufen, die du nur nicht zugeben willst, ja?«

»Ist mir total egal. Die sollen doch alle denken, was sie wollen.«

»Seit wann das denn? Was ist aus der nervösen, geheimnisvollen, zurückhaltenden Abby geworden, die ich kannte und liebte?«

»Die ist vor lauter Stress wegen der Gerüchte und Unterstellungen gestorben.«

»Ach, wie schade. Ich werde es vermissen, mit dem Finger auf sie zu zeigen und sie auszulachen.«

Ich schlug Finch auf den Arm, und er lachte. »Gut. Dann wäre es langsam an der Zeit, dass du aufhörst, es abzustreiten«, meinte er.

»Was denn?«

»Meine Liebe, du stehst vor jemandem, der den größten Teil seines Lebens mit So-tun-als-ob verbracht hat. Ich hab dich schon drei Meilen gegen den Wind durchschaut.«

»Was willst du damit sagen, Finch? Dass ich insgeheim lesbisch bin?«

»Nein, nur dass du etwas verheimlichst. Die Strickjäckchen, das züchtige kultivierte Mädchen, das mit Parker Hayes Nobelrestaurants besucht … das bist doch nicht du. Entweder warst du vorher Stripperin in einer Kleinstadt oder in einer Entzugsklinik. Ich tippe auf Letzteres.«

Ich lachte laut auf. »Mit deinen Ratekünsten ist es nicht weit her!«

»Was ist dann dein Geheimnis?«

»Würde ich es dir sagen, wäre es doch kein Geheimnis mehr, oder?«

Er grinste schelmisch. »Ich hab dir meins gezeigt, jetzt zeigst du mir deins.«

»Ich bin ja wirklich nicht gern Überbringerin schlechter Nachrichten, aber deine sexuellen Neigungen sind nicht unbedingt ein Geheimnis, Finch.«

»Verdammt! Und ich dachte, ich könnte mich noch als geheimnisvolles Betthäschen ausgeben«, sagte er und nahm einen Zug.

Ich erschauerte, bevor ich etwas erwiderte. »Hattest du ein schönes Zuhause, Finch?«

»Meine Mom ist klasse … mein Dad und ich mussten eine Menge Sachen auskämpfen, aber wir verstehen uns inzwischen gut.«

»Ich hatte Mick Abernathy als Vater.«

»Und wer ist das?«

Ich kicherte. »Siehst du? Wenn du ihn nicht kennst, klingt das nicht schlimm.«

»Wer ist er denn?«

»Ein Chaot. Glücksspiel, Trinken, Jähzorn … das ist in meiner Familie alles erblich. America und ich sind hergekommen, damit ich neu anfangen konnte, ohne das Stigma, die Tochter eines abgehalfterten Trinkers zu sein.«

»Eines Glücksspielers aus Wichita?«

»Ich bin in Nevada geboren. Damals wurde alles, was Mick anfasste, zu Gold. Als ich dreizehn wurde, verließ ihn das Glück.«

»Und er gab dir die Schuld daran.«

»America hat viel aufgegeben, um mit mir hierherzukommen, aber dann bin ich hier und laufe praktisch als Erstes Travis über den Weg.«

»Und wenn du dir Travis anschaust …«

»Kenne ich das alles in- und auswendig.«

Finch nickte und trat seine Kippe aus. »Ach, scheiße, Abby. Das ist ja übel.«

Meine Augen zogen sich zusammen. »Wenn du irgendjemand erzählst, was ich dir gerade gesagt habe, hetze ich die Meute auf dich. Und ich kenne inzwischen einige von denen, wie du weißt.«

»Ach, Quatsch.«

Ich zuckte mit den Achseln. »Glaub, was du willst.«

Finch sah mich misstrauisch an, dann lächelte er. »Du bist ganz offiziell der coolste Mensch, den ich kenne.«

»Das wäre aber traurig, Finch. Dann solltest du echt mehr unter Leute gehen«, stellte ich fest und blieb am Eingang zur Cafeteria stehen.

Er hob mein Kinn an. »Es wird alles gut. Ich bin ein überzeugter Anhänger des Spruchs ›Alles, was passiert,

passiert aus einem guten Grund‹. Du bist hergekommen, America hat Shep getroffen, du hast den Circle kennengelernt, irgendwas an dir hat die Welt von Travis Maddox auf den Kopf gestellt. Denk darüber mal nach«, sagte er und drückte mir einen flüchtigen Kuss auf die Lippen.

»Aber hallo!«, rief Travis. Er packte mich um die Taille, hob mich vom Boden hoch und setzte mich hinter seinem Rücken wieder ab. »Du warst wirklich der Letzte, dem ich so was zugetraut hätte, Finch! Wie kannst du mir das bloß antun?«, scherzte er.

Finch beugte sich an Travis vorbei und zwinkerte mir zu. »Wir machen später weiter.«

Als Travis mich genau ansah, verschwand sein Lächeln. »Warum so finster?«

Ich schüttelte den Kopf und hoffte, das Adrenalin würde sich bald verteilen. »Ich mag nur diesen Spitznamen nicht. Weckt ein paar schlechte Erinnerungen.«

»Etwa an einen aufdringlichen Jugendseelsorger?«

»Nein«, brummte ich.

Travis schlug sich mit der Faust in die eigene Handfläche. »Soll ich Finch mal so richtig vertrimmen? Ihm eine Lektion erteilen?«

Ich musste lächeln, ob ich wollte oder nicht. »Wenn ich Finch fertigmachen wollte, müsste ich ihm nur sagen, dass Prada zumacht, und damit wäre die Sache auch schon erledigt.«

Travis lachte und deutete mit dem Kopf zur Tür. »Lasst uns reingehen. Ich setze hier schon Staub an!«

Wir setzten uns zum Mittagessen und neckten uns die ganze Zeit. Travis war so optimistisch wie an dem Abend, als ich die Wette verloren hatte. Das fiel allen am Tisch auf, und als er einen Ministreit ums Essen mit mir vom Zaun brach, erregte das die Aufmerksamkeit der Leute an den Tischen um uns herum.

Ich verdrehte die Augen. »Langsam komm ich mir vor wie ein Tier im Zoo.«

Travis musterte mich kurz, registrierte, wie die anderen uns anstarrten, und stand schließlich auf. »*I can't!*«, brüllte er. Ich schaute ihn voller Bewunderung an, während alle die Köpfe neugierig in seine Richtung drehten. Travis nickte ein paarmal zu einem unhörbaren Rhythmus.

Shepley schloss genervt die Augen. »O nein.«

Travis grinste. *Get no ... sa ... tis ... faction*, sang er. Und während er den Text schmetterte, stieg er, verfolgt von aller Augen, auf den Tisch.

Er zeigte auf die Footballmannschaft am Kopfende, die lächelnd im Chor den Refrain grölte. Die ganze Cafeteria fiel in rhythmisches Klatschen ein.

Travis sang in seine Faust und tanzte an mir vorbei.

Bald sangen alle mit.

Als er mit den Hüften wackelte, pfiffen und kreischten ein paar Mädels im Saal. Daraufhin spazierte er wieder an mir vorbei und sang weiter, diesmal zur anderen Seite des Raumes, und die Footballmannschaft bildete den Chor dazu.

Dann zeigte er ins klatschende Publikum. Manche standen auf und tanzten mit, aber die meisten beobachteten ihn nur mit amüsiertem Staunen.

Als er auf den Nachbartisch sprang, quietschte America, klatschte und stieß mich in die Seite. Ich schüttelte den Kopf. Anscheinend war ich gestorben und im *High School Musical* wiederauferstanden.

Die Footballspieler summten die Baseline: »Na, na, nanana! Na, na, na! Na na, nanana!«

Travis reckte die Mikrofonfaust hoch, sprang vom Tisch, beugte sich darüber und sang mir ins Gesicht.

Die ganze Cafeteria klatschte jetzt, und nachdem er

den letzten Ton getroffen hatte, blieb er atemlos grinsend vor mir stehen.

Alle applaudierten, manche pfiffen, nachdem er mich auf die Stirn geküsst und sich theatralisch verbeugt hatte. Als er zu seinem Stuhl mir gegenüber zurückkehrte, kicherte er.

»Jetzt starrt dich keiner mehr an, oder?«, keuchte er.

»Danke. Das wäre wirklich nicht nötig gewesen«, sagte ich.

»Abs?«

Ich schaute auf, und da stand Parker am Ende des Tisches. Wieder richteten sich alle Blicke auf mich.

»Wir müssen reden«, meinte Parker. »Bitte«, fügte er hinzu und schob die Hände in die Hosentaschen.

Ich nickte und folgte ihm nach draußen. Er ging an den Fenstern vorbei an die Seite des Gebäudes, wo man uns von drinnen nicht sehen konnte. »Ich wollte nicht wieder die Aufmerksamkeit auf dich ziehen. Ich weiß, du hasst das.«

»Dann hättest du vielleicht auch einfach anrufen können.«

Er nickte und schaute zu Boden. »Eigentlich wollte ich auch gar nicht zu dir hingehen, aber dann sah ich den Tumult, dann dich, und dann habe ich es einfach gemacht. Tut mir leid.«

Ich wartete, und schließlich sprach er weiter: »Ich weiß nicht, was zwischen dir und Travis ist. Es geht mich auch nichts an … Du und ich, wir waren ja nur ein paarmal miteinander aus. Zuerst war ich wütend, aber dann wurde mir klar, dass es mich nicht so aufregen würde, wenn ich nicht etwas für dich empfände.«

»Ich habe nicht mit ihm geschlafen, Parker. Er hat mir nur die Haare aus dem Gesicht gehalten, während ich eine Flasche Patrón in seine Kloschüssel gekotzt habe. Und das war genauso romantisch, wie es sich anhört.«

Er lachte kurz auf. »Ich glaube, wir haben überhaupt keine faire Chance … nicht, solange du mit Travis zusammen wohnst. Um ehrlich zu sein, ich mag dich, Abby. Ich weiß nicht, woran genau es liegt, aber ich kann einfach nicht aufhören, an dich zu denken.« Ich lächelte, und er nahm meine Hand, fuhr mit dem Finger über mein Armband. »Ich habe dich mit diesem lächerlichen Geschenk wahrscheinlich abgeschreckt, aber ich war vorher noch nie in so einer Situation. Ich fühle mich, als müsste ich dauernd mit Travis um deine Aufmerksamkeit kämpfen.«

»Du hast mich mit dem Armband nicht abgeschreckt.«

Er presste die Lippen zusammen. »Ich würde gerne in ein paar Wochen wieder mit dir ausgehen. Nachdem dein Monat bei Travis vorbei ist. Dann können wir uns ohne Ablenkung darauf konzentrieren, einander besser kennenzulernen.«

»Klingt vernünftig.«

Er beugte sich vor, schloss die Augen und drückte seine Lippen auf meine. »Ich rufe dich bald mal an.«

Ich winkte ihm zum Abschied und kehrte dann in die Cafeteria zurück. Dabei ging ich an Travis vorbei.

Er schnappte mich und zog mich auf seinen Schoß. »*Breakin' up is hard to do,* was?«

»Er möchte es noch mal versuchen, wenn ich wieder im Morgan wohne.«

»Mist, dann muss ich mir wohl eine neue Wette ausdenken«, sagte er.

Die nächsten zwei Wochen vergingen wie im Flug. Wenn ich nicht gerade Vorlesungen hatte, verbrachte ich jede Minute mit Travis, und meist waren wir beide allein.

Er führte mich zum Essen aus, auf ein paar Drinks, zum Tanzen ins Red und zum Bowling. Zweimal wurde er wegen Kämpfen angerufen. Wenn wir nicht rumalberten, kabbelten wir zum Spaß oder kuschelten mit Toto auf der Couch, während wir uns einen Film ansahen. Er ignorierte demonstrativ alle Mädchen, die ihm schöne Augen machten, und alles redete vom neuen Travis.

An meinem letzten Abend in seiner Wohnung waren America und Shepley ohne Angabe von Gründen verschwunden, und Travis mühte sich mit der Zubereitung eines besonderen Abschiedsessens. Er hatte Wein, Servietten und sogar neues Besteck gekauft. Er stellte unsere Teller auf die Frühstückstheke und zog seinen Hocker auf die andere Seite, sodass er mir gegenübersitzen konnte. Zum ersten Mal hatte ich eindeutig das Gefühl, mit ihm verabredet zu sein.

»Das schmeckt ja richtig gut, Trav. Das hast du bisher vor mir verheimlicht«, sagte ich, während wir die Pasta mit Cajunhühnchen aßen.

Er zwang sich zu einem Lächeln, und ich konnte ihm ansehen, wie schwer es ihm fiel, leichte Konversation zu machen. »Hätte ich es dir vorher verraten, dann hättest du jeden Abend bekocht werden wollen.« Sein Lächeln verblasste, und er senkte den Blick.

Ich schob das Essen auf meinem Teller herum. »Ich werde dich auch vermissen, Trav.«

»Du wirst doch trotzdem noch zu Besuch kommen, oder?«

»Das weißt du doch. Und du wirst ins Morgan kommen und mir wie vorher beim Lernen helfen.«

»Aber es wird nicht das Gleiche sein.« Er seufzte. »Du wirst was mit Parker unternehmen, wir werden jeder beschäftigt sein ... und unserer Wege gehen.«

»So viel wird sich gar nicht ändern.«

Ihm gelang ein kurzes Auflachen. »Wer hätte nach unserer ersten Begegnung gedacht, dass wir einmal so hier sitzen würden? Vor drei Monaten hätte ich nie geglaubt, dass mir der Abschied von einem Mädchen so schwerfallen könnte.«

Mir wurde ganz schlecht. »Ich möchte nicht, dass du traurig bist.«

»Dann geh nicht«, sagte er. Dabei machte er ein derart verzweifeltes Gesicht, dass ich meine Schuldgefühle wie einen Kloß im Hals spürte.

»Ich kann doch nicht hier einziehen, Travis. Das wäre verrückt.«

»Wer sagt das? Ich habe gerade die besten zwei Wochen meines Lebens hinter mir.«

»Ich auch.«

»Und warum habe ich jetzt das Gefühl, dich nie wieder zu sehen?«

Darauf wusste ich auch keine Antwort. Sein Kiefer mahlte, aber er war nicht wütend. Das Bedürfnis, zu ihm hinzugehen, wurde übermächtig, und so stand ich auf, umrundete die Frühstückstheke und setzte mich auf seinen Schoß. Weil er mich nicht ansah, legte ich nur die Arme um seinen Hals und drückte meine Wange an seine.

»Du wirst schon bald merken, was für eine Nervensäge ich war, und dann wirst du mich bestimmt nicht mehr vermissen«, flüsterte ich in sein Ohr.

Er schnaubte, während er mit einer Hand über meinen Rücken strich. »Versprochen?«

Ich lehnte mich zurück und schaute ihm in die Augen, dabei nahm ich sein Gesicht in meine Hände. Mit den Daumen streichelte ich sein Kinn. Seine Miene war herzzerreißend. Ich schloss die Augen und beugte mich vor, um seinen Mundwinkel zu küssen, aber er drehte den Kopf, sodass ich seine Lippen traf.

Obwohl der Kuss mich überraschte, zog ich mich nicht sofort zurück. Travis ließ seine Lippen auf meinen liegen, tat aber weiter nichts.

Irgendwann wich ich doch zurück, milderte die Reaktion aber mit einem Lächeln. »Ich habe morgen einen anstrengenden Tag. Deshalb räume ich jetzt noch die Küche auf und sehe dann zu, dass ich ins Bett komme.«

»Ich helfe dir«, sagte er.

Wir erledigten den Abwasch schweigend, während Toto zu unseren Füßen schlief. Er verräumte den letzten Teller und führte mich dann über den Flur zu seinem Schlafzimmer, wobei er meine Hand ein wenig zu fest gedrückt hielt. Der Flur erschien mir doppelt so lang wie sonst. Wir wussten beide, dass es bis zu unserem Abschied nur noch ein paar Stunden waren.

Er versuchte nicht einmal zu verbergen, dass er mich beobachtete, während ich mich auszog und in eines seiner T-Shirts schlüpfte. Er selbst zog sich bis auf die Boxershorts aus und schlüpfte unter die Decke.

Als ich neben ihm lag, machte Travis das Licht aus und zog mich dann, ohne zu fragen oder sich zu entschuldigen, an sich. Er spannte die Muskeln seiner Arme an und seufzte. Ich schmiegte mein Gesicht an seinen Hals, versuchte, diesen Augenblick festzuhalten, von dem ich wusste, dass ich ihn mein ganzes Leben nicht vergessen würde.

Er sah zum Fenster hinaus. Die Schatten der Bäume fielen auf sein Gesicht. Und sofort fühlte ich mich schrecklich elend. Denn ich sah, wie er litt, und ich war nicht nur der Grund dafür ... sondern auch der einzige Mensch, der ihn erlösen konnte.

»Trav? Bist du okay?«, fragte ich.

Es gab eine lange Pause, bis er endlich flüsterte: »Ich war in meinem ganzen Leben noch nie so wenig okay.«

Ich drückte meine Stirn gegen seinen Hals, und er umarmte mich fester. »Das ist albern«, sagte ich. »Wir werden uns jeden Tag sehen.«

»Du weißt, dass das nicht stimmt.«

Die Trauer, die wir beide empfanden, war niederschmetternd, und mich überkam das unwiderstehliche Bedürfnis, uns beide zu retten. Ich hob das Kinn und zögerte. Was ich im Begriff war zu tun, würde alles ändern. Ich versuchte noch, mir einzureden, solche Intimität wäre für Travis bloßer Zeitvertreib, und ich schloss die Augen wieder und schluckte meine Befürchtungen hinunter. Ich spürte dieses Drängen in mir, die Gewissheit, dass ich hier nicht bis zum Morgengrauen wach liegen und leiden wollte.

Mein Herz hämmerte, als ich seinen Hals mit meinen Lippen berührte und den Geschmack seiner Haut mit einem zarten Kuss probierte. Er blickte erstaunt auf mich herab, doch als ihm klar wurde, was ich vorhatte, wurde sein Blick weich.

Er beugte sich zu mir und legte seinen Mund zärtlich und sanft auf meinen. Die Wärme seiner Lippen durchfuhr mich bis in die Zehenspitzen, und ich zog ihn enger an mich. Nachdem wir diesen ersten Schritt getan hatten, wollte ich es dabei nicht bewenden lassen.

Ich öffnete meine Lippen und ließ Travis' Zunge meine finden. »Ich will dich«, murmelte ich.

Plötzlich wurde der Kuss weniger intensiv, und er versuchte, mir auszuweichen. Entschlossen, zu Ende zu bringen, was ich angefangen hatte, küsste ich ihn umso leidenschaftlicher. Er aber wich zurück, bis er auf dem Bett kniete. Ich erhob mich mit ihm und löste meine Lippen nicht von seinen.

Schließlich fasste er mich an den Schultern, um mich wegzuschieben. »Warte mal eine Sekunde«, flüsterte er mit einem amüsierten Lächeln und nach Luft schnappend. »Du musst das nicht tun, Täubchen. Darum geht es heute Abend nicht.«

Er hatte sich im Griff, aber ich konnte in seinen Augen lesen, dass die Selbstkontrolle nicht mehr lange halten würde.

Ich beugte mich wieder vor, und diesmal ließen seine Arme es zu, dass meine Lippen seine streiften. Entschlossen sah ich ihn von unten herauf an. Ich brauchte einen Moment, um die richtigen Worte zu finden. »Lass mich nicht darum betteln«, flüsterte ich nah an seinem Mund.

Dieser Satz beseitigte jegliche Zurückhaltung seinerseits. Er küsste mich, heftig und gierig. Meine Finger strichen über seinen Rücken bis zum Bund seiner Shorts, wo sie nervös den Rand des Stoffes entlangglitten. Seine Lippen wurden ungeduldiger, und ich fiel auf die Matratze zurück, als er sich gegen mich warf. Seine Zunge fand zu meiner zurück, und als ich den Mut aufbrachte, meine Hand zwischen seine Haut und die Boxershorts zu schieben, stöhnte er auf.

Travis zog mir mit einer schwungvollen Bewegung das T-Shirt über den Kopf und ließ seine Hände ungeduldig über meine Hüften gleiten, fasste nach meinem Slip und schob ihn mit einer Hand meine Beine entlang. Während seine Hand an der Innenseite meiner Oberschenkel nach oben strich, kehrte sein Mund zu meinem zurück. Ich stieß einen langen, stockenden Atemzug aus, als seine Finger mich dort berührten, wo mich noch kein Mann angefasst hatte. Meine Knie zuckten bei jeder Bewegung seiner Hand, und als ich meine Finger in seinen Rücken grub, legte er sich auf mich.

»Täubchen«, keuchte er, »es muss nicht heute Abend sein. Ich werde warten, bis du dazu bereit bist.«

Ich streckte die Hand nach seiner obersten Nachttischschublade aus und öffnete sie. Sobald ich ein Plastiktütchen zwischen den Fingern hatte, nahm ich eine Ecke davon zwischen die Zähne und riss das Päckchen auf.

Er nahm die freie Hand von meinem Rücken und zog seine Shorts runter und stieß sie weg.

Das Päckchen knisterte zwischen seinen Fingern, und wenige Augenblicke später spürte ich ihn zwischen meinen Schenkeln. Ich schloss die Augen.

»Sieh mich an, Täubchen.«

Ich spähte zu ihm hoch, und sein Blick war konzentriert und sanft zugleich. Er senkte den Kopf, um mich zärtlich zu küssen, danach spannte er seinen ganzen Körper an und drang mit einer kleinen, langsamen Bewegung in mich ein. Als er sich wieder zurückzog, biss ich mir auf die Lippe. Er stieß wieder in mich hinein, und ich schloss vor Schmerz die Augen. Meine Beine umschlossen seine Hüften, und wieder küsste er mich.

»Sieh mich an«, flüsterte er.

Sobald ich die Augen aufmachte, schob er sich wieder in mich, und ich schrie auf wegen des wunderbaren Brennens, das er dabei auslöste. Nachdem ich mich etwas entspannt hatte, bewegte er sich rhythmischer auf mir. Die Nervosität, die ich anfangs verspürt hatte, war verschwunden. Travis packte mich, als könne er nicht genug von mir kriegen. Ich zog ihn an mich und in mich hinein, und er stöhnte, als das Gefühl dabei ihn nahezu überwältigte.

»Ich will dich schon so lange, Abby. Du bist alles, was ich will«, keuchte er an meinem Ohr.

Mit einer Hand griff er nach meinem Oberschenkel und stützte sich, nur Zentimeter über mir, auf einen Ellbogen. Ein feiner Schweißfilm begann auf unser beider Körpern zu glänzen, und ich bog den Rücken durch, als seine Lippen über mein Kinn und meinen Hals wanderten.

»Travis«, seufzte ich.

Als ich seinen Namen aussprach, presste er seine Wange gegen meine, und seine Bewegungen wurden heftiger. Die Laute, die aus seiner Kehle drangen, wurden stärker, und schließlich stieß er aufstöhnend und zitternd ein letztes Mal in mich hinein.

Kurz darauf entspannte er sich, und sein Atem beruhigte sich.

»Das war ja vielleicht ein erster Kuss«, sagte ich schläfrig, aber zufrieden.

Er betrachtete mein Gesicht ausgiebig und lächelte. »Dein letzter erster Kuss.«

Ich war zu entsetzt, um darauf zu antworten.

Er ließ sich neben mir auf den Bauch fallen, legte einen Arm über meine Mitte und seine Stirn an meine Wange. Ich strich mit meinen Fingern über seinen nackten Rücken, bis ich ihn ganz gleichmäßig atmen hörte.

Stundenlang lag ich wach und lauschte auf Travis' tiefes Atmen und den Wind, der draußen in den Bäumen rauschte. Irgendwann betraten America und Shepley leise die Wohnung. Ich hörte sie auf Zehenspitzen den Flur durchqueren und dabei miteinander flüstern.

Wir hatten meine Sachen schon tagsüber gepackt, und ich zuckte vor Unbehagen zusammen, als ich mir vorstellte, wie unangenehm der Morgen sein würde. Hatte ich doch geglaubt, Travis' Neugier würde befriedigt sein, wenn er erst mit mir geschlafen hätte, aber stattdessen hatte er für immer im Sinn. Ich kniff die Augen zu, als ich mir sein Gesicht vorstellte, wenn er begriff, dass das, was zwischen uns passiert war, keinen Anfang, sondern ein Ende bedeutete. Aber ich konnte nicht anders, und er würde mich hassen, sobald ich es ihm sagte.

Ich schlüpfte unter seinem Arm heraus, zog mich an und schlich mit den Schuhen in der Hand zu Shepleys

Zimmer. America saß auf dem Bett, Shepley zog sich vor dem Kleiderschrank gerade das Hemd aus.

»Alles okay, Abby?«, fragte er.

»Mare?«, sagte ich nur und bedeutete America, mir auf den Flur zu folgen.

Sie sah mich forschend an. »Was ist denn los?«

»Du musst mich jetzt ins Morgan bringen. Ich kann nicht bis morgen warten.«

Einer ihrer Mundwinkel wanderte zu einem wissenden Lächeln nach oben. »Mit Abschieden bist du noch nie gut klargekommen.«

Shepley und America halfen mir mit meinen Taschen, und auf der Fahrt zum Studentenwohnheim starrte ich stumm aus dem Fenster von Americas Auto. Als wir die letzte Tasche in mein Zimmer geschafft hatten, fasste sie mich am Arm.

»Es wird jetzt in der Wohnung so anders sein ohne dich.«

»Danke, dass du mich nach Hause gebracht hast. In ein paar Stunden wird die Sonne aufgehen, deshalb solltest du jetzt besser fahren.« Ich drückte sie noch einmal.

America schaute sich nicht mehr um, als sie mein Zimmer verließ. Ich kaute nervös auf meiner Unterlippe, denn mir war klar, wie böse sie werden würde, wenn ihr aufging, was ich getan hatte.

Mein Pulli knisterte, als ich ihn über den Kopf zog. Der gerade beginnende Winter sorgte dafür, dass sich meine Haare statisch aufluden. Irgendwie verloren rollte ich mich unter meinem dicken Federbett ganz klein zusammen und atmete tief ein. Travis' Geruch haftete noch auf meiner Haut.

Das Bett fühlte sich kalt und fremd an; ein scharfer Kontrast zu der Wärme von Travis' Matratze. Ich hatte dreißig Tage in der beengten Wohnung des berüchtigtsten Rumtreibers der Eastern University verbracht, und trotz des ganzen Hin und Hers war es der einzige Ort, an den ich mich wünschte.

Das Telefon begann morgens um acht zu klingeln. Eine Stunde lang alle fünf Minuten.

»Abby!«, stöhnte Kara. »Geh endlich an dein blödes Handy!«

Ich griff danach und schaltete es aus. Aber erst als ich hörte, wie jemand an die Tür hämmerte, wurde mir klar, dass es mir wohl nicht gelingen würde, den Tag wie geplant in mein Zimmer eingeigelt zu verbringen.

Kara riss die Tür auf. »Ja?«

America schob sich an ihr vorbei und stellte sich neben mein Bett. »Was zur Hölle ist passiert?«, brüllte sie. Ihre Augen waren rot und verschwollen, und sie trug noch ihren Pyjama.

Ich setzte mich auf. »Wieso denn, Mare?«

»Travis ist verdammt noch mal ein Wrack! Er weigert sich, mit uns zu reden, er hat die Wohnung verwüstet, die Stereoanlage durchs Zimmer geworfen... Shep dringt mit Engelszungen nicht zu ihm durch!«

Ich rieb mir die Augen mit den Handballen und blinzelte. »Ich weiß auch nicht.«

»Bullshit! Du wirst mir sagen, was zum Teufel los ist, und zwar sofort!«

Kara schnappte sich ihren Kulturbeutel und verließ fluchtartig das Zimmer. Wütend knallte sie die Tür hinter sich zu, und ich fürchtete, sie würde sich bei der Wohnheimaufsicht oder, noch schlimmer, beim Dekanat beschweren.

»Jetzt komm mal runter, America. Meine Güte«, flüsterte ich.

Sie biss nur die Zähne zusammen. »Was hast du getan?«

Ich hatte damit gerechnet, dass er enttäuscht von mir sein würde, aber nicht mit einem solchen Anfall von Jähzorn. »Ich ... ich weiß es nicht.« Ich schluckte.

»Er hat Shep einen Kinnhaken verpasst, nachdem er sich zusammengereimt hat, dass wir dir beim Aufbruch geholfen haben. Abby! Bitte sag es mir!«, flehte sie, und ihre Augen begannen zu glänzen. »Die ganze Sache macht mir Angst!«

Die Furcht in ihrem Blick zwang mich, einen Teil der Wahrheit rauszulassen. »Ich konnte mich einfach nicht verabschieden. Du weißt doch, wie schwer mir das fällt.«

»Da ist noch was anderes, Abby! Er ist total durchgedreht! Ich hörte ihn deinen Namen rufen, und dann ist er auf der Suche nach dir durch die ganze Wohnung gestampft. Er ist in Sheps Zimmer gestürmt und wollte wissen, wo du steckst. Dann hat er versucht, dich anzurufen. Immer und immer wieder.« Sie seufzte. »Sein Gesicht war ... mein Gott, Abby. Ich habe ihn so noch nie gesehen. Er hat die Laken vom Bett gezerrt und weggeworfen, die Kissen auch. Er hat den Spiegel mit der Faust eingeschlagen, seine Tür eingetreten ... sie aus den Angeln gerissen! Es war das Erschreckendste, was ich je in meinem Leben gesehen habe!«

Ich schloss die Augen, Tränen rollten mir über die Wangen.

America warf mir ihr Telefon hin. »Du musst ihn anrufen. Du musst ihm wenigstens sagen, dass du okay bist.«

»Na schön, ich werde ihn anrufen.«

Sie schob das Telefon noch näher zu mir. »Nein, du wirst ihn jetzt anrufen.«

Ich nahm das Handy und drückte darauf herum, während ich fieberhaft überlegte, was ich ihm bloß sagen sollte. Sie riss es mir aus der Hand, wählte selbst und gab es mir zurück. Ich hielt den Apparat an mein Ohr und holte tief Luft.

»Mare?« Travis meldete sich mit vor Sorge belegter Stimme.

»Ich bin's.«

Er schwieg einige Augenblicke, bevor er zu reden begann: »Was zum Teufel ist letzte Nacht mit dir passiert? Ich bin heute Morgen aufgewacht, und du warst weg, du ... du bist einfach abgehauen, ohne dich zu verabschieden? Warum?«

»Es tut mir leid. Ich –«

»Es tut dir leid? Ich bin fast durchgedreht! Du gehst nicht an dein Telefon, du stiehlst dich weg – und ... warum? Ich dachte, wir hätten endlich alles geklärt!«

»Ich brauche einfach ein bisschen Zeit zum Nachdenken.«

»Worüber denn?« Er schwieg. »Habe ich ... habe ich dir wehgetan?«

»Nein! Das ist es nicht! Es tut mir so schrecklich leid. Ich bin mir sicher, dass America es dir schon gesagt hat. Ich kann mit Abschieden nicht umgehen.«

»Ich muss dich sehen.« Er klang verzweifelt.

Ich seufzte. »Ich habe heute viel zu erledigen, Trav ...«

»Du bereust es«, sagte er mit brechender Stimme.

»Es ist nicht ... daran liegt es nicht. Wir sind Freunde. Daran wird sich nichts ändern.«

»Freunde? Was war das dann letzte Nacht verdammt noch mal?« Ich hörte die wachsende Verärgerung in seiner Stimme.

Ich kniff die Augen fest zu. »Ich weiß, was du möchtest. Aber ich ... ich kann das im Moment einfach nicht.«

»Dann brauchst du also nur etwas Zeit?«, fragte er in

ruhigerem Ton. »Das hättest du mir doch sagen können. Deshalb musst du doch nicht vor mir weglaufen.«

»Es schien mir der leichteste Weg…«

»Leicht für wen?«

»Ich konnte nicht schlafen. Ich musste dauernd daran denken, wie es heute Morgen sein würde. Mares Auto vollzuladen und… ich konnte es einfach nicht, Trav.«

»Es ist schon schlimm genug, dass du nicht mehr hier bist. Da kannst du nicht auch noch komplett aus meinem Leben verschwinden.«

Ich zwang mich zu einem Lächeln. »Wir sehen uns morgen. Ich will nicht, dass es irgendwie gruselig wird, okay? Ich muss nur ein paar Dinge auf die Reihe bringen. Das ist alles.«

»Okay«, meinte er. »Damit kann ich zurechtkommen.«

Ich legte auf, und America funkelte mich an. »Du hast mit ihm geschlafen? Du Miststück! Wolltest es nicht mal mir erzählen?«

Ich verdrehte die Augen und ließ mich auf mein Kissen zurückfallen. »Das hat nichts mit dir zu tun, Mare. Das ist nur einfach ein einziges Riesenschlamassel geworden.«

»Was ist denn daran so kompliziert? Ihr beide solltet im totalen Glückstaumel sein, und nicht Türen eintreten oder euch in eurem Zimmer verkriechen!«

»Ich kann nicht mit ihm zusammen sein«, flüsterte ich und hielt den Blick starr an die Decke gerichtet.

Sie legte ihre Hand auf meine und sagte in sanftem Ton: »Travis bedeutet Arbeit. Vertrau mir, ich verstehe jeden Vorbehalt, den du ihm gegenüber hast, aber schau dir doch an, wie sehr er sich schon für dich geändert hat. Denk an die letzten beiden Wochen, Abby. Er ist nicht Mick.«

»Aber ich bin Mick! Wenn ich mich auf Travis ein-

lasse, dann ist alles, wofür wir gekämpft haben – puff!«
Ich schnippte mit den Fingern. »Einfach so!«

»Travis würde das nicht zulassen.«

»Das steht doch gar nicht in seiner Macht!«

»Du wirst ihm das Herz brechen, Abby. Du wirst ihm schlicht und ergreifend das Herz brechen! Das einzige Mädchen, dem er genug vertraut, um sich in sie zu verlieben, und du lässt ihn vor die Wand fahren!«

Ich drehte mich von ihr weg, weil ich den Gesichtsausdruck zu ihrem flehenden Tonfall nicht sehen wollte. »Ich brauche ein Happy End. Darum sind wir aus Wichita hierhergekommen.«

»Du musst dich nicht dazu zwingen. Es kann funktionieren.«

»Bis meine Glückssträhne zu Ende ist.«

America warf die Hände in die Luft und ließ sie zurück in ihren Schoß fallen. »Mein Gott, Abby, nicht der Scheiß schon wieder. Das haben wir zur Genüge besprochen.«

Mein Telefon klingelte, und ich schaute aufs Display. »Das ist Parker.«

Sie schüttelte den Kopf. »Wir sind hier noch nicht fertig.«

»Hallo?«, meldete ich mich, ohne auf Americas finstere Miene zu achten.

»Abs! Tag eins in Freiheit! Wie fühlt es sich an?«, fragte er.

»Es fühlt sich … frei an.« Ich war allerdings unfähig, meiner Stimme auch nur den geringsten Enthusiasmus zu verleihen.

»Morgen Abend zum Essen? Du hast mir gefehlt.«

»Mhm.« Ich wischte mir mit dem Ärmel über die Nase. »Morgen Abend ist super.«

Nachdem ich das Gespräch beendet hatte, runzelte

America die Stirn. »Er wird mich ausfragen, wenn ich zurück bin. Er wird wissen wollen, worüber wir gesprochen haben. Was soll ich ihm denn bitte schön sagen?«

»Sag ihm, dass ich mein Versprechen halten werde. Morgen um diese Zeit wird er mich schon nicht mehr vermissen.«

10. KAPITEL

Pokerface

Zwei Tische nach rechts und einen weiter hinten. America und Shepley waren von meinem Platz aus kaum zu sehen, außerdem duckte ich mich und beobachtete, wie Travis auf den leeren Platz starrte, an dem ich normalerweise saß, bevor er sich einen Stuhl am Ende des Tisches suchte. Es kam mir lächerlich vor, mich zu verstecken, aber ich war einfach noch nicht in der Lage, ihm eine ganze Stunde lang gegenüberzusitzen. Als ich fertig gegessen hatte, holte ich tief Luft und ging nach draußen, wo Travis gerade seine Zigarette zu Ende rauchte.

Ich hatte fast die ganze Nacht lang darüber gegrübelt, wie wir zu unserem alten Verhältnis zurückfinden konnten. Wenn ich unser Zusammensein so wertete, wie er Sex ja selbst ansonsten auch betrachtete, mussten meine Chancen doch besser stehen. Der Plan barg zwar das Risiko, ihn ganz zu verlieren, doch ich hoffte einfach, dass sein riesengroßes männliches Ego ihn praktisch dazu zwingen würde, die Sache ebenso herunterzuspielen.

»Hey«, sagte ich.

Er schnitt eine Grimasse. »Hey. Ich dachte, du würdest zum Essen kommen.«

»Ich bin dauernd hin und her gelaufen. Hab viel zu

lernen.« Ich zuckte mit den Schultern und versuchte einen möglichst lässigen Eindruck zu machen.

»Brauchst du Hilfe?«

»Es geht um Analysis. Ich denke, das kriege ich hin.«

»Ich könnte auch bloß als moralische Unterstützung da sein.« Er lächelte und schob eine Hand tief in seine Hosentasche. Seine kräftigen Muskeln spannten sich dabei an, und ich musste an ihren Anblick denken, während er in mich eindrang.

»Äh … was?«, fragte ich, irritiert von dem plötzlichen erotischen Gedanken, der mir in den Sinn gekommen war.

»Sollen wir etwa so tun, als habe die Nacht vorgestern nicht stattgefunden?«

»Nein, warum?« Ich täuschte Erstaunen vor, woraufhin er genervt aufseufzte.

»Keine Ahnung … weil ich dir deine Jungfräulichkeit genommen habe?« Er hatte sich zu mir gebeugt und die Worte nur noch geflüstert.

Ich verdrehte die Augen. »Ich bin mir sicher, dass du nicht zum ersten Mal eine Jungfrau defloriert hast, Trav.«

Wie befürchtet machte mein lässiges Gehabe ihn wütend. »Wenn du es genau wissen willst, doch.«

»Ach, komm … Ich habe dir doch gesagt, dass ich nicht will, dass es zwischen uns irgendwie seltsam wird.«

Travis nahm einen letzten Zug und trat die Kippe am Boden aus. »Also, wenn ich in den letzten paar Tagen irgendwas gelernt habe, dann dass man nicht immer bekommt, was man will.«

»Hi, Abs«, rief da auf einmal Parker, kam zu uns und küsste mich auf die Wange.

Travis funkelte ihn mit einem Mörderblick an.

»Ich hole dich dann gegen sechs ab, ja?«, meinte Parker.

Ich nickte. »Sechs.«

»Bis gleich dann.« Er machte sich auf den Weg zur Vorlesung. Ich sah ihm nach und fürchtete mich bereits vor Travis' Reaktion.

»Du gehst heute Abend mit ihm aus?«, fauchte er und biss die Zähne zusammen. Ich konnte seine Kiefermuskulatur arbeiten sehen.

»Ich habe dir doch gesagt, dass er mit mir ausgehen will, sobald ich wieder im Morgan wohne. Er hat mich gestern angerufen.«

»Die Dinge haben sich seit jenem Gespräch ein bisschen geändert, meinst du nicht?«

»Inwiefern?«

Er ließ mich einfach stehen. Ich schluckte und kämpfte mit den Tränen. Dann blieb Travis stehen und kehrte wieder um. Er brachte sein Gesicht ganz nah an meines. »Das hast du damit gemeint, dass ich dich nach dem heutigen Tag nicht mehr vermissen würde! Du wusstest, ich würde das von dir und Parker mitbekommen, und du dachtest, ich würde einfach … ja, was? Über dich hinwegkommen? Vertraust du mir nicht, oder bin ich nur einfach nicht gut genug? Sag es mir, verdammt noch mal! Sag mir, was zum Teufel ich dir getan habe, dass du dich so benimmst!«

Ich blieb eisern und sah ihm direkt in die Augen. »Du hast mir gar nichts getan. Aber seit wann ist Sex denn für dich eine Sache auf Leben und Tod?«

»Seit ich mit dir geschlafen habe!«

Ich blickte um mich, und mir wurde klar, was für eine Szene wir da gerade lieferten. Wer vorüberging, verlangsamte seine Schritte, starrte uns an und flüsterte mit anderen. Ich merkte, wie meine Ohren zu glühen begannen und die Hitze sich über mein Gesicht ausbreitete. Schon wieder traten mir Tränen in die Augen.

Er schloss seine Augen und versuchte anscheinend, ruhig zu bleiben. »Ist es das? Glaubst du, mir hat das nichts bedeutet?«

»Du bist Travis Maddox.«

Er schüttelte angewidert den Kopf. »Wenn ich es nicht besser wüsste, würde ich glauben, du wirfst mir meine Vergangenheit vor.«

»Ich glaube nicht, dass vier Wochen schon eine ganze Vergangenheit ausmachen.« Er verzog gequält das Gesicht, und ich lachte unsicher. »Ich mache nur Spaß! Alles okay, Travis. Mir geht's gut. Dir geht's gut. Wir müssen doch keine so große Sache daraus machen.«

Sein Gesicht wurde ganz ausdruckslos, und er holte tief Luft. »Ich weiß, was du da gerade versuchst.« Sein Blick wurde kurz verschwommen, gedankenverloren. »Dann muss ich es dir wohl erst beweisen.« Er kniff die Augen zusammen, als er direkt in meine schaute, so entschlossen wie vor einem seiner Kämpfe. »Wenn du glaubst, ich würde jetzt einfach wieder dazu übergehen, in der Gegend rumzuvögeln, dann täuschst du dich. Ich will niemand anderen. Du möchtest, dass wir nur Freunde sind? Schön, dann sind wir eben Freunde. Aber wir wissen doch beide, dass das, was passiert ist, mehr war als nur Sex.«

Damit stürmte er davon, während ich die Augen schloss und die Luft ausatmete, die ich unbewusst angehalten hatte. Travis schaute sich noch mal nach mir um und ging dann zu seiner nächsten Vorlesung. Eine einzelne Träne tropfte mir auf die Wange, und rasch wischte ich sie weg. Die Blicke meiner Kommilitonen bohrten sich in meinen Rücken, während ich ebenfalls in meinen nächsten Kurs trottete.

Parker saß in der zweiten Reihe, und ich schlüpfte auf den Platz neben ihm.

Ein Grinsen breitete sich auf seinem Gesicht aus. »Ich freu mich schon auf heute Abend.«

Ich holte tief Luft, lächelte und versuchte, nach meinem Gespräch mit Travis umzuschalten. »Was hast du denn genau vor?«

»Also. Meine Wohnung ist inzwischen eingerichtet. Ich dachte, wir könnten dort zu Abend essen.«

»Ich freue mich auch auf heute Abend«, sagte ich und versuchte, mich selbst davon zu überzeugen.

Nachdem America sich geweigert hatte, erbarmte sich Kara widerwillig, mir bei der Wahl eines Kleides für mein Date behilflich zu sein. Aber ich hatte es kaum über den Kopf gezogen, da riss ich es mir auch schon wieder vom Leib und schlüpfte stattdessen in eine Jeans. Nachdem ich den ganzen Nachmittag über meinen misslungenen Plan gegrübelt hatte, konnte ich mich nicht dazu durchringen, mich herauszuputzen. In Anbetracht des kühlen Wetters zog ich schließlich einen dünnen elfenbeinfarbenen Kaschmirpulli über ein braunes Tanktop und wartete so an der Tür. Als Parkers polierter Porsche vor dem Morgan hielt, war ich schon draußen, bevor er mir entgegenkommen konnte.

»Ich wollte dich eigentlich drinnen abholen«, sagte er und wirkte ein wenig enttäuscht, während er mir die Wagentür aufhielt.

»Dann habe ich dir einen Weg erspart«, entgegnete ich und schloss meinen Sicherheitsgurt.

Er glitt auf den Fahrersitz, beugte sich zu mir, nahm mein Gesicht in beide Hände und küsste mich mit seinen vollen, weichen Lippen. »Wow«, seufzte er. »Ich habe deinen Mund vermisst.«

Sein Atem roch nach Minze, sein Rasierwasser war umwerfend, seine Hände fühlten sich warm und weich an, und er sah in seiner Jeans und dem grünen Anzughemd phantastisch aus. Trotzdem wurde ich das Gefühl nicht los, dass irgendwas fehlte. Die Aufregung, die ich anfangs neben ihm verspürt hatte, war ganz offensichtlich verflogen, wofür ich Travis im Stillen verfluchte.

Ich zwang mich zu einem Lächeln.

Seine Wohnung war genau so, wie ich sie mir vorgestellt hatte: makellos, mit teurer Elektronik in jeder Ecke und wahrscheinlich von seiner Mutter eingerichtet.

»Und? Was sagst du?« Er grinste wie ein Kind, das sein neuestes Spielzeug vorführt.

»Es ist toll«, nickte ich.

Seine Miene veränderte sich von erfreut zu zärtlich. Er zog mich in seine Arme und küsste mich auf den Hals. Jeder Muskel in meinem Körper spannte sich an. Ich wünschte mich wohin auch immer, nur nicht in dieses Apartment.

Da klingelte mein Handy, und ich lächelte ihn entschuldigend an, bevor ich das Gespräch annahm.

»Wie läuft dein Date, Täubchen?«

Ich drehte Parker den Rücken zu und flüsterte ins Telefon. »Was willst du, Travis?« Ich versuchte, streng zu klingen, aber die Erleichterung darüber, seine Stimme zu hören, machte meinen Ton weich.

»Ich will morgen bowlen gehen. Dafür brauche ich meine Partnerin.«

»Zum Bowlen? Konntest du mich deshalb nicht später anrufen?« Ich fühlte mich wie eine Heuchlerin, weil ich mir eine Ausflucht gewünscht hatte, um mich von Parkers Lippen zu befreien.

»Woher soll ich denn wissen, wann ihr fertig seid? Oh. Das klang jetzt vielleicht komisch ...« Er verstummte, aber es hatte ironisch geklungen.

»Ich rufe dich morgen an, und dann können wir drüber reden, okay?«

»Nein, nicht okay. Du hast gesagt, du willst, dass wir Freunde bleiben, aber wir können nichts zusammen unternehmen.« Ich verdrehte die Augen, und Travis schnaubte. »Verdreh nicht die Augen wegen mir. Kommst du jetzt mit oder nicht?«

»Woher weißt du, dass ich meine Augen verdrehe? Stalkst du mich?«, fragte ich und registrierte die zugezogenen Vorhänge.

»Du verdrehst doch immer die Augen. Ja oder nein? Du vergeudest kostbare Zeit mit deinem Date.«

Er kannte mich gut. Ich kämpfte gegen den Wunsch an, ihn zu bitten, mich sofort abzuholen. Bei dem Gedanken musste ich unwillkürlich lächeln.

»Ja!«, sagte ich mit gedämpfter Stimme und versuchte, nicht zu lachen. »Ich komme mit.«

»Dann hole ich dich um sieben ab.«

Als ich mich wieder zu Parker umdrehte, schaute ich drein wie die Grinsekatze aus *Alice im Wunderland*.

»Travis?«, fragte er mit wissendem Gesichtsausdruck.

»Ja.« Ich runzelte die Stirn und fühlte mich ertappt.

»Seid ihr immer noch nur befreundet?«

»Immer noch nur befreundet.« Ich nickte einmal.

Dann setzten wir uns an den Tisch und aßen chinesisches Take-away-Essen. Nach einer Weile wurde ich wieder warm mit Parker und erinnerte mich daran, wie charmant er war. Ich fühlte mich erleichtert, fast aufgekratzt, deutlich besser als zu Anfang. Und sosehr ich versuchte, den Gedanken aus meinem Kopf zu verbannen, es war doch nicht zu leugnen, dass die Verabredung mit Travis meine Stimmung aufgehellt hatte.

Nach dem Essen setzten wir uns auf die Couch, um einen Film anzusehen, aber bevor der Vorspann vorbei war, hatte Parker mich schon auf den Rücken gelegt. Ich war froh, dass ich mich für die Jeans entschieden hätte, denn in einem Kleid hätte ich ihn nicht so leicht abwehren können. Seine Lippen wanderten zu meinem Schlüsselbein, seine Hand legte sich auf meinen Gürtel. Ungeschickt versuchte er, ihn zu öffnen, und als es ihm endlich gelungen war, schlüpfte ich unter ihm weg und stand auf.

»Okay, ich glaube, mehr als ein Single wird dir heute Abend nicht gelingen«, meinte ich und schloss meinen Gürtel wieder.

»Wie?«

»Na, wie im Baseball, erste Base ... zweite Base, das kennst du doch, oder? Ist auch egal. Es ist schon spät, ich sollte jetzt lieber gehen.«

Er setzte sich auf und umarmte meine Beine. »Geh noch nicht, Abs. Ich möchte nicht, dass du denkst, ich hätte dich deshalb hierher gebracht.«

»Hast du das denn nicht?«

»Natürlich nicht«, sagte er und zog mich auf seinen Schoß. »Ich habe in den letzten zwei Wochen ununterbrochen an dich gedacht. Aber ich entschuldige mich für meine Ungeduld.«

Er küsste meine Wange, und ich lehnte mich an ihn. Als ich seinen Atem in meinem Nacken spürte, musste ich lächeln. Ich drehte mich zu ihm, drückte meine Lippen auf seine und gab mir die größte Mühe, dabei etwas zu empfinden – aber ich fühlte nichts. Ich wich ein Stückchen zurück und seufzte.

Parker machte ein finsteres Gesicht. »Ich habe doch schon gesagt, dass es mir leidtut.«

»Und ich habe gesagt, dass es spät ist.«

Wir fuhren zum Morgan, und Parker drückte meine Hand, nachdem er mir einen Gutenachtkuss gegeben hatte. »Lass es uns noch mal versuchen. Morgen im Biasetti?«

Ich presste die Lippen zusammen. »Morgen gehe ich mit Travis bowlen.«

»Dann am Mittwoch?«

»Mittwoch ist super.« Ich zwang mich zu einem Lächeln.

Parker rutschte auf seinem Sitz herum. Irgendwas hatte er noch auf dem Herzen. »Abby? In ein paar Wochen findet im Haus der Fraternity eine Date-Party statt...«

Ich zuckte innerlich zusammen, weil mir schon vor der unvermeidlichen Diskussion darüber graute.

»Was denn?«, fragte er und lachte unsicher.

»Ich kann nicht mit dir da hingehen«, stellte ich klar und stieg aus dem Wagen.

Er folgte mir, und wir trafen uns am Eingang zum Morgan wieder. »Hast du schon was anderes vor?«

Ich zuckte zusammen. »Travis hat mich schon gebeten mitzugehen.«

»Travis hat dich *was* gebeten?«

»Mit ihm zu der Date-Party zu gehen«, erklärte ich ein wenig genervt.

Parker wurde rot und trat von einem Fuß auf den anderen. »Du willst mit Travis auf die Date-Party gehen? Er geht doch überhaupt nicht zu so was. Und ihr seid doch nur gute Freunde. Da ergibt es für dich doch überhaupt keinen Sinn, mit ihm zu gehen.«

»America würde nicht mit Shep gehen, wenn ich nicht mitkomme.«

Er entspannte sich sichtlich. »Dann kannst du ja mit mir gehen.« Er lächelte und verschränkte seine Finger mit meinen.

Ich schnitt eine Grimasse über seinen Lösungsvorschlag. »Ich kann nicht Travis absagen und dann mit dir hingehen.«

»Ich sehe das Problem nicht.« Er zuckte mit den Schultern. »Du kannst dann für America da sein, und Travis ist die Verpflichtung los hinzugehen. Er ist ein entschiedener Befürworter der Abschaffung von Date-Partys. Seiner Ansicht nach sind das nur Anlässe, bei denen unsere Freundinnen uns dazu zwingen wollen, uns zu einer Beziehung zu bekennen.«

»Ich war aber diejenige, die eigentlich nicht hinwollte. Er hat mich dazu überredet.«

»Dann hast du ja jetzt eine Ausrede«, meinte er achselzuckend. Es war ärgerlich zu sehen, wie sicher er sich war, dass ich meine Meinung ändern würde.

»Ich wollte da überhaupt nicht hin.«

Parker war jetzt mit seiner Geduld am Ende. »Nur damit ich das richtig verstehe: Du willst nicht auf die Date-Party. Travis will hin, er hat dich gefragt, und du willst ihm nicht absagen, um mit mir zu gehen, obwohl du ursprünglich überhaupt nicht hinwolltest?«

Es fiel mir schwer, in sein wütendes Gesicht zu sehen. »Ich kann ihm das nicht antun, Parker. Tut mir leid.«

»Begreifst du überhaupt, was eine Date-Party ist? Das ist eine Veranstaltung, zu der du mit deinem festen Freund gehst.«

Sein überheblicher Ton ließ alles Mitgefühl, das ich bis dahin für ihn empfunden hatte, dahinschwinden. »Schön, nachdem ich keinen festen Freund habe, sollte ich wohl besser überhaupt nicht hingehen.«

»Ich dachte, wir beide wollten es noch mal miteinander versuchen. Ich dachte, da wäre etwas zwischen uns.«

»Ich bin dabei, es zu versuchen.«

»Und was erwartest du dann von mir? Soll ich etwa allein zu Hause sitzen, während du mit jemand anderem auf die Date-Party meiner Fraternity gehst? Oder soll ich vielleicht ein anderes Mädchen einladen?«

»Du kannst tun, was du möchtest«, sagte ich, irritiert von seiner Drohung.

Er schaute auf und schüttelte den Kopf. »Ich möchte aber kein anderes Mädchen einladen.«

»Ich erwarte sicher nicht, dass du nicht zu deiner eigenen Party kommst. Wir sehen uns dann dort.«

»Möchtest du, dass ich mit jemand anderem gehe? Und du gehst mit Travis? Siehst du nicht, wie total absurd das ist?«

Ich verschränkte die Arme und machte mich auf einen Streit gefasst. »Ich habe ihm zugesagt, bevor du und ich auch nur ein einziges Mal miteinander aus waren, Parker. Ich kann ihm das jetzt nicht abschlagen.«

»Du kannst nicht, oder du willst nicht?«

»Das kommt aufs Gleiche raus. Es tut mir leid, dass du das nicht begreifst.« Ich zog die Tür zum Studentenwohnheim auf, und Parker legte seine Hand auf meine.

»Na schön«, seufzte er resigniert. »Das ist ja anscheinend eine Sache, mit der ich irgendwie klarkommen muss. Travis ist einer deiner engsten Freunde; das verstehe ich ja. Ich will nur nicht, dass das unsere Beziehung beeinträchtigt. In Ordnung?«

»In Ordnung«, nickte ich.

Er öffnete die Tür und bedeutete mir, hineinzugehen, nachdem er mir noch einen Kuss auf die Wange gedrückt hatte. »Dann sehe ich dich am Mittwoch um sechs?«

»Um sechs«, wiederholte ich und winkte ihm zu, während ich schon die Stufen hinaufstieg.

America kam aus dem Duschraum, als ich um die Ecke bog. Ihre Augen leuchteten auf, als sie mich erkannte. »Hey, Süße! Wie ist es gelaufen?«

»Es ging«, meinte ich nüchtern.

»Aha.«

»Sag Travis nichts, okay?«

Sie schnaubte. »Werde ich nicht. Was ist denn passiert?«

»Parker wollte mich zu der Date-Party einladen.«

America zog ihr Handtuch straff. »Du willst Trav doch nicht etwa einen Korb geben, oder?«

»Nein, und Parker ist davon nicht begeistert.«

»Verständlich.« Sie nickte. »Das ist aber auch zu blöd.«

America zog die Strähnen ihrer nassen langen Haare über eine Schulter, und Wassertropfen fielen auf ihre nackte Haut. Sie war der Widerspruch in Person. Da hatte sie sich an der Eastern beworben, damit wir zusammenziehen konnten. Sie war mein selbst ernanntes Gewissen, bereit, auf den Plan zu treten, wenn ich meiner verborgenen Neigung zum Über-die-Stränge-Schlagen nachgäbe. Es stand im Widerspruch zu allem, was wir in Bezug auf mich besprochen hatten, dass ich mich mit Travis einließ, und nun war sie seine glühendste Befürworterin geworden.

Ich lehnte mich an die Wand. »Wärst du böse, wenn ich überhaupt nicht hinginge?«

»Nein, ich wäre unglaublich und unwiderruflich angepisst. Das wäre der Anlass für einen totalen Zickenkrieg, Abby.«

»Dann werde ich schätzungsweise wohl hingehen«, sagte ich und steckte meinen Schlüssel ins Schloss. Da klingelte mein Handy, und ein Foto von Travis, der eine alberne Grimasse schnitt, erschien auf dem Display. »Hallo?«

»Bist du schon zu Hause?«

»Mhm, er hat mich vor circa fünf Minuten hier abgesetzt.«

»Dann bin ich in fünf Minuten da.«

»Warte mal! Travis?«, rief ich, aber da hatte er bereits aufgelegt.

America lachte. »Du hattest gerade eine enttäuschende Verabredung mit Parker, und du hast gelächelt, als Travis anrief. Bist du wirklich so begriffsstutzig?«

»Ich habe nicht gelächelt«, protestierte ich. »Er kommt hierher. Könntest du ihn draußen abfangen und ihm sagen, ich sei schon schlafen gegangen?«

»Doch, das hast du, und nein … sag es ihm selbst.«

»Ja, klar, Mare. Ich werde rausgehen und ihm sagen, dass ich schon schlafe. Das wird sicher großartig funktionieren.« Sie wandte mir den Rücken zu und marschierte zu ihrem Zimmer. Ich ballte die Fäuste und ließ dann hilflos die Arme sinken. »Mare! Bitte!«

»Viel Spaß, Abby«, meinte sie lächelnd, bevor sie in ihrem Zimmer verschwand.

Ich ging die Treppe wieder herunter und sah Travis, der gerade seine Maschine am Eingang abstellte. Er trug ein weißes T-Shirt mit einem schwarzen grafischen Muster drauf, was die Tattoos an seinen Armen gut zur Geltung brachte.

»Frierst du nicht?«, fragte ich und zog meine Jacke enger um mich.

»Du siehst hübsch aus. Hattest du es nett?«

»Äh … schon, danke«, murmelte ich abwesend. »Was tust du hier?«

Er gab Gas und ließ den Motor aufheulen. »Ich wollte gerade eine Spritztour machen, um den Kopf frei zu kriegen. Ich möchte, dass du mitkommst.«

»Es ist kalt, Trav.«

»Soll ich mal eben Sheps Auto holen?«

»Wir gehen doch morgen bowlen. Kannst du nicht bis dahin warten?«

»Ich muss mich daran gewöhnen, dich nicht mehr jede Sekunde des Tages zu sehen, sondern vielleicht für zehn Minuten, wenn ich Glück habe.«

Ich lächelte kopfschüttelnd. »Es waren erst zwei Tage, Trav.«

»Ich vermisse dich. Schwing deinen Hintern auf den Sitz und lass uns fahren.«

Ich konnte es nicht abstreiten. Ich hatte ihn auch vermisst. Mehr, als ich ihm je gestehen würde. Ich zog also den Reißverschluss meiner Jacke bis ganz oben und stieg hinter ihm auf. Dabei schob ich meine Finger in die Gürtelschnallen seiner Jeans. Daraufhin nahm er meine Hände und hob sie an seine Brust, wo er sie übereinanderlegte. Nachdem er anscheinend fand, dass ich ihn fest genug hielt, fuhr er in hohem Tempo die Straße hinunter.

Ich lehnte meine Wange an seinen Rücken und schloss die Augen, während ich seinen Geruch einatmete. Der erinnerte mich an seine Wohnung und sein Bettzeug, daran, wie er roch, wenn er sich nur ein Handtuch um die Hüften geschlungen hatte. Die Stadt um uns herum verschwamm, und es war mir egal, wie schnell er fuhr oder wie kalt der Wind war, der mir entgegenblies. Ich achtete nicht einmal mehr darauf, wo wir uns befanden. Das Einzige, woran ich denken konnte, war sein Körper an meinem. Wir hatten kein Ziel und keine Zeitvorgabe und fuhren kreuz und quer durch die Stadt, als außer uns längst niemand mehr zu sehen war.

Schließlich bog Travis in eine Tankstelle ein und hielt dort. »Möchtest du irgendwas?«, fragte er.

Ich schüttelte den Kopf und stieg ab, um meine Beine zu strecken. Er beobachtete, wie ich mit den Fingern durch meine zerzausten Haare fuhr, und lächelte.

»Lass das. Du siehst verdammt schön aus so.«

»Wie aus einem Rockmusikvideo der Achtziger.«

Er lachte und gähnte und schlug nach den Faltern, die um ihn herumflatterten. Als die Abschaltautomatik an der Zapfpistole klickte, klang das in der stillen Nacht fast unwirklich laut. Wir schienen die einzigen zwei Menschen auf der Erde zu sein.

Ich holte mein Handy raus, um nach der Uhrzeit zu sehen. »O mein Gott, Trav. Es ist drei Uhr morgens.«

»Möchtest du zurück?«, fragte er, und Enttäuschung verdüsterte sein Gesicht.

Ich presste die Lippen zusammen. »Das sollten wir wohl besser.«

»Bleibt es beim Bowling heute Abend?«

»Das habe ich dir doch schon gesagt.«

»Und du gehst auch mit mir zur Sig-Tau-Party in ein paar Wochen, ja?«

»Willst du andeuten, dass ich meine Versprechen nicht halte? Ich finde das ein bisschen kränkend.«

Er zog die Zapfpistole aus dem Tank und hängte ihn an die Zapfsäule zurück. »Ich weiß nur einfach nicht mehr, was du vorhast.«

Er stieg auf seine Maschine und half mir, mich hinter ihn zu setzen. Ich schob meine Finger in seine Gürtelschlaufen, überlegte es mir dann aber doch anders und schlang die Arme um ihn.

Er seufzte, stellte die Maschine gerade und zögerte, den Motor anzulassen. Seine Gelenke wurden weiß, als er die Lenkergriffe fester packte. Er holte tief Luft, schien etwas sagen zu wollen, schwieg dann aber doch nur.

»Du bist mir wichtig, weißt du«, sagte ich und drückte ihn.

»Ich begreif dich nicht, Täubchen. Ich dachte, ich würde die Frauen kennen, aber du machst mich so verdammt konfus, dass ich nicht mehr weiß, wo oben und unten ist.«

»Ich begreife dich auch nicht. Du solltest doch der Frauenschwarm schlechthin an der Eastern sein. Und jetzt mache ich nicht die typischen Erstsemester-Erfahrungen, die mir in der Broschüre versprochen wurden«, neckte ich ihn.

»Also, das ist wirklich ein erstes Mal. Ich hatte noch nie ein Mädchen, das mit mir geschlafen hat, um mich dazu zu bringen, sie in Ruhe zu lassen«, sagte Travis immer noch mit dem Rücken zu mir.

»So war es nicht gemeint, Travis«, log ich und schämte mich.

Er schüttelte den Kopf und ließ den Motor an. Er fuhr untypisch langsam, hielt an allen gelben Ampeln und nahm den weitesten Weg zurück zum Campus.

Als wir vor dem Eingang der Morgan Hall zum Stehen kamen, überfiel mich die gleiche Traurigkeit wie in der Nacht, als ich seine Wohnung verlassen hatte. Es war lächerlich, so emotional zu sein, aber jedes Mal, wenn ich etwas tat, um ihn abzuschrecken, fürchtete ich, es würde funktionieren.

Er begleitete mich zur Tür, und ich zog meinen Schlüssel aus der Tasche, wobei ich seinem Blick auswich. Als ich schon mit dem Schloss hantierte, war seine Hand plötzlich an meinem Kinn, und sein Daumen berührte sanft meine Lippen.

»Hat er dich geküsst?«, fragte er.

Ich zuckte zurück und staunte über das Brennen, das seine Finger verursacht hatten und das sämtliche Nerven in meinem Körper zu erregen schien. »Du verstehst es wirklich, einen perfekten Abend zu ruinieren, was?«

»Dann fandest du ihn also perfekt, hm? Bedeutet es, dass du es genossen hast?«

»Das tue ich immer, wenn ich mit dir zusammen bin.«

Er schaute zu Boden und runzelte die Stirn. »Hat er dich geküsst?«

»Ja«, seufzte ich genervt.

Er kniff die Augen zusammen. »War das alles?«

»Das geht dich überhaupt nichts an!« Ich riss die Tür auf.

Travis drückte sie wieder zu und versperrte mir den Weg. Er sah mich bittend an. »Ich muss das wissen.«

»Nein, musst du nicht! Aus dem Weg, Travis!«

»Täubchen…«

»Glaubst du, nur weil ich keine Jungfrau mehr bin, treibe ich es mit jedem, der mich will? Vielen Dank!«, rief ich und schubste ihn beiseite.

»Das habe ich nicht gesagt, verdammt! Aber ist es denn zu viel verlangt, dich um ein bisschen Seelenfrieden zu bitten?«

»Warum würde es dir Seelenfrieden verschaffen, zu wissen, ob ich mit Parker schlafe?«

»Wie kann es sein, dass du das nicht kapierst? Für jeden anderen außer dir ist das offensichtlich!«, antwortete er aufgebracht.

»Dann bin ich anscheinend zu blöd dafür«, sagte ich und streckte die Hand nach dem Türgriff aus.

Er fasste mich an den Schultern. »Das, was ich für dich empfinde… das ist so krass.«

»Ich finde es eher ziemlich krass, wie du dich verhältst«, giftete ich und riss mich los.

»Ich habe das während der ganzen Zeit auf dem Bike in meinem Kopf durchgespielt, also hör mich jetzt bitte an«, sagte er.

»Travis –«

»Ich weiß, dass wir in der Klemme stecken, okay? Ich bin impulsiv und jähzornig, und du gehst mir unter die Haut wie niemand sonst. Im einen Moment benimmst du dich, als würdest du mich hassen, und im nächsten brauchst du mich. Ich mache nie was richtig, und ich verdiene dich nicht… Aber ich liebe dich verdammt noch mal, Abby. Ich liebe dich mehr, als ich je irgendjemand oder irgendetwas geliebt habe. Wenn du da bist, brauche ich keinen Alk, kein Geld, keine Kämpfe oder One-Night-Stands... ich brauche nur dich. Ich denke nur noch an dich. Ich träume nur noch von dir. Ich will nur dich.«

Mein Plan, Unwissenheit vorzutäuschen, war grandios gescheitert. Ich konnte nicht mehr die Gleichgültige spielen, nachdem er alle Karten auf den Tisch gelegt hatte. Seit wir uns begegnet waren, hatte sich in jedem von uns etwas verändert. Und was immer das sein mochte, es bewirkte, dass wir einander brauchten. Aus mir unbekannten Gründen war ich seine Ausnahme, und sosehr ich auch gegen meine Gefühle angekämpft hatte, er war meine.

Er nahm mein Gesicht in seine Hände und schaute mir in die Augen. »Hast du mit ihm geschlafen?«

Heiße Tränen traten mir in die Augen, während ich verneinend den Kopf schüttelte. Da prallten auch schon seine Lippen auf meine, seine Zunge drang ohne Zögern in meinen Mund. Unfähig, mich zurückzuhalten, krallte ich die Finger in sein Hemd und zog ihn an mich. Er summte mit seiner unglaublich tiefen Stimme und umarmte mich so fest, dass ich kaum noch Luft bekam.

Atemlos löste er sich von mir. »Ruf Parker an. Sag ihm, dass du dich nicht mehr mit ihm treffen kannst. Sag ihm, dass du mit mir zusammen bist.«

Ich schloss die Augen. »Ich kann nicht mit dir zusammen sein, Travis.«

»Warum zum Teufel nicht?« Er ließ mich los.

Ich fürchtete mich vor seiner Reaktion auf die Wahrheit.

Er lachte kurz auf. »Unglaublich. Das einzige Mädchen, das ich will, will mich nicht.«

Ich schluckte und wusste, dass ich der Wahrheit näher

kommen musste, als ich das seit Monaten getan hatte. »Als America und ich hierher gezogen sind, da haben wir das getan, weil mein Leben im Begriff war, eine bestimmte Richtung zu nehmen. Oder auch nicht eine bestimmte Richtung zu nehmen. Kämpfen, Glücksspiel, Alkohol ... genau das habe ich hinter mir gelassen. Wenn ich mit dir zusammen bin ... dann habe ich genau das in einem unwiderstehlichen tätowierten Paket. Ich bin aber nicht Hunderte Meilen weggezogen, um genau das erneut zu durchleben.«

Er hob mein Kinn, sodass ich ihn ansehen musste. »Ich weiß, dass du etwas Besseres als mich verdienst. Denkst du, ich weiß das nicht? Aber wenn es eine Frau gibt, die wie für mich geschaffen ist ... dann bist du das. Ich werde alles tun, was nötig ist, Täubchen. Hörst du? Ich werde alles tun.«

Ich entzog mich seinem Griff und schämte mich dafür, dass ich ihm nicht die Wahrheit sagen konnte. Ich war doch die diejenige, die nicht gut genug war. Ich würde diejenige sein, die alles zerstörte, die ihn zerstörte. Eines Tages würde er mich hassen, und ich würde seinen Blick nicht ertragen, wenn ihm das zu Bewusstsein käme.

Er hielt die Tür mit einer Hand zu. »Ich werde in der Sekunde mit den Kämpfen aufhören, in der ich meinen Abschluss habe. Ich werde keinen Tropfen mehr trinken. Ich werde dich auf immer und ewig glücklich machen, Täubchen. Wenn du nur an mich glaubst, dann kann ich es schaffen.«

»Ich will doch gar nicht, dass du dich änderst.«

»Dann sag mir, was ich tun soll. Sag es mir, und ich mache es«, bat er.

Jeder Gedanke daran, mit Parker zusammen zu sein, war längst verschwunden, und ich wusste, das lag an meinen Gefühlen für Travis. Ich dachte an die unterschiedlichen Richtungen, die mein Leben von hier aus nehmen konnte – wenn ich Travis einen Vertrauensvorschuss gab und das Unbekannte riskierte oder wenn ich ihn fortstieß und in einem Leben ohne ihn landen würde. Beide Möglichkeiten machten mir Angst.

»Kann ich dein Telefon benutzen?«, fragte ich.

Travis runzelte die Stirn und schien verwirrt. »Klar«, sagte er und holte es aus der Tasche.

Ich wählte und schloss die Augen, als ich das Freizeichen an meinem Ohr hörte.

»Travis? Was zum Teufel soll das? Weißt du, wie spät es ist?«, meldete Parker sich. Seine Stimme klang tief und rau, und ich spürte, wie mein Herz zu rasen begann. Mir war nicht klar gewesen, dass er Travis' Nummer sofort erkennen würde.

Die folgenden Worte kamen irgendwie über meine zitternden Lippen. »Es tut mir leid, dich so früh anzurufen, aber das konnte einfach nicht warten. Ich ... ich kann am Mittwoch nicht mit dir essen gehen.«

»Es ist fast vier Uhr früh, Abby. Was ist denn los?«

»Ich kann dich, ehrlich gesagt, überhaupt nicht mehr treffen.«

»Abs ...«

»Ich ... bin mir ziemlich sicher, dass ich Travis liebe«, sagte ich und wappnete mich gegen seine Reaktion.

Nach ein paar Augenblicken entsetzten Schweigens hörte ich, wie er auflegte.

Meine Augen waren immer noch auf den Boden gerichtet. Ich gab Travis sein Telefon zurück und schaute dann zögernd in sein Gesicht. Dort sah ich eine Mischung aus Verwirrung, Schock und Bewunderung.

»Er hat aufgelegt.« Ich schnitt eine Grimasse.

Er musterte mein Gesicht mit vorsichtiger Hoffnung im Blick. »Du liebst mich?«

»Das machen die Tattoos«, erwiderte ich schulterzuckend.

Ein breites Lächeln überzog sein Gesicht und ließ sein Grübchen sehen. »Komm mit mir nach Hause«, sagte er und schloss mich in die Arme.

Meine Augenbrauen schossen in die Höhe. »Du hast das alles nur gesagt, um mich ins Bett zu kriegen? Da muss ich ja einen tollen Eindruck auf dich machen.«

»Das Einzige, woran ich gerade denke, ist, dass ich dich die ganze Nacht in meinen Armen halten möchte.«

»Dann lass uns fahren.«

Trotz der überhöhten Geschwindigkeit und der Abkürzungen kam mir die Fahrt zur Wohnung ewig vor. Als wir endlich ankamen, trug Travis mich die Treppe hinauf. Ich kicherte an seinem Mund, während er sich mit dem Schlüssel plagte. Nachdem er mich abgesetzt und die Tür hinter uns zugemacht hatte, stieß er einen Seufzer der Erleichterung aus.

»Es fühlte sich nicht mehr wie zu Hause an, seit du weg warst«, sagte er und küsste mich.

Toto, um den Shep sich rührend gekümmert hatte, kam den Flur entlanggehoppelt, wedelte mit seinem winzigen Schwanz und sprang an meinen Beinen hoch. Ich knuddelte ihn und nahm ihn auf den Arm.

Ich hörte Shepleys Bett quietschen und dann seine stampfenden Schritte. Seine Tür flog auf, und er blinzelte ins Licht. »Nein, zum Teufel, Trav, du fängst nicht wieder mit demselben verdammten Mist an! Du liebst Ab…« Seine Augen hatten sich ans Licht gewöhnt, und er erkannte seinen Irrtum. »…by. Hey … Abby.«

»Hey, Shep«, sagte ich und setzte Toto auf den Boden.

Travis zog mich an seinem schockierten Cousin vorbei und stieß die Tür hinter uns mit dem Fuß zu, während er mich schon in seine Arme schloss und küsste, als hätten wir das schon Millionen Mal gemacht. Ich zog ihm das Shirt über den Kopf, und er streifte mir die Jacke ab. Ich unterbrach unser Küssen genau so lange, wie ich brauchte, um meinen Pulli und das Tanktop auszuziehen, dann warf ich mich wieder in seine Arme. Wir zogen einander ganz aus, und Sekunden später bettete er mich auf seine Matratze. Ich streckte den Arm über den Kopf nach seiner Schublade aus, steckte die Hand hinein und tastete herum.

»Verdammt«, keuchte er frustriert. »Ich hab sie entsorgt.«

»Wie? Alle?«, schnaufte ich.

»Ich dachte, du würdest nicht … und wenn ich nicht mit dir zusammen wäre, würde ich sie ja nicht brauchen.«

»Du machst Witze!« Ich ließ den Kopf zurückfallen.

Seine Stirn stieß gegen meine Brust. »Betrachte dich als das Gegenteil einer von vorneherein ausgemachten Sache.«

Ich lächelte und küsste ihn. »Du hast es noch nie mit jemand ohne gemacht?«

Er schüttelte den Kopf. »Nie.« Gedankenverloren schaute ich mich um. Er lachte über meine Miene. »Was machst du da?«

»Scht, ich rechne.« Travis sah mich einen Moment lang an und beugte sich dann herab, um meinen Hals zu küssen. »Ich kann mich nicht konzentrieren, wenn du das machst …« Ich seufzte. »Der fünfundzwanzigste plus zwei Tage …« Ich atmete tief durch.

Travis kicherte. »Wovon zum Teufel redest du da?«

»Wir riskieren nichts«, sagte ich und schob mich genau unter ihn.

Er presste seine Brust gegen meine und küsste mich zärtlich. »Bist du sicher?«

Ich ließ meine Hände auf seinen Rücken gleiten und zog ihn an mich. Er schloss die Augen und stieß ein langes, tiefes Stöhnen aus.

»O mein Gott, Abby«, keuchte er. Er stieß in mich hinein, und aus seiner Kehle drang ein wohliges Brummen. »Ach, gottverdammt, du fühlst dich einfach umwerfend an.«

»Anders als beim letzten Mal?«

Er schaute mir in die Augen. »Mit dir ist es sowieso anders, aber ...«, er holte tief Luft und spannte seine Muskeln an, während er kurz die Augen schloss, »... ich werde danach nie mehr wie vorher sein.«

Seine Lippen erforschten jeden Quadratzentimeter meines Halses, und als er wieder bei meinem Mund angekommen war, grub ich meine Finger in die Muskeln seiner Schultern und gab mich diesem Kuss völlig hin.

Travis hob meine Hände über meinen Kopf und schlang seine Finger in meine. Bei jedem Stoß drückte er meine Hände. Seine Bewegungen wurden heftiger, und ich grub meine Nägel in seine Handflächen, während sich alles in mir mit unglaublicher Kraft zusammenzog.

Ich schrie auf und biss mir heftig auf die Lippe.

»Abby«, flüsterte er und klang gequält, »ich brauche eine ...«

»Hör nicht auf«, flehte ich.

Er stieß noch einmal in mich hinein und stöhnte dabei so laut, dass ich eine Hand auf seinen Mund legte. Nach ein paar heftigen Atemzügen sah er mir direkt in die Augen und bedeckte mich dann mit Küssen. Seine Hände legten sich um mein Gesicht, und er küsste mich weiter, allerdings langsamer, zärtlicher. Erst meine Lippen, dann meine Wangen, meine Stirn, meine Nase und wieder meine Lippen.

Ich lächelte und seufzte und spürte, wie die Erschöpfung mich erfasste. Travis rollte sich neben mich und sortierte die Decken über uns. Ich lehnte meine Wange an seine Brust, und er verschränkte die Finger hinter mir.

»Diesmal geh nicht, ja? Ich möchte morgen früh genau so aufwachen.«

Ich küsste seine Brust und hatte ein schlechtes Gewissen, dass er überhaupt auf die Idee gekommen war. »Ich werde nirgendwo hingehen.«

11. KAPITEL

Eifersucht

Ich wachte auf dem Bauch liegend, nackt und in die Laken von Travis Maddox verwickelt auf. Während ich die Augen geschlossen hielt, spürte ich seine streichelnde Hand auf Arm und Rücken.

Mit einem tiefen, zufriedenen Seufzer atmete er aus und sagte dann mit gedämpfter Stimme: »Ich liebe dich, Abby. Und ich werde dich glücklich machen, das schwöre ich.«

Die Matratze gab unter seinem Gewicht noch ein bisschen nach, dann spürte ich kleine, langsame Küsse auf meinem Rücken. Ich blieb still liegen, und nachdem er mit seinen Lippen bis knapp unter mein Ohr heraufgewandert war, stand er auf und ging durchs Zimmer. Ich hörte seine Schritte auf dem Flur und dann das Wasser in den Leitungen rauschen, nachdem er die Dusche aufgedreht hatte.

Endlich schlug ich die Augen auf, setzte mich auf und streckte mich. Jeder Muskel in meinem Körper schmerzte, zum Teil waren das Muskeln, von deren Existenz ich noch gar nicht gewusst hatte. Ich zog mir das Laken bis zur Brust und schaute aus dem Fenster, wo gelbe und rote Blätter von den Ästen zur Erde kreiselten.

Irgendwo auf dem Boden vibrierte sein Handy, und nachdem ich unbeholfen in dem Kleiderhaufen neben dem Bett gewühlt hatte, entdeckte ich es schließlich in der Tasche seiner Jeans. Auf dem Display leuchtete nur eine Nummer auf, kein Name.

»Hallo?«

»Ist... äh... ist Travis da?«, fragte eine Frau.

»Er ist in der Dusche, kann ich was ausrichten?«

»Natürlich, in der Dusche. Sag ihm doch, dass Megan angerufen hat, ja?«

Da kam Travis herein, zog das Handtuch um seine noch nasse Taille fester und lächelte, als ich ihm sein Telefon hinhielt.

»Ist für dich«, sagte ich.

Er küsste mich, bevor er aufs Display schaute und den Kopf schüttelte. »Jaaa? Das war meine Freundin. Worum geht's denn, Megan?« Er hörte kurz zu und grinste dann. »Also, Täubchen ist was ganz Besonderes, was soll ich dazu sonst sagen?« Nach einer langen Pause verdrehte er die Augen. Ich konnte mir ausmalen, was sie gesagt hatte. »Sei nicht so eine Bitch, Megan. Hör zu, du kannst mich nicht mehr anrufen... Also, das macht eben die Liebe mit einem.« Er schaute mich mit zärtlichem Ausdruck an. »Ja, mit Abby. Ich meine es ernst, Meg, keine Anrufe mehr... Bis dann.«

Er warf das Telefon aufs Bett und setzte sich neben mich. »Sie war ein bisschen angepisst. Hat sie irgendwas zu dir gesagt?«

»Nein, nur nach dir gefragt.«

»Ich habe ein paar Nummern aus meinem Telefon gelöscht, aber ich schätze mal, das wird sie nicht davon abhalten, mich anzurufen. Wenn sie nicht selbst dahinterkommen, werde ich es ihnen klar und deutlich sagen.«

Er sah mich erwartungsvoll an, und ich musste lächeln.

Diese Seite an ihm hatte ich noch nie erlebt. »Ich vertraue dir, weißt du.«

Er presste seine Lippen auf meine. »Ich könnte dir keinen Vorwurf machen, wenn du erwarten würdest, dass ich es mir erst verdiene.«

»Ich muss in die Dusche. Die erste Veranstaltung habe ich schon verpasst.«

»Siehst du? Das ist bereits mein guter Einfluss.«

Ich stand auf, und er zog an dem Laken, in das ich mich gewickelt hatte. »Megan hat gesagt, dieses Wochenende wäre eine Halloweenparty im Red Door. Letztes Jahr bin ich mit ihr dort hingegangen. Es war ziemlich lustig.«

»Das kann ich mir vorstellen ...«

»Ich meine nur, dass viele Leute hingehen. Es gibt einen Billardwettbewerb und billige Drinks ... Hast du Lust?«

»Eigentlich nicht ... Ich hab's nicht so mit Verkleiden. War nie mein Ding.«

»Meines auch nicht. Ich gehe einfach, wie ich bin«, meinte er achselzuckend.

»Bleibt es beim Bowlen heute Abend?« Denn vielleicht hatte er mich dazu nur eingeladen, um Zeit allein mit mir zu verbringen, was ja jetzt nicht mehr nötig war.

»Na, aber sicher! Und ich werd dir das Fell über die Ohren ziehen!«

Ich sah ihn aus schmalen Augen an. »Nein, das wird dir nicht gelingen. Ich habe eine neue Superpower.«

Er lachte. »Und was soll das sein? Schlimme Wörter vielleicht?«

Ich beugte mich herab, küsste ihn auf den Hals und strich mit meiner Zunge bis zu seinem Ohr, wo ich sein Ohrläppchen küsste. Er verharrte wie erstarrt.

»Ablenkung«, hauchte ich in sein Ohr.

Da packte er meine Arme und warf mich auf den Rücken. »Du wirst noch eine Veranstaltung verpassen.«

Nachdem ich ihn schließlich dazu gebracht hatte, die Wohnung rechtzeitig zu verlassen, um die Vorlesung in Geschichte besuchen zu können, rasten wir zum Campus und schlüpften in dem Moment auf unsere Plätze, als Professor Chaney gerade begann. Travis drehte seine rote Baseballkappe nach hinten, um mich vor der ganzen Klasse auf den Mund zu küssen.

Auf dem Weg in die Cafeteria nahm er meine Hand und verschränkte seine Finger mit meinen. Er schien so stolz darauf, meine Hand zu halten und der Welt auf diese Weise verkünden zu können, dass wir endlich ein Paar waren. Finch registrierte es mit einem Blick auf unsere Hände und grinste mich albern an. Er war nicht der Einzige. Dieses schlichte Bekunden unserer Zuneigung löste Blicke und Getuschel bei allen aus, die uns begegneten.

An der Tür zur Cafeteria blies Travis den letzten Zug seiner Zigarette aus und sah mich an, als ich zögerte. America und Shepley waren schon drinnen. Finch zündete sich eine weitere Zigarette an, sodass ich mit Travis allein reingehen musste. Ich war mir sicher, dass die Klatschwelle seit Travis' Kuss in der Geschichtsvorlesung einen neuen Höhepunkt erreicht hatte, und mir graute davor, die Bühne der Cafeteria zu betreten.

»Was ist denn los?« Er zog an meiner Hand.

»Alle beobachten uns.«

Er führte meine Hand an seine Lippen und küsste meine Finger. »Sie werden drüber wegkommen. Das ist nur der erste Schock. Erinnerst du dich daran, wie es war, als wir anfingen, Zeit miteinander zu verbringen? Die Neugier hat sich nach einer Weile gelegt, und dann hatten sie sich irgendwann daran gewöhnt, uns zusammen zu sehen. Komm schon!« Er zog mich durch die Tür.

Einer der Gründe, warum ich mich für die Eastern University entschieden hatte, war die eher zurückhaltende Studentenschaft gewesen, aber die entsprechend gesteigerte Gier nach Skandalen war manchmal wirklich anstrengend. Es war eine Art Running Gag; allen war klar, wie lächerlich die Gerüchteküche war, aber alle mischten eifrig darin mit.

Wir setzten uns mit unseren Tabletts an die üblichen Plätze. America lächelte mir wissend zu. Sie plauderte, als wäre alles wie immer, doch die Footballspieler am anderen Ende des Tisches starrten mich an, als würde ich in Flammen stehen.

Travis tippte mit seiner Gabel auf meinen Apfel. »Isst du den noch, Täubchen?«

»Nein, du kannst ihn haben, Baby.«

Meine Ohren begannen zu glühen, als America den Kopf herumriss und mich anstarrte.

»Ist mir nur so rausgerutscht«, sagte ich kopfschüttelnd. Ich spähte zu Travis, der mich in einer Mischung aus Belustigung und Bewunderung ansah.

Wir hatten den Kosenamen morgens ein paarmal verwendet, und mir wurde erst klar, dass er für alle anderen etwas Neues darstellte, nachdem er mir unbedacht über die Lippen gekommen war.

»Ihr zwei seid ja geradezu entnervend süß«, grinste America.

Shepley tippte mir auf die Schulter. »Übernachtest du heute bei uns?«, fragte er, wobei sein Mund derart voller Brot war, dass er kaum zu verstehen war. »Ich verspreche auch, nicht aus meinem Zimmer zu kommen, um dich zu beschimpfen.«

»Das hast du ja nur gemacht, um meine Ehre zu retten, Shep. Also sei dir verziehen«, sagte ich.

Travis biss in den Apfel, kaute und sah so glücklich aus wie noch nie. Sein Blick war friedlich, und auch wenn Dutzende Leute jede unserer Bewegungen registrierten, fühlte sich das alles… richtig an.

Ich musste daran denken, wie oft ich mir eingeredet hatte, es wäre falsch, mit Travis zusammen zu sein. Wie viel Zeit hatte ich damit vergeudet, gegen meine Gefühle für ihn anzukämpfen. Wenn ich so über den Tisch in seine braunen Augen sah und das Grübchen auf seiner Wange tanzte, während er kaute, da wusste ich nicht einmal mehr, worüber ich mir solche Sorgen gemacht hatte.

»Er sieht ja schrecklich glücklich aus. Hast du endlich ein Einsehen gehabt, Abby?«, fragte Chris und stieß seine Mannschaftskollegen an.

»Du bist echt nicht besonders helle, was Jenks?« Shepley runzelte die Stirn.

Mir schoss das Blut in die Wangen, und ich schaute Travis an, der einen mörderischen Blick bekam. Meine Verlegenheit trat neben Travis' Zorn in den Hintergrund, und ich schüttelte abwehrend den Kopf. »Hör gar nicht auf ihn.«

Nach einer Weile entspannten sich seine Schultern ein wenig, und er nickte mir zu, während er tief Luft holte. Ein paar Sekunden später blinzelte er mir zu.

Ich streckte die Hand über den Tisch und verschränkte meine Finger mit seinen. »Du hast gemeint, was du letzte Nacht gesagt hast, oder?«

Er wollte gerade etwas antworten, da tönte Chris' Gelächter durch die Cafeteria. »Gütiger Gott! Steht Travis Maddox jetzt unterm Pantoffel?«

»Hast du es so gemeint, als du gesagt hast, du wolltest

nicht, dass ich mich verändere?«, fragte er und drückte meine Hand.

Ich warf einen Blick auf Chris, der mit seinen Teamkollegen lachte, und sah dann wieder Travis an. »Absolut. Bring diesem Arschloch mal Manieren bei.«

Ein schelmisches Grinsen trat auf sein Gesicht, und dann ging er an das Ende des Tisches, wo Chris saß. Im ganzen Raum wurde es still, und Chris' Lachen erstarb.

»Hey, ich wollte dich doch nur ein bisschen aufziehen, Travis«, murmelte er.

»Entschuldige dich bei ihr.« Travis funkelte ihn böse an.

Chris schaute nervös grinsend zu mir. »Ich … ich habe nur Spaß gemacht, Abby. Tut mir leid.«

Ich schaute ihn böse an, während er schon wieder Beifall heischend Travis ansah. Kaum wandte Travis sich um, kicherte Chris und flüsterte Brazil etwas zu. Mein Herz begann heftig zu klopfen, als ich sah, wie Travis abrupt stehen blieb.

Brazil seufzte verärgert. »Merk dir das, bis du wieder aufwachst, Chris … du hast es dir selbst zuzuschreiben.«

Travis nahm Finchs Tablett vom Tisch und knallte es Chris gegen den Kopf, sodass dieser vom Stuhl fiel. Chris versuchte, unter den Tisch zu krabbeln, aber Travis zog ihn an den Beinen hervor und versetzte ihm einen heftigen Schlag.

»Wenn du sie noch einmal auch nur ansiehst, du mieses Stück Dreck, dann brech ich dir deinen verdammten Kiefer!«, brüllte er.

Einige Studenten standen auf, um besser sehen zu können; andere blieben sitzen und betrachteten uns leicht amüsiert. Das gesamte Footballteam starrte stumm auf Chris' blutende Nase.

Als Travis sich abwandte, stand Shepley auf, nahm

mich am Arm und America bei der Hand und zog uns hinter seinem Cousin her zur Tür. Wir gingen das kurze Stück zur Morgan Hall zu Fuß, dort setzten America und ich uns auf die Stufen am Eingang und beobachteten Travis, der auf und ab lief.

»Bist du okay, Trav?«, fragte Shepley.

»Lass ... lass mich nur für eine Minute«, sagte er und stemmte beim Gehen die Hände in die Hüften.

Shepley schob seine Hände in die Hosentaschen und meinte: »Hat mich gewundert, dass du aufgehört hast.«

»Sie hat nur gesagt, ich soll ihm Manieren beibringen, Shep. Aber es hat mich größte Überwindung gekostet, es dabei zu belassen.«

America setzte ihre riesige, eckige Sonnenbrille auf und schaute zu Travis hoch. »Was hat Chris denn überhaupt gesagt?«

»Etwas, das er nie wieder sagen wird«, zischte Travis und ballte die Hände erneut zu Fäusten. »Ich gehe da noch mal rein.«

Shepley berührte ihn an der Schulter. »Das brauchst du nicht, dein Mädchen ist hier.«

Travis sah mich an und zwang sich zur Ruhe. »Er hat gesagt ... dass alle jetzt denken, sie habe ... mein Gott ...«

»Jetzt sag schon«, drängte America.

Finch ging hinter Travis vorbei, sichtlich aufgekratzt. »Jeder Typ an der Eastern, der nicht schwul ist, möchte sie jetzt mal ausprobieren, weil sie den uneinnehmbaren Travis Maddox geknackt hat«, ließ er uns wissen. »Das ist die nettere Version von dem, was jetzt da drin geredet wird.«

Travis stürmte an Finch vorbei und zurück zur Cafeteria. Shepley rannte ihm nach und packte ihn am Arm. Ich schlug mir die Hand vor den Mund, als Travis daraufhin ausholte und Shepley sich duckte. Mir fiel nur eine Möglichkeit ein, um Travis aufzuhalten. Ich sprang auf, rannte ihm nach und versperrte ihm den Weg. Dann legte ich meine Arme um seinen Hals, schlang meine Beine um seine Taille, packte sein Gesicht und küsste ihn lang und leidenschaftlich auf den Mund. Als ich spürte, wie sein Zorn dahinschmolz, löste ich meine Lippen von seinen.

»Wir scheren uns nicht darum, was die denken, weißt du noch?«, meinte ich lächelnd. Ich hatte anscheinend mehr Macht über ihn, als ich gedacht hätte.

»Ich kann die nicht so über dich reden lassen, Täubchen«, antwortete er frustriert und setzte mich auf den Boden zurück.

Ich schob meine Arme unter seine und verschränkte die Finger hinter seinem Rücken. »Was denn? Die meinen, ich müsste was Besonderes haben, weil du dich vorher nie auf jemanden eingelassen hast. Stimmt das etwa nicht?«

»Doch, zum Teufel. Ich ertrage nur einfach die Vorstellung nicht, dass jeder Typ an dieser Uni dich deshalb flachlegen will.« Er presste seine Stirn gegen meine. »Das wird mich in den Wahnsinn treiben.«

»Lass dich von denen nicht provozieren, Travis«, sagte Shepley. »Du kannst dich nicht mit jedem schlagen.«

Travis seufzte. »Mit jedem. Wie würdest du dich fühlen, wenn jeder so über America denken würde?«

»Wer sagt denn, dass sie das nicht tun?«, zischte America gekränkt. Wir lachten alle, und America machte ein böses Gesicht. »Das sollte kein Spaß sein.«

Shepley zog sie an der Hand hoch und küsste sie auf die Wange. »Das wissen wir, Baby. Ich habe das mit der Eifersucht schon lange aufgegeben. Sonst würde ich ja zu nichts anderem mehr kommen.«

America lächelte besänftigt und umarmte ihn. Shepley besaß diese verblüffende Fähigkeit, dafür zu sorgen, dass sich alle in seiner Umgebung wohlfühlten, was zweifellos damit zusammenhing, dass er mit Travis und dessen Brüdern aufgewachsen war. Wahrscheinlich war es ursprünglich so eine Art Selbstschutz gewesen.

Travis schnüffelte an meinem Ohr, und ich musste kichern, bis ich Parker auf uns zukommen sah. Das gleiche Gefühl, das mich dazu gebracht hatte, Travis davon abzuhalten, in die Cafeteria zurückzukehren, überkam mich auch jetzt. Also ließ ich Travis auf der Stelle los und ging Parker ein paar Meter entgegen, um ihn abzufangen.

»Ich muss mit dir reden«, sagte er.

Ich warf einen Blick hinter mich und schüttelte dann warnend den Kopf. »Das ist gerade kein guter Zeitpunkt...«

Parker warf einen Blick hinüber und richtete seine Aufmerksamkeit dann wieder auf mich. »Ich habe gerade erst erfahren, was in der Cafeteria vorgefallen ist. Und ich glaube, dir ist nicht klar, worauf du dich einlässt. Travis, das ist eine schlechte Neuigkeit, Abby. Das weiß jeder. Niemand spricht davon, wie toll es ist, dass du ihn gebändigt hast... die warten alle nur darauf, dass er das tut, was er am besten kann. Ich weiß ja nicht, was er dir erzählt hat, aber du hast keinen Schimmer davon, was für ein Typ er tatsächlich ist.«

Ich spürte Travis' Hand auf meiner Schulter. »Warum erzählst du es ihr dann nicht?«

Parker trat nervös von einem Fuß auf den anderen. »Weißt du, wie viele gedemütigte Mädchen ich von Partys nach Hause gebracht habe, nachdem sie ein paar Stunden allein mit ihm in einem Zimmer verbracht hatten? Er wird dir nur wehtun.«

Travis' Finger verkrampften sich, und ich legte meine Hand auf seine, bis er sich wieder entspannte. »Du solltest jetzt gehen, Parker.«

»Und du solltest auf das hören, was ich sage, Abs.«

»Hör verdammt noch mal auf, sie so zu nennen«, knurrte Travis.

Parker wandte den Blick nicht von meinen Augen ab. »Ich mache mir Sorgen um dich.«

»Das weiß ich zu schätzen, aber es ist unnötig.«

Parker blieb hartnäckig. »Er hat dich als Langzeitherausforderung betrachtet, Abby. Er hat dir das Gefühl vermittelt, du seist anders als andere Mädchen, und damit hat er dich rumgekriegt. Er wird bald genug von dir haben.«

Travis trat um mich herum und stand jetzt ganz dicht vor Parker. »Ich habe dich ausreden lassen. Aber nun ist meine Geduld zu Ende.« Parker warf mir einen Blick zu. »Hör verdammt noch mal auf, sie anzustarren. Sieh mich an, du verwöhnter Drecksack.« Parker schaute ihm in die Augen und wartete. »Wenn du noch einmal auch nur in ihre Richtung atmest, dann sorge ich dafür, dass du durch dein gesamtes Medizinstudium humpelst.«

Parker wich ein paar Schritte zurück. »Ich hatte dich für klüger gehalten«, sagte er zu mir und wandte sich dann ab.

Travis sah ihm nach, wie er davonging, drehte sich dann um und suchte meinen Blick. »Du weißt doch, dass das totaler Bullshit ist, oder? Es stimmt nicht.«

»Ich bin mir sicher, dass alle so denken«, brummte ich und registrierte die Neugier derer, die an uns vorbeigingen.

»Dann werde ich ihnen beweisen, dass sie sich irren.«

Im weiteren Verlauf der Woche nahm Travis sein Versprechen sehr ernst. Er neckte die Mädchen nicht mehr, die auf dem Weg zu oder von den Vorlesungen mit ihm zu schäkern versuchten. Und manchmal war er dabei geradezu unhöflich. Und als wir anlässlich der Halloweenparty das Red betraten, machte ich mir Sorgen, wie er sich meine angetrunkenen Kommilitoninnen vom Hals halten würde.

America, Finch und ich saßen an einem Tisch in der Nähe und sahen Shepley und Travis zu, die gegen zwei andere Jungs aus der Sig Tau Billard spielten.

»Zeig's ihnen, Baby!«, rief America und stellte sich auf die Querstreben ihres Barhockers.

Shepley zwinkerte ihr zu, machte seinen Stoß und versenkte dabei die Kugel in der rechten oberen Ecke.

»Huuuh!«, kreischte sie.

Ein Trio, das sich als »Drei Engel für Charlie« verkleidet hatte, näherte sich Travis, der darauf wartete, an die Reihe zu kommen. Ich lächelte, als ich sah, wie er sich bemühte, sie zu ignorieren. Als eine von ihnen die Umrisse eines seiner Tattoos nachfuhr, zog Travis den Arm weg. Er wedelte sie fort, damit er spielen konnte, und sie zog einen Schmollmund in Richtung ihrer Freundinnen.

»Ist das zu glauben, wie albern die sich benehmen? Die Mädchen hier sind wirklich schamlos«, sagte America.

Finch wiegte ehrfürchtig den Kopf hin und her. »Das liegt an Travis. Wegen diesem Bad-Boy-Image. Entweder wollen sie ihn retten, oder sie meinen, gegen seine schlimmen Seiten immun zu sein. Ich bin mir da noch nicht ganz sicher.«

»Wahrscheinlich beides«, lachte ich und amüsierte mich über die Mädchen, die darauf warteten, dass Travis sie beachtete. »Kannst du dir vorstellen, darauf zu hoffen, dass du diejenige bist, die er sich aussucht? Zu wissen, dass man nur zum Sex dient?«

»Daddy Issues«, bemerkte America und nahm einen Schluck von ihrem Drink.

Finch drückte seine Zigarette aus und zupfte an unseren Kleidern. »Kommt, Mädels! Der Finch will tanzen!«

»Nur wenn du versprichst, dich nicht noch einmal so zu nennen«, sagte America.

Finch schob schmollend die Unterlippe vor, und America grinste. »Los, Abby. Du willst Finch doch nicht traurig machen, oder?«

Wir mischten uns unter die Polizisten und Vampire auf der Tanzfläche, und Finch legte mit einer Timberlake-Imitation los. Ich warf über die Schulter einen Blick zu Travis und bemerkte, dass er mich aus den Augenwinkeln beobachtete, obwohl er so tat, als sähe er Shepley zu, der gerade die schwarze Acht versenkte. Shepley sammelte ihren Gewinn ein, und Travis ging zu dem langen, niedrigen Tisch neben der Tanzfläche, um sich etwas zu trinken zu holen. Finch fuchtelte herum und schaffte es schließlich, sich zwischen mich und America zu quetschen. Travis verdrehte die Augen und kehrte glucksend mit Shepley an unseren Platz zurück.

»Ich hol mir noch einen Drink. Möchtest du irgendwas?«, rief America über die Musik hinweg.

»Ich komme mit«, antwortete ich, suchte Finchs Blick und deutete auf die Bar.

Finch schüttelte den Kopf und tanzte weiter. America und ich schoben uns durch die Menge zur Bar. Die Barleute waren total im Stress, also stellten wir uns aufs Warten ein.

»Die Jungs räumen heute Abend total ab«, meinte America.

Ich beugte mich zu ihrem Ohr. »Warum irgendjemand gegen Shep wettet, werde ich nie verstehen.«

»Aus dem gleichen Grund, aus dem sie gegen Travis setzen. Weil sie bescheuert sind.« Sie grinste.

Ein Mann in einer Toga lehnte sich neben America an die Bar und lächelte. »Was trinken die Damen denn heute Abend?«

»Wir kaufen uns unsere Drinks selbst, danke«, antwortete America und sah stur geradeaus.

»Ich bin Mike«, sagte der und zeigte dann auf seinen Freund, »das ist Logan.«

Ich lächelte höflich und sah America an, die ihre überzeugendste »Geh weg!«-Miene aufgesetzt hatte. Die Barfrau nahm unsere Bestellung entgegen und nickte den Männern hinter uns zu, bevor sie sich daranmachte, Americas Drink zu mixen. Schließlich stellte sie ein eckiges Glas mit einer pinkfarbenen, schaumigen Flüssigkeit und drei Bier auf die Theke. Mike gab ihr das Geld, und sie nickte.

»Da ist doch mal was geboten!« Mike ließ den Blick über die Gästeschar wandern.

»Mhm«, brummte America grimmig.

»Ich hab dich vorhin tanzen sehen«, ließ Logan mich wissen und deutete auf die Tanzfläche. »Du sahst gut aus.«

»Äh … danke«, sagte ich und versuchte, höflich zu bleiben, war mir allerdings bewusst, dass Travis nur ein paar Schritte entfernt war.

»Lust zu tanzen?«, fragte Logan.

»Nein danke. Ich bin mit meinem —«

»Freund hier«, antwortete Travis, der wie aus dem Nichts neben mir stand. Er funkelte die Männer vor uns böse an, sodass sie eindeutig eingeschüchtert zurückwichen.

America konnte ein Grinsen nicht verbergen, als Shepley den Arm um sie legte. Travis machte mit dem Kopf eine Bewegung. »Los, verzieht euch.«

Die Männer warfen America und mir noch einen letzten Blick zu, bevor sie in den Schutz der Menge untertauchten.

Shepley küsste America. »Mit dir kann man aber auch wirklich nirgends hingehen!« Sie kicherte, und ich lächelte Travis zu, der böse auf mich herabsah.

»Was denn?«

»Warum hast du dir von denen deinen Drink bezahlen lassen?«

America ließ von Shepley ab, weil sie Travis' Laune registriert hatte. »Das haben wir nicht, Travis. Ich hab ihnen gesagt, dass sie das lassen sollen.«

Travis nahm mir die Flasche aus der Hand. »Und was ist das dann?«

»Ist das dein Ernst?«, fragte ich.

»Ja, das ist mein beschissener Ernst.« Er warf das Bier in den Mülleimer neben der Bar. »Ich habe dir schon hundertmal gesagt, dass du keine Drinks von irgendwelchen fremden Typen annehmen kannst. Was, wenn er dir irgendwas da reingetan hat?«

America hielt ihr Glas hoch. »Wir hatten die Drinks die ganze Zeit über im Blick, Trav. Du reagierst gerade über.«

»Ich spreche nicht mit dir«, wies Travis sie ab und bohrte seinen Blick in meine Augen.

»Hey!«, rief ich aufgebracht. »Rede nicht so mit ihr.«

»Travis«, warnte Shepley, »lass es gut sein.«

»Ich mag es nicht, wenn andere Jungs dir Drinks kaufen«, beharrte Travis.

Ich hob eine Augenbraue. »Willst du jetzt einen Streit vom Zaun brechen?«

»Würde es dich stören, wenn du an die Bar kommst und siehst, wie ich mir mit irgendeinem Mädel einen Drink teile?«

Ich nickte einmal. »Okay. Du blendest ab sofort alle Frauen aus deiner Wahrnehmung aus. Verstehe. Und ich sollte dann wohl das Gleiche tun.«

»Das wäre schön.« Er versuchte sichtlich, sein Temperament zu zügeln, und es ärgerte mich ein wenig, dass auf einmal ich die Zielscheibe seines Zorns war. Seine Augen funkelten immer noch vor Wut, und irgendwie konnte ich das Verlangen, ihm die Stirn zu bieten, nicht unterdrücken.

»Du musst diese Eifersuchtsnummer runterfahren, Travis. Ich habe mir nichts zuschulden kommen lassen.«

Travis sah mich ungläubig an. »Ich komme hier vorbei, und da kauft dir gerade irgendein Typ einen Drink!«

»Hör auf, sie so anzuschreien!«, forderte America.

Shepley legte eine Hand auf Travis' Schulter. »Wir haben alle genug getrunken. Lasst uns hier abhauen.« Shepley konnte Travis nicht beruhigen, und ich war stinksauer darüber, dass sein Wutanfall unseren schönen Abend beendete.

»Ich muss Finch Bescheid sagen, dass wir gehen«, knurrte ich und schob mich an Travis vorbei zur Tanzfläche.

Eine warme Hand schloss sich um mein Handgelenk. Ich fuhr herum, Travis sah mich an. »Ich komme mit.«

Ich riss mich los. »Travis, ich bin durchaus imstande, ein paar Schritte allein zu gehen. Was ist bloß mit dir los?«

Ich erspähte Finch in der Mitte und bahnte mir den Weg zu ihm hin.

»Wir gehen!«

»Was?«, rief Finch gegen die Musik an.

»Travis hat eine Scheißlaune! Wir gehen!«

Finch verdrehte die Augen und winkte mir nach, während ich die Tanzfläche wieder verlassen wollte. Ich war schon fast wieder bei America und Shepley, als ein Mann im Piratenkostüm an mir zog.

»Wo willst du denn hin?«, fragte er grinsend und stieß mich mit der Hüfte an.

Ich lachte über die Grimasse, die er schnitt. Ich wollte ihn einfach stehen lassen, da fasste er mich am Arm. Es dauerte einen Moment, bis mir klar wurde, dass er mich nicht zurückhalten, sondern sich hinter mir verstecken wollte.

»Woah!«, schrie er und blickte mit aufgerissenen Augen an mir vorbei.

Travis raste auf uns zu und hieb mit der Faust direkt in das Gesicht des Piraten, sodass wir von dem Schwung beide zu Boden gingen. Während ich mich noch mit beiden Händen auf dem Holzboden abstützte, blinzelte ich ungläubig. Als ich etwas Warmes, Nasses an meiner Hand spürte, drehte ich sie um und zuckte zurück. Es war Blut aus der Nase des Mannes. Er hielt sich seine Hand vors Gesicht, doch die hellrote Flüssigkeit tropfte an seinem Arm herab, während er sich am Boden krümmte.

Travis hob mich sofort auf und schien genauso schockiert wie ich. »Ach, du Scheiße! Bist du okay, Täubchen?«

Als ich wieder auf die Beine gekommen war, riss ich meinen Arm aus seinem Griff los. »Hast du den Verstand verloren?«

America fasste mich am Handgelenk und zog mich hinter sich her durch die Leute und bis hinaus auf den Parkplatz. Shepley schloss das Auto auf, und nachdem ich auf meinen Platz gerutscht war, drehte sich Travis zu mir um.

»Es tut mir leid, Täubchen. Ich wusste nicht, dass er sich an dir festhält.«

»Deine Faust war fünf Zentimeter von meinem Gesicht weg!«, sagte ich und fing den ölverschmierten Lappen auf, den Shepley mir zugeworfen hatte. Angewidert wischte ich mir das Blut von der Hand.

Travis' Gesicht verdüsterte sich. »Ich hätte nicht ausgeholt, wenn ich gedacht hätte, dich treffen zu können. Das weißt du doch, oder?«

»Halt die Klappe, Travis. Halt einfach die Klappe«, sagte ich und starrte stur auf Shepleys Hinterkopf.

»Täubchen …«, fing Travis wieder an.

Shepley schlug mit der Handfläche aufs Lenkrad. »Halt die Klappe, Travis! Du hast gesagt, dass es dir leidtut, und jetzt halt verdammt noch mal die Schnauze!«

Die Heimfahrt verlief in absolutem Schweigen. Shepley klappte seinen Sitz nach vorn, um mich aussteigen zu lassen, und ich warf America einen Blick zu, die sofort nickte.

Sie gab ihrem Freund einen Gutenachtkuss. »Ich seh dich morgen, Baby.«

Shep nickte resigniert und küsste sie ebenfalls. »Hab dich lieb.«

Ich ging an Travis vorbei zu Americas Honda, und er kam mir nachgelaufen. »Ach komm, geh nicht wütend weg.«

»Oh, ich gehe nicht wütend weg. Ich bin fuchsteufelswild.«

»Sie braucht ein bisschen Zeit, um runterzukommen, Travis«, warnte America ihn und öffnete die Zentralverriegelung.

Travis hielt die Tür mit der Hand zu. »Geh nicht. Ich bin aus der Rolle gefallen. Tut mir leid.«

Ich hielt meine Hand hoch, um ihm die Spuren des

angetrockneten Bluts an meiner Handfläche zu zeigen. »Ruf mich an, wenn du erwachsen geworden bist.«

Er lehnte sich mit der Hüfte gegen die Tür. »Du kannst nicht gehen.«

Ich hob eine Augenbraue, und da kam Shepley um den Wagen herum zu uns gelaufen. »Travis, du bist betrunken. Und du bist gerade dabei, einen Riesenfehler zu begehen. Lass sie einfach nach Hause fahren, runterkommen … ihr könnt morgen darüber reden, wenn du nüchtern bist.«

Travis' Miene wurde verzweifelt. »Sie kann jetzt nicht gehen«, sagte er und starrte mir in die Augen.

»So wird es nicht laufen, Travis.« Ich zerrte an der Tür. »Geh aus dem Weg!«

»Was meinst du damit, dass es nicht laufen wird?«, fragte Travis und fasste mich am Arm.

»Ich meine das traurige Gesicht. Darauf falle ich nicht rein«, sagte ich und riss mich los.

Shepley sah Travis forschend an, dann wandte er sich an mich. »Abby … das ist so ein Moment, von dem ich gesprochen habe. Vielleicht solltest du …«

»Halt dich da raus, Shep«, schnitt America ihm das Wort ab und startete den Motor.

»Ich werde es versauen. Ich werde es noch oft versauen, Täubchen, aber du musst mir verzeihen.«

»Ich werde morgen früh einen riesigen blauen Fleck auf meinem Hintern haben! Du hast diesen Typen niedergeschlagen, weil du auf *mich* sauer warst! Was sagt mir das? Denn im Moment sehe ich überall nur rote Warnleuchten blinken!«

»Ich habe in meinem ganzen Leben noch kein Mädchen geschlagen«, sagte er erstaunt.

»Und ich habe nicht vor, die Erste zu sein!« Ich riss an der Tür. »Jetzt geh da weg, verdammt noch mal!«

Travis nickte und trat einen Schritt beiseite. Ich setzte mich neben America und knallte die Tür zu. Sie legte den Rückwärtsgang ein, und Travis beugte sich vor, um mich durch das Seitenfenster anzusehen. »Du wirst mich morgen anrufen, oder?«

»Fahr schon, Mare«, sagte ich und weigerte mich, seinen Blick zu erwidern.

Die Nacht war lang. Ich schaute dauernd auf die Uhr und zuckte zusammen, wenn ich sah, dass wieder eine Stunde vergangen war. Ich konnte nicht aufhören, an Travis zu denken. Ich fragte mich, ob ich ihn anrufen sollte und ob er wohl auch wach lag. Irgendwann steckte ich mir die Stöpsel meines iPods in die Ohren und hörte mir jeden lauten Song auf meiner Playlist an.

Als ich das letzte Mal auf den Wecker gesehen hatte, war es kurz nach vier gewesen. Die Vögel vor dem Fenster zwitscherten bereits, und ich musste lächeln, als ich spürte, wie meine Lider schwer wurden. Es schienen nur Augenblicke vergangen zu sein, als es an der Tür klopfte und America hereinstürmte. Sie zog mir die Stöpsel aus den Ohren und ließ sich danach auf meinen Schreibtischstuhl fallen.

»Guten Morgen, Sonnenschein. Du siehst echt mies aus«, sagte sie, blies eine pinkfarbene Kaugummiblase auf und ließ sie platzen.

»Halt die Klappe, America!«, meldete sich Kara unter ihrer Bettdecke.

»Dir ist klar, dass Leute wie du und Travis eben hin und wieder streiten, oder?« America feilte an ihren Nägeln herum, während sie weiter auf dem riesigen Kaugummi kaute.

Ich drehte mich weg. »Du bist offiziell gefeuert. Du bist ein schreckliches Gewissen.«

Sie lachte. »Ich kenne dich bloß. Wenn ich dir jetzt meine Autoschlüssel gäbe, würdest du sofort zu ihm fahren.«

»Würde ich nicht!«

»Wie auch immer«, zwitscherte sie.

»Es ist acht Uhr morgens, Mare. Wahrscheinlich liegen die beiden noch im Koma.«

In dem Moment hörte ich ein zaghaftes Klopfen an der Tür. Karas Arm schob sich unter der Decke hervor, und sie drehte den Türknopf. Die Tür öffnete sich langsam, und da stand Travis.

»Kann ich reinkommen?«, fragte er mit leiser, rauer Stimme. Die dunklen Ringe unter seinen Augen kündeten von sehr wenig Schlaf.

Ich setzte mich im Bett auf, erstaunt von seiner derangierten Erscheinung. »Bist du okay?«

Er kam rein und fiel vor mir auf die Knie. »Es tut mir so leid, Abby. Es tut mir leid.« Dann schlang er die Arme um meine Taille und vergrub den Kopf in meinem Schoß.

Ich umarmte ihn und sah zu America.

»Ich, äh ... ich werde dann mal gehen«, sagte sie und tastete nach dem Türgriff.

Kara rieb sich die Augen, seufzte und schnappte sich dann ihren Waschbeutel. »Wenn du da bist, Abby, bin ich immer besonders sauber«, murrte sie und knallte die Tür hinter sich zu.

Travis schaute zu mir hoch. »Ich weiß, dass ich verrücktspiele, sobald es um dich geht, aber, bei Gott, ich versuche es, Täubchen. Ich will das hier nicht kaputt machen.«

»Dann mach es nicht.«

»Das ist schwer für mich. Ich habe das Gefühl, du könntest jeden Moment herausfinden, was für ein Stück

Dreck ich bin, und mich verlassen. Als du gestern Abend getanzt hast, habe ich gesehen, wie ein Dutzend Typen dich beobachtet haben. Du gehst an die Bar, und dann sehe ich, dass du dich bei einem für deinen Drink bedankst. Und dann begrapscht dich dieser Arsch auf der Tanzfläche.«

»Ich schlag doch auch nicht jedes Mal um mich, wenn ein Mädchen mit dir spricht. Und ich kann mich ja wohl nicht die ganze Zeit über in der Wohnung einsperren. Du wirst also lernen müssen, dein Temperament in den Griff zu kriegen.«

»Das werde ich. Ich habe noch nie vorher eine Freundin gewollt. Ich bin es nicht gewohnt, für jemanden so zu empfinden… für irgendjemanden. Wenn du Geduld mit mir hast, schwöre ich dir, dass ich es hinkriegen werde.«

»Lass uns eines klarstellen: Du bist kein Stück Dreck, du bist großartig. Es spielt keine Rolle, wer mir Drinks bezahlt oder mich zum Tanzen auffordert oder mit mir flirtet. Ich werde immer mit dir nach Hause gehen. Du hast mich gebeten, dir zu vertrauen, aber du scheinst mir nicht zu trauen.«

Er machte ein finsteres Gesicht. »Das stimmt nicht.«

»Wenn du glaubst, dass ich dich für den nächstbesten Typen, der mir über den Weg läuft, verlassen werde, dann beweist das nicht gerade, wie sehr du an mich glaubst.«

Er drückte mich fester. »Du bist zu gut für mich, Täubchen. Das bedeutet nicht, dass ich dir misstraue. Ich versuche nur, mich gegen das Unvermeidliche zu wappnen.«

»Sag das nicht. Wenn wir beide allein sind, bist du perfekt. Dann sind wir beide perfekt. Aber das lässt du von jedem kaputt machen. Ich erwarte nicht, dass du eine Hundertachtzig-Grad-Wende vollziehst, aber du musst diese Schlägereien in den Griff kriegen. Du kannst nicht jedes Mal ausholen, wenn jemand mich nur ansieht.«

Er nickte. »Ich tue alles, was du willst. Wenn … wenn du mir nur sagst, dass du mich liebst.«

»Das weißt du doch.«

»Ich muss es aus deinem Mund hören.«

»Ich liebe dich.« Ich berührte seinen Mund mit meinen Lippen. »Und jetzt hör auf, so ein Kindskopf zu sein.«

Er lachte und kletterte zu mir ins Bett. Die nächste Stunde verbrachten wir kichernd und knutschend unter meiner Bettdecke, sodass wir es kaum bemerkten, als Kara vom Duschen zurückkam.

»Könntest du mal rausgehen? Ich muss mich anziehen«, sagte Kara schließlich zu Travis und zog den Gürtel ihres Bademantels enger.

Travis küsste mich auf die Wange und ging auf den Flur hinaus. »Ich seh dich in einer Sekunde.«

Ich ließ mich zurück auf mein Kissen fallen, während Kara in ihrem Schrank rumorte. »Worüber bist du denn so glücklich?«, brummte sie.

»Ach nichts«, seufzte ich.

»Weißt du, was Koabhängigkeit ist, Abby? Dein Freund ist ein Paradebeispiel dafür. Und das ist umso unheimlicher, wenn man bedenkt, dass er von null Respekt für Frauen dahin gekommen ist, zu glauben, ohne dich nicht atmen zu können.«

»Vielleicht kann er es nicht«, sagte ich trotzig.

»Fragst du dich nicht, woran das liegt? Ich meine, er hat die Hälfte aller Mädchen an dieser Uni gehabt. Warum jetzt du?«

»Er sagt, ich sei anders.«

»Klar sagt er das. Aber warum?«

»Was kümmert dich das?«, giftete ich sie an.

»Es ist gefährlich, jemanden so sehr zu brauchen. Du

versuchst, ihn zu retten, und er hofft, dass dir das gelingt. Ihr beide seid ein Desaster.«

Ich lächelte die Zimmerdecke an. »Es spielt keine Rolle, was es ist oder warum. Wenn es gut ist, Kara ... ist es wunderschön.«

Sie verdrehte die Augen. »Du bist ein hoffnungsloser Fall.«

Travis klopfte, und Kara ließ ihn wieder rein.

»Ich gehe jetzt in den Gemeinschaftsraum lernen. Aber ich wünsche euch viel Glück«, sagte sie in gekünsteltem Ton.

»Was war das denn gerade?«, fragte Travis.

»Sie sagt, wir seien ein Desaster.«

»Erzähl mir was Neues«, meinte er lächelnd. Er musterte mich konzentriert und küsste mich dann hinters Ohr. »Warum kommst du nicht mit mir nach Hause?«

Ich legte meine Hand auf seinen Nacken und seufzte, als ich seine weichen Lippen auf meiner Haut spürte. »Ich glaube, ich werde hierbleiben. Ich bin doch sowieso dauernd in deiner Wohnung.«

Er hob ruckartig den Kopf. »Na und? Gefällt es dir dort nicht?«

Ich berührte seine Wange und seufzte. Er war so schnell zu verunsichern. »Natürlich gefällt es mir, aber ich wohne nicht dort.«

Er fuhr mir mit der Nasenspitze über die Wange. »Ich möchte dich dahaben. Ich möchte dich jede Nacht bei mir haben.«

»Ich werde nicht bei dir einziehen.«

»Ich habe dich nicht gebeten, bei mir einzuziehen. Ich habe nur gesagt, dass ich dich dahaben möchte.«

»Das kommt auf dasselbe raus!« Ich lachte.

Travis runzelte die Stirn. »Du willst heute wirklich nicht bei mir übernachten?«

Ich schüttelte den Kopf, und seine Augen wanderten die Wand hinauf bis zur Decke. Ich konnte fast sehen, wie es in seinem Kopf arbeitete. »Was denkst du gerade?«, fragte ich, und meine Augen wurden schmal.

»Ich versuche, mir eine neue Wette einfallen zu lassen.«

12. KAPITEL

Zweimalig

Ich warf die winzige weiße Pille ein, schluckte und spülte mit einem großen Glas Wasser nach. In Slip und BH stand ich mitten in Travis' Zimmer und wollte gerade mein Nachthemd anziehen.

»Was war das denn?«, fragte Travis vom Bett aus.

»Äh… meine Pille.«

Er runzelte die Stirn. »Was für eine Pille?«

»Die Pille, Travis. Du hast deine Schublade noch nicht aufgefüllt, und das Letzte, worüber ich mir Sorgen machen möchte, ist, ob meine Periode einsetzt oder nicht.«

»Oh.«

»Einer von uns muss ja Verantwortung beweisen.«

»Mein Gott, du bist so sexy.« Travis stützte den Kopf in die Hand. »Die schönste Frau an der Eastern ist meine Freundin. Das ist Wahnsinn.«

Ich verdrehte die Augen und zog die dunkelrote Seide über meinen Kopf, bevor ich zu ihm krabbelte. Erst streichelte ich seinen Schoß, dann küsste ich seinen Nacken und kicherte, als er den Kopf zurückfallen ließ. »Noch mal? Du bringst mich noch um, Täubchen.«

»Du kannst nicht sterben.« Ich bedeckte sein Gesicht mit Küssen. »Du bist verdammt noch mal zu böse.«

»Nein. Ich kann nicht sterben, weil sich viel zu viele Arschlöcher darum prügeln, meinen Platz einzunehmen! Vielleicht lebe ich sogar ewig, nur um die zu ärgern!«

Ich kicherte, und er drehte mich auf den Rücken. Dann schob er einen Finger unter das schmale Seidenband auf meiner Schulter und strich meinen Arm entlang und küsste die nackte Haut.

»Warum ich, Travis?«

Er lehnte sich zurück und suchte meinen Blick. »Wie meinst du das?«

»Du warst mit all diesen Frauen zusammen, wolltest dich auf nichts einlassen, hast dich sogar geweigert, eine Telefonnummer anzunehmen … also warum dann ich?«

»Wo kommt das denn jetzt her?«, sagte er und streichelte meine Wange mit dem Daumen.

Ich zuckte die Achseln. »Ich bin einfach neugierig.«

»Warum ich? Die Hälfte der Typen an der Eastern wartet doch nur darauf, dass ich es versaue.«

Ich rümpfte die Nase. »Das stimmt nicht. Außerdem sollst du nicht das Thema wechseln.«

»Es stimmt aber. Wenn ich dir nicht von Semesterbeginn an nachgestellt hätte, würden dir inzwischen mehr Jungs als nur Parker Hayes nachlaufen. Er ist nur zu egozentrisch, um sich vor mir zu fürchten.«

»Du weichst meiner Frage aus! Und das noch nicht mal besonders geschickt, wenn ich ehrlich bin.«

»Na gut! Warum du?« Er lächelte übers ganze Gesicht und beugte sich vor, um meine Lippen mit seinen zu berühren. »Ich hatte schon von dem Abend mit dem ersten Kampf an eine Schwäche für dich.«

»Wie das?«, fragte ich mit zweifelnder Miene.

»Das stimmt. Du in dieser Strickjacke voller Blut. Das sah absolut lächerlich aus.« Er lachte glucksend.

»Vielen Dank.«

Sein Lächeln verschwand. »Es passierte, als du dann zu mir hochgeschaut hast. Das war der entscheidende Moment. Du hattest diesen unschuldigen Blick aus großen Augen … kein Gelaber. Du hast mich nicht angesehen, als wäre ich Travis Maddox«, sagte er und verdrehte die Augen über seine eigenen Worte. »Du hast mich angesehen, als wäre ich … ich weiß nicht, einfach ein Mensch, schätze ich mal.«

»Eilmeldung, Trav. Du bist ein Mensch.«

Er strich mir den Pony aus dem Gesicht. »Nein, bevor du aufgetaucht bist, war Shepley der Einzige, der mich normal behandelt hat. Du warst weder eingeschüchtert, noch hast du geflirtet und dir mit den Fingern durch die Haare gestrichen. Du hast mich gesehen.«

»Ich war total ätzend zu dir.«

Er küsste mich auf den Hals. »Das hat die Sache dann endgültig besiegelt.«

Ich schob meine Hand seinen Rücken hinunter und in seine Boxershorts. »Ich hoffe, das hier wird bald langweilig. Denn im Moment kommt es mir vor, als könnte ich einfach nicht genug von dir kriegen.«

»Versprochen?«, fragte er lächelnd.

Da summte sein Telefon auf dem Nachttisch. »Ja? … O verdammt, nein, ich bin nicht alleine. Wir wollten gerade ins Bett gehen … Ach, halt die Klappe, Trent, das ist nicht komisch … Im Ernst? Was treibt er denn in der Stadt?« Er sah mich an und seufzte. »Na schön. Wir sind in einer halben Stunde da … Du hast es gehört, du Mistkerl. Weil ich ohne sie nirgends hingehe, darum. Möchtest du, dass ich dir eine reinhaue, wenn ich da bin?« Travis beendete das Gespräch und schüttelte den Kopf.

Ich hob fragend die Augenbrauen. »Das war die eigenartigste Unterhaltung, die ich je mitgehört habe.«

»Das war Trent. Thomas ist in der Stadt, und es gibt einen Pokerabend bei meinem Dad.«

»Pokerabend?« Ich schluckte.

»Genau, da nehmen sie mir normalerweise mein ganzes Geld ab. Diese falschspielenden Bastarde.«

»Ich soll in dreißig Minuten deine Familie kennenlernen?«

Er schaute auf seine Uhr. »Genau genommen in siebenundzwanzig Minuten.«

»O mein Gott, Travis!«, jammerte ich und sprang aus dem Bett.

»Was tust du denn?«, seufzte er.

Aber ich wühlte schon im Schrank, zerrte eine Jeans heraus, schlüpfte auf und ab hüpfend hinein und zog mir dann das Nachthemd über den Kopf, das ich Travis ins Gesicht warf. »Ich kann nicht glauben, dass du mir zwanzig Minuten gibst, bevor ich deine Familie kennenlernen soll! Ich könnte dich wirklich umbringen!«

Er zog sich mein Nachthemd vom Gesicht und lachte über meinen verzweifelten Versuch, eine vorzeigbare Erscheinung hinzukriegen. Ich schnappte mir ein schwarzes Shirt mit V-Ausschnitt, zog es zurecht und rannte dann ins Bad, um mir noch mal die Zähne zu putzen und mit der Bürste durch meine Haare zu fahren. Travis kam mir fertig angezogen nach und legte die Arme um meine Taille.

»Ich bin ein Fiasko!«, sagte ich und starrte finster in den Spiegel.

»Siehst du denn nicht, wie schön du bist?«, fragte er und küsste mich in den Nacken.

Ich schnaubte, eilte in sein Zimmer, um mir ein Paar hochhackige Schuhe anzuziehen, und nahm dann Travis' Hand, als er mich zur Wohnungstür lotste. Ich blieb noch mal stehen, um den Reißverschluss meiner schwarzen Lederjacke zu schließen und meine Haare für die Fahrt zum Haus seines Vaters zu einem festen Knoten aufzudrehen.

»Komm mal wieder runter. Es ist nichts weiter als eine Handvoll Jungs, die um einen Tisch sitzen.«

»Es ist das erste Mal, dass ich deinen Dad und deine Brüder treffe … und dann auch noch alle auf einmal … und da verlangst du, dass ich runterkomme?«, sagte ich und stieg hinter ihm aufs Motorrad.

Er verdrehte sich den Hals, um mich auf die Wange zu küssen. »Sie werden dich genauso lieben wie ich.«

Als wir angekommen waren, machte ich meine Haare auf und fuhr ein paarmal mit den Fingern hindurch, bevor Travis mich zur Tür führte.

»Heiliger Bimbam! Es ist der kleine Scheißer!«, rief einer der Jungs.

Travis nickte gemessen. Er versuchte, finster dreinzuschauen, aber ich konnte sehen, wie er sich freute, seine Brüder zu sehen. Das Haus war alt, mit gelb-braunen, fadenscheinigen Tapeten und groben Wollteppichen in diversen Brauntönen. Wir gingen über einen Flur direkt in einen Raum, dessen Tür weit offen stand. Rauchschwaden zogen auf den Flur; seine Brüder und sein Vater saßen auf verschiedenen, nicht zueinanderpassenden Stühlen um einen runden Holztisch.

»Hey, hey … einen anderen Ton in Gegenwart der jungen Dame, wenn ich bitten darf«, sagte sein Vater, und die Zigarre in seinem Mund wippte beim Sprechen auf und ab.

»Täubchen, das ist mein Dad, Jim Maddox. Dad, das ist … mein Täubchen.«

»Täubchen?«, fragte Jim mit amüsierter Miene.

»Abby.« Ich reichte ihm die Hand.

Travis zeigte auf seine Brüder. »Trenton, Taylor, Tyler und Thomas.«

Alle nickten und sahen bis auf Thomas wie ältere Versionen von Travis aus: mit extrem kurzen Haaren, braunen Augen, in T-Shirts, die sich über gewölbten Muskeln spannten, und übersät mit Tattoos. Thomas trug dagegen ein Anzughemd und eine gelockerte Krawatte, seine Augen waren braungrün und die dunkelblonden Haare etwa drei Zentimeter lang.

»Hat Abby auch einen Nachnamen?«, fragte Jim.

»Abernathy«, nickte ich.

»Schön, dich kennenzulernen, Abby!« Thomas lächelte.

»Wirklich schön!« Trenton musterte mich schelmisch von oben bis unten. Daraufhin verpasste Jim ihm einen Klaps auf den Hinterkopf, und er jaulte auf. »Was hab ich denn gesagt?«, jammerte er und rieb sich den Kopf.

»Setz dich, Abby, und schau zu, wie wir Trav sein Geld abknöpfen«, kündigte einer der Zwillinge an, die sich wirklich unglaublich ähnlich sahen und sogar die gleichen Tattoos hatten.

Im ganzen Zimmer hingen alte Fotos von Pokerspielen, Porträts von Pokerlegenden, die mit Jim und jemandem – vermutlich Travis' Großvater – posierten. Dazu waren alte Spielkarten auf den Regalen verteilt.

»Du kanntest Stu Ungar?«, fragte ich und deutete auf ein verstaubtes Bild.

Jims halb zugekniffene Augen begannen zu strahlen. »Du weißt, wer Stu Ungar ist?«

Ich nickte. »Mein Vater war auch ein Fan von ihm.«

Er stand auf und zeigte auf das Bild daneben. »Und das da ist Doyle Brunson.«

Ich lächelte. »Mein Dad hat ihn einmal spielen sehen. Er ist unglaublich.«

»Travis' Großvater war ein Profi … wir nehmen Poker hier ziemlich ernst«, meinte Jim lächelnd.

Ich setzte mich zwischen Travis und einen der Zwillinge, während Trenton mit Geschick die Karten mischte. Die Jungs legten ihr Bargeld auf den Tisch, und Jim verteilte die Chips.

Trenton hob fragend eine Augenbraue. »Willst du mitspielen, Abby?«

Ich lächelte höflich. »Ich glaube, besser nicht.«

»Weißt du nicht, wie es geht?«, fragte Jim.

Ich konnte ein Grinsen nicht verbergen. Jim sah so ernst drein, fast väterlich. Ich wusste, welche Antwort er erwartete, und es war mir zuwider, ihn zu enttäuschen.

Travis küsste mich auf die Stirn. »Spiel ... ich bring es dir bei.«

»Dann solltest du jetzt lieber deinem Geld einen Abschiedskuss geben, Abby«, lachte Thomas.

Ich presste nur die Lippen zusammen und holte zwei Fünfziger aus meinem Portemonnaie. Die ließ ich mir von Jim in Chips wechseln. Trenton verzog das Gesicht zu einem herablassenden Grinsen, aber ich ignorierte ihn.

»Ich vertraue auf Travis' Fähigkeiten als Lehrer.«

Einer der Zwillinge klatschte in die Hände. »Ja, zum Teufel! Heute Abend werde ich reich!«

»Lasst uns klein anfangen«, sagte Jim und warf einen Fünfdollarchip in die Tischmitte.

Trenton gab, und Travis fächerte das Blatt für mich auf. »Hast du je Karten gespielt?«

»Ist schon eine Weile her.«

»Quartett zählt nicht, Schneewittchen!« Trenton schaute in seine Karten.

»Halt den Rand, Trent.« Travis warf seinem Bruder einen vernichtenden Blick zu, bevor er sich meinen Karten widmete. »Du sammelst die höchsten Karten, fortlaufende Zahlen und, wenn du richtig Glück hast, in derselben Farbe.«

Beim ersten Blatt schaute Travis in meine Karten und ich in seine. Ich beschränkte mich hauptsächlich darauf, zu nicken und zu lächeln, und spielte, wenn ich dazu aufgefordert wurde. Travis und ich verloren beide, und am Ende der ersten Runde war mein Chipsvorrat schon beträchtlich geschrumpft.

Nachdem Thomas für das zweite Spiel gegeben hatte, ließ ich Travis nicht mehr in meine Karten gucken. »Ich glaube, ich hab's kapiert«, sagte ich.

»Sicher?«, fragte er.

»Ganz sicher, Baby.«

Drei Runden später hatte ich meine Chips zurückgewonnen und die Chipsstapel der anderen beträchtlich verkleinert – mit zwei Assen, einer Straße und der höchsten Karte.

»Bullshit!«, fluchte Trenton. »Anfängerglück ist immer scheiße!«

»Die lernt aber schnell, Trav«, stellte Jim fest und rollte beim Sprechen die Zigarre in seinem Mund.

Travis kippte sein Bier. »Du machst mich stolz, Täubchen!« Seine Augen strahlten vor Aufregung, und sein Lächeln war ganz anders, als ich es bisher von ihm kannte.

»Danke.«

»Wer's selbst nicht kann, wird Lehrer«, ätzte Thomas grinsend.

»Sehr witzig, du Arsch«, murmelte Travis.

Vier Runden danach trank ich mein letztes Bier aus und musterte den Letzten am Tisch, der noch nicht aufgegeben hatte, aus zusammengekniffenen Augen.

»Du bist am Zug, Taylor. Bist du ein Baby, oder setzt du wie ein Mann?«

»Ach, scheiß drauf!« Er warf seine letzten Chips in die Mitte.

Travis sah mich mit leuchtenden Augen an. Er erinnerte mich an die Zuschauer bei seinen eigenen Kämpfen.

»Was hast du zu bieten, Täubchen?«

»Taylor?«, konterte ich.

Er grinste breit. »Flush!« Und er knallte seine Karten offen auf den Tisch.

Fünf Augenpaare richteten sich auf mich. Ich blickte einmal über den ganzen Tisch und warf dann meine Karten hin. »Traut euren Augen und weint sie euch aus, Jungs! Asse und Achter!«, kicherte ich.

»Ein Full House? Wie denn das zum Teufel?«, schrie Trenton.

»Sorry. Aber das wollte ich schon immer mal sagen.« Ich schob alle Chips zu mir.

Thomas musterte mich scharf. »Das ist nicht bloß Anfängerglück. Sie kann spielen.«

Travis starrte erst Thomas, dann mich an. »Hast du früher schon mal gespielt, Täubchen?«

Ich hielt meinen Mund und zuckte mit den Schultern. Dabei lächelte ich mein unschuldigstes Lächeln. Travis warf den Kopf zurück und brach in schallendes Gelächter aus. Er versuchte, etwas zu sagen, aber es gelang ihm nicht, deshalb schlug er nur mit der Faust auf den Tisch.

»Deine Freundin hat uns verdammt noch mal ausgezogen!« Taylor zeigte mit dem Finger auf mich.

»Das gibt's ja wohl nicht!«, jaulte Trenton und stand auf.

»Gute Idee, Travis. Eine Falschspielerin zum Pokerabend mitzubringen«, sagte Jim und zwinkerte mir zu.

»Ich hatte doch keine Ahnung«, beteuerte er.

»Bullshit.« Thomas sah mich forschend an.

»Ehrlich nicht!«, sagte er immer noch lachend.

»Tut mir leid, das zu sagen, Brüderchen, aber ich glaub, ich hab mich gerade in dein Mädchen verknallt«, rief Tyler.

»Untersteh dich!« Travis schnitt eine Grimasse.

»Jetzt aber. Ich war nachsichtig mit dir, Abby. Aber jetzt gewinne ich mein Geld zurück«, warnte Trenton mich.

Travis setzte die letzten paar Runden aus und beobachtete nur, wie seine Brüder ihr Bestes gaben, um ihr Geld zurückzukriegen. Blatt für Blatt sackte ich ihre Chips ein, und Blatt für Blatt sah Thomas mich immer eindringlicher an. Jedes Mal, wenn ich meine Karten auf den Tisch legte, lachten Travis und Jim, während Taylor fluchte, Tyler mir seine unsterbliche Liebe beteuerte und Trenton einen regelrechten Wutanfall kriegte.

Ich tauschte meine Chips in Bares zurück und gab jedem hundert Dollar zurück. Jim lehnte das ab, aber die anderen nahmen dankbar an. Danach nahm Travis mich bei der Hand und ging mit mir zur Tür.

Ich sah ihm an, dass er Kummer hatte, also drückte ich seine Finger. »Was ist los?«

»Du hast gerade vierhundert Mäuse verschenkt, Täubchen!«, meinte er stirnrunzelnd.

»Wenn es der Pokerabend von Sig Tau gewesen wäre, hätte ich es behalten. Aber ich kann deine Brüder doch nicht bei unserer ersten Begegnung ausrauben.«

»Die hätten dein Geld behalten!«, sagte er.

»Und es hätte mich nicht im Geringsten um den Schlaf gebracht«, bestätigte Taylor.

Thomas sah mich schweigend aus einer Ecke des Zimmers an.

»Warum starrst du mein Mädchen dauernd so an, Thommy?«

»Wie heißt du noch mal mit Nachnamen?«, fragte Thomas.

Ich trat nervös von einem Bein aufs andere. Meine Gedanken rasten, um irgendwas Witziges oder Sarkastisches zu erwidern, das von der Frage ablenken konnte. Ich zupfte an meinen Nägeln und fluchte im Stillen über mich selbst. Ich hätte es besser wissen und nicht alles gewinnen sollen. Thomas wusste Bescheid. Ich konnte es in seinem Blick sehen.

Travis bemerkte mein Unbehagen, drehte sich zu seinem Bruder um und legte einen Arm um meine Taille. Ich war mir nicht sicher, ob es eine beschützende Reaktion war oder ob er sich nur selbst gegen das wappnen wollte, was sein Bruder gleich sagen würde. »Sie heißt Abernathy. Warum?«

»Ich kann verstehen, wenn du es vor heute Abend noch nicht überrissen hast, Trav, aber jetzt gibt es dafür keine Entschuldigung mehr«, sagte Thomas süffisant.

»Wovon zum Teufel redest du überhaupt?«, fragte Travis.

»Bist du vielleicht zufällig mit Mick Abernathy verwandt?«, fragte Thomas.

Alle Köpfe drehten sich zu mir. Nervös fuhr ich mir mit den Fingern durch die Haare. »Woher kennst du Mick?«

Travis drehte sich zu mir um. »Er ist nur zufällig einer der besten Pokerspieler aller Zeiten. Kennst du ihn denn?«

Ich zuckte zusammen, weil mir klar war, dass es jetzt kein Entrinnen mehr gab und ich die Wahrheit sagen musste. »Er ist mein Vater.«

Das Zimmer schien zu explodieren.

»VERDAMMTE KACKE, DAS GIBT'S DOCH NICHT!«

»ICH WUSSTE ES!«

»WIR HABEN GERADE MIT MICK ABERNATHYS TOCHTER GESPIELT!«

»MICK ABERNATHY? MEINE FRESSE!«

Thomas, Jim und Travis waren die Einzigen, die nicht

herumschrien. »Jungs, ich hab euch doch gesagt, dass ich lieber nicht mitspielen sollte«, meinte ich.

»Ich glaube, wenn du erwähnt hättest, dass du Mick Abernathys Tochter bist, hätten wir die ganze Sache ernster genommen«, stellte Thomas klar.

Ich sah zu Travis, der mich ehrfürchtig anstarrte. »Du bist Lucky Thirteen?«, fragte er mit leicht verschleiertem Blick.

Trenton stand auf und zeigte mit weit geöffnetem Mund auf mich. »Lucky Thirteen in unserem Haus! Das gibt's nicht! Das kann ich, verdammt noch mal, nicht glauben!«

»Das war der Spitzname, den die Zeitungen mir gegeben haben. Und die Story stimmte auch nicht so wirklich«, wehrte ich ab.

»Ich muss Abby nach Hause bringen, Jungs«, sagte Travis, der mich immer noch anstarrte.

Jim musterte mich über den Rand seiner Brillengläser hinweg. »Inwiefern stimmte die Story nicht?«

»Ich habe meinem Dad nicht sein Glück geklaut. Ich meine, das ist doch lächerlich.« Nervös kichernd wickelte ich mir eine Haarsträhne um den Finger.

Thomas schüttelte den Kopf. »Nein, Mick hat dieses Interview gegeben. Darin hieß es, um Mitternacht an deinem dreizehnten Geburtstag habe ihn sein Glück verlassen.«

»Und deins hat begonnen«, fügte Travis hinzu.

»Du wurdest von Gangstern aufgezogen!«, grinste Trenton.

»Äh ... nein.« Ich lachte kurz auf. »Die haben mich nicht aufgezogen. Sie waren nur ... viel da.«

»Das war eine verdammte Schande, dass Mick deinen Namen in allen Zeitungen so durch den Dreck gezogen hat. Du warst schließlich noch ein Kind«, sagte Jim düster.

»Es war höchstens Anfängerglück«, entgegnete ich und versuchte verzweifelt, meine Beschämung zu verbergen.

»Mick Abernathy hat dich spielen gelehrt«, sagte Jim ehrfürchtig. »Du hast Profispiele gemacht und gewonnen, mit dreizehn, du meine Güte.« Er sah Travis an und lächelte. »Wette niemals gegen sie, mein Sohn. Sie verliert nicht.«

Travis sah mich an, nach wie vor wie vom Donner gerührt. »Äh … wir müssen dann mal los, Dad. Bye, Jungs.«

Die tiefen, aufgeregt durcheinanderredenden Stimmen von Travis' Familie wurden leiser, als er mich nach draußen und zu seinem Motorrad zog. Ich drehte meine Haare zu einem Dutt, zog den Reißverschluss meiner Jacke hoch und wartete darauf, dass er etwas sagte. Doch er stieg wortlos auf seine Maschine, und ich setzte mich hinter ihn.

Sicher hatte er das Gefühl, ich sei nicht ehrlich mit ihm gewesen, und wahrscheinlich war es ihm peinlich, dass er etwas so Wichtiges über mein Leben erst gleichzeitig mit seiner Familie herausgefunden hatte. Ich erwartete einen Riesenstreit, nachdem wir in seine Wohnung zurückgekehrt wären, und erwog in meinem Kopf ein Dutzend verschiedener Entschuldigungen, bevor wir die Haustür erreicht hatten.

Er führte mich an der Hand den Flur entlang und half mir aus der Jacke.

Ich zog an dem karamellfarbenen Dutt auf meinem Kopf, und die Haare fielen mir in dicken Wellen über die Schultern. »Ich weiß, dass du sauer bist.« Ich konnte ihm nicht in die Augen schauen. »Tut mir leid, dass ich es dir nicht gesagt habe, aber das ist nichts, worüber ich normalerweise spreche.«

»Sauer auf dich?«, fragte er. »Ich bin so aufgekratzt,

dass ich kaum geradeaus gucken kann. Du hast gerade meinen Scheißkerlen von Brüdern ihr Geld geraubt, ohne mit der Wimper zu zucken, bist für meinen Vater zur Legende geworden, und ich weiß mit Sicherheit, dass du unsere Wette vor meinem Kampf absichtlich verloren hast.«

»Das würde ich so nicht sagen ...«

Er hob das Kinn. »Hast du etwa gedacht, du würdest gewinnen?«

»Also ... nein, nicht unbedingt«, sagte ich und schlüpfte aus meinen hochhackigen Schuhen.

Travis lächelte. »Dann wolltest du also hier bei mir sein. Ich glaube, ich habe mich gerade noch mal neu in dich verliebt.«

»Wie kannst du denn jetzt nicht sauer auf mich sein?« Ich pfefferte meine Schuhe in den Schrank.

Er seufzte und nickte. »Das ist wirklich eine große Sache, Täubchen. Du hättest es mir erzählen sollen. Aber ich verstehe, warum du es nicht gemacht hast. Du bist hergekommen, um das alles hinter dir zu lassen. Aber es ist, als hätte sich der Himmel geöffnet ... jetzt ergibt alles einen Sinn.«

»Stimmt, es ist eine Erleichterung.«

»Lucky Thirteen«, sagte er und zog mir mein Shirt über den Kopf.

»Nenn mich nicht so, Travis. Das ist nichts Gutes.«

»Du bist verdammt berühmt!«, sagte er und schien über meine Worte erstaunt. Er knöpfte meine Jeans auf, zog sie mir bis zu den Knöcheln runter und half mir, herauszuschlüpfen.

»Mein Vater hat mich danach gehasst. Er macht mich nach wie vor für all seine Probleme verantwortlich.«

Travis riss sich sein Hemd vom Leib und drückte mich an sich. »Ich kann immer noch nicht fassen, dass die Tochter von Mick Abernathy vor mir steht und dass ich die ganze Zeit mit dir zusammen war und keinen Schimmer hatte.«

Ich machte mich los. »Ich bin nicht Mick Abernathys Tochter, Travis! Das habe ich hinter mir gelassen. Ich bin Abby. Einfach nur Abby!« Damit marschierte ich wieder zum Schrank, riss ein T-Shirt heraus und zerrte es mir über den Kopf.

Er seufzte. »Tut mir leid. Ich bin ziemlich beeindruckt von deiner Berühmtheit.«

»Ich bin's bloß!« Ich schlug mir mit der flachen Hand gegen die Brust und hoffte verzweifelt, er würde verstehen.

»Schon, aber −«

»Kein Aber. Weißt du, wie du mich gerade ansiehst? Genau deshalb habe ich es dir nicht erzählt.« Ich schloss die Augen. »Ich werde nicht mehr so leben, Trav. Nicht einmal mit dir.«

»Holla! Beruhig dich, Täubchen. Wir wollen uns zu nichts hinreißen lassen.« Er musterte mich kurz und kam dann zu mir herüber, um mich in die Arme zu schließen. »Mir ist egal, wer du warst oder nicht mehr bist. Ich will einfach nur dich.«

»Ich schätze, dann haben wir was gemeinsam.«

»Nur du und ich gegen den Rest der Welt.«

Ich kuschelte mich neben ihm auf die Matratze. Außer mir und America hatte niemand je von Mick erfahren sollen, und ich hätte nie damit gerechnet, dass mein Freund aus einer Familie von leidenschaftlichen Pokerspielern käme. Ich seufzte tief und schmiegte meine Wange an seine Brust.

»Was hast du?«, fragte er.

»Ich will nicht, dass noch jemand davon erfährt, Trav. Ich wollte schon nicht, dass du es weißt.«

»Ich liebe dich, Abby. Ich werde es nicht mehr erwähnen, okay? Dein Geheimnis ist bei mir sicher«, sagte er und küsste mich auf die Stirn.

»Mr. Maddox, meinen Sie, Sie könnten bis nach der Vorlesung an sich halten?«, sagte Professor Chaney als Reaktion auf mein Kichern, nachdem Travis an meinem Nacken geschnüffelt hatte.

Ich räusperte mich und merkte, wie ich vor Verlegenheit rot wurde.

»Ich glaube nicht, Dr. Chaney. Haben Sie sich mein Mädchen mal genau angesehen?« Travis deutete auf mich.

Gelächter schallte durch den Raum, und ich wurde feuerrot. Professor Chaney sah mich halb belustigt, halb verlegen an und wandte sich wieder kopfschüttelnd an Travis. »Dann versuchen Sie eben einfach Ihr Bestes.«

Wieder lachte der ganze Saal, und ich versank in meinem Stuhl. Travis legte seinen Arm um meine Lehne, und der Unterricht wurde fortgesetzt. Danach begleitete Travis mich zu meiner nächsten Stunde.

»Tut mir leid, wenn ich dich in Verlegenheit gebracht habe. Ich konnte einfach nicht anders.«

»Versuch es.«

Parker ging an uns vorbei, und nachdem ich sein Nicken mit einem höflichen Lächeln beantwortet hatte, sah ich seine Augen aufleuchten. »Hey, Abby. Man sieht sich gleich.« Er ging in den Unterrichtsraum, und Travis starrte ihm wütend nach.

»Hey«, ich zog an seiner Hand, bis er mich ansah. »Vergiss ihn.«

»Er hat den Jungs von der Fraternity erzählt, du würdest ihn immer noch anrufen.«

»Das stimmt nicht«, sagte ich gelassen.

»Das weiß ich, aber die wissen es nicht. Er sagt, er würde nur den richtigen Moment abpassen. Zu Brad hat er gemeint, du würdest auf die passende Gelegenheit warten, mir den Laufpass zu geben. Und dass du ihn anrufen und erzählen würdest, wie unglücklich du bist. Er fängt an, mir wirklich auf den Sack zu gehen.«

»Er hat ziemlich viel Phantasie.« Ich sah zu Parker hin, und als er meinen Blick auffing und mich anlächelte, starrte ich böse zurück.

»Wärst du wütend, wenn ich dich noch ein weiteres Mal in Verlegenheit brächte?«

Ich zuckte mit den Schultern, und Travis führte mich unverzüglich in den Klassenraum. Er blieb an meinem Platz stehen und stellte meine Tasche auf den Boden. Dann sah er zu Parker hin, zog mich an sich, legte eine Hand in meinen Nacken, eine auf meinen Rücken und küsste mich, tief und voller Entschlossenheit. Seine Lippen bearbeiteten meine, wie er es sich sonst für sein Schlafzimmer aufsparte, und ich konnte gar nicht anders, als mich mit beiden Händen in sein T-Shirt zu krallen.

Das Gemurmel und Gekicher nahm zu, als klar wurde, dass Travis nicht so bald von mir ablassen würde.

»Ich glaube, er hat sie gerade geschwängert!«, rief jemand von weiter hinten im Raum und lachte.

Ich löste mich mit geschlossenen Augen von ihm und versuchte, meine Fassung wiederzufinden. Als ich Travis ansah, starrte er mich immer noch mit derselben erzwungenen Zurückhaltung an.

»Ich habe nur versucht, etwas klarzumachen«, flüsterte er.

»Schön klar.«

Travis lächelte, küsste mich auf die Wange und sah dann zu Parker hin, der wutentbrannt auf seinem Platz saß.

»Wir sehen uns beim Mittagessen.« Travis zwinkerte mir zu.

Seufzend fiel ich auf meinen Stuhl und versuchte, das Prickeln zwischen meinen Oberschenkeln zu ignorieren.

Ich plagte mich durch die Analysisstunde, und nach der Vorlesung bemerkte ich, dass Parker neben der Tür an der Wand lehnte.

»Parker«, nickte ich ihm zu, entschlossen, nicht so zu reagieren, wie er es sich vielleicht erhoffte.

»Ich weiß, dass du mit ihm zusammen bist. Er muss dich nicht auf meine Kosten vor einer ganzen Klasse vergewaltigen.«

Ich blieb stehen und machte mich zum Angriff bereit. »Dann solltest du vielleicht damit aufhören, deinen Verbindungsbrüdern zu erzählen, ich würde dich anrufen. Du wirst ihn zum Ausrasten bringen, und es wird mir kein bisschen leidtun, wenn er dir die Fresse poliert.«

Er rümpfte die Nase. »Hör dir mal zu. Du warst wohl zu lange in Travis' Gegenwart.«

»Nein, so bin ich. Das ist bloß eine Seite an mir, die du nicht kennst.«

»Du hast mir ja auch nicht wirklich Gelegenheit dazu gegeben, oder?«

Ich seufzte. »Ich will nicht mit dir streiten, Parker. Es hat einfach nicht funktioniert, okay?«

»Nein, das ist nicht okay. Glaubst du, es macht mir Spaß, die Witzfigur der Eastern zu sein? Travis Maddox ist einer, den wir alle schätzen, weil wir im Vergleich zu ihm so gut abschneiden. Er benutzt Mädchen, lässt sie fallen, und nach Travis wirken selbst die größten Arschlöcher der Eastern wie Märchenprinzen.«

»Und wann wirst du endlich die Augen aufmachen und erkennen, dass er inzwischen anders ist?«

»Er liebt dich nicht, Abby. Du bist für ihn nur ein glänzendes neues Spielzeug. Obwohl, nach der Szene vorhin im Unterrichtsraum halte ich dich für nicht mehr ganz so glänzend.«

Bevor mir klar wurde, was ich tat, hatte ich ihm eine schallende Ohrfeige verpasst.

»Wenn du noch zwei Sekunden gewartet hättest, dann hättest du dir die Mühe sparen können«, sagte Travis und zog mich hinter sich.

Ich griff nach seinem Arm. »Travis, nicht.«

Parker machte einen nervösen Eindruck, während der perfekte rote Umriss meiner Hand sich auf seiner Wange abzeichnete.

»Ich habe dich gewarnt.« Travis stieß Parker heftig gegen die Wand.

Parker biss die Zähne zusammen und sah mich böse an. »Betrachte die Sache als erledigt, Travis. Ich sehe jetzt, dass ihr beide wie füreinander geschaffen seid.«

»Danke.« Travis legte seinen Arm um mich.

Parker bog rasch um die Ecke und stürmte davon.

»Bist du okay?«, fragte Travis.

»Meine Handfläche brennt.«

Er lächelte. »Das war ganz schön krass, Täubchen. Ich bin beeindruckt.«

»Wahrscheinlich wird er mich dafür verklagen, und letztlich werde ich ihm sein Studium in Harvard zahlen müssen. Was treibst du überhaupt hier? Ich dachte, wir träfen uns in der Cafeteria?«

Er zog einen Mundwinkel zu einem schelmischen Grinsen hoch. »Ich konnte mich in meiner Veranstaltung überhaupt nicht konzentrieren. Ich spüre immer noch diesen Kuss.«

Ich schaute den Gang entlang und sah dann ihn an. »Komm mit.«

Lächelnd hob er die Augenbrauen. »Was?«

Ich ging rückwärts und zog ihn mit mir, bis ich den Knauf der Tür zum Physiklabor spürte. Die Tür schwang auf, und als ich mich umschaute, war der Raum leer und dunkel. Ich zog an seiner Hand und musste über seine verwirrte Miene kichern. Dann verriegelte ich die Tür von innen und drückte ihn dagegen.

Ich küsste ihn, und er lachte. »Was machst du da?«

»Ich will nur nicht, dass du dich in der nächsten Vorlesung wieder nicht konzentrieren kannst«, sagte ich und küsste ihn erneut. Er hob mich hoch, und ich schlang meine Beine um ihn.

»Ich weiß nicht, wie ich es jemals ohne dich ausgehalten habe.« Er hielt mich mit einer Hand, während er mit der anderen seinen Gürtel öffnete. »Aber ich will es auch gar nicht wissen. Du bist alles, was ich mir je gewünscht habe.«

»Hoffentlich erinnerst du dich noch daran, wenn ich dir beim nächsten Pokern dein ganzes Geld abnehme«, stellte ich klar und zog mein Shirt aus.

Full House

Ich musterte mein Spiegelbild kritisch. Das Kleid war weiß, rückenfrei und gefährlich kurz. Das Mieder wurde von einer kurzen Strasskette im Nacken gehalten.

»Wow! Travis wird sich nass machen, wenn er dich darin sieht!«, rief America.

Ich verdrehte die Augen. »Wie romantisch.«

»Das nimmst du. Probier gar kein anderes mehr an«, sagte sie und klatschte vor Aufregung in die Hände.

»Findest du es nicht zu kurz? Mariah Carey zeigt weniger nackte Haut.«

America schüttelte den Kopf. »Ich bestehe drauf.«

Sie selbst nahm ein extrem kurzes, enges, puderfarbenes Kleid, das eine Schulter frei ließ.

Als wir mit ihrem Honda zur Wohnung zurückkamen, war der Dodge Charger weg und Toto allein zu Hause. America holte ihr Telefon raus, wählte und lächelte, als Shepley sich meldete.

»Wo seid ihr hingefahren, Baby?« Sie nickte. »Warum sollte ich sauer sein? Was für eine Überraschung denn?« Sie warf mir einen Blick zu, ging dann in Shepleys Zimmer und schloss die Tür hinter sich.

Ich streichelte eine Weile Totos spitze schwarze Ohren.

Als America wieder aus dem Zimmer kam, versuchte sie, ein Grinsen zu unterdrücken.

»Was haben sie denn ausgeheckt?«, fragte ich.

»Sie sind schon auf dem Rückweg. Travis soll es dir selbst verraten«, sagte sie breit grinsend.

»O Gott... was denn?«

»Ich hab doch gerade erklärt, dass es eine Überraschung ist.«

Ich nestelte in meinen Haaren herum und konnte nicht still sitzen, während ich darauf wartete, dass Travis seine jüngste Überraschung präsentierte. Eine Geburtstagsparty, ein Welpe – ich konnte mir nicht vorstellen, was als Nächstes kommen würde.

Der laute Motor von Shepleys Wagen verriet ihre Ankunft. Die Jungs lachten, während sie die Stufen heraufkamen.

»Sie sind bester Laune«, stellte ich fest. »Schon mal ein gutes Zeichen.«

Shepley kam als Erster rein. »Ich wollte nur nicht, dass du glaubst, es gäbe einen Grund dafür, dass er eines hat und ich nicht.«

America stand auf, um ihren Freund zu begrüßen, und fiel ihm um den Hals. »Ach, Shep. Wenn ich einen durchgedrehten Freund gewollt hätte, dann wäre ich doch mit Travis zusammen.«

»Es hat nichts damit zu tun, was ich für dich empfinde«, fügte Shepley noch hinzu.

Travis kam mit einer breiten Mullbinde ums Handgelenk zur Tür rein. Er lächelte mich an, ließ sich auf die Couch fallen und legte seinen Kopf in meinen Schoß.

Ich konnte den Blick nicht von dem Verband nehmen. »Hey... was hast du gemacht?«

Travis lächelte und zog mich zu sich runter, um mich zu küssen. Ich spürte seine Nervosität.

»Ich habe heute ein paar Sachen erledigt.«

»Zum Beispiel?«, fragte ich misstrauisch.

Travis lachte. »Nicht ausflippen, Täubchen. Nichts Schlimmes.«

»Was ist mit deinem Handgelenk passiert?«.

Ein donnernd lauter Dieselmotor verstummte draußen, woraufhin Travis von der Couch sprang und die Tür aufriss. »Das wurde aber auch verdammt noch mal Zeit! Ich bin schon seit mindestens fünf Minuten zu Hause!«, sagte er lächelnd.

Ein Mann kam rückwärts herein und schleppte ein in Plastikfolie gewickeltes graues Sofa, an dessen anderem Ende ein weiterer Mann auftauchte. Shepley und Travis zogen die alte Couch – auf der ich und Toto noch saßen – nach vorn, sodass die Männer die neue auf ihren Platz stellen konnten. Travis zog das Plastik ab, hob mich hoch und setzte mich in die weichen Polster.

»Du hast dir eine neue besorgt?«, fragte ich und strahlte übers ganze Gesicht.

»Genau, und ein paar andere Dinge noch dazu. Danke, Jungs«, sagte er, während die Männer die alte Couch hochstemmten und mit ihr verschwanden, wie sie gekommen waren.

»Da verschwinden eine Menge Erinnerungen«, scherzte ich.

»Keine, die ich behalten möchte.« Er setzte sich neben mich und sah mich einen Moment lang an, bevor er den Klebestreifen löste, der den Verband an seinem Arm zusammenhielt. »Raste nicht aus.«

Ich überlegte fieberhaft, was sich unter der Mullbinde befinden konnte, und malte mir eine Verbrennung, eine Naht oder irgendwas ähnlich Gruseliges aus.

Schließlich nahm er den Verband ab, und ich schnappte nach Luft, als ich den schwarzen Schriftzug an der Unterseite seines Handgelenks sah. Die Haut rundherum war gerötet und glänzte von der antibiotischen Salbe, die man dort aufgetragen hatte. Ungläubig schüttelte ich den Kopf, während ich das Wort las.

Täubchen

»Gefällt es dir?«, fragte er.

»Du hast dir meinen Spitznamen aufs Handgelenk tätowieren lassen?« Ich hörte mich reden, aber es klang nicht wie meine Stimme. Mein Verstand raste.

»Mhm.« Er küsste mich, während ich ungläubig auf die unauslöschliche Tinte auf seiner Haut starrte.

»Ich habe versucht, es ihm auszureden, Abby. Er hat ja schon eine Zeit lang nichts Verrücktes mehr gemacht. Ich glaube, das war jetzt ein Rückfall«, überlegte Shepley.

»Was denkst du?«, mischte Travis sich ein.

»Ich weiß nicht, was ich denken soll«, sagte ich.

»Du hättest sie vorher fragen sollen, Trav«, meinte America mit der Hand vor dem Mund.

»Sie was fragen sollen? Ob ich mir ein Tattoo machen lassen kann?« Er runzelte die Stirn und drehte sich zu mir. »Ich liebe dich. Und jeder soll wissen, dass ich dir gehöre.«

Ich rutschte nervös herum. »Aber das ist endgültig, Travis.«

»So wie das zwischen uns.« Er berührte meine Wange.

»Zeig ihr den Rest«, sagte Shepley.

»Den Rest?« Ich schaute rasch auf sein anderes Handgelenk.

Travis stand auf und zog sein Shirt hoch. Sein eindrucksvolles Sixpack dehnte und spannte sich mit jeder Bewegung. Travis drehte sich ein wenig, und an einer Seite erstreckte sich ein weiteres frisches Tattoo über seinen gesamten Rippenbogen.

»Was ist das?«, fragte ich und starrte auf die vertikalen Symbole.

»Das ist Hebräisch«, sagte Travis mit einem nervösen Grinsen.

»Und was bedeutet es?«

»Es heißt: »Ich gehöre meiner Liebsten, und meine Liebste ist mein.«

Meine Augen suchten seine. »Du warst mit einer Tätowierung noch nicht zufrieden?«

»Ich habe schon immer gesagt, dass ich das machen lassen werde, sobald ich die Richtige gefunden habe. Ich habe dich gefunden … und deshalb bin ich losgezogen.« Sein Lächeln verschwand, als er mein Gesicht sah. »Du bist angepisst, oder?«, fragte er und zog sein Shirt wieder runter.

»Ich bin nicht wütend. Ich bin nur … es ist ein bisschen viel auf einmal.«

Shepley zog America an sich. »Daran solltest du dich besser gewöhnen, Abby. Travis ist nun mal impulsiv und macht alles mit Vollgas. Das sollte ihm aber vorläufig reichen, bis er einen Ring an deinem Finger hat.«

America machte ein entgeistertes Gesicht, sah erst mich und dann Shepley an. »Wie bitte? Die beiden sind gerade mal seit ein paar Tagen zusammen!«

»Ich … ich glaube, ich brauche einen Drink.« Ich ging in die Küche.

Travis lachte, während ich in den Schränken herumsuchte. »Er hat nur Spaß gemacht, Täubchen.«

»Habe ich das?«, fragte Shepley.

»Er hat nicht die allernächste Zukunft gemeint«, formulierte Travis ausweichend. Dann drehte er sich zu Shepley und knurrte: »Vielen Dank, du Arsch.«

»Vielleicht hörst du dann endlich mal auf, davon zu quatschen«, meinte Shepley grinsend.

Ich goss mir einen Schluck Whiskey in ein Glas und legte den Kopf in den Nacken, um alles in einem Zug auszutrinken. Ich verzog das Gesicht, während die brennende Flüssigkeit meine Kehle hinunterlief.

Travis legte von hinten sanft die Arme um mich. »Ich mache dir keinen Antrag, Täubchen. Es sind doch bloß Tattoos.«

»Ich weiß«, sagte ich und genehmigte mir noch einen Drink.

Da nahm Travis mir die Flasche aus der Hand, schraubte sie zu und stellte sie zurück in den Schrank. Weil ich ihn nicht ansah, fasste er mich bei den Hüften und drehte mich zu sich herum.

»Okay, ich hätte vorher mit dir darüber reden sollen, aber nachdem ich beschlossen hatte, die Couch zu kaufen, kam irgendwie eines zum anderen. Ich war so aufgeregt.«

»Das geht alles sehr schnell für mich, Travis. Du hast vom Zusammenziehen gesprochen, du lässt dir meinen Spitznamen tätowieren, du sagst mir, du liebst mich... das geht alles sehr... schnell.«

Travis' Miene verfinsterte sich. »Jetzt flippst du doch aus. Dabei habe ich dir gesagt, dass du nicht ausflippen sollst.«

»Es fällt mir schwer, das nicht zu tun! Seit du das über meinen Dad rausgefunden hast, hat sich alles, was du bisher empfunden hast, plötzlich total verstärkt!«

»Wer ist denn dein Dad?«, fragte Shepley, und man merkte ihm deutlich an, wie sehr es ihn nervte, der einzige Unwissende zu sein. Als ich auf seine Frage nicht einging, seufzte er. »Wer ist ihr Dad?«, fragte er America, doch die schüttelte nur abwehrend den Kopf.

Travis verzog ärgerlich das Gesicht. »Meine Gefühle für dich haben nichts mit deinem Vater zu tun.«

»Wir gehen morgen auf diese Date-Party. Das soll so eine große Sache sein, bei der wir unsere Beziehung quasi offiziell machen oder so, und jetzt hast du meinen Namen auf dem Arm und diesen Spruch darüber, dass wir einander gehören! Da soll ich nicht ausflippen? Da flippe ich aber aus!«

Travis nahm mein Gesicht in seine Hände, presste seinen Mund auf meinen und hob mich hoch, um mich auf die Arbeitsplatte zu setzen. Seine Zunge verlangte Einlass in meinen Mund, und als ich ihm den gewährte, stöhnte er auf.

Er grub seine Finger in meine Hüften und zog mich näher zu sich. »Du bist so verdammt scharf, wenn du wütend bist«, flüsterte er an meinem Mund.

»Okay«, keuchte ich, »dann bin ich jetzt ganz ruhig.«

Er lächelte und schien zufrieden, dass seine Ablenkung funktioniert hatte. »Es ist alles unverändert, Täubchen. Es geht immer noch ausschließlich um dich und mich.«

»Ihr seid echt... einzigartig«, stellte Shepley fest.

America schlug Shepley im Spaß auf die Schulter. »Abby hat Travis heute auch etwas gekauft.«

»America!«, schimpfte ich.

»Hast du ein Kleid gefunden?«, fragte er lächelnd.

»Mhm.« Ich schlang meine Beine und Arme um ihn. »Morgen bist du mit Ausflippen an der Reihe.«

»Darauf freue ich mich schon«, sagte er und zog mich von der Arbeitsfläche. Ich winkte America zu, während Travis mich den Flur hinuntertrug.

Am Freitag verbrachten America und ich den Nachmittag nach den Vorlesungen in der Stadt, um uns verwöhnen zu lassen. Wir gingen zur Maniküre, zum Wachsen, ins Sonnenstudio und zum Friseur. Bei unserer Rückkehr in die Wohnung standen auf jeder freien Fläche

Rosensträuße. Rote, rosafarbene, gelbe und weiße – es sah aus wie in einem Blumenladen.

»O mein Gott!«, kreischte America, als sie zur Tür hereinkam.

Shepley blickte um sich und schien sehr stolz. »Wir wollten euch Blumen kaufen, aber keiner von uns hielt einen Strauß für ausreichend.«

Ich umarmte Travis. »Jungs, ihr seid einfach … umwerfend. Danke.«

Er tätschelte mir den Rücken. »Dreißig Minuten bis zur Party, Täubchen.«

Die Jungs zogen sich in Travis' Zimmer um, während wir unsere Kleider in Shepleys anzogen. Gerade als ich in meine silbernen High Heels schlüpfte, klopfte es an der Tür.

»Zeit zum Aufbruch, Ladys«, rief Shepley.

America ging raus, und Shepley pfiff.

»Wo bleibt sie?«, hörte ich Travis fragen.

»Abby hat noch ein kleines Problem mit ihrem Schuh, aber sie wird jeden Moment kommen«, erklärte America.

»Spann mich nicht so auf die Folter!«, rief Travis.

Ich kam raus und zupfte noch an meinem Kleid, während Travis mit entgeistertem Gesicht vor mir stand. America stieß ihn mit dem Ellbogen an.

»Du meine Fresse!«

»Bist du bereit, auszuflippen?«, fragte America.

»Ich flippe nicht aus – sie sieht unglaublich aus.«

Ich lächelte und drehte mich dann langsam um, damit er das Rückendekolleté sah.

»Okay, jetzt flippe ich doch aus«, sagte Travis, kam noch näher und drehte mich herum.

»Gefällt es dir nicht?«, fragte ich.

»Du brauchst was zum Drüberziehen.« Er lief zur

Garderobe und warf mir dann hastig meine Jacke über die Schultern.

»Die kann sie aber nicht den ganzen Abend anlassen«, meinte America kichernd.

»Du siehst wunderschön aus, Abby«, sagte Shepley wie als Entschuldigung für Travis' Benehmen.

Travis' Gesicht war schmerzlich verzogen. »Das tust du. Du siehst unglaublich aus ... aber du kannst das nicht tragen. Dein Rock ist ... wow, deine Beine sind ... dein Rock ist zu kurz, und es ist eigentlich nur ein halbes Kleid! Es hat überhaupt keinen Rücken!«

Ich musste lächeln. »Das ist absichtlich so gemacht, Travis.«

»Müsst ihr euch andauernd so quälen?«, fragte Shepley genervt.

»Hast du auch noch ein längeres Kleid?«, fragte Travis.

Ich schaute an mir herab. »Von vorn ist es eigentlich ziemlich züchtig. Nur von hinten zeigt es viel Haut.«

»Täubchen«, bei seinen nächsten Worten wand er sich vor Unbehagen, »ich will dich nicht verärgern, aber so kann ich dich nicht ins Haus meiner Fraternity mitnehmen. Dann bin ich nach fünf Minuten in eine Schlägerei verwickelt.«

Ich stellte mich auf Zehenspitzen und küsste ihn auf den Mund. »Ich vertraue auf deine Selbstbeherrschung.«

»Das wird ein fürchterlicher Abend«, stöhnte er.

»Das wird ein phantastischer Abend«, sagte America gekränkt.

»Denk doch einfach dran, wie schnell es später auszuziehen sein wird.« Ich küsste ihn auf den Hals.

»Genau hier liegt das Problem. Jeder andere Typ wird das Gleiche denken.«

»Aber du bist der Einzige, der es ausprobieren darf«, zwitscherte ich. Er reagierte nicht darauf, deshalb lehnte ich mich zurück, um ihm ins Gesicht zu sehen. »Möchtest du wirklich, dass ich mich umziehe?«

Travis musterte mein Gesicht, dann mein Kleid, meine Beine und atmete schließlich tief aus. »Du siehst hinreißend aus, egal, was du trägst. Also sollte ich mich wohl besser daran gewöhnen, oder?«

Als wir vom Auto zum Verbindungshaus gingen, schmiegte ich mich eng an Travis. Aus dem Untergeschoss dröhnte Musik herauf, und Travis begann, rhythmisch zu nicken. Alle schienen sofort wie elektrisiert. Ich war mir nicht sicher, ob sie uns so anstarrten, weil Travis eine Date-Party besuchte, weil er eine Anzughose trug oder wegen meines Kleids.

America beugte sich an mein Ohr und flüsterte: »Ich bin so froh, dass du da bist, Abby. Ich komme mir gerade vor wie in einer Teeniekomödie.«

»Schön, dass ich behilflich sein kann«, raunte ich.

Travis und Shepley nahmen uns die Jacken ab und führten uns durch den Flur in die Küche. Shepley holte vier Bier aus dem Kühlschrank, und während wir so in der Küche standen, debattierten Travis' Verbindungsbrüder über seinen letzten Kampf. Die Sorority-Mädels, die zu ihnen gehörten, waren zufällig genau die vollbusigen Blondinen, die Travis im Schlepptau gehabt hatte, als wir das erste Mal miteinander sprachen.

Lexie erkannte ich sofort wieder. Nie würde ich ihren Gesichtsausdruck vergessen, nachdem Travis sie von seinem Schoß hatte plumpsen lassen, weil sie America beleidigt hatte. Sie musterte mich neugierig und schien jedes meiner Worte zu analysieren. Ich wusste, dass sie sich fragte, warum Travis Maddox mich offensichtlich unwiderstehlich fand, und ich merkte, wie es mich reizte, es ihr zu zeigen. Ich hatte meine Hände dauernd an Travis, ließ ein paar geistreiche Bemerkungen fallen und machte Scherze über seine neuen Tattoos.

»Alter, du lässt dir den Spitznamen deines Mädchens ins Handgelenk tätowieren? Was zum Teufel hat dich denn da bloß geritten?«, wollte Brad wissen.

Travis drehte stolz seine Hand nach oben, um den Schriftzug zu zeigen. »Sie ist alles für mich«, sagte er und warf mir einen zärtlichen Blick zu.

»Du kennst sie doch kaum«, schnaubte Lexie.

Er wandte die Augen nicht von mir. »Ich kenne sie.« Dann raunte er mir grinsend zu: »Ich dachte, du hättest dich über das Tattoo aufgeregt. Und jetzt gibst du damit an?«

Ich stellte mich auf Zehenspitzen, um ihn auf die Wange zu küssen. »Langsam gewöhn ich mich dran.«

Shepley und America gingen nach unten, und wir folgten ihnen Hand in Hand. Man hatte die Möbel an die Wände gerückt, um eine Tanzfläche zu improvisieren. Gerade als wir die Treppe herunterkamen, begann ein langsames Stück.

Travis zögerte nicht, sondern zog mich in die Mitte der Tanzfläche, drückte mich an sich und legte eine meiner Hände an seine Brust. »Ich bin froh, dass ich noch nie auf einer dieser Partys war. Es fühlt sich richtig an, das nur mit dir zu machen.«

Ich lächelte und drückte meine Wange an seine Brust. Seine Hand auf meinem Rücken fühlte sich warm und weich an.

»In diesem Kleid starren dich alle an«, sagte er. Ich schaute auf und erwartete ein angespanntes Gesicht, aber er grinste. »Irgendwie ist es ja auch cool… mit dem Mädchen zusammen zu sein, das jeder haben will.«

Ich verdrehte die Augen. »Die wollen mich nicht. Die möchten nur wissen, warum *du* mich willst. Und überhaupt bedaure ich jeden, der sich Hoffnung macht. Denn ich bin hoffnungslos und rettungslos in dich verliebt.«

Sein Gesicht nahm einen schmerzlichen Ausdruck an. »Weißt du, warum ich dich so sehr will? Mir war nicht klar, wie verloren ich war, bevor du mich gefunden hast. Mir war nicht klar, wie einsam ich war, bevor du die erste Nacht in meinem Bett verbracht hast. Du bist das Einzige, was ich jemals richtig gemacht habe. Du bist, worauf ich immer gewartet habe, Täubchen.«

Da dröhnte ein schnellerer Beat aus den Boxen. Ich stieß Travis mit meinen Hüften an und strich mit den Händen über sein Hemd, bevor ich die zwei obersten Knöpfe öffnete. Travis kicherte und schüttelte den Kopf. Ich drehte mich um und bewegte mich im Rhythmus gegen ihn. Er packte mich bei den Hüften, und Sekunden später spürte ich seine Lippen an meinem Ohr. »Wenn du so weitermachst, werden wir früh gehen.«

Ich drehte mich erneut um, strahlte ihn an und warf meine Arme um seinen Hals. Er presste sich an mich, und ich knöpfte sein Hemd weiter auf, fuhr mit den Händen seinen Rücken hinauf, presste meine Finger auf seine Muskeln und lächelte über die Geräusche, die er von sich gab, als ich ihn auf den Hals küsste.

»Mein Gott, Täubchen, du bringst mich noch um«, sagte er, griff nach dem Saum meines Kleides und schob es gerade so weit hoch, dass er mit den Fingerspitzen über meine Schenkel streichen konnte.

»Ich würde sagen, wir haben die Message jetzt verstanden«, spottete Lexie hinter uns.

America wirbelte herum und stapfte kampflustig auf Lexie zu. »Ich warne dich, Bitch!«

Lexie duckte sich erschrocken hinter ihren Freund.

»Du solltest deinem Date lieber einen Maulkorb verpassen, Brad«, warnte Travis.

Zwei Songs später waren die Haare in meinem Nacken feucht. Travis küsste mich knapp unters Ohr. »Komm, Täubchen. Ich brauch ne Kippe.«

Er ging mit mir die Treppe hinauf und schnappte sich meine Jacke, bevor er mich in den ersten Stock führte. Wir traten auf den Balkon hinaus, wo wir auf Parker und seine Begleitung stießen. Sie war größer als ich und hatte ihre kurzen, dunklen Haare mit einer einzigen Haarspange zurückgenommen. Ich bemerkte ihre spitzen Stilettos sofort, denn sie hatte ein Bein um Parkers Hüfte geschlungen. Sie lehnte mit dem Rücken an der Wand, und als Parker uns bemerkte, zog er seine Hand unter ihrem Rock hervor.

»Abby«, hauchte er überrascht und atemlos.

»Hey, Parker«, sagte ich und unterdrückte ein Kichern.

»Wie, äh … wie geht's dir so?«

Ich lächelte höflich. »Sehr gut. Und selbst?«

»Äh«, er sah seine Begleiterin an, »Abby, das ist Amber. Amber … Abby.«

»Abby Abby?«, fragte sie.

Parker nickte kurz und schien sich sichtlich unwohl zu fühlen. Amber schüttelte mit angewiderter Miene meine Hand und spähte dann zu Travis hin, als habe sie gerade den Feind erblickt.

»Schön, dich zu sehen … oder wie auch immer.«

»Amber«, warnte Parker sie.

Travis lachte nur auf und hielt den beiden die Tür auf. Daraufhin fasste Parker Amber bei der Hand und zog sie ins Haus zurück.

»Das war … eigenartig«, sagte ich, verschränkte die Arme und lehnte mich an die Brüstung. Es war kalt, und nur eine Handvoll Paare standen draußen.

Travis strahlte übers ganze Gesicht. Nicht einmal Parker hatte seine Laune trüben können. »Wenigstens hat er damit aufgehört, dich um jeden Preis zurückerobern zu wollen.«

»Ich glaube, er wollte mich nicht so sehr zurück-, sondern vor allem von dir weghaben.«

Travis zog die Nase kraus. »Einmal hat er eins meiner Mädchen nach Hause gebracht. Seither tut er so, als würde er jedes Frischsemester retten, das ich flachgelegt habe.«

Ich sah ihn aus dem Augenwinkel kritisch an. »Hab ich dir eigentlich schon mal gesagt, wie sehr ich diesen Ausdruck hasse?«

»Tut mir leid«, sagte er und zog mich an sich. Er zündete sich eine Zigarette an und nahm einen tiefen Zug. Wegen der Winterluft war der Rauch, den er ausblies, dichter als sonst. Er drehte seine Hand um und warf einen Blick auf seinen Puls. »Ist doch seltsam, dass dieses Tattoo nicht nur meine neue Lieblingstätowierung ist, sondern dass es mir schon allein ein gutes Gefühl gibt, zu wissen, es ist da.«

»Ganz schön seltsam.« Travis hob eine Augenbraue, und ich lachte. »Ich mache nur Spaß. Und ich verstehe es zwar nicht, aber es ist süß ... auf eine für Travis Maddox typische Art.«

»Wenn es sich schon so gut anfühlt, das auf meinem Arm zu haben, dann kann ich mir kaum vorstellen, wie es sein wird, einen Ring an deinen Finger zu bekommen.«

»Travis ...«

»In vier oder fünf Jahren vielleicht«, fügte er rasch hinzu.

Ich holte hörbar tief Luft. »Wir müssen langsamer machen. Viel, viel langsamer.«

»Jetzt fang nicht davon an.«

»Wenn wir in dem Tempo weitermachen, laufe ich

noch vor meinem Examen barfuß und schwanger herum. Ich bin noch nicht bereit dazu, mit dir zusammenzuziehen, ich bin noch nicht bereit für einen Ring, und ich bin ganz sicher noch nicht bereit, eine Familie zu gründen.«

Travis fasste mich an den Schultern und drehte mich zu ihm um, sodass er mir direkt ins Gesicht sah. »Das ist jetzt aber nicht die ›Ich will auch andere Leute sehen‹-Ansage, oder? Denn ich habe nicht vor, dich zu teilen. Das kommt verdammt noch mal überhaupt nicht infrage.«

»Ich will überhaupt niemand anderen«, sagte ich schnell. Er entspannte sich, ließ mich los und umfasste stattdessen das Balkongeländer.

»Was willst du dann damit sagen?«, fragte er und starrte in die Ferne.

»Ich will damit sagen, dass wir langsamer machen müssen. Nichts anderes.« Er nickte und war sichtlich unglücklich. Ich berührte ihn am Arm. »Sei nicht sauer.«

»Es kommt mir vor, als würden wir immer einen Schritt vor und zwei zurück machen. Jedes Mal, wenn ich denke, wir wären uns einig, lässt du mich vor eine Wand laufen. Ich kapier das nicht ... die meisten Mädchen bearbeiten ihre Freunde, damit sie es ernst meinen, damit sie über ihre Gefühle reden, damit sie den nächsten Schritt machen ...«

»Ich dachte, wir wären uns darüber einig, dass ich nicht wie die meisten Mädchen bin?«

Frustriert ließ er den Kopf sinken. »Und wo führt das hin, Abby?«

Ich presste meine Lippen an sein Hemd. »Wenn ich mir meine Zukunft vorstelle, sehe ich dich.«

Travis entspannte sich sichtlich und zog mich näher an sich. Wir sahen beide den Wolken nach, die über den

Nachthimmel zogen. Im dunklen Unigebäude brannten vereinzelte Lichter. Partygäste in dicken Jacken und Mänteln beeilten sich, in das warme Verbindungshaus zu gelangen.

Ich sah eine Ruhe, einen Frieden in Travis' Blick, die ich bisher erst wenige Male wahrgenommen hatte.

»Abby! Da bist du ja! Ich habe dich schon überall gesucht!«, rief America und kam nach draußen gestürmt. Sie hielt ihr Handy hoch. »Ich habe eben einen Anruf von meinem Vater bekommen. Mick hat ihn gestern Abend angerufen.«

»Mick?« Ich verzog angewidert das Gesicht. »Warum sollte er ihn anrufen?«

America hob die Hände. »Deine Mutter hatte dauernd wieder aufgelegt.«

»Was wollte er?«, fragte ich und merkte, wie mir übel wurde.

Sie presste die Lippen aufeinander. »Wissen, wo du bist.«

»Er hat es ihm aber nicht gesagt, oder?«

America machte ein unglückliches Gesicht. »Er ist immerhin dein Vater, Abby. Dad meinte, er habe das Recht, es zu wissen.«

»Dann wird er hierherkommen.« Ich spürte ein Brennen in meinen Augen. »Er wird kommen, Mare!«

»Ich weiß! Es tut mir so leid!«, sagte sie und versuchte, mich in den Arm zu nehmen. Ich entzog mich ihr und schlug die Hände vors Gesicht.

Da legte sich ein vertrautes Paar Hände schwer auf meine Schultern. »Er wird dir nicht wehtun. Das lasse ich nicht zu.«

»Er wird einen Weg finden.« America sah mich traurig an. »Das macht er immer.«

»Ich muss hier weg.« Ich machte meine Jacke zu und zerrte an den Griffen der Balkontür. Ich war zu aufgeregt, um sie erst herunter und dann nach innen zu drücken. Als mir schon Tränen der Verzweiflung über die Wangen tropften, legten sich Travis' Hände über meine. Er öffnete die Tür für mich, und ich schaute zu ihm hoch. Mir war durchaus klar, was für ein lächerliches Bild ich gerade abgab, und ich machte mich auf eine missbilligende Miene gefasst, aber er sah mich voller Verständnis an. Dann legte er den Arm um mich, und so gingen wir die Treppe hinunter und durch die Menge zur Eingangstür. Als ich auf den Charger zusteuerte, hatten die drei anderen Mühe, hinterherzukommen.

Plötzlich packte America mich an der Jacke und hielt mich fest. »Abby!«, flüsterte sie und zeigte auf eine kleine Gruppe von Leuten.

Sie hatten sich um einen älteren, ungepflegt wirkenden Mann geschart, der aufgebracht auf das Haus zeigte und ein Foto in der Hand hielt. Mehrere Pärchen nickten und schienen über das Bild zu diskutieren.

Ich stürmte zu dem Mann hin und riss ihm das Foto aus der Hand. »Was zum Teufel treibst du hier?«

Die anderen zerstreuten sich, kehrten ins Haus zurück, während Shepley und America sich links und rechts neben mir postierten. Travis war hinter mir und hatte wieder die Hände auf meine Schultern gelegt.

Mick musterte mein Kleid und schnalzte missbilligend mit der Zunge. »Also, also, Cookie. Da würden ja die Mädels von Las Vegas vor Neid erblassen ...«

»Halt die Klappe. Halt bloß die Klappe, Mick. Dreh dich einfach um«, ich deutete hinter ihn, »und hau wieder dorthin ab, woher du gekommen bist. Ich will dich hier nicht haben.«

»Das kann ich nicht, Cookie. Ich brauche deine Hilfe.«

»Wie wär's mal mit ner neuen Ansage?«, ätzte America.

Mick sah sie aus halb zusammengekniffenen Augen böse an und richtete dann den Blick wieder auf mich.

»Du siehst ja echt scharf aus. Bist groß geworden. Auf der Straße hätte ich dich nicht mehr erkannt.«

Ich bebte. »Was willst du?«

Er drehte die Handflächen nach oben und hob die Schultern. »Wie's scheint, hab ich mich ein bisschen in die Bredouille gebracht, Kindchen. Dein alter Vater braucht Kohle.«

Ich schloss kurz die Augen. »Wie viel?«

»Es ist gut für mich gelaufen, richtig gut. Dann musste ich mir nur ein bisschen was leihen, um über die Runden zu kommen, und … na, du weißt schon.«

»Ich weiß«, giftete ich. »Wie viel brauchst du?«

»Fünfundzwanzig.«

»Verdammte Kacke, Mick, fünfundzwanzig was? Hunderter? Wenn du dich dann endlich wieder verpisst … Dann besorg ich dir das sofort«, sagte Travis.

»Er meint Tausender«, stellte ich klar und starrte meinen Vater wütend an.

Micks Augen glitten über Travis. »Wer ist der Clown?«

Travis' Augenbrauen schossen in die Höhe, und ich spürte, wie er sich auf mich stützte. »Jetzt wird mir klar, warum sich ein kluger Bursche wie du so runtergewirtschaftet hat, dass er seine Teenagertochter um ein Taschengeld anbetteln muss.«

Bevor Mick darauf antworten konnte, hatte ich schon mein Handy gezückt. »Wem schuldest du es diesmal, Mick?«

Mick kratzte sich sein fettiges, ergrauendes Haar. »Also, das ist eine witzige Geschichte, Cookie −«

»Wem?«, schrie ich ihn an.

»Benny.«

Ich machte einen Schritt rückwärts gegen Travis. »Benny? Du schuldest es Benny? Was zum Teufel hast du …« Ich holte tief Luft. »So viel Geld besitze ich nicht, Mick.«

Er grinste. »Irgendwas sagt mir aber, dass du es hast.«

»Hab ich nicht! Diesmal hast du es geschafft, was? Klar, du würdest keine Ruhe geben, bis man dich mal aus dem Weg räumt!«

Er trat nervös von einem Fuß auf den anderen. Das schmierige Grinsen war aus seinem Gesicht verschwunden. »Wie viel hast du?«

Ich biss die Zähne zusammen. »Elftausend. Ich habe auf ein Auto gespart.«

Americas Blick schoss in meine Richtung. »Wo hast du elftausend Dollar her, Abby?«

»Von Travis' Kämpfen.« Ich bohrte meine Augen in Micks.

Travis fuhr herum. »Du hast an meinen Kämpfen elftausend verdient? Wann hast du denn gewettet?«

»Adam und ich hatten eine Vereinbarung«, antwortete ich knapp.

Micks Blick war mit einem Mal voller Leben. »Das kannst du an einem Wochenende verdoppeln, Cookie. Bis Sonntag könntest du mir die fünfundzwanzig besorgen, und dann schickt mir Benny seine Schläger nicht auf den Hals.«

Meine Kehle fühlte sich eng und trocken an. »Dann bin ich pleite, Mick. Ich muss für die Uni zahlen.«

»Ach, das hast du in Nullkommanichts wieder zusammen«, winkte er mit einer Hand lässig ab.

»Wann musst du liefern?«, fragte ich.

»Montag früh. Na ja … genau genommen Mitternacht.«

»Du musst ihm keinen verdammten Penny geben«, sagte Travis und zog mich am Arm.

Da packte Mick mein Handgelenk. »Das ist das Mindeste, was du für mich tun kannst! Ohne dich säße ich gar nicht in dieser Scheiße!«

America schlug seine Hand weg und gab ihm einen Stoß. »Wag es bloß nicht, wieder mit dem verdammten Mist anzufangen, Mick! Sie hat dich nicht gezwungen, dir Geld von Benny zu leihen!«

Mick starrte mich hasserfüllt an. »Wenn es die nicht gäb, hätt ich meine eigene Kohle. Du hast mir alles weggenommen, Abby. Ich hab nix mehr!«

Ich hatte geglaubt, mich von ihm fernzuhalten könnte den Schmerz darüber, seine Tochter zu sein, vergehen lassen, aber die Tränen, die mir jetzt übers Gesicht liefen, sagten etwas anderes. »Ich werde Benny bis Sonntag dein Geld besorgen. Aber wenn ich das getan habe, dann will ich, dass du mich verdammt noch mal zufriedenlässt. Ich mache das kein zweites Mal, Mick. Von jetzt an bist du auf dich gestellt, hast du das kapiert? Bleib. Mir. Vom. Hals.«

Er presste die Lippen zusammen und nickte schließlich. »Ganz wie du willst, Cookie.«

Ich drehte mich um und ging in Richtung Wagen. Hinter mir hörte ich America: »Koffer packen, Jungs. Wir fahren nach Vegas.«

15. KAPITEL

Sin City

Travis stellte unser Gepäck ab und sah sich im Zimmer um. »Sieht doch ganz nett aus, oder?«

Ich sah ihn finster an, und er hob die Augenbrauen. »Was denn?«

Der Reißverschluss meines Koffers gab ein klägliches Geräusch von sich, als ich ihn aufriss. Verschiedene Strategien und der Zeitmangel gingen mir durch den Kopf. »Das sind keine Ferien. Du solltest eigentlich nicht hier sein, Travis.«

Im nächsten Moment stand er auch schon hinter mir und legte seine Arme um meine Taille. »Ich gehe da hin, wo du bist.«

Ich lehnte meinen Kopf an seine Brust und seufzte. »Ich muss aufs Parkett. Du kannst hierbleiben oder dir den Strip ansehen. Wir treffen uns später wieder, okay?«

»Ich begleite dich.«

»Ich will dich da nicht dabeihaben, Trav.« Er sah gekränkt drein, und ich berührte ihn am Arm. »Wenn ich vierzehntausend Dollar an einem Wochenende gewinnen will, muss ich mich konzentrieren. Ich mag es nicht, wie ich an den Spieltischen bin, und ich mag nicht, dass du mich so siehst, klar?«

Er strich mir das Haar aus den Augen und küsste mich auf die Wange. »Okay, Täubchen.«

Travis winkte America im Hinausgehen zu. Sie trug dasselbe Kleid wie bei der Date-Party. Ich hatte mir ein goldfarbenes Minikleid angezogen, dazu hochhackige Schuhe. Ich schnitt meinem Spiegelbild eine Grimasse. America frisierte mir die Haare aus dem Gesicht und hielt mir dann ein schwarzes Röhrchen hin.

»Du brauchst ungefähr fünfmal so viel Mascara, außerdem nehmen sie dir das Alter auf dem Ausweis nicht ab, wenn du nicht noch mehr Rouge aufträgst. Hast du etwa vergessen, welche Spielregeln hier gelten?«

Ich schnappte mir die Wimperntusche und verstärkte mein Make-up weitere zehn Minuten lang. Als ich damit fertig war, stiegen mir Tränen in die Augen. »Verdammt, Abby, jetzt heul nicht«, sagte ich zu mir selbst und tupfte mit einem Kleenex unter meinen Augen herum.

»Du musst das nicht tun. Du schuldest ihm nichts.« America legte mir die Hände auf die Schultern, während ich mich ein letztes Mal im Spiegel betrachtete.

»Er schuldet Benny Geld, Mare. Wenn ich es nicht tue, legt der ihn um.«

Ihr Ausdruck war voller Mitleid. Sie hatte mich schon unzählige Male so angesehen, aber diesmal wirkte sie verzweifelt. Sie hatte schon öfter miterlebt, wie er mein Leben ruinierte, als ich oder sie zählen konnte. »Und was ist beim nächsten Mal? Und beim übernächsten? Du kannst das doch nicht so weitermachen.«

»Er hat versprochen, sich von mir fernzuhalten. Mick Abernathy ist ja alles Mögliche, aber er ist keiner, der sein Wort bricht.«

Wir gingen den Flur hinunter und stiegen in einen leeren Aufzug. »Haben Sie alles, was Sie brauchen?«, fragte ich und achtete auf die Kameras.

America klickte mit den Fingernägeln auf ihren gefälschten Führerschein und lächelte. »Mein Name ist Candy. Candy Crawford«, sagte sie in ihrem tadellosen Südstaatenakzent.

Ich streckte ihr die Hand hin. »Jessica James. Freut mich, dich kennenzulernen, Candy.«

Wir setzten beide unsere Sonnenbrillen auf und standen mit versteinerten Mienen da, als sich die Aufzugtüren öffneten und uns die Neonlichter und der Lärm der Kasinoetage entgegenfluteten. Menschen jeder Gesellschaftsschicht liefen kreuz und quer. Vegas war Himmel und Hölle zugleich. Der einzige Ort, an dem man gleichzeitig Tänzerinnen in Federkostüm und Bühnen-Make-up, dürftig bekleidete Prostituierte, Geschäftsleute in Maßanzügen und mustergültige Familien in einem einzigen Gebäude antraf. Wir schlenderten einen von roten Kordeln gesäumten Gang entlang und überreichten einem Mann in roter Jacke unsere Ausweise. Er musterte mich einen Moment lang, sodass ich meine Sonnenbrille nach unten schob.

»Heut noch wäre schön«, bemerkte ich gelangweilt.

Er gab uns die Ausweise zurück und trat beiseite, um uns passieren zu lassen. Wir gingen an Reihen von Glücksspielautomaten und Blackjacktischen vorbei und blieben schließlich am Roulettetisch stehen. Ich ließ meinen Blick durch den Saal schweifen, betrachtete verschiedene Pokertische und blieb am Ende an einem mit älteren Herren hängen.

»Der da«, beschloss ich und deutete mit dem Kopf.

»Leg gleich aggressiv los, Abby. Die werden gar nicht wissen, wie ihnen geschieht.«

»Nein, das ist Vegas-Urgestein. Da muss ich gerissen vorgehen.«

Ich trat mit meinem bezauberndsten Lächeln an den

Tisch. Einheimische riechen einen Abzocker schon meilenweit, aber ich hatte zwei Vorteile, um jeden Verdacht zu zerstreuen: Jugend ... und Titten.

»Guten Abend, Gentlemen. Darf ich mich zu Ihnen setzen?«

Sie schauten nicht mal auf. »Klar. Schnapp dir einen Stuhl und schwing deinen süßen Hintern hierher. Hauptsache, du plapperst nicht.«

»Ich will mitmachen.« Ich reichte America meine Sonnenbrille. »An den Blackjacktischen ist einfach zu wenig los.«

Einer der Männer kaute auf seiner Zigarre. »Das hier ist ein Pokertisch, Prinzessin. Fünf Karten ziehen. Versuch dein Glück bei den Automaten.«

Ich setzte mich auf den einzigen freien Stuhl und schlug theatralisch die Beine übereinander. »Ich wollte schon immer mal in Vegas pokern. Und ich habe ja auch all diese Chips«, sagte ich und stellte mein Tablett mit den Jetons auf den Tisch. »Außerdem bin ich online wirklich gut.«

Alle fünf Männer sahen erst meine Chips, dann mich an. »Es gibt einen Mindesteinsatz, Süße«, sagte der Geber. »Jetzt gleich.«

»Wie viel?«

»Fünfhundert, meine Schöne. Aber hör mal ... ich will dich nicht zum Weinen bringen. Tu dir selbst einen Gefallen, und such dir einen schönen glitzernden Spielautomaten aus.«

Ich schob meine Chips in die Tischmitte und zuckte mit den Schultern, wie das ein unbekümmertes und übertrieben selbstbewusstes Mädchen tun würde, bevor ihm klar wurde, dass es gerade sein Erspartes fürs College verspielt hatte. Die Männer sahen einander an. Dann zuckte der Geber mit den Achseln und warf seine eigenen Chips in die Mitte.

»Jimmy«, sagte einer der Spieler und streckte mir die Hand hin. Als ich sie ergriff, deutete er auf die anderen Männer. »Mel, Pauli, Joe, und das ist Winks.« Ich schaute zu dem mageren Typen hinüber, der auf einem Zahnstocher kaute und mir – wie zu erwarten war – zublinzelte.

Ich nickte und wartete mit gespielter Vorfreude, während das erste Blatt gegeben wurde. In den ersten beiden Runden verlor ich absichtlich, aber ab der vierten war ich obenauf. Es dauerte nicht lange, bis die Vegas-Veteranen so misstrauisch wurden wie Thomas im Haus von Travis' und seinem Vater.

»Du sagst, du hast online gespielt?«, fragte Pauli.

»Und mit meinem Dad.«

»Kommst du von hier?«, fragte Jimmy.

»Wichita«, sagte ich.

»Die ist keine Onlinespielerin, das kann ich euch versichern«, knurrte Mel.

Eine Stunde später hatte ich meinen Mitspielern zweitausendsiebenhundert Dollar abgeknöpft, und sie begannen zu schwitzen.

»Ich bin draußen«, sagte Jimmy und knallte mit finsterer Miene seine Karten auf den Tisch.

»Wenn ich es nicht mit eigenen Augen gesehen hätte, würde ich es nicht glauben«, hörte ich eine Stimme hinter mir.

America und ich drehten uns gleichzeitig um, und mein Mund verzog sich zu einem breiten Grinsen. »Jesse! Was machst du denn hier?«

»Du hältst dich gerade illegal in meinem Laden auf, Cookie. Was treibst du hier?«

Ich verdrehte die Augen und wandte mich wieder zu meinen misstrauischen neuen Freunden um. »Du weißt, wie ich das hasse, Jess.«

»Entschuldigen Sie uns«, sagte Jesse und zog mich am

Arm auf die Füße. America beobachtete mich alarmiert, während er mich ein paar Schritte mit sich zog.

Das Kasino hatte früher Jesses Vater gehört, und es war mehr als erstaunlich, dass er in dieselbe Branche eingestiegen war. Früher hatten wir auf den Fluren des Hotels Fangen gespielt, und wenn wir um die Wette Aufzug gefahren waren, hatte immer ich gewonnen. Seit ich ihn zuletzt gesehen hatte, war er erwachsen geworden. Ich erinnerte mich noch an einen schlaksigen Teenager. Der Mann, der jetzt vor mir stand, war ein perfekt gekleideter Kasinoboss, kein bisschen schlaksig und sehr männlich. Er besaß allerdings immer noch diesen seidig braunen Teint und seine grünen Augen, alles andere war eine angenehme Überraschung.

Das Smaragdgrün seiner Augen glitzerte im Schein der Lichter. »Das ist ja geradezu surreal. Im Vorbeigehen dachte ich vorhin schon, das wärst du, aber ich konnte mir nicht vorstellen, dass du noch mal hierher zurückkehren würdest. Aber als ich mitkriegte, wie diese Tinker Bell den Veteranentisch abräumte, da wusste ich, das musstest du sein.«

»Ich bin's«, sagte ich.

»Du siehst ... verändert aus.«

»Du auch. Wie geht's deinem Dad?«

»Hat sich zur Ruhe gesetzt«, meinte er lächelnd. »Wie lange bleibst du?«

»Nur bis Sonntag. Ich muss zurück an die Uni.«

»Hi, Jess«, sagte America und hakte sich bei mir unter.

»America!« Er lachte leise. »Ich hätte es wissen müssen. Ihr seid ja unzertrennlich.«

»Wenn ihre Eltern je erfahren hätten, dass ich sie hierher gebracht habe, dann wäre unsere Freundschaft schon längst zu Ende.«

»Es ist schön, dich zu sehen, Abby. Warum lässt du

dich nicht von mir zum Abendessen einladen?«, fragte er und ließ den Blick über mein Kleid gleiten.

»Ich würde auch gern mit dir plaudern, aber ich bin nicht zum Spaß hier, Jess.«

Er streckte seine Hand aus und lächelte. »Ich auch nicht. Gebt mir mal eure Ausweise.«

Mein Lächeln erstarb, denn ich wusste, dass eine Auseinandersetzung bevorstand. Jesse würde sich nicht so leicht von mir bezirzen lassen. Ich wusste, dass ich ihm die Wahrheit sagen musste. »Ich bin für Mick hier. Er steckt in Schwierigkeiten.«

Jesse verlagerte sein Gewicht. »Was für Schwierigkeiten?«

»Die üblichen.«

»Ich wünschte, ich könnte helfen. Wir kennen uns schon so lange, und du weißt, dass ich deinen Dad respektiere, aber du weißt auch, dass ich dich nicht bleiben lassen kann.«

Ich packte seinen Arm und drückte ihn. »Er schuldet Benny Geld.«

Jesse schloss die Augen. »O Gott.«

»Ich habe nur bis morgen Zeit. Ich wäre dir echt dankbar, Jesse. Gib mir nur diese paar Stunden.«

Er berührte meine Wange mit seiner Handfläche. »Ich sage dir was … wenn du dich morgen mit mir triffst, lasse ich dich bis Mitternacht gewähren.«

Ich schaute erst America, dann Jesse an. »Ich bin mit jemand hier.«

Er zuckte mit den Schultern. »Deine Entscheidung, Abby. Du weißt, wie die Dinge hier laufen. Man bekommt nichts geschenkt.«

Ich seufzte und kapitulierte. »Schön. Wir sehen uns morgen im Ferraro's, wenn du mir heute bis Mitternacht Zeit lässt.«

Er beugte sich vor und küsste mich auf die Wange. »Es war schön, dich wiederzusehen. Dann bis morgen ... fünf Uhr, okay? Ich bin ab acht im Kasino.«

Ich sah ihm nach, aber mein Lächeln erstarb rasch, als ich bemerkte, wie Travis mich vom Roulettetisch aus anstarrte.

»Verdammter Mist«, sagte America und zog mich am Arm.

Travis funkelte Jesse im Vorbeigehen böse an und kam dann auf mich zu. »Wer war das?«

Ich deutete mit dem Kopf in Jesses Richtung. »Das ist Jesse Viveros. Ich kenne ihn schon lange.«

»Wie lange?«

Ich warf einen Blick auf den Pokertisch. »Travis, ich habe jetzt für so was keine Zeit.«

»Ich schätze mal, das mit dem Jugendpfarrer hat er geschmissen«, sagte America und schickte ein verführerisches Lächeln in Jesses Richtung.

»Das ist dein Exfreund?«, fragte Travis sichtlich verärgert. »Ich dachte, du hast erwähnt, der käme aus Kansas.«

Ich warf America einen tadelnden Blick zu und nahm dann Travis' Kinn in meine Hand, um mir seine volle Aufmerksamkeit zu sichern. »Er weiß, dass ich nicht alt genug bin, um hier zu sein, Trav. Er lässt mich bis Mitternacht gewähren. Ich werde dir alles später erklären, aber jetzt muss ich zum Spiel zurück, okay?«

Travis' Kiefer mahlte, dann schloss er kurz die Augen und holte tief Luft. »Okay. Dann sehe ich dich um Mitternacht wieder.« Er beugte sich zu mir und gab mir einen Kuss, aber seine Lippen waren kühl und gefühllos. »Viel Glück.«

Ich lächelte ihm nach, während er im Gedränge verschwand, dann richtete ich meine Aufmerksamkeit wieder auf die Herren. »Gentlemen?«

»Nimm wieder Platz, Shirley Temple«, sagte Jimmy. »Wir holen uns jetzt unser Geld zurück, denn wir mögen es nicht, wenn man uns abzockt.«

»Macht, was ihr wollt.« Ich lächelte.

»Du hast noch zehn Minuten«, flüsterte America.

»Ich weiß«, entgegnete ich.

Im Pott waren sechzehntausend Dollar – die höchste Summe des Abends, und es galt alles oder nichts.

»So was wie dich hab ich ja noch nie erlebt, Kindchen. Du hast annähernd perfekt gespielt. Und sie verrät sich durch nichts, Winks. Hast du das bemerkt?«, fragte Pauli.

Winks nickte. Seine gute Laune schwand mit jeder neuen Runde. »Hab ich bemerkt. Kein Rumfingern, kein Grinsen, sogar ihre Augen bleiben unverändert. Das ist nicht normal. Jeder verrät sich auf irgendeine Weise.«

»Nicht jeder«, meinte America süffisant.

Ich spürte vertraute Hände auf meinen Schultern und wusste, dass es Travis war, aber ich wagte nicht, mich umzudrehen, nicht bei so viel Geld in der Tischmitte.

»Gehe mit«, sagte Jimmy.

Die Menge, die sich um uns versammelt hatte, applaudierte, als ich kurz darauf meine Karten aufdeckte. Jimmy war der Einzige, der mit einem Drilling auch nur in meine Nähe kam. Aber gegen meine Straße konnte das nichts ausrichten.

»Unglaublich!« Pauli warf seine beiden Zweien auf den Tisch.

»Ich steige aus«, brummte Joe und stapfte vom Tisch weg.

Jimmy war ein bisschen freundlicher. »Wenn ich heut Nacht sterbe, dann wenigstens in dem Bewusstsein, mit einem würdigen Gegner gespielt zu haben, Kindchen. War mir ein Vergnügen, Abby.«

Ich erstarrte. »Du wusstest Bescheid?«

Jimmy lächelte. Seine großen Zähne waren von jahrelangem Zigarren- und Kaffeegenuss fleckig. »Ich hab schon mal mit dir gespielt. Vor sechs Jahren. Und ich hab mir schon lange eine Revanche gewünscht.«

Jimmy streckte mir die Hand hin. »Pass auf dich auf, Kindchen. Und bestell deinem Dad Grüße von Jimmy Pescelli.«

America half mir, meinen Gewinn einzusammeln, und ich drehte mich zu Travis um, während ich gleichzeitig auf meine Uhr sah. »Ich brauche mehr Zeit.«

»Willst du es beim Blackjack versuchen?«

»Ich darf kein Geld verlieren, Trav.«

Er lächelte. »Du kannst gar nicht verlieren, Täubchen.«

»Blackjack ist nicht ihr Spiel«, stellte America klar.

Travis nickte. »Ich habe ein bisschen was gewonnen und bin bei sechshundert. Die kannst du haben.«

Shepley gab mir seine Chips. »Ich habe nur drei gemacht. Sie gehören dir.«

Ich seufzte. »Danke, Jungs, aber dann fehlen mir immer noch fünf Riesen.«

Ich schaute noch mal auf die Uhr und sah auch schon Jesse auf mich zukommen. »Wie ist es gelaufen?«, fragte er lächelnd.

»Mir fehlen noch fünf, Jess. Ich brauche mehr Zeit.«

»Ich habe getan, was ich konnte, Abby.«

Ich nickte, weil ich wusste, dass das eigentlich schon zu viel verlangt gewesen war. »Danke, dass du mich hast bleiben lassen.«

»Vielleicht kann ich meinen Dad dazu bringen, dass er bei Benny ein Wort für dich einlegt.«

»Das ist Micks Schlamassel. Ich werde ihn um Aufschub bitten.«

Jesse schüttelte den Kopf. »Du weißt, dass er sich darauf nicht einlassen wird, Cookie, egal, was du ihm anbietest. Wenn es weniger ist, als er ihm schuldet, wird Benny jemanden losschicken. Und dann hältst du dich so weit von ihm fern, wie du nur kannst.«

Meine Augen brannten. »Ich muss es wenigstens versuchen.«

Jesse machte einen Schritt auf mich zu und beugte sich an mein Ohr. »Steig in ein Flugzeug, Abby. Hörst du?«

»Ich höre dich«, giftete ich ihn an.

Jesse seufzte, und ich sah, wie sein Blick vor Mitgefühl traurig wurde. Er legte die Arme um mich und küsste mich aufs Haar. »Tut mir leid. Du weißt, ich würde versuchen, etwas zu drehen, wenn es mich nicht meine Lizenz kosten würde.«

Ich nickte und wand mich aus seinen Armen. »Ich weiß. Du hast getan, was du konntest.«

Er hob mein Kinn mit seinem Zeigefinger an. »Dann sehen wir uns morgen um fünf.« Er beugte sich vor, küsste mich auf den Mundwinkel und ging dann ohne ein weiteres Wort davon.

»Was ist um fünf?«, schaltete sich Travis ein, und seine Stimme zitterte vor unterdrückter Wut.

»Sie hat eingewilligt, sich mit Jesse in einem Restaurant zu treffen, wenn er sie bleiben lässt. Sie hatte keine andere Wahl, Trav«, sagte America. Ich konnte an ihrem behutsamen Ton hören, dass Travis ungemein zornig war.

Ich spähte zu ihm hoch, und er starrte mich mit dem gleichen Ausdruck von Verrat an wie Mick damals, als ihm klar wurde, dass ich ihm sein Spielglück genommen hatte.

»Du hattest eine Wahl.«

»Hattest du schon jemals mit der Mafia zu tun, Travis?

Es tut mir leid, wenn es dich kränkt, aber ein Treffen mit einem alten Freund ist kein sehr hoher Preis, um Mick am Leben zu erhalten.«

Ich konnte sehen, dass Travis gern etwas Gehässiges erwidert hätte, aber es gab darauf einfach nichts zu sagen.

»Los, Leute, wir müssen zu Benny«, sagte America und zog mich am Arm.

Travis und Shepley folgten uns schweigend, während wir den Strip hinunter zu Bennys Gebäude gingen. Der Verkehr – sowohl Autos als auch Fußgänger – auf der Durchgangsstraße begann gerade dichter zu werden. Mit jedem Schritt fühlte ich mich elender, als hätte ich ein Loch im Bauch, gleichzeitig raste mein Verstand auf der Suche nach einem schlagenden Argument für Benny. Als wir an der großen grünen Tür klopften, die ich schon so viele Male gesehen hatte, fühlte ich mich nur noch so klein wie die Rolle der Geldscheine, die ich bei mir trug.

Es überraschte mich nicht, den riesigen Türsteher zu sehen – schwarz, Furcht einflößend, enorm breit –, aber ich war erschrocken, Benny direkt neben ihm vorzufinden.

»Benny«, keuchte ich.

»Meine Fresse … du bist nicht mehr Lucky Thirteen, was? Mick hat mir gar nicht gesagt, zu was für einer Augenweide du herangewachsen bist. Ich hab schon auf dich gewartet, Cookie. Wie ich höre, wirst du mich bezahlen.«

Ich nickte, und Benny zeigte auf meine Freunde. Ich reckte das Kinn und heuchelte Selbstvertrauen. »Die gehören zu mir.«

»Ich fürchte, deine Freunde werden draußen warten müssen«, sagte der Türsteher mit erschütternd tiefer Bassstimme.

Travis fasste mich sogleich am Arm. »Sie geht da nicht alleine rein. Ich komme mit.«

Benny musterte Travis, und ich schluckte. Als Benny zu seinem Türsteher hinsah und seine Mundwinkel aufwärts zeigten, entspannte ich mich ein wenig.

»Na schön«, sagte Benny. »Mick wird sich freuen zu hören, dass du so einen guten Freund an deiner Seite hast.«

Ich folgte ihm hinein, drehte mich noch mal kurz um und schaute in Americas besorgtes Gesicht. Travis hielt mich fest am Arm und postierte sich zwischen mir und dem Türsteher. Wir folgten Benny in einen Aufzug und fuhren schweigend vier Stockwerke hinauf. Dann öffneten sich die Türen.

Ein ausladender Mahagonischreibtisch stand in der Mitte eines riesigen Raumes. Benny hinkte zu seinem Polstersessel und nahm darauf Platz. Uns bedeutete er, uns auf die beiden leeren Sessel vor seinem Schreibtisch zu setzen. Das Leder fühlte sich kalt an, und ich fragte mich, wie viele Leute noch kurz vor ihrem Tod darauf Platz genommen hatten. Ich suchte Travis' Hand, und er drückte sie beruhigend.

»Mick schuldet mir fünfundzwanzigtausend. Ich vertraue darauf, dass du die komplette Summe hast«, stellte Benny klar und kritzelte etwas auf einen Notizblock.

»Ehrlich gesagt«, ich machte eine Pause und räusperte mich, »fehlen mir noch fünf Riesen, Benny. Aber ich habe morgen noch den ganzen Tag, um sie zusammenzukriegen. Und fünftausend sind kein Problem, oder? Du weißt, dass ich dazu in der Lage bin.«

»Abigail, Abigail … Du enttäuschst mich. Du kennst meine Regeln.«

»Bitte, Benny. Bitte nimm die neunzehntausendneunhundert, und den Rest geb ich dir morgen.«

Bennys Knopfaugen schossen zwischen mir und Travis hin und her. Erst da bemerkte ich die zwei Männer, die aus den schummrigen Ecken des Zimmers je einen Schritt nach vorn machten. Travis packte meine Hand noch fester, und ich hielt den Atem an.

»Du weißt, dass ich nichts anderes als die volle Summe akzeptiere. Die Tatsache, dass du versuchst, mir weniger aufzudrängen, finde ich vielsagend. Und weißt du, was es mir sagt? Dass du dir nicht sicher bist, ob du die volle Summe zusammenkriegst.«

Die Männer aus den Ecken kamen einen weiteren Schritt näher.

»Ich kann dir dein Geld besorgen, Benny.« Ich kicherte nervös. »Ich habe achttausendneunhundert in sechs Stunden gewonnen.«

»Willst du mir damit sagen, dass du mir in weiteren sechs Stunden weitere achttausendneunhundert bringst?« Benny grinste teuflisch.

»Die Frist läuft erst morgen um Mitternacht ab«, erinnerte ihn Travis, warf einen raschen Blick hinter uns und behielt die sich nähernden Männer im Auge.

»W-was hast du vor, Benny?«, fragte ich steif.

»Mick hat mich heute Abend angerufen. Er sagte, du würdest seine Schulden übernehmen.«

»Ich tue ihm einen Gefallen. Aber ich schulde dir kein Geld«, stellte ich in hartem Ton klar. Jetzt meldete sich mein Lebenswille.

Benny stützte seine fetten Ellbogen auf den Tisch. »Ich erwäge, Mick eine Lektion zu erteilen, und ich bin einfach neugierig zu sehen, wie viel Glück du hast, Kindchen.«

Travis schoss aus seinem Stuhl hoch und riss mich mit sich Richtung Tür.

»Josiah steht direkt hinter dieser Tür, junger Mann. Wohin also hast du vor zu fliehen?«

Ich hatte mich getäuscht. Anstatt darüber nachzudenken, wie ich Benny zur Einsicht bringen konnte, hätte ich besser Micks Willen, um jeden Preis zu überleben, und Bennys Faible für Vergeltung einkalkulieren sollen.

»Travis«, sagte ich warnend und sah Bennys Schläger-typen auf uns zukommen.

Travis stieß mich noch ein Stückchen weiter zurück und reckte sich. »Benny, ich hoffe, Sie wissen, es geschieht nicht aus Respektlosigkeit, wenn ich Ihre Männer gleich auseinandernehme. Aber ich liebe dieses Mädchen und kann nicht zulassen, dass Sie ihr ein Leid zufügen.«

Benny brach in höhnisches Gelächter aus. »Das muss ich dir lassen, mein Sohn, du hast mehr Mumm als alle, die je durch diese Türen gekommen sind. Aber ich will dir nur sagen, was dich gleich erwartet. Der massige Typ rechts von dir ist David, und wenn er dich mit seinen Fäusten nicht kleinkriegt, dann wird er das Messer aus seinem Holster benutzen. Der Mann zu deiner Linken ist Dane, und er ist mein bester Kämpfer. Er hat morgen einen Kampf, und Tatsache ist, dass er noch nie verloren hat. Pass bloß auf deine Hände auf, Dane. Ich hab eine Menge Geld auf dich gesetzt.«

Dane grinste Travis kampflustig an. »Geht klar, Sir.«

»Benny, hör auf! Ich kann dir das Geld beschaffen!«, schrie ich.

»Ach nein … das wird hier gleich sehr spannend wer-den«, sagte Benny kichernd und lehnte sich in seinem Sessel zurück.

David stürzte sich auf Travis, und ich schlug mir die Hände vor den Mund. Der Mann war stark, aber schwer-fällig. Bevor er ausholen oder nach seinem Messer grei-fen konnte, hatte Travis ihn außer Gefecht gesetzt, in-dem er sein Knie mit voller Wucht gegen Davids Gesicht knallte. Unmittelbar danach platzierte Travis mit ganzer Kraft zwei Faustschläge und einen Ellbogenhieb im Gesicht seines Gegners. Und schon lag David als blutiger Haufen am Boden.

Benny warf den Kopf zurück, lachte schallend und schlug mit der Faust auf den Tisch. Das Ganze erinnerte an ein Kind, das sich am Samstagmorgen Zeichentrickserien im Fernsehen anschaut. »Na los, Dane. Er hat dir doch keine Angst eingejagt, oder?«

Dane näherte sich Travis vorsichtiger, mit der Konzentration und Präzision eines Profikämpfers. Seine Faust flog mit unglaublicher Geschwindigkeit auf Travis' Gesicht zu, doch der wich aus und rammte seine Schulter mit voller Wucht gegen Dane. Sie fielen gegen Bennys Schreibtisch, und dann packte Dane Travis mit beiden Händen und schleuderte ihn zu Boden. Einen Augenblick lang rangen die beiden, dann gewann Dane die Oberhand und landete ein paar Treffer bei Travis, weil der unter ihm auf dem Boden gefangen war. Ich schlug die Hände vors Gesicht und konnte nicht hinsehen.

Als ich einen Schmerzensschrei hörte, schaute ich doch hoch und sah Travis schwankend über Dane, den er an seinen zerzausten Haaren festhielt, während er ihm von der Seite einen Schlag nach dem anderen verpasste. Jedes Mal krachte Danes Gesicht gegen Bennys Schreibtisch, und als er endlich wieder auf die Füße kam, war er orientierungslos und blutete.

Travis musterte ihn einen Augenblick lang und attackierte ihn dann erneut. Er knurrte bei jedem Treffer und schien wieder seine ganze Kraft in jeden Schlag zu legen. Ein einziges Mal ließ er Dane ausweichen und mit seinen Knöcheln Travis' Kinn streifen. Ich staunte. Travis grinste spöttisch und hielt einen Finger hoch. »Das war deiner.« So war das also. Er hatte sich absichtlich von Bennys Schläger treffen lassen. Das Ganze bereitete ihm Spaß. So hatte ich Travis nie kämpfen gesehen. Und es war ein bisschen Furcht einflößend, mitanzusehen, wie er gegenüber diesen ausgebildeten Killern alles gab und die Oberhand behielt. Bis zu diesem Moment war mir nicht bewusst gewesen, wozu Travis imstande war.

Mit Bennys beunruhigendem Gelächter im Hintergrund machte Travis Dane fertig, indem er seinen Ellbogen mitten in Danes Gesicht krachen ließ und ihn auf diese Weise k. o. schlug, bevor er zu Boden ging. Ich sah seinen Körper auf Bennys Orientteppich aufschlagen.

»Erstaunlich, junger Mann! Ganz erstaunlich!« Benny klatschte vergnügt in die Hände.

Travis zog mich wieder hinter sich, als Josiah mit seiner bulligen Gestalt den gesamten Türrahmen ausfüllte.

»Soll ich mich darum kümmern, Sir?«

»Nein! Nein, nein …« Benny war immer noch ganz aufgekratzt von dieser spontanen Darbietung. »Wie heißt du?«

Travis keuchte noch. »Travis Maddox«, sagte er und wischte sich Danes und Davids Blut an seiner Jeans ab.

»Travis Maddox, ich glaube, du kannst deiner kleinen Freundin aus der Patsche helfen.«

»Wie denn?«, schnaubte Travis.

»Dane sollte morgen Abend einen Kampf haben. Ich habe viel Kohle auf ihn gesetzt, aber es sieht nicht so aus, als ob er in allernächster Zeit fit genug sein wird, um auch nur irgendwas zu gewinnen. Ich schlage vor, dass du für ihn einspringst, mir meinen Einsatz sicherst, und dann werde ich die noch ausstehenden fünftausendeinhundert von Micks Schulden vergessen.«

Travis drehte sich zu mir um. »Täubchen?«

»Bist du okay?«, fragte ich und wischte ihm Blut von der Wange. Ich biss mir auf die Lippe und spürte, wie ich vor Angst und Erleichterung das Gesicht verzog.

Travis lächelte. »Das ist nicht mein Blut, Baby.«

Benny erhob sich. »Ich bin ein viel beschäftigter Mann, mein Sohn. Also, bist du dabei?«

»Ich mache es«, sagte Travis. »Sagen Sie mir, wann ich wo sein soll.«

»Du wirst gegen Brock McMann antreten. Der ist kein Mauerblümchen. Wurde letztes Jahr von der UFC gesperrt.«

Travis blieb ungerührt. »Sagen Sie mir einfach, wo ich hinkommen soll.«

Benny grinste wie ein Haifisch. »Ich mag dich, Travis. Ich glaube, wir werden gute Freunde.«

»Das bezweifle ich«, sagte Travis. Er machte mir die Tür auf und behielt seine beschützende Haltung bei, bis wir das Gebäude verlassen hatten.

»Ach du meine Güte!«, schrie America, als sie Travis' blutbespritzte Kleidung sah. »Seid ihr beide okay?« Sie packte mich an den Schultern und sah mich prüfend an.

»Ich bin okay. Ein ganz normaler Bürotag. Für uns beide«, stöhnte ich und wischte mir über die Augen.

Travis ergriff meine Hand, und wir beeilten uns, zum Hotel zurückzukommen, dicht gefolgt von Shepley und America. Kaum jemand achtete auf Travis' Erscheinung. Er war zwar voller Blut, aber das schien nur wenigen Touristen aufzufallen.

»Was zum Teufel ist da drinnen passiert?«, fragte Shepley schließlich.

Travis zog sich bis auf seine Boxershorts aus und verschwand im Bad. Man hörte die Dusche laufen, und America schob mir eine Schachtel Papiertücher zu.

»Mir geht's gut, Mare.«

Sie seufzte und schob mir die Box noch näher hin. »Dir geht's nicht gut.«

»Das ist nicht meine erste Auseinandersetzung mit

Benny«, sagte ich. Aber meine Muskeln schmerzten von vierundzwanzig Stunden Anspannung.

»Es war das erste Mal, dass du Travis fuchsteufelswild auf jemanden hast losgehen sehen«, meinte Shepley. »Ich habe das schon mal gesehen. Kein schöner Anblick.«

»Was ist denn passiert?«, beharrte America.

»Mick hat Benny angerufen. Mir die Verantwortung zugeschoben.«

»Ich bring ihn um! Ich werde diesen verdammten Hurensohn eigenhändig umbringen!«, rief America.

»Er hat mich nicht dafür verantwortlich gemacht, aber er wollte Mick eine Lektion dafür erteilen, dass er seine Tochter vorschickt, um seine Schulden zu begleichen. Er hat zwei von seinen Bluthunden auf uns gehetzt, und Travis hat sie fertiggemacht. Beide. In weniger als fünf Minuten.«

»Also hat Benny euch gehen lassen?«, fragte America.

Travis kam mit einem Handtuch um die Hüften aus dem Bad, und die einzige Spur seiner Rauferei war eine kleine Rötung am Kinn. »Einer der Jungs, die ich ausgeschaltet habe, sollte morgen Abend einen Kampf haben. Ich springe für ihn ein, und dafür erlässt Benny Mick die letzten fünf Riesen, die der ihm schuldet.«

America sprang auf. »Das ist doch lächerlich! Warum helfen wir Mick, Abby? Er hat dich den Wölfen vorgeworfen! Ich bring ihn um!«

»Nicht, wenn ich ihn vorher umlege«, zischte Travis.

»Stellt euch hinten an«, sagte ich.

»Dann wirst du morgen antreten?«, fragte Shepley.

»In einem Laden namens Zero's. Um sechs. Gegen Brock McMann, Shep.«

Shepley schüttelte den Kopf. »Das gibt's nicht. Das kann doch verdammt noch mal nicht wahr sein, Trav. Der Kerl ist durchtrieben!«

»Schon«, meinte Travis, »aber er kämpft nicht für sein Mädchen, oder?« Travis schloss mich in seine Arme und küsste mich auf den Scheitel. »Alles in Ordnung, Täubchen?«

»Das ist nicht richtig. Das ist in so vielerlei Hinsicht nicht richtig. Ich weiß gar nicht, was ich dir zuerst ausreden soll.«

»Hast du mich heute Abend nicht gesehen? Mir wird nichts passieren. Ich habe Brock schon kämpfen gesehen. Er ist ein harter Brocken, aber nicht unbesiegbar.«

»Ich will nicht, dass du das tust, Trav.«

»Nun, ich will auch nicht, dass du morgen mit deinem Exfreund essen gehst. Aber ich schätze, wir müssen beide was Unerfreuliches tun, um deinen nichtsnutzigen Vater rauszuhauen.«

Das hatte ich schon erlebt. Vegas veränderte Menschen, machte sie zu Monstern oder zerbrach sie. Zu leicht ergriffen die Lichter und gestohlenen Träume von einem Besitz. In meiner Kindheit hatte ich ihn oft genug gesehen, diesen energiegeladenen, unbesiegbaren Ausdruck, den ich jetzt in Travis' Gesicht erkannte. Das Einzige, was dagegen half, war ein Flug nach Hause.

Jesse runzelte die Stirn, als ich schon wieder auf meine Uhr schaute. »Hast du noch einen Termin, Cookie?«

»Bitte hör auf, mich so zu nennen, Jesse. Ich hasse das.«

»Ich habe es auch gehasst, dass du mich verlassen hast. Und es hat dich nicht davon abgehalten.«

»Das ist doch eine ermüdende, sinnlose Diskussion. Lass uns einfach zusammen etwas essen, ja?«

»Okay, reden wir über deinen neuen Typen. Wie heißt er? Travis?«

Ich nickte.

»Was willst du von diesem tätowierten Psycho? Er

sieht aus wie ein ausgestoßenes Mitglied der Manson Family.«

»Wenn du nicht nett sein kannst, gehe ich, Jesse.«

»Ich komm nur nicht drüber weg, wie anders du aussiehst. Darüber, dass du mir hier gegenübersitzt.«

Ich verdrehte die Augen. »Krieg dich wieder ein.«

»Da ist sie ja wieder«, sagte Jesse. »Das Mädchen, das ich in Erinnerung habe.«

Ich sah erneut auf die Uhr. »Travis' Kampf beginnt in zwanzig Minuten. Ich sollte jetzt besser los.«

»Wir sind doch noch gar nicht fertig.«

»Ich kann nicht, Jess. Ich will nicht, dass er sich Sorgen macht, ob ich überhaupt komme. Es ist wichtig.«

Seine Schultern fielen nach vorn. »Ich weiß. Und ich vermisse die Zeiten, als ich dir wichtig war.«

Ich legte meine Hand auf seine. »Wir waren damals noch Kinder. Das ist eine Ewigkeit her.«

»Und wann sind wir erwachsen geworden? Dass du hier bist, hat etwas zu bedeuten, Abby. Ich dachte, ich würde dich nie wiedersehen, und jetzt sitzt du hier. Bleib bei mir.«

Ich schüttelte langsam den Kopf, weil ich es kaum über mich brachte, meinem ältesten Freund wehzutun. »Ich liebe ihn, Jess.«

Seine Enttäuschung fiel wie ein Schatten über das kleine Lächeln. »Dann solltest du wohl besser gehen.«

Ich küsste ihn auf die Wange, stürmte aus dem Restaurant und sprang in ein Taxi.

»Wo soll's hingehen?«, fragte der Fahrer.

»Ins Zero's.«

Der Mann drehte sich um und musterte mich von oben bis unten. »Sind Sie sicher?«

»Ganz sicher! Fahren Sie schon!«, sagte ich und warf eine Handvoll Scheine auf den Beifahrersitz.

16. KAPITEL

Zu Hause

Travis schob sich endlich doch durch die Menge. Mit Bennys Hand auf seiner Schulter, der ihm gleichzeitig etwas ins Ohr flüsterte. Travis nickte und antwortete darauf. Mir wurde eiskalt, als ich sah, wie er freundlich mit dem Mann sprach, der uns keine vierundzwanzig Stunden zuvor noch bedroht hatte. Travis genoss den Applaus und die Glückwünsche zu seinem Sieg, während die Menge tobte. Er wirkte größer, sein Lächeln breiter, und als er bei mir angelangt war, drückte er mir einen schnellen Kuss auf die Lippen. Ich schmeckte seinen salzigen Schweiß, außerdem war da Blut. Er hatte den Kampf gewonnen, aber auch selbst Wunden davongetragen.

»Was sollte das?«, fragte ich und sah dabei Benny mit seinen Leuten lachen.

»Erzähl ich dir später. Wir haben viel zu besprechen«, antwortete er mit breitem Grinsen.

Ein Mann klopfte Travis auf den Rücken.

»Danke«, sagte Travis, drehte sich zu dem Typen um und schüttelte seine ausgestreckte Hand.

»Ich freu mich drauf, einen weiteren Kampf mit dir zu sehen, mein Sohn«, meinte der andere und hielt ihm eine Bierflasche hin. »Das war unglaublich.«

»Komm, Täubchen.« Er nahm einen Schluck von dem Bier, spülte sich damit den Mund aus und spuckte die bräunliche, mit Blut vermischte Flüssigkeit auf den Boden. Er schob sich, nachdem er einmal tief Luft geholt hatte, durch die Menge nach draußen. Dann küsste er mich noch mal und führte mich den Strip entlang. Seine Schritte waren schnell und entschlossen.

Im Aufzug unseres Hotels drückte er mich gegen die verspiegelte Wand, packte mein Bein und presste es in einer schnellen Bewegung gegen seine Hüfte. Sein Mund prallte mit Wucht auf meinen, und ich spürte, wie er von meinem Knie aus mit der Hand am Oberschenkel entlangfuhr und meinen Rock hochschob.

»Travis, hier drin gibt's eine Kamera«, sagte ich gegen seine Lippen.

»Kümmert mich einen Dreck.« Er lachte. »Ich will feiern.«

Ich stieß ihn zurück. »Wir können auf dem Zimmer feiern.« Ich wischte mir über den Mund und starrte auf die roten Streifen auf meinem Handrücken.

»Was ist bloß los mit dir, Täubchen? Du hast gewonnen, ich hab gewonnen, wir haben Micks Schulden beglichen, und ich habe gerade das Angebot meines Lebens bekommen.«

Die Aufzugtür öffnete sich, und ich blieb wie angewurzelt stehen, während Travis auf den Flur hinaustrat. »Was für ein Angebot?«, fragte ich.

Travis streckte eine Hand aus, aber ich ignorierte sie. Meine Augen verengten sich, weil ich schon wusste, was er gleich sagen würde.

Er seufzte. »Ich hab dir doch schon gesagt, dass wir später darüber sprechen.«

»Lass uns jetzt drüber sprechen.«

Er beugte sich in den Aufzug, zog mich am Handgelenk auf den Flur und hob mich dann in seine Arme.

»Ich werde genug Geld verdienen, um zu ersetzen, was Mick dir genommen hat, um den Rest deiner Studiengebühren zu bezahlen, um mein Bike abzuzahlen und dir ein neues Auto zu kaufen«, sagte er und schob die Schlüsselkarte in den Schacht. Er stieß die Zimmertür auf und setzte mich wieder ab. »Und das ist erst der Anfang!«

»Und wie genau willst du das anstellen?« Meine Brust fühlte sich an wie eingeschnürt, und meine Hände begannen zu zittern.

Begeistert nahm er mein Gesicht in seine Hände. »Benny wird mich hier in Las Vegas auftreten lassen. Für eine sechsstellige Summe pro Kampf, Täubchen! Sechsstellig!«

Ich schloss die Augen, um die Begeisterung in seinen nicht sehen zu müssen. »Was hast du Benny geantwortet?« Travis hob mein Kinn, und ich öffnete die Augen, voller Angst, er habe schon einen Vertrag unterschrieben.

Er kicherte. »Hab ihm gesagt, ich würde drüber nachdenken.«

Ich atmete die Luft aus, die ich angehalten hatte. »Na, Gott sei Dank. Mach mir nicht noch mal solche Angst, Trav. Ich dachte schon, du meinst das ernst.«

Travis schnitt eine Grimasse und richtete sich hoch auf, bevor er antwortete. »Ich meine das ernst. Ich habe ihm nur gesagt, dass ich vorher mit dir sprechen muss, aber ich dachte, du freust dich. Er plant einen Kampf pro Monat. Hast du eine Vorstellung davon, wie viel Geld das ist? Bar auf die Kralle!«

»Ich kann rechnen, Travis. Aber ich kann auch bei Verstand bleiben, selbst wenn ich in Vegas bin, was dir offenbar nicht gelingt. Ich muss dich hier wegbringen, bevor du eine Dummheit begehst.« Damit ging ich an den Schrank, riss unsere Sachen von den Kleiderbügeln und stopfte sie wütend in unsere Koffer.

Travis nahm mich sanft beim Arm und drehte mich herum. »Ich kann das. Ich kann ein Jahr lang für Benny kämpfen, und dann werden wir für sehr lange ausgesorgt haben.«

»Wie willst du das anstellen? Willst du die Uni schmeißen und hierher ziehen?«

»Benny wird mich einfliegen lassen und die Termine nach mir einrichten.«

Ich lachte ungläubig auf. »Du kannst doch nicht wirklich so naiv sein, Travis. Sobald du auf Bennys Lohnliste stehst, wirst du nicht nur einmal im Monat für ihn kämpfen. Hast du Dane schon vergessen? Du wirst als einer seiner Schläger enden!«

»Darüber haben wir schon gesprochen. Er will nichts anderes von mir, als dass ich für ihn kämpfe.«

»Und du traust ihm? Weißt du, dass man Benny hier auch den Aal nennt?!«

»Ich wollte dir ein Auto kaufen, Täubchen. Ein hübsches. Die Studiengebühren für uns beide wären komplett bezahlt.«

»Ach? Vergibt die Mafia jetzt etwa schon Stipendien?«

Travis biss die Zähne zusammen. »Das ist gut für uns. Ich kann es auch sparen, bis es an der Zeit ist, dass wir uns ein Haus kaufen. So viel Geld kann ich sonst nirgends machen.«

»Und was ist mit deinem Studium in Strafrechtspflege? Wenn du für Benny arbeitest, wirst du deine Kommilitonen gelegentlich wiedersehen, das kann ich dir versprechen.«

»Baby, ich verstehe ja deine Vorbehalte, wirklich. Aber ich werde es schlau angehen. Ich mache das nur für ein

Jahr, dann sind wir wieder draußen und machen, was uns gefällt.«

»Du kannst bei Benny nicht einfach gehen, Trav. Er allein sagt dir, wann du fertig bist. Du hast keine Ahnung, worauf du dich da einlässt! Ich kann nicht fassen, dass du es überhaupt in Erwägung ziehst! Für einen Mann zu arbeiten, der uns gestern Nacht beide hätte zusammenschlagen lassen, wenn du ihn nicht gestoppt hättest.«

»Genau. Ich habe ihn gestoppt.«

»Du hast zwei seiner Schläger gestoppt, Travis. Was willst du machen, wenn da ein Dutzend von denen auftaucht? Was, wenn sie sich während einem deiner Kämpfe mich vornehmen?«

»Das würde für ihn doch gar keinen Sinn ergeben. Ich werde ihm schließlich eine Menge Geld einbringen.«

»In dem Moment, da du beschließt, das nicht mehr zu tun, bist du entbehrlich. So arbeiten diese Leute.«

Travis entfernte sich ein paar Schritte von mir und schaute aus dem Fenster, wo die blinkenden Lichter sein zweifelndes Gesicht anstrahlten. Er hatte seine Entscheidung schon getroffen, bevor er ein Wort mit mir darüber gewechselt hatte.

»Es wird alles gut gehen, Täubchen. Ich werde mich darum kümmern. Und dann haben wir ausgesorgt.«

Ich wandte mich ab und stopfte weiter Sachen in unsere Koffer. Wenn wir die Rollbahn zu Hause betreten würden, konnte er wieder er selbst sein. Vegas machte seltsame Dinge mit Menschen, und es war zwecklos, vernünftig mit ihm reden zu wollen, während er von Bargeld und Whiskey berauscht war.

Ich weigerte mich, weiterzureden, bis wir im Flieger saßen, wobei ich fürchtete, Travis würde mich allein abreisen lassen. Als ich meinen Gurt schloss und die Zähne zusammenbiss, beobachtete ich, wie er sehnsüchtig zum Fenster hinaussah, während wir in den Nachthimmel aufstiegen. Er vermisste bereits die Zwielichtigkeit und die grenzenlosen Versuchungen, die Vegas bot.

»Das ist sehr viel Geld, Täubchen.«

»Nein.«

Er drehte den Kopf mit einem Ruck zu mir. »Es ist meine Entscheidung. Ich glaube, du kannst die Tragweite nicht ermessen.«

»Und ich glaube, du hast deinen verdammten Verstand verloren.«

»Du ziehst es also nicht mal in Erwägung?«

»Nein, und du auch nicht. Du wirst nicht für einen mordenden Kriminellen in Las Vegas arbeiten, Travis. Es ist absolut lächerlich, dass du denkst, ich würde das in Erwägung ziehen.«

Travis seufzte und blickte wieder aus dem Fenster. »Mein erster Kampf ist in drei Wochen.«

Mir blieb vor Staunen der Mund offen. »Du hast bereits eingewilligt?«

Er zwinkerte mir zu. »Noch nicht.«

»Aber du wirst es tun?«

Er lächelte. »Du wirst aufhören, mir böse zu sein, wenn ich dir erst einen Lexus gekauft habe.«

»Ich will keinen Lexus«, fauchte ich.

»Du kannst haben, was du willst, Baby. Stell dir vor, wie es sich anfühlen wird, zu irgendeinem Markenhändler zu fahren, und alles, was du dann noch tun musst, ist, dir eine Farbe auszusuchen.«

»Du tust das nicht. Hör auf, dir das einzureden.«

Er beugte sich zu mir und küsste mich aufs Haar. »Nein, ich tue es für uns. Du kannst nur noch nicht erkennen, wie großartig es werden wird.«

Ein eiskalter Schauer ging von meiner Brust aus, kroch

mir über den Rücken und bis in die Beine. Er würde nicht zur Vernunft kommen, bevor wir in der Wohnung wären, und ich fürchtete, dass Benny ihm ein Angebot gemacht hatte, das er nicht ablehnen konnte. Doch dann schüttelte ich meine Ängste ab; ich musste daran glauben, dass Travis mich genug liebte, um die Dollarzeichen und falschen Versprechungen von Benny zu vergessen.

»Täubchen? Kannst du eigentlich einen Truthahn zubereiten?«

»Einen Truthahn?«, fragte ich irritiert.

Er drückte meine Hand. »Also, Thanksgiving steht doch vor der Tür, und du weißt, wie sehr mein Vater dich mag. Er möchte, dass du zu Thanksgiving bei uns bist, aber am Ende bestellen wir doch immer nur Pizza und sehen uns gemeinsam das Spiel an. Ich dachte, diesmal könnten wir beide zusammen versuchen, so einen Vogel zu kochen. Weißt du, um einmal im Hause Maddox ein richtiges Truthahnessen zu veranstalten.«

Ich versuchte, nicht zu lachen. »Du taust den Truthahn einfach auf, legst ihn in einen Bräter und stellst ihn einen ganzen Tag lang in den Ofen. Viel mehr ist da nicht zu tun.«

»Dann kommst du also? Und hilfst mir?«

Ich zuckte mit den Schultern. »Klar.«

Seine Aufmerksamkeit war von den berauschenden Lichtern unter uns abgelenkt, und ich erlaubte mir die Hoffnung, er würde letztlich doch erkennen, wie sehr er sich in Benny täuschte.

Travis warf unser Gepäck aufs Bett und ließ sich gleich daneben fallen. Das Thema Benny hatte er nicht mehr zur Sprache gebracht, und ich hoffte, dass Vegas bereits aus seinem Bewusstsein verschwand. Ich badete Toto, der nach Rauch und schmutzigen Socken stank, nachdem er das ganze Wochenende bei Brazil verbracht hatte, und rubbelte ihn anschließend im Schlafzimmer mit einem Handtuch trocken.

»Oh! Jetzt riechst du so viel besser!«, kicherte ich, als er sich schüttelte und mich mit feinen Wassertropfen besprühte. Er stellte sich auf die Hinterbeine und bedeckte mein Gesicht mit kleinen Welpenküssen. »Ich hab dich auch vermisst, kleiner Mann.«

»Täubchen?«, fragte Travis und knetete nervös seine Hände.

»Ja-ha?« Ich rubbelte Toto weiter mit einem flauschigen, gelben Handtuch.

»Ich will das machen. Ich will in Vegas kämpfen.«

»Nein«, sagte ich und lächelte, weil Toto so süß aussah.

Er seufzte. »Du hörst mir nicht zu. Ich werde es machen. Und in ein paar Monaten wirst du einsehen, dass es die richtige Entscheidung war.«

Ich schaute zu ihm hoch. »Du wirst für Benny arbeiten.«

Er nickte nervös und lächelte dann. »Ich will doch nur für dich sorgen, Täubchen.«

Meine Augen glänzten feucht, weil ich wusste, dass er sich entschieden hatte. »Ich will nichts, was du von dem Geld kaufst, Travis. Ich will nichts mit Benny oder Vegas oder irgendwas, das damit zusammenhängt, zu tun haben.«

»Du hattest doch auch kein Problem damit, dir ein Auto davon zu kaufen, was du an meinen Kämpfen hier verdient hast.«

»Das ist was anderes, und du weißt das.«

Er machte ein finsteres Gesicht. »Es wird gut gehen. Du wirst sehen.«

Ich musterte ihn kurz, hoffte auf einen Funken Ironie

in seinem Blick, wartete, dass er mir sagen würde, das sei nur ein Scherz. Aber ich sah nur Unsicherheit und Gier.

»Warum hast du mich dann überhaupt gefragt, Travis? Du wolltest doch in jedem Fall für Benny arbeiten, egal, was ich sagen würde.«

»Ich will deine Unterstützung bei dieser Sache, aber es ist einfach zu viel Geld, um abzulehnen. Ich muss das tun.«

Einen Moment lang saß ich nur ratlos da. Nachdem sich die Erkenntnis gesetzt hatte, nickte ich. »Na gut. Du hast deine Entscheidung getroffen.«

Travis strahlte. »Du wirst sehen. Es wird toll werden.« Er stieß sich vom Bett ab, kam auf mich zu und küsste meine Finger. »Ich verhungere. Und du?«

Ich schüttelte den Kopf, und er küsste mich auf die Stirn, bevor er in Richtung Küche verschwand. Nachdem seine Schritte auf dem Flur verhallt waren, nahm ich meine Sachen aus dem Schrank. Tränen der Wut tropften von meinen Wangen. Ich hätte es besser wissen müssen und Travis nicht dorthin mitnehmen dürfen. Mit Zähnen und Klauen hatte ich darum gekämpft, ihn von den finsteren Winkeln meines Lebens fernzuhalten, und sobald sich die Gelegenheit bot, hatte ich ihn ohne Zögern mitten in das hineingezerrt, was ich hasste. Travis würde ein Teil davon werden. Und wenn er sich von mir nicht retten lassen wollte, dann musste ich zumindest mich selbst retten.

Meine Tasche war zum Platzen gefüllt, und ich zerrte mühsam den Reißverschluss zu. Dann wuchtete ich sie vom Bett und über den Flur und warf im Vorbeigehen keinen Blick in die Küche. Ich eilte die Treppe runter und war froh, Shepley und America noch knutschend und lachend auf dem Parkplatz zu finden, wo sie ihre Sachen aus dem Dodge Charger in den Honda umpackten.

»Täubchen?«, rief Travis mir von der Wohnungstür nach.

Ich berührte America am Arm. »Du musst mich zum Morgan fahren, Mare.«

»Was ist denn los?«, sagte sie und sah meinem Gesicht an, dass die Lage ernst war.

Ich schaute mich um und sah Travis die Stufen herunter und über den Rasen auf uns zu laufen.

»Was tust du da?«, fragte er und zeigte auf mein Gepäck.

Wenn ich ihm jetzt sagen würde, ich hätte jede Hoffnung verloren, mich von Mick, Vegas, Benny und allem, was ich nicht wollte, zu lösen, dann hätte Travis mich nicht fortgelassen. Und bis zum nächsten Morgen hätte ich mich selbst dazu gebracht, seine Entscheidung zu akzeptieren.

Also lächelte ich und überlegte fieberhaft, welche Ausrede ich vorbringen konnte.

»Täubchen?«

»Ich bringe mein Zeug zum Morgan. Da gibt es jede Menge Waschmaschinen und Trockner, und ich habe geradezu grotesk viel Wäsche zu erledigen.«

Er runzelte die Stirn. »Du wolltest gehen, ohne mir Bescheid zu sagen?«

Ich schaute kurz zu America.

»Sie wollte ja wiederkommen, Trav. Du bist einfach so was von paranoid.« America hatte dieses abschätzige Lächeln drauf, mit dem sie ihre Eltern so viele Male getäuscht hatte.

»Oh«, sagte er immer noch unsicher. »Aber du übernachtest doch hier, oder?«

»Ich weiß noch nicht. Ich schätze mal, es hängt davon ab, wie schnell meine Wäsche fertig ist.«

Travis lächelte und zog mich an sich. »In drei Wochen

werde ich jemanden bezahlen, der deine Wäsche macht. Oder du kannst deine schmutzigen Sachen einfach wegwerfen und neue kaufen.«

»Du willst wieder für Benny kämpfen?«, fragte America schockiert.

»Er hat mir ein Angebot gemacht, das ich nicht ablehnen konnte.«

»Travis –«, begann Shepley.

»Fangt ihr jetzt nicht auch noch an. Wenn ich meine Meinung schon für Abby nicht ändere, dann bestimmt nicht für euch.«

America sah mich an. »Dann sehen wir lieber zu, dass wir dich zurückbringen, Abby. Der Wäscheberg wird dich ewig beschäftigen.«

Ich nickte, und Travis beugte sich herunter, um mich zu küssen. Weil ich wusste, dass ich seine Lippen zum letzten Mal auf meinen spüren würde, drückte ich ihn fester an mich. »Bis nachher«, sagte er. »Hab dich lieb.«

Shepley hob mein Gepäck in den Kofferraum des Honda, und America rutschte neben mir auf den Fahrersitz. Travis verschränkte die Arme vor der Brust und unterhielt sich mit Shepley, während America den Motor startete.

»Du kannst heute nicht in deinem Zimmer übernachten, Abby. Er wird sofort kommen, wenn er es begriffen hat«, meinte America, während sie langsam rückwärts aus der Parklücke fuhr.

Tränen liefen über meine Wangen. »Ich weiß.«

Travis' unbesorgte Miene verdüsterte sich, als er meinen Gesichtsausdruck sah. Er kam sofort an mein Fenster gerannt. »Was ist los, Täubchen?«

»Fahr, Mare!« Ich wischte mir über die Augen und schaute starr auf die Straße vor uns, während Travis neben dem Wagen herlief.

»Täubchen? America! Halt den verdammten Wagen an!«, brüllte er und schlug mit der flachen Hand gegen das Glas. »Abby, tu das nicht!«, rief er mit angstvoll verzerrtem Gesicht.

America bog auf die Hauptstraße und gab Gas. »Das wird er mir nie verzeihen – nur damit du Bescheid weißt.«

»Es tut mir so leid, Mare.«

Sie blickte in den Rückspiegel. »Meine Güte, Travis«, murmelte sie.

Ich drehte mich um und sah ihn in vollem Tempo hinter uns her sprinten, er verschwand und tauchte im Licht der Straßenlampen immer wieder auf. Nachdem er so das Ende des Blocks erreicht hatte, drehte er sich um und rannte ebenso schnell zurück Richtung Wohnung.

»Er wird seine Maschine holen, uns zum Morgan folgen und dort eine Riesenszene veranstalten.«

Ich schloss die Augen. »Beeil dich bitte. Ich werde dann heute in deinem Zimmer schlafen. Denkst du, Vanessa hat was dagegen?«

»Sie ist doch nie da. Will er wirklich für Benny arbeiten?«

Ich nickte nur.

America ergriff meine Hand und drückte sie. »Du tust das Richtige, Abby. Du kannst das nicht noch mal durchmachen. Und wenn er auf dich nicht hört, dann hört er auf niemanden.«

Mein Handy klingelte. Ich schaute aufs Display und sah Travis' alberne Grimasse. Ich drückte ihn weg. Nach weniger als fünf Sekunden klingelte es erneut. Ich schaltete den Apparat aus und steckte ihn in meine Handtasche.

»Das wird ein erbärmliches, verdammtes Desaster«, sagte ich, schüttelte den Kopf und wischte mir über die Augen.

»Ich beneide dich wirklich nicht um die nächste Woche. Er wird dich nicht in Ruhe lassen.«

Wir parkten vor dem Morgan, und America hielt mir die Tür ins Haus auf, während ich mein Gepäck hineinschleppte. Wir eilten zu ihrem Zimmer, und ich keuchte, während sie aufschloss. Auch diese Tür hielt sie mir auf und warf mir dann den Schlüssel zu.

»Er wird sich noch ins Gefängnis bringen«, meinte sie.

Sie lief den Flur hinunter, und ich beobachtete vom Fenster aus, wie sie über den Parkplatz eilte und genau in dem Moment in ihr Auto stieg, als Travis seine Maschine daneben parkte. Er rannte zur Beifahrertür und riss sie auf, dann starrte er auf die Eingangstür zum Morgan, als er sah, dass ich nicht im Wagen saß. America fuhr davon, während Travis ins Gebäude stürmte. Ich drehte mich um und behielt die Zimmertür im Auge.

Ich hörte Travis ein paar Zimmer weiter an meine Tür hämmern und nach mir rufen. Ich hatte keine Ahnung, ob Kara da war.

»Abby? Mach die verdammte Tür auf, verdammt! Ich gehe hier nicht weg, bevor du nicht mit mir geredet hast! Täubchen!«, brüllte er und schlug so laut gegen die Tür, dass man es im ganzen Gebäude hören musste.

Ich zuckte zusammen, als ich Karas Piepsstimme hörte.

»Was soll das?«, kreischte sie.

Ich presste mein Ohr an die Tür und bemühte mich, Travis' Gemurmel zu verstehen. Aber die Mühe dauerte nicht lange.

»Ich weiß, dass sie da ist«, brüllte er. »Täubchen?«

»Sie ist nicht – hey!« Kara kreischte.

Die Tür knallte gegen die Wand in unserem Zimmer, und ich wusste, dass Travis sich Einlass verschafft hatte. Nach einer ganzen Minute Stille hörte ich Travis durch den Flur rufen: »Täubchen! Wo bist du?«

»Ich habe sie nicht gesehen!«, schnauzte Kara ihn so wütend an, wie ich sie noch nie gehört hatte. Dann knallte die Tür zu, und mich überkam eine plötzliche Übelkeit.

Nach mehreren Minuten Stille öffnete ich die Tür einen Spaltbreit und spähte den breiten Flur entlang. Travis saß mit dem Rücken an die Wand gelehnt, das Gesicht in seinen Händen vergraben. Ich schloss leise die Tür und machte mir Sorgen, jemand hätte die Campuswache gerufen. Aber nichts rührte sich.

Im Laufe der Nacht sah ich noch zweimal nach Travis, bevor ich gegen vier Uhr schließlich einschlief. Ich stellte mir keinen Wecker, weil ich dem Unterricht an diesem Tag sowieso fernbleiben würde. Aber ich schaltete mein Telefon wieder ein, um meine Mailbox abzuhören. Dabei stellte ich fest, dass Travis sie praktisch überflutet hatte. Die endlosen SMS, die er mir während der Nachtstunden geschrieben hatte, variierten zwischen Entschuldigungen und Schimpftiraden.

Die ganze folgende Woche wohnte ich in Americas Zimmer, mied Travis, ging nicht in die Cafeteria, verließ Veranstaltungen früher. Ich wusste allerdings, dass ich irgendwann mit Travis würde reden müssen.

Am Freitagabend beschloss ich, mir etwas zu essen zu holen, wenn mir auch die Aussicht auf die neugierigen Blicke der anderen unangenehm war. Als ich die Lichter der Cafeteria schon sah, näherte sich mir plötzlich eine dunkle Gestalt.

»Täubchen?«

Erschrocken blieb ich stehen. Travis trat ins Licht. Unrasiert und bleich. »Mein Gott, Travis! Du hast mich zu Tode erschreckt!«

»Wenn du ans Telefon gehen würdest, müsste ich auch nicht hier im Dunkeln rumschleichen.«

»Du siehst aus wie frisch aus der Hölle«, sagte ich.

»Da war ich diese Woche auch schon ein-, zweimal.«

Ich verschränkte die Arme. »Ich will mir gerade was zu essen holen. Ich ruf dich nachher an, ja?«

»Nein. Wir müssen reden.«

»Trav –«

»Ich habe Benny abgesagt. Ich habe ihn am Mittwoch angerufen und Nein gesagt.«

»Ich weiß nicht, was du jetzt erwartest, Travis.«

»Sag, dass du mir verzeihst. Sag, dass du mich zurücknimmst.«

Ich biss die Zähne zusammen und verbot mir zu weinen. »Das kann ich nicht.«

Travis verzog das Gesicht. Ich nutzte die Gelegenheit und ging um ihn herum, aber er verstellte mir sogleich wieder den Weg. »Ich habe weder geschlafen noch gegessen ... ich kann mich auf nichts konzentrieren. Ich weiß, dass du mich liebst. Alles wird so sein wie vorher, wenn du mich nur wieder zurücknimmst.«

Ich schloss die Augen. »Travis ... Du und ich, wir beide funktionieren nicht. Du bist geradezu besessen von der Vorstellung, mich zu besitzen.«

»Das stimmt nicht, ich liebe dich mehr als mein Leben«, sagte er gekränkt.

»Genau das meine ich. Das ist naives Gerede.«

»Das ist nicht naiv. Das ist die Wahrheit.«

»Also ... wie genau sieht deine Rangliste denn aus? Erst Geld, dann ich, dann dein Leben ... oder gibt es etwas, das noch vor dem Geld kommt?«

»Mir ist klar geworden, was ich getan habe, okay? Ich verstehe, dass du das geglaubt hast, aber wenn ich gewusst hätte, dass du mich dann verlässt, hätte ich niemals ... ich wollte doch nur für dich sorgen.«

»Das hast du mir schon gesagt.«

»Bitte, tu das nicht. Ich halte diesen Zustand nicht aus… es… es bringt mich um«, keuchte er.

»Ich bin damit durch, Travis.«

Er zuckte zusammen. »Sag das nicht.«

»Es ist vorbei. Geh nach Hause.«

Er runzelte die Stirn. »Du bist mein Zuhause.«

Seine Worte trafen mich, und die Brust wurde mir so eng, dass ich kaum noch atmen konnte. »Du hast deine Wahl getroffen, Trav. Und ich meine«, sagte ich und verfluchte mich im Stillen dafür, dass meine Stimme so zitterte.

»Ich werde keinen Fuß mehr nach Las Vegas setzen oder Kontakt mit Benny haben… ich beende mein Studium. Aber ich brauche dich. Ich *brauche* dich. Du bist meine beste Freundin.« Seine Stimme klang verzweifelt und gebrochen.

Ich sah, wie eine Träne über seine Wange rollte, und im nächsten Moment packte er mich und presste seine Lippen auf meine. Er drückte mich an seine Brust, während er mich küsste, und hielt dann mein Gesicht in seinen Händen, verzweifelt.

»Küss mich«, flüsterte er und legte seinen Mund wieder auf meinen. Ich hielt Augen und Mund geschlossen und blieb reglos in seinen Armen. Es kostete mich meine ganze Kraft, den Kuss nicht zu erwidern, nachdem ich mich die ganze Woche lang danach gesehnt hatte. »Bitte, Täubchen! Ich habe ihm doch abgesagt!«

Als ich seine Tränen warm über mein kaltes Gesicht laufen spürte, stieß ich ihn weg. »Lass mich, Travis!«

Ich war erst ein paar Schritte gegangen, als er mich am Handgelenk packte. Ich drehte mich nicht um.

»Ich flehe dich an.« Er zog meinen Arm mit nach unten, als er auf die Knie fiel. »Ich flehe dich an, Abby, tu das nicht.«

Ich drehte mich um und sah sein leidendes Gesicht, dann fiel mein Blick auf sein Handgelenk, wo mein Spitzname in dicker schwarzer Schnörkelschrift prangte. Ich schaute weg, in Richtung Cafeteria. Er hatte mir bewiesen, wovor ich mich von Anfang an gefürchtet hatte. Sosehr er mich auch liebte, wenn Geld ins Spiel kam, würde ich immer an zweiter Stelle stehen. Genau wie bei Mick. Wenn ich nachgäbe, würde er entweder seine Meinung in Bezug auf Benny ändern, oder er würde es mir jedes Mal verübeln, wenn Geld sein Leben erleichtern könnte. Ich stellte ihn mir in einem einfachen Job vor, von dem er mit dem gleichen Blick nach Hause käme wie Mick nach einer glücklosen Nacht. Dann wäre es mein Fehler, dass sein Leben nicht so verlief, wie er es gern hätte; und ich konnte meine Zukunft nicht mit der Verbitterung und Reue vergiften, die ich eben erst hinter mir gelassen hatte.

»Lass mich gehen, Travis.«

Nach ein paar Augenblicken ließ er endlich meinen Arm los. Ich rannte auf die Glastür zu und riss sie auf, ohne mich noch einmal umzusehen. Jeder im Raum starrte mich an, als ich zum Buffet ging. Dann drehten sich alle Köpfe zu den Fenstern, um nach Travis zu schauen, der mit den Händen auf dem Pflaster am Boden kniete.

Sein Anblick ließ mich aufschluchzen. Ich ging an den Stapeln von Tellern und Tabletts vorbei und stürzte den Flur entlang zu den Toiletten. Es war schon schlimm genug, dass alle die Szene zwischen Travis und mir hatten sehen können. Jetzt konnte ich ihnen nicht auch noch meine Tränen zeigen.

Ich kauerte eine Stunde lang in einer Kabine und weinte hemmungslos, bis ich ein leises Klopfen hörte.

»Abby?«

Ich schniefte. »Was tust du hier, Finch? Das ist die Mädchentoilette.«

»Kara hat dich reingehen sehen, und dann hat sie mich geholt. Lass mich rein«, sagte er sanft.

Ich schüttelte den Kopf. Ich war einfach nicht imstande, ein Wort zu sagen. Er seufzte, und dann hörte ich ihn auf dem Boden herumrutschen, während er in die Kabine kroch.

»Ich kann nicht glauben, dass du mich dazu zwingst«, stöhnte er und stemmte sich auf die Unterarme. »Es wird dir noch leidtun, dass du die Tür nicht geöffnet hast, denn jetzt musste ich über diesen üblen Boden kriechen. Und nun werde ich dich in den Arm nehmen.«

Ich lachte einmal auf und verzog danach gleich wieder todunglücklich das Gesicht, während Finch mich in seine Arme zog.

»Schsch«, machte er und wiegte mich auf seinem Schoß. Er seufzte. »Verdammt, Mädchen. Was soll ich bloß mit dir machen?«

17. KAPITEL

Nein danke

Ich kritzelte auf meinem Block herum. Zehn Minuten vor Veranstaltungsbeginn war der Unterrichtsraum noch leer. Das Leben begann sich zu normalisieren, aber ich brauchte immer noch ein paar Minuten, um mich zu sammeln, wenn ich mit jemand anderem als Finch und America Zeit verbrachte.

»Nur weil wir keine Dates mehr haben, bedeutet es nicht, dass du das Armband nicht tragen kannst, das ich dir gekauft habe«, sagte Parker und rutschte auf den Stuhl neben mir.

»Ich wollte dich eh fragen, ob du es zurück möchtest.«

Er lächelte. »Das war ein Geschenk, Abs.«

Dr. Ballard warf den Projektor an, bevor sie in den Papieren auf ihrem übervollen Schreibtisch kramte. Immer mehr Kommilitonen trafen ein.

»Ich habe gehört, dass du und Travis euch vor ein paar Wochen getrennt habt.« Parker hob die Hand, als er meine unwillige Miene sah. »Es geht mich nichts an. Du sahst nur gerade so traurig aus, da wollte ich sagen, dass es mir leidtut.«

»Danke«, murmelte ich und schlug eine leere Seite auf.

»Und ich wollte mich auch für mein Benehmen neulich entschuldigen. Was ich gesagt habe, war ... nicht nett. Ich war einfach nur wütend. Das war unfair und tut mir leid.«

»Ich bin nicht an einem Date interessiert, Parker«, warnte ich ihn.

Er lachte. »Darauf will ich nicht hinaus. Aber wir sind doch noch Freunde, und ich will wissen, ob du okay bist.«

»Ich bin okay.«

»Fährst du über Thanksgiving nach Hause?«

»Ich bin zu Thanksgiving immer bei America zu Hause.«

Parker wollte noch etwas sagen, aber da begann Dr. Ballard mit ihrer Vorlesung.

Nach der Veranstaltung merkte ich, wie ich rot wurde, als ich Travis vom Parkplatz aus in meine Richtung joggen sah. Er war wieder ordentlich rasiert, trug ein Kapuzensweatshirt und seine rote Baseballcap.

»Dann bis nach den Ferien, Abs«, sagte Parker und legte mir kurz die Hand auf den Rücken, bevor er ging.

Ich erwartete schon einen bösen Blick von Travis, aber er schien Parker kaum zu registrieren. »Hey, Täubchen.«

Ich lächelte schüchtern, während er die Hände in die Tasche seines Sweatshirts schob.

»Shepley hat erzählt, du würdest morgen mit ihm und Mare nach Wichita fahren.«

»Ja?«

»Verbringst du die ganzen Ferien bei America?«

Ich zuckte mit den Schultern und versuchte, mich lässig zu geben. »Ihre Eltern stehen mir ziemlich nahe.«

»Und was ist mit deiner Mutter?«

»Die ist Alkoholikerin, Travis. Sie wird nicht mal wissen, dass Thanksgiving ist.«

Plötzlich donnerte es über uns, und als Travis aufschaute, fielen ihm auch schon dicke Tropfen ins Gesicht.

»Ich muss dich um einen Gefallen bitten«, sagte er. »Komm mit.« Er zog mich unter das nächste Vordach.

»Was für einen Gefallen?«, fragte ich misstrauisch.

»Mein ...« Unbehaglich trat er von einem Fuß auf den anderen. »Dad und die Jungs rechnen am Donnerstag mit dir.«

»Travis!«

Er sah auf seine Füße. »Du hattest gesagt, dass du ...«

»Als ich eingewilligt habe, mit dir nach Hause zu kommen, waren wir noch zusammen. Du wusstest, dass ich das nicht mehr machen würde.«

»Ich wusste es nicht, außerdem ist es jetzt sowieso schon zu spät. Thomas fliegt her, und Tyler hat sich freigenommen. Alle freuen sich, dich wiederzusehen.«

Ich zuckte zusammen. »Sie wären aber doch sowieso gekommen, oder?«

»Nicht alle. Wir sind schon seit Jahren zu Thanksgiving nicht mehr vollzählig gewesen. Aber ich habe ihnen ein richtiges Festessen versprochen. Wir hatten seit Moms Tod keine Frau mehr in der Küche und ...«

»Das klingt ja kein bisschen sexistisch.«

Er legte kurz den Kopf in den Nacken. »So hab ich das nicht gemeint, jetzt komm schon, Täubchen. Wir wollen dich alle sehen. Nichts anderes will ich damit sagen.«

»Du hast ihnen nichts von uns gesagt, oder?«, fragte ich vorwurfsvoll.

Er zögerte kurz und schüttelte dann den Kopf. »Dad würde mich fragen, warum, und ich bin noch nicht bereit, mit ihm darüber zu sprechen. Dann müsste ich mir endlos lang anhören, wie blöd ich bin. Bitte komm.«

»Dann müsste ich den Truthahn um sechs Uhr morgens in den Ofen schieben. Das heißt um fünf Uhr aufbrechen ...«

»Wir könnten auch dort übernachten.«

Meine Augenbrauen schossen in die Höhe. »Auf keinen Fall! Es ist schon schlimm genug, dass ich deine Familie belügen und so tun muss, als wären wir noch zusammen.«

»Du tust ja geradezu so, als —«

»Du hättest es ihnen sagen sollen!«

»Das werde ich. Nach Thanksgiving ... sag ich es.«

Ich seufzte und schaute weg. »Wenn du mir versprichst, dass das kein Trick ist, um zu versuchen, wieder mit mir zusammenzukommen, mache ich es.«

Er nickte. »Ich verspreche es.«

Obwohl er versuchte, es zu verbergen, bemerkte ich einen Funken in seinen Augen. »Dann sehen wir uns um fünf.«

Travis beugte sich vor, um mich auf die Wange zu küssen, und ließ seine Lippen einen Moment länger als nötig auf meiner Haut. »Danke, Täubchen.«

An der Tür zur Cafeteria traf ich America und Shepley. »Was ist los mit dir, Abby?«, fragte America.

»Ich komme morgen nicht mit euch mit, Leute.«

Shepley blieb vor Staunen der Mund offen. »Dann gehst du zu den Maddox'?«

Americas Blick schoss zu mir. »Du tust was?«

Ich seufzte und zeigte meinen Campusausweis vor. »Ich hatte es Trav versprochen, und er hat allen angekündigt, dass ich da sein werde.«

»Zu seiner Verteidigung«, setzte Shepley an, »muss man sagen, dass er zunächst nicht wirklich geglaubt hat, dass ihr euch trennt. Er dachte, du würdest dich wieder einkriegen. Bis er so weit war, dass er eingesehen hat, dass es dir ernst damit war, wäre es schon zu spät gewesen, allen abzusagen.«

»Was für ein Unsinn, Shep, und das weißt du auch«, fauchte America. »Du musst da nicht hingehen, Abby.«

Sie hatte recht. Aber ich konnte es Travis nicht antun.

»Wenn ich nicht gehe, muss er ihnen erklären, warum, und ich will ihm sein Thanksgiving nicht verderben. Sie werden alle heimkommen und davon ausgehen, ich wäre auch da.«

Shepley lächelte. »Sie mögen dich alle sehr, Abby. Jim hat erst kürzlich mit meinem Vater über dich gesprochen.«

»Na toll«, murmelte ich.

»Abby hat recht«, sagte Shepley. »Wenn sie nicht hingeht, wird Jim Trav den ganzen Tag über zusetzen.«

America legte mir einen Arm um die Schultern. »Du kannst immer noch mit uns mitfahren. Du bist nicht mehr mit ihm zusammen. Du musst ihn nicht mehr retten.«

»Das weiß ich, Mare. Aber mir kommt es so richtig vor.«

Die Sonne verschmolz mit den Gebäuden vor dem Fenster, und ich stand vor dem Spiegel, bürstete meine Haare und dachte darüber nach, wie ich dieses Theater mit Travis handhaben sollte. »Es ist ein einziger Tag, Abby. Einen Tag kriegst du hin.«

Anderen etwas vorzuspielen war nie ein Problem für mich gewesen; ich machte mir eher Sorgen darüber, was in mir passieren würde, während wir das taten.

Es klopfte.

Ich drehte mich zur Tür um. Kara war nicht da, und auch America und Shepley waren bereits abgereist. Wer sollte das sein? Ich legte die Bürste ab und öffnete die Tür.

»Travis«, schnaubte ich.

»Bist du fertig?«

»Fertig?«

»Ich sollte dich doch um fünf abholen.«

Ich verschränkte die Arme vor der Brust. »Ich meinte fünf Uhr morgens!«

»Oh, dann muss ich wohl Dad anrufen und ihm sagen, dass wir gar nicht übernachten.«

»Travis!«, jaulte ich auf.

»Ich habe Sheps Auto, damit wir unsere Taschen nicht auf dem Motorrad transportieren müssen. Es gibt ein extra Schlafzimmer, das du benutzen kannst. Wir können uns einen Film anschauen oder −«

»Ich übernachte nicht bei deinem Dad!«

Sein Gesicht verlor jede Fröhlichkeit. »Okay. Dann ... bis morgen früh.«

Ich schloss die Tür, lehnte mich von innen dagegen und seufzte verzweifelt auf. Mit seiner enttäuschten Miene vor Augen machte ich die Tür wieder auf und ging auf den Flur hinaus. Dort sah ich ihn Richtung Ausgang gehen und etwas in sein Handy tippen.

»Travis, warte.« Er fuhr herum, und sein hoffnungsvoller Blick bereitete mir geradezu körperliche Schmerzen. »Lass mir eine Minute Zeit, um ein paar Sachen einzupacken.«

Ein erleichtertes, dankbares Lächeln breitete sich auf seinem Gesicht aus. Von der Tür aus sah er mir zu, wie ich ein paar Dinge in eine Tasche stopfte.

»Ich liebe dich immer noch, Täubchen.«

Ich schaute nicht hoch. »Lass das. Ich mache das hier nicht für dich.«

Er holte hörbar Luft. »Ich weiß.«

Wir fuhren schweigend zum Haus seines Vaters. Ich war nervös und unruhig. Kaum waren wir angekommen, tauchten Trenton und Jim strahlend auf der Veranda auf. Travis holte unsere Taschen aus dem Auto, und Jim klopfte ihm auf den Rücken.

»Schön, dich zu sehen, mein Sohn.« Sein Lächeln wurde noch breiter, als er mich ansah. »Abby Abernathy. Wir freuen uns so auf das Essen morgen. Es ist schon lange her, dass … also … es ist schon lange her.«

Ich nickte nur und folgte Travis. Jim legte eine Hand auf seinen gewölbten Bauch und grinste. »Ich habe für euch das Gästezimmer vorgesehen, Trav. Ich dachte mir, auf zwei Einzelbetten in deinem Zimmer seid ihr bestimmt nicht scharf.«

Es fiel mir schwer zuzusehen, wie Travis nach Worten suchte. »Abby ist … äh, sie wird … im Gästezimmer schlafen. Ich nehme dann meins.«

Trenton schnitt eine Grimasse. »Wieso das denn? Sie hat doch auch schon in deiner Wohnung übernachtet, oder?«

»In letzter Zeit nicht«, sagte Travis in dem verzweifelten Versuch, die Wahrheit zu umgehen.

Jim und Trenton wechselten einen Blick. »Thomas' Zimmer ist seit Jahren nur noch ein Abstellraum, deshalb wollte ich ihm eigentlich dein Zimmer überlassen. Aber ich schätze, er kann auch auf der Couch schlafen«, überlegte Jim und schaute auf die schäbigen, ausgeblichenen Kissen im Wohnzimmer.

»Mach dir keine Gedanken, Jim. Wir wollten nur nicht respektlos sein«, sagte ich und berührte ihn am Arm.

Sein Gelächter dröhnte durchs Haus, und er tätschelte meine Hand. »Du hast meine Söhne doch schon kennengelernt, Abby. Da solltest du doch eigentlich wissen, dass es fast unmöglich ist, mich zu kränken.«

Travis deutete mit dem Kopf zur Treppe, und ich folgte ihm. Er stieß die Tür mit dem Fuß auf, stellte unsere Taschen ab, schaute aufs Bett und drehte sich zu mir um. Das Zimmer war halbhoch mit Holz vertäfelt und der braune Teppich mehr als abgenutzt. Von den Wänden blätterte stellenweise die Farbe ab. Dort hing ein Foto von Jim und Travis' Mutter. Das Paar hatte volles Haar und junge, strahlende Gesichter. Es musste vor der Geburt der Jungs gemacht worden sein; die beiden wirkten nicht älter als zwanzig.

»Tut mir leid, Täubchen. Ich schlafe auf dem Boden.«

»Darauf kannst du Gift nehmen«, sagte ich und band mir die Haare zu einem Zopf zusammen.

Travis setzte sich aufs Bett. »Das wird ein fürchterliches Theater. Ich weiß auch nicht, was ich mir dabei gedacht habe.«

»Ich weiß genau, was du gedacht hast, Travis.«

Er lächelte. »Aber du bist trotzdem mitgekommen.«

»Ich muss alles für morgen vorbereiten«, sagte ich und öffnete die Tür.

Travis stand auf. »Ich werde dir helfen.«

Wir schälten einen Berg Kartoffeln, schnippelten Gemüse, bereiteten den Truthahn zum Auftauen vor und fingen mit den Pies an. Eine Stunde lang fühlte ich mich mehr als unwohl, aber nachdem die Zwillinge eingetroffen waren, versammelten sich alle in der Küche. Jim erzählte alte Geschichten über jeden der Jungs, und wir lachten über die desaströsen Thanksgivings, als sie versucht hatten, etwas anderes als Fertigpizza zu machen.

»Diane war eine Meisterköchin«, sinnierte Jim. »Es gelang nichts mehr, nachdem sie gestorben war.«

»Das soll keine Abschreckung sein, Abby«, sagte Trenton. Er lachte und nahm sich ein Bier aus dem Kühlschrank. »Lasst uns die Karten rausholen. Ich will versuchen, ein bisschen was von dem Geld zurückzugewinnen, das Abby mir abgenommen hat.«

Jim drohte seinem Sohn mit dem Zeigefinger. »Kein Poker an diesem Wochenende, Trent. Ich habe die Dominos runtergebracht. Pack die aus. Kein Glücksspiel, zum Teufel.«

»Schon gut, alter Mann, schon gut.« Travis' Brüder strömten aus der Küche. Trenton sah sich um: »Kommst du, Trav?«

»Ich helfe hier noch ein bisschen.«

»Es ist nicht mehr viel, Baby«, sagte ich. »Geh nur.«

Sein Blick wurde sanft, und er berührte mich an der Hüfte. »Sicher?«

Ich nickte, und er beugte sich vor, um mich auf die Wange zu küssen, bevor er Trenton ins Spielzimmer folgte.

Jim sah seinen Söhnen nach und lächelte. »Unglaublich, was du da gerade machst, Abby. Dir ist gar nicht bewusst, wie sehr wir alle das zu schätzen wissen.«

»Das war Travs Idee. Ich freu mich, dass ich behilflich sein kann.«

Er lehnte sich mit seiner imposanten Gestalt an die Arbeitsplatte und nahm einen Schluck von seinem Bier, während er über seine nächsten Worte nachdachte. »Du und Travis, ihr habt nicht viel geredet. Gibt's Probleme?«

Ich spritzte Spülmittel ins Spülbecken und füllte es mit heißem Wasser. »Die Dinge haben sich ein bisschen verändert, schätze ich.«

»Das habe ich mir gedacht. Du musst Geduld mit ihm haben. Travis erinnert sich kaum noch daran, aber er stand seiner Mom sehr nahe, und nachdem wir sie verloren haben, wurde er nie mehr wie früher. Wir hatten es alle schwer, aber Trav ... er hat danach aufgehört zu versuchen, jemanden zu lieben. Deshalb war ich auch so überrascht, als er dich mitbrachte. So, wie er sich in deiner Gegenwart benimmt, wie er dich anschaut... du bist was Besonderes.«

Ich lächelte, schrubbte aber weiter das Geschirr.

»Travis wird sich schwertun. Er wird viele Fehler machen. Er ist in einer Horde mutterloser Jungs und mit einem griesgrämigen alten Vater aufgewachsen. Wir waren alle ein bisschen verloren, nachdem Diane gestorben war, und ich schätze, ich habe den Jungs nicht so geholfen, damit zurechtzukommen, wie ich es eigentlich hätte tun sollen. Ich weiß, es ist schwer, ihm keine Vorwürfe zu machen, aber du musst ihn trotzdem lieben, Abby. Du bist die einzige Frau, die er außer seiner Mutter je geliebt hat. Wenn du...«

Ich schluckte meine Tränen hinunter und nickte. Jim legte eine Hand auf meine Schulter. »Ich habe ihn nie so lächeln gesehen, wie er das tut, wenn du da bist. Ich hoffe, alle meine Jungs finden eines Tages eine Abby.«

Seine Schritte verhallten im Flur, und ich klammerte mich ans Spülbecken. Ich hatte gewusst, es würde schwer werden, den Feiertag mit Travis und seiner Familie zu verbringen, aber ich hatte nicht damit gerechnet, dass mein Herz dabei noch einmal bräche. Nebenan lachten und scherzten die anderen, während ich das Geschirr abwusch und aufräumte. Als ich mich gerade auf den Weg nach oben machen wollte, kam Travis. »Es ist noch früh, Täubchen. Du willst doch nicht schon ins Bett gehen?«

»Es war ein langer Tag. Ich bin müde.«

»Wir wollen uns gerade einen Film einlegen. Warum schaust du nicht mit?«

Ich sah die Treppe hinauf, dann in sein hoffnungsvoll lächelndes Gesicht. »Na schön.«

Er führte mich zur Couch, wo wir nebeneinander Platz nahmen, als der Vorspann des Films schon lief.

»Mach das Licht aus, Taylor«, ordnete Jim an.

Travis legte seinen Arm hinter mich auf die Couch. Er versuchte, weiter Theater zu spielen und mich gleichzeitig zu besänftigen. Er hatte die Situation nicht ausgenutzt, wofür ich einerseits dankbar war, was mich aber auch enttäuschte. So dicht neben ihm zu sitzen und die Mischung aus Tabak und Rasierwasser zu riechen machte es mir schwer, die Distanz zu wahren. Wie ich befürchtet hatte, begann ich in meinem Entschluss zu wanken. Angestrengt versuchte ich auszublenden, was Jim in der Küche zu mir gesagt hatte.

Etwa in der Mitte des Films flog die Vordertür auf, und mit Gepäck beladen platzte Thomas ins Zimmer.

»Happy Thanksgiving!«, rief er.

Jim umarmte seinen ältesten Sohn, und auch alle anderen außer Travis standen auf, um ihn zu begrüßen.

»Willst du Thomas nicht Hallo sagen?«, flüsterte ich.

Er sah mich nicht an, sondern beobachtete, wie seine Familie sich umarmte und lachte. »Ich habe nur einen Abend mit dir. Da werde ich keine Sekunde vergeuden.«

»Hallo, Abby. Schön, dich wiederzusehen.« Thomas lächelte.

Travis legte seine Hand auf mein Knie, woraufhin ich erst mein Knie, dann Travis ansah. Als er meinen Gesichtsausdruck bemerkte, zog er seine Hand zurück.

»O-oh. Ärger im Paradies?«, fragte Thomas.

»Halt die Klappe, Tommy«, knurrte Travis.

Die Stimmung im Raum kippte, und ich spürte aller Augen fragend auf mich gerichtet. Ich lächelte nervös und nahm Travis' Hand in meine Hände.

»Wir sind nur müde. War ein langer Tag«, behauptete ich und lehnte den Kopf an Travis' Schulter.

Er schaute auf unsere Hände hinunter, drückte sie und runzelte ein wenig die Stirn.

»Und weil wir schon davon reden, ich bin wirklich fertig«, ächzte ich. »Deshalb mach ich mich auf den Weg ins Bett, Baby.« Ich sah die anderen an. »Gute Nacht, Jungs.«

»Nacht, Sis«, sagte Jim.

Travis' Brüder winkten mir zu, während ich ihn sagen hörte: »Dann knall ich mich auch in die Koje.«

»Und ob«, scherzte Trenton.

»Glückspilz«, knurrte Tyler.

»Hey, Schluss jetzt«, mahnte Jim.

Ich musste schlucken. Die einzige richtige Familie, die ich je hatte, waren Americas Eltern, und obwohl Mark und Pam sich immer mit echter Fürsorge um mich gekümmert hatten, waren sie doch nur »geborgt«. Diese sechs ungehobelten, schnoddrigen, liebenswerten Männer da unten hatten mich auf eine ganz eigene Weise mit offenen Armen empfangen, aber morgen würde ich mich endgültig von ihnen verabschieden.

Travis kündigte an, sich schon mal ein Nachtlager zu bauen, während ich noch unter die Dusche ging. In dem schäbigen Bad schrubbte ich mich wie verrückt und konzentrierte mich auf die Wasserflecken, um zu verdrängen, wie sehr mir vor der Nacht und dem Morgen danach graute. Als ich ins Schlafzimmer zurückkam, warf Travis gerade ein Kissen auf sein Behelfsbett am Boden. Er lächelte zaghaft, bevor er selbst in Richtung Dusche verschwand.

Ich kroch ins Bett, zog mir die Decken bis zur Nase hoch und versuchte, die Wolldecken auf dem Boden zu ignorieren. Als Travis wiederkam, musterte er sein Nachtlager ebenso traurig wie ich, machte dann das Licht aus und rückte sein Kissen zurecht.

Einige Minuten lang war es still, dann hörte ich ihn tief seufzen. »Das ist dann unsere letzte gemeinsame Nacht, oder?«

Ich zögerte. »Ach, Trav. Schlaf doch einfach.«

Nachdem ich ihn eine Weile hatte herumrutschen hören, drehte ich mich um und schaute zu ihm hinunter. Er hatte den Kopf in eine Hand gestützt und sah mir direkt in die Augen.

»Ich liebe dich.«

»Du hast mir was versprochen.«

»Ich habe dir versprochen, dass das hier kein Trick ist, um wieder zusammenzukommen. Das war es auch nicht.« Er streckte die Hand nach meiner aus. »Aber wenn sich durch das hier die Möglichkeit ergeben würde, wieder mit dir zusammen zu sein, würde ich es in Erwägung ziehen.«

»Du liegst mir am Herzen. Ich will dir nicht weh- tun, aber ich hätte von Anfang an auf mein Bauchgefühl hören sollen. Es hätte nie funktioniert.«

»Aber du hast mich doch geliebt, oder?«

Ich presste kurz die Lippen aufeinander. »Das tue ich immer noch.«

In seinen Augen glitzerte es, und er drückte meine Hand. »Kann ich dich um einen Gefallen bitten?«

»Ich bin doch gerade dabei, dir einen letzten Gefallen zu tun«, sagte ich lächelnd.

Er reagierte nicht auf meinen Scherz. »Wenn du wirklich mit mir fertig bist … kann ich dich dann heute Nacht noch im Arm halten?«

»Ich glaube nicht, dass das eine gute Idee ist, Trav.«

Seine Hand umklammerte meine. »Bitte. Ich kann nicht schlafen, wenn ich weiß, dass du nur einen Schritt von mir entfernt bist und ich diese Chance nie wieder kriegen werde.«

Ich starrte in seine verzweifelten Augen und runzelte die Stirn. »Ich werde nicht mit dir schlafen.«

Er schüttelte den Kopf. »Darum bitte ich dich auch gar nicht.«

Ich ließ meinen Blick durch das dämmrige Zimmer schweifen und fragte mich, ob ich Travis widerstehen könnte, wenn er seine Meinung änderte. Schließlich rückte ich ein Stück beiseite und schlug die Decken zurück. Er kroch neben mich und nahm mich fest in die Arme. Seine nackte Brust hob und senkte sich, während er heftig atmete, und ich verfluchte mich dafür, dass es sich so beruhigend anfühlte, seine Haut zu spüren.

»Das werde ich vermissen«, sagte ich.

Er küsste mein Haar und drückte mich noch fester. Er schien mich gar nicht nah genug bei sich haben zu können. Als er sein Gesicht an meinem Hals vergrub, legte ich beruhigend eine Hand auf seinen Rücken, obwohl ich genauso verzweifelt war wie er. Auch wenn es uns in der letzten Nacht unserer Wette schon schlecht gegangen war – das hier war noch viel, viel schlimmer.

»Ich … ich glaube, ich kann das nicht, Travis.«

Er zog mich enger an sich, und ich spürte die erste Träne auf meine Schläfe tropfen. »Dann tu es nicht«, sagte er leise gegen meinen Hals. »Gib mir noch eine Chance.«

Ich versuchte, mich von ihm loszumachen, aber sein Griff war zu fest. Ich schlug beide Hände vors Gesicht, als mein stummes Schluchzen uns beide schüttelte. Travis sah mich unter schweren Lidern und mit feuchten Augen an.

Mit seinen großen, sanften Händen löste er die Finger von meinem Gesicht und küsste meine Handflächen. Ich atmete stockend, während sein Blick von meinem Mund zu meinen Augen wanderte. »Ich werde nie jemanden so lieben wie dich.«

Ich schniefte und berührte sein Gesicht. »Ich kann nicht.«

»Ich weiß«, sagte er mit brechender Stimme. »Ich habe keine Sekunde lang geglaubt, gut genug für dich zu sein.«

Ich verzog das Gesicht. »Das liegt nicht nur an dir, Trav. Wir sind nicht gut füreinander.«

Er wollte etwas erwidern, schien es sich dann aber doch anders zu überlegen. Nach einem langen, tiefen Atemzug legte er seinen Kopf an meine Brust. Als der Wecker elf Uhr anzeigte, ging Travis' Atem endlich langsam und gleichmäßig. Dann glitt auch ich in den Schlaf.

Ich jaulte auf, zog meine Hand vom Ofen weg und steckte den Finger in den Mund.

»Alles okay, Täubchen?«, fragte Travis, der angeschlurft kam. »Mist! Der Boden ist verdammt kalt!« Ich unterdrückte ein Kichern, während er von einem Fuß auf den anderen hüpfte, um seine Fußsohlen an die eisigen Fliesen zu gewöhnen.

Noch fiel kaum Morgenlicht durch die Läden, und bis auf Travis schienen alle Maddox friedlich in ihren Betten zu schlafen. Ich schob die alte Kupferpfanne ein Stück tiefer in den Ofen, schloss die Klappe und hielt meinen Finger unter kaltes Wasser.

»Du kannst ins Bett zurückgehen. Ich musste nur eben den Truthahn reinschieben.«

»Kommst du auch?«, fragte er und schlang gegen die Kälte die Arme um die Brust.

»Klar.«

»Nach dir.« Er zeigte auf die Treppe.

Als wir beide unter die Decken schlüpften, schloss er mich in seine Arme, und wir warteten bibbernd darauf, dass unsere Körperwärme den kleinen Raum zwischen unserer Haut und den Decken aufheizte.

Ich spürte seine Lippen auf meinem Haar und wie er den Kopf drehte: »Schau. Es schneit.«

Ich drehte mich zum Fenster. Die weißen Flocken waren im Dämmerlicht kaum zu sehen. »Das fühlt sich ein bisschen an wie Weihnachten«, sagte ich und spürte, wie es langsam warm wurde. Er seufzte, und ich drehte mich zu ihm, um ihn anzusehen. »Was denn?«

»Zu Weihnachten wirst du nicht hier sein.«

»Ich bin jetzt hier.« Er beugte sich vor, um mich zu küssen. Ich zog meinen Kopf ein Stück zurück. »Trav...«

Sein Griff wurde fester, und er sah mich entschlossen an. »Ich habe keine vierundzwanzig Stunden mehr mit dir, Täubchen. Deshalb werde ich dich küssen. Ich werde dich heute oft küssen. Den ganzen Tag lang. Bei jeder Gelegenheit. Wenn du willst, dass ich damit aufhöre, musst du nur Stopp sagen, aber bis du das tust, werde ich jedes Sekunde meines letzten Tages mit dir ausnutzen.«

»Travis —«. Ich dachte kurz nach und begriff, dass er sich darüber, was sein würde, wenn er mich zurückgebracht hatte, keine Illusionen machte. Ich war hierhergekommen, um etwas vorzutäuschen, und so schwer es hinterher für uns beide werden würde, ich wollte es ihm nicht verbieten.

Als er merkte, dass ich auf seine Lippen schaute, wanderten seine Mundwinkel nach oben, und er beugte sich vor, um seinen weichen Mund auf meinen zu drücken. Es begann süß und unschuldig, aber sobald er seine Lippen öffnete, streichelte ich seine Zunge mit meiner. Sein Körper spannte sich sofort an, er holte durch die Nase tief Luft und presste sich an mich. Ich ließ mein Knie zur Seite fallen, und er war sofort über mir, nahm dabei aber nie seinen Mund von meinem.

Er zog mich aus, und als sich kein Stoff mehr zwischen uns befand, packte er die Eisenstäbe des Kopfteils mit beiden Händen und war in einer einzigen schnellen Bewegung in mich eingedrungen. Ich biss mir heftig auf die Lippe, um einen Aufschrei zu unterdrücken. Travis stöhnte in meinen Mund, und ich stemmte die Füße gegen die Matratze, um meine Hüfte seiner entgegenzustrecken.

Eine Hand an den Eisenstäben, eine in meinem Nacken, stieß er wieder und wieder in mich hinein, und meine Beine erzitterten unter seinen heftigen, entschiedenen Bewegungen. Seine Zunge erforschte meinen Mund, und ich spürte die Vibration seines tiefen Stöhnens in meiner eigenen Brust, während er sein Versprechen hielt, unseren letzten gemeinsamen Tag unvergesslich zu machen. Selbst in tausend Jahren würde ich diesen Moment nicht aus meinem Gedächtnis verbannen können.

Eine ganze Stunde war vergangen, als ich meine Augen schloss und alle Aufmerksamkeit auf das Erschauern in meinem Inneren richtete. Travis hielt die Luft an, bevor er ein letztes Mal tief in mich eindrang. Ich ließ mich völlig erschöpft auf die Matratze sinken. Travis keuchte stumm und war schweißgebadet.

Unten hörte ich Stimmen, und ich hielt mir die Hand vor den Mund, weil ich über unser anzügliches Benehmen lachen musste. Travis rollte sich auf die Seite und musterte mein Gesicht mit seinen sanften, braunen Augen.

»Du hast nur gesagt, du würdest mich küssen.« Ich grinste.

Wie ich so neben seinem nackten Körper lag und die bedingungslose Liebe in seinen Augen sah, überwand ich meine Enttäuschung, meine Wut und meine sture Entschlossenheit. Ich liebte ihn, was für Gründe es auch geben mochte, nicht mit ihm zusammen zu sein. Es schien mir einfach unmöglich, dass wir beide voneinander lassen sollten.

»Warum verbringen wir nicht einfach den ganzen Tag im Bett?«, fragte er lächelnd.

»Ich bin hergekommen, um zu kochen, schon vergessen?«

»Nein, du bist hergekommen, um mir beim Kochen zu helfen, und die Pflicht ruft erst in acht Stunden wieder.«

Ich berührte sein Gesicht. Das Verlangen, unser Leiden zu beenden, war unerträglich geworden. Wenn ich ihm erst gesagt hätte, dass ich meine Meinung geändert hatte und alles wieder gut war, dann würden wir den Tag nicht mit Täuschen verbringen, sondern konnten stattdessen feiern.

»Travis, ich glaube, wir —«

»Sag es nicht, ja? Ich will erst wieder daran denken, wenn ich muss.« Damit stand er auf, zog sich seine Boxershorts an und ging zu meiner Tasche. Er warf meine Kleider aufs Bett und schlüpfte in ein Hemd. »Ich möchte diesen Tag als einen guten in Erinnerung behalten.«

Zum Frühstück machte ich Eier, mittags Sandwiches, und als im Fernsehen das Spiel begann, fing ich mit dem Dinner an. Travis stand bei jeder Gelegenheit hinter mir, schlang seine Arme um meine Taille und war mit seinen Lippen an meinem Hals. Ich merkte, wie ich immer wieder zur Uhr schaute und auf einen Augenblick lauerte, in dem ich ihm meine Entscheidung mitteilen konnte.

Der Tag war erfüllt von Gelächter, Plaudern und ständigen Klagen von Tyler über Travis' permanente Beweise seiner Zuneigung.

»Habt ihr kein Zuhause, Travis? Du meine Güte!«, stöhnte er mehrmals.

»Lass sie in Frieden, Ty«, mahnte Jim.

Als wir uns zum Abendessen setzten, bestand Jim darauf, dass Travis den Truthahn zerteilte, und ich musste lächeln, als er stolz aufstand, um das zu übernehmen. Ich war ein wenig nervös, bis die Welle der Komplimente aufbrandete. Als ich die Pies servierte, war alles andere bis auf den letzten Krümel aufgegessen.

»Habe ich vielleicht nicht genug gekocht?«, erkundigte ich mich lachend.

Jim strahlte und leckte seine Gabel fürs Dessert ab. »Du hast reichlich gekocht, Abby. Wir wollten uns nur bis nächstes Jahr satt essen ... außer du hast Lust, das Ganze schon zu Weihnachten zu wiederholen. Du bist jetzt eine Maddox. Ich erwarte dich an jedem Feiertag, und zwar nicht zum Kochen.«

Ich warf einen schnellen Blick zu Travis, dessen Lächeln verschwunden war, und mein Herz krampfte sich zusammen. »Danke, Jim.«

»Sag das nicht, Dad«, mischte sich Trenton ein. »Sie muss schon kochen. Denn so ein Essen habe ich nicht mehr erlebt, seit ich fünf war!« Er schob sich ein Riesenstück Pecan-Pie in den Mund und brummte zufrieden.

Ich fühlte mich zu Hause an diesem Tisch voller Männer, die sich auf ihren Stühlen zurücklehnten und ihre vollen Bäuche rieben. Ich war überwältigt, als ich mir Weihnachten, Ostern und jeden weiteren Feiertag vorstellte, den ich noch an diesem Tisch verbringen würde. Ich wollte nichts lieber als ein Teil dieser zerbrochenen, lauten Familie sein, die ich so schätzte.

Als auch die Pies aufgegessen waren, begannen Travis' Brüder den Tisch abzuräumen, und die Zwillinge machten sich an den Abwasch.

»Ich erledige das schon«, sagte ich und stand auf.

Jim schüttelte den Kopf. »Nein, das wirst du nicht. Die Jungs können sich darum kümmern. Du gehst jetzt einfach mit Travis auf die Couch und entspannst dich. Du hast hart genug gearbeitet.«

Die Zwillinge spritzten sich gegenseitig mit Spülwasser nass, und Trenton fluchte, nachdem er in einer Pfütze ausgerutscht war und einen Teller fallen gelassen hatte. Thomas schimpfte über seine Brüder, holte Besen und Kehrblech hervor und fegte die Scherben zusammen. Jim klopfte seinen Söhnen auf die Schulter und umarmte mich, bevor er sich zum Schlafen in sein Zimmer zurückzog.

Travis zog meine Beine auf seinen Schoß, streifte mir die Schuhe ab und massierte mir die Fußsohlen. Ich legte den Kopf in den Nacken und seufzte.

»Das war das beste Thanksgiving seit Moms Tod.«

Ich hob den Kopf, um sein Gesicht sehen zu können. Er lächelte, aber man sah ihm auch die Trauer an.

»Ich bin froh, dass ich hier sein konnte.«

Travis' Miene veränderte sich, und mein Herz klopfte heftig, denn ich hoffte, er würde mich noch einmal fragen, damit ich Ja sagen konnte. Las Vegas schien eine Ewigkeit entfernt, während ich hier im Zuhause meiner neuen Familie saß.

»Ich habe mich geändert. Ich weiß nicht, was in Vegas mit mir passiert ist. Das war gar nicht ich. Ich dachte nur daran, was wir uns von dem Geld alles kaufen könnten, aber darüber hinaus habe ich nicht gedacht. Ich habe nicht gesehen, wie sehr es dich verletzt hat, dass ich dich dorthin zurückbringen wollte, aber ich denke, tief in mir drin wusste ich es. Ich habe es verdient, dass du mich verlassen hast. Ich habe all die schlaflosen Nächte und den Schmerz verdient. Das alles brauchte ich, um zu erkennen, wie sehr ich dich brauche und wozu ich bereit bin, um dich in meinem Leben zu halten.«

Ich kaute auf meiner Lippe und wartete ungeduldig auf die Stelle, an der ich Ja sagen konnte. Ich wollte, dass er mich zurück in seine Wohnung brachte und den Rest des Abends mit mir feierte. Ich konnte es gar nicht erwarten, auf der neuen Couch mit Toto zu relaxen, Filme anzugucken und wie früher miteinander zu lachen.

»Du hast gesagt, du bist mit mir fertig, und ich akzeptiere das. Ich bin ein anderer Mensch, seit ich dir begegnet bin. Ich habe mich geändert... zum Besseren. Aber egal, wie sehr ich es versuche, ich kann dir anscheinend nie gerecht werden. Wir waren anfangs nur Freunde, und ich ertrage es nicht, dich zu verlieren. Ich werde dich immer lieben, aber wenn ich dich nicht glücklich machen kann, hat es auch wenig Sinn, wenn ich versuche, dich zurückzugewinnen. Ich kann mir nicht vorstellen, mit jemand anderem zusammen zu sein, aber ich werde glücklich sein, solange wir immerhin gute Freunde sind.«

»Wir sollen gute Freunde sein?«, fragte ich, und die Worte brannten in meinem Mund.

»Du sollst glücklich sein. Egal, was es dazu braucht.«

Mein Inneres zog sich bei seinen Worten zusammen, und ich staunte über den übermächtigen Schmerz. Er ließ mich ziehen, und zwar genau zu dem Zeitpunkt, als ich das nicht mehr wollte. Ich hätte ihm sagen können, dass ich meine Meinung geändert hatte, und dann hätte er bestimmt alles zurückgenommen, was er gerade erklärt hatte, aber ich wusste, es wäre weder ihm noch mir gegenüber fair gewesen, an unserer Beziehung festzuhalten, nachdem er losgelassen hatte.

Ich lächelte gegen meine Tränen an. »Fünfzig Mäuse

darauf, dass du mir dankbar dafür sein wirst, wenn du erst deine künftige Frau kennenlernst.«

Travis runzelte die Stirn und machte ein fassungsloses Gesicht. »Das ist eine leicht zu gewinnende Wette. Die einzige Frau, die ich je heiraten wollte, hat mir gerade das Herz gebrochen.«

Danach konnte ich kein Lächeln mehr vortäuschen. Ich wischte mir über die Augen und stand auf. »Ich denke, es ist jetzt an der Zeit, dass du mich nach Hause bringst.«

»Ach, komm schon, Täubchen. Tut mir leid, was ich da gesagt habe.«

»Das ist es nicht, Trav. Ich bin einfach nur müde.«

Er holte tief Luft und erhob sich ebenfalls. Ich umarmte seine Brüder zum Abschied und bat Trenton, Jim meine Grüße auszurichten. Travis stand mit unserem Gepäck an der Tür, während alle versprachen, zu Weihnachten nach Hause zu kommen. Mein Lächeln hielt so gerade, bis ich aus der Tür war.

Als Travis mich zum Morgan begleitete, war sein Gesicht immer noch traurig, aber die Qual war daraus verschwunden. Das Wochenende war also kein Trick gewesen, um mich zurückzugewinnen. Es war ein Abschluss.

Er küsste mich auf die Wange und hielt mir die Tür auf. Während ich hineinging, sagte er: »Danke für den heutigen Tag. Du weißt gar nicht, wie glücklich du meine Familie gemacht hast.«

Ich blieb unten am Treppenabsatz noch einmal stehen. »Du wirst es ihnen morgen sagen, oder?«

Er schaute kurz auf den Parkplatz und sah dann wieder mich an. »Ich bin mir ziemlich sicher, dass sie es schon wissen. Du bist nicht die Einzige mit einem Pokerface, Täubchen.«

Ich starrte ihn entgeistert an, und zum ersten Mal, seit ich ihn kannte, ließ er mich zurück, ohne sich noch einmal umzudrehen.

18. KAPITEL

Das Päckchen

Die Abschlussprüfungen waren die Hölle für alle. Außer
für mich. Ich beschäftigte mich mit Lernen. Zusammen
mit Kara und America, in meinem Zimmer oder der
Bibliothek. Travis sah ich nur im Vorübergehen, wenn
die Termine für Tests sich änderten. In den Winterfe-
rien fuhr ich mit America nach Hause und war dankbar, dass Shepley bei Travis blieb, denn dann litt ich nicht
unter dem dauernden Anblick ihrer Zärtlichkeiten. An
den letzten vier Ferientagen plagte mich eine Erkältung,
sodass ich einen guten Grund hatte, im Bett zu bleiben.
Travis hatte zwar mit mir befreundet sein wollen, aber er
rief nie an. Es tat mir gut, ein paar Tage in Selbstmitleid
zu versinken. Das wollte ich gern hinter mir haben, bevor ich zurückkehrte.

Die Rückfahrt zur Eastern schien Jahre zu dauern.
Ich war ganz versessen darauf, dass das Frühlingssemester
endlich losging. Noch viel mehr lag mir allerdings daran,
endlich Travis wiederzusehen.

Am ersten Tag mit Lehrveranstaltungen spürte man
geradezu eine Welle frischer Energie, gleichzeitig war
frischer Schnee gefallen. Neue Kurse bedeuteten neue
Freunde und einen Neuanfang. Ich hatte keine einzige

Veranstaltung mit Travis, Parker, Shepley oder America, dafür alle bis auf eine mit Finch.

Gespannt wartete ich beim Mittagessen auf Travis, aber als er hereinkam, zwinkerte er mir nur zu und setzte sich dann zu den anderen Jungs seiner Fraternity ans Ende des Tisches. Ich versuchte, mich auf Americas und Finchs Unterhaltung über das letzte Footballspiel der Saison zu konzentrieren, aber ständig zog Travis' Stimme meine Aufmerksamkeit auf sich. Er gab Geschichten von seinen Abenteuern und grenzwertigen Aktionen in den Ferien zum Besten und berichtete von Trentons neuer Freundin, die sie an einem Abend im Red Door kennengelernt hatten. Ich machte mich auf die Erwähnung irgendeines Mädchens gefasst, das er mit nach Hause genommen oder getroffen hatte, aber falls dem so war, erzählte er seinen Kumpels nichts davon.

Von der Decke der Cafeteria hingen immer noch rote und goldene Kugeln der Weihnachtsdeko. Ich zog meine Strickjacke enger um mich, was Finch bemerkte, der mich daraufhin umarmte und meinen Arm rubbelte. Ich wusste, dass ich viel zu viel Aufmerksamkeit in Travis' Richtung signalisierte, weil ich darauf wartete, dass er mich ansah, aber er schien fast vergessen zu haben, dass ich überhaupt mit am Tisch saß.

Er wirkte auch immun gegen die Horden von Mädchen, die es bei ihm versucht hatten, nachdem unsere Trennung bekannt geworden war. Gleichzeitig war er anscheinend zufrieden damit, dass unser Verhältnis wieder ein platonisches war, wie forciert auch immer das passiert sein mochte.

Nachdem er fertig gegessen hatte, begann mein Herz zu rasen, als er plötzlich hinter mich trat und die Hände auf meine Schultern legte.

»Wie sind deine Veranstaltungen so, Shep?«, fragte er.

Shepley verzog das Gesicht. »Der erste Tag läuft doch immer grausig. Stundenlang nur Gelaber über Lehrpläne und Regeln. Ich weiß gar nicht, warum ich mir die erste Woche überhaupt antue. Und bei dir?«

»Ach ... das gehört eben dazu. Und bei dir, Täubchen?«

»Genauso«, sagte ich bemüht locker.

»Hattest du schöne Ferien?«, fragte er und schaukelte meinen Oberkörper zum Spaß ein bisschen hin und her.

»Ja, ganz schön«, versuchte ich, überzeugt zu klingen.

»Fein. Ich muss zum Unterricht. Bis später, Leute.«

Ich sah ihm nach, wie er zum Ausgang lief, beide Türen aufstieß und sich noch im Gehen eine Zigarette anzündete.

»Hallo?« America schien irritiert.

»Was denn?«, fragte Shepley.

»Das war doch jetzt irgendwie seltsam, oder?«

»Wieso?«, fragte Shepley und schob Americas blonde Mähne beiseite, um mit seinen Lippen über ihren Nacken zu streichen.

America lächelte und genoss seinen Kuss sichtlich. »Er ist fast wieder normal ... also, so normal, wie Travis eben sein kann. Was ist bloß los mit ihm?«

Shepley schüttelte den Kopf und zuckte mit den Schultern. »Keine Ahnung. Er ist aber schon eine ganze Weile so.«

»Wie verdreht ist das denn, Abby? Ihm geht's gut und dir schlecht«, stellte America fest.

»Dir geht es schlecht?«, fragte Shepley erstaunt.

Mir blieb vor Schreck der Mund offen, und ich wurde knallrot. »Geht es nicht!«

America stocherte in ihrem Salat herum. »Na, er ist ja schon fast euphorisch.«

»Lass das, Mare«, warnte ich sie.

Sie nahm einen Bissen. »Ich glaube, er tut nur so.«

Shepley stupste sie an. »Sag mal, America? Gehst du jetzt mit mir auf die Date-Party am Valentinstag?«

»Kannst du mich das nicht wie ein normaler Freund fragen? Ein bisschen romantischer?«

»Ich habe dich schon gefragt ... mehrmals. Und jedes Mal hast du gesagt, ich soll dich später noch mal fragen.«

Schmollend ließ sie sich auf ihrem Stuhl zusammensinken. »Ohne Abby will ich da nicht hin.«

Shepley verzog enttäuscht das Gesicht. »Beim letzten Mal war sie fast die ganze Zeit nur mit Trav zusammen. Du hast sie kaum gesehen.«

»Jetzt sei doch kein Baby, Mare.« Ich warf mit einer Selleriestange nach ihr.

Finch stupste mich mit dem Ellbogen an. »Ich würde ja mit dir hingehen, Cupcake, aber ich steh leider nicht so auf diese Fraternity-Jungs.«

»Das ist eigentlich eine verdammt gute Idee«, strahlte Shepley.

Finch schnitt eine Grimasse. »Ich bin kein Sig Tau, Shep. Ich bin gar nichts. Fraternitys verstoßen gegen meine Glaubensgrundsätze.«

»Ach bitte, Finch«, bettelte America.

»Déjà-vu«, brummte ich.

Finch sah mich aus dem Augenwinkel an und seufzte dann. »Es ist nichts Persönliches, Abby. Aber ich hatte noch nie auch nur ein normales Date – mit einem Mädchen.«

»Ich weiß.« Abwehrend hob ich die Hände. »Ist schon gut. Wirklich.«

»Ich brauche dich dort«, sagte America. »Wir haben doch einen Pakt, erinnerst du dich? Keine Partys im Alleingang.«

»Du wärst ja wohl kaum allein, Mare. Jetzt sei doch

mal nicht so theatralisch«, erwiderte ich zunehmend genervt.

»Theatralisch? Ich habe in den Ferien den Mülleimer neben dein Bett gezerrt, die ganze Nacht lang die Kleenex-Schachtel für dich gehalten und bin zweimal aufgestanden, um dir Hustensaft zu verabreichen! Da bist du mir was schuldig!«

Ich zog die Nase kraus. »Ich habe dir schon oft genug beim Kotzen die Haare aus dem Gesicht gehalten, America Mason!«

»Du hast mir ins Gesicht geniest!«, konterte sie.

Ich blies mir die Ponyfransen aus der Stirn. »Na schön«, murmelte ich schließlich mit zusammengebissenen Zähnen.

»Finch?«, fragte ich mit meinem schönsten falschen Lächeln. »Würdest du mit mir auf diese blöde Date-Party der Sig Tau gehen?«

Finch nahm mich von der Seite her in den Arm. »Ja, aber nur weil du sie blöd genannt hast.«

Der Rest des Tages verlief, abgesehen von einer Schneeballschlacht unter den Studenten und einem kurzen, verklemmten Gespräch mit Parker über ein neues Burgerlokal in der Stadt, ereignislos. Am Abend kam America zu mir ins Zimmer und erzählte munter von ihrem Tag und den Plänen mit Shepley für das bevorstehende Wochenende. Dann suchten wir im Internet nach witzigen Videos und lachten so viel, dass wir uns die Tränen abwischen mussten. Kara schnaubte ein paarmal über die Störung, aber wir ignorierten sie einfach.

Irgendwann sah America gähnend auf ihre Uhr. »Ich gehe schlaf- oh Mist!« Sie schnippte mit den Fingern. »Jetzt habe ich meine Kosmetiktasche bei Shep vergessen.«

»Das ist doch keine Tragödie, Mare«, meinte ich, immer noch kichernd über das letzte Video, das wir uns angeschaut hatten.

»Nein, wenn meine Pille da nicht auch drin wäre. Komm, die muss ich mir noch holen.«

»Kannst du nicht einfach Shepley bitten, dass er sie vorbeibringt?«

»Travis hat seinen Wagen. Er ist mit Trent im Red.«

Ich fühlte mich mit einem Mal elend. »Schon wieder? Warum hängt er überhaupt so viel mit Trent rum?«

America zuckte mit den Schultern. »Kümmert uns das? Komm schon!«

»Ich will Travis nicht über den Weg laufen. Das wäre eigenartig.«

»Hörst du mir eigentlich jemals zu? Er ist im Red. Also komm!«, jammerte sie und zog an meinem Arm.

Widerstrebend stand ich auf und ließ mich von ihr aus dem Zimmer ziehen.

»Na endlich«, sagte Kara.

Als wir vor Travis' Apartment hielten, bemerkte ich, dass die Harley unter der Treppe geparkt war, Shepleys Dodge Charger aber verschwunden war. Erleichtert folgte ich America die vereisten Stufen hinauf.

»Sei vorsichtig«, warnte sie mich.

Hätte ich geahnt, wie beunruhigend es sich anfühlen würde, wieder einen Fuß in die Wohnung zu setzen, hätte ich mich von America nicht dazu überreden lassen. Toto kam in vollem Tempo um die Ecke geschossen und schlitterte auf seinen Welpenpfoten auf mich zu. Ich hob ihn hoch und ließ mir von ihm zur Begrüßung das Gesicht lecken. Wenigstens er schien mich nicht vergessen zu haben.

Ich behielt ihn auf dem Arm, während America nach ihrem Kulturbeutel suchte.

»Ich weiß, dass ich ihn hiergelassen habe!«, hörte ich sie aus dem Bad, von wo aus sie anschließend in Shepleys Zimmer stapfte.

»Hast du in dem Schränkchen unter dem Waschbecken nachgesehen?«, fragte Shepley.

Ich schaute auf meine Armbanduhr. »Beeil dich, Mare. Wir müssen los.«

Frustriert hörte ich America aus Sheps Zimmer seufzen.

Ich schaute gerade erneut auf die Uhr, als ich zusammenschrak, weil hinter mir die Wohnungstür aufgestoßen wurde. Travis kam hereingestolpert, die Arme um die kichernde Megan geschlungen. Mir fiel ein Päckchen ins Auge, das sie in der Hand hielt, und mir wurde ganz schlecht, als ich erkannte, was es war: Kondome.

Travis erstarrte, wie ich da so allein mitten im Wohnzimmer stand. Auch Megan schaute auf, immer noch ein Lächeln im Gesicht.

»Abby«, rief Travis erschrocken.

»Hab sie!«, rief America und kam aus Shepleys Zimmer.

»Was machst du hier?«, fragte er. Die Whiskeyfahne wehte mich gleichzeitig mit ein paar Schneeflocken an, und meine unkontrollierbare Wut war stärker als das Bedürfnis, Gleichgültigkeit vorzutäuschen.

»Wie schön zu sehen, dass du wieder ganz der Alte bist, Trav«, sagte ich. Und die Hitze, die von meinem Gesicht ausstrahlte, ließ meinen Blick verschwimmen.

»Wir sind schon wieder weg«, schnaubte America. Sie nahm mich bei der Hand, und so rauschten wir an Travis vorbei.

Wir rannten die Stufen zu ihrem Wagen runter, und ich war froh, dass es nur ein paar Schritte waren, denn ich spürte bereits, dass mir die Tränen kamen. Als meine

Jacke irgendwo hängen blieb, wäre ich fast hingefallen. America ließ mich los und fuhr gleichzeitig mit mir herum.

Travis hatte meine Jacke gepackt, und meine Ohren glühten so, dass es sich in der kalten Abendluft wie Nadelstiche anfühlte. Sein Mund und Hals waren von einem geradezu grotesken Dunkelrot.

»Wo willst du hin?«, wiederholte er halb betrunken, halb erstaunt.

»Nach Hause«, giftete ich ihn an.

»Was hast du hier gewollt?«

Ich hörte den Schnee unter Americas Sohlen knirschen, als sie hinter mich trat. Gleichzeitig flog Shepley die Stufen herunter und postierte sich hinter Travis, den Blick wachsam auf seine Freundin gerichtet.

»Tut mir leid. Hätte ich gewusst, dass du hier sein würdest, wäre ich nicht gekommen.«

Er schob die Hände in seine Jackentaschen. »Du kannst herkommen, wann immer du willst, Täubchen. Ich wollte nie, dass du von hier fortbleibst.«

Ich schaffte es nicht, den ätzenden Ton aus meiner Stimme zu lassen. »Ich will nicht stören.« Ich schaute zum oberen Ende der Treppe, von wo Megan mit selbstgefälliger Miene zu uns herabsah. »Genieß deinen Abend«, sagte ich und wandte mich ab.

Er packte mich am Arm. »Warte. Bist du sauer?«

Ich riss mich los. »Warum nur ... wundere ich mich?«

Er runzelte die Stirn. »Ich kann es dir einfach nicht recht machen! Du sagst, du bist fertig mit mir ... Und ich leide hier wie ein Hund! Ich musste mein Handy in tausend Teile zertrümmern, um mich davon abzuhalten, dich in jeder Minute des verdammten Tages anzurufen – in der Schule musste ich so tun, als sei alles ganz okay, nur damit du glücklich sein kannst ... und jetzt bist du, Scheiße noch mal, sauer auf mich? Dabei hast du mir mein verdammtes Herz gebrochen!« Seine letzten Worte hallten in der Nacht wider.

»Travis, du bist betrunken. Lass Abby nach Hause fahren«, meinte Shepley.

Travis packte mich an den Schultern und zog mich an sich. »Willst du mich, oder willst du mich nicht? Du kannst das mit mir nicht so weitermachen!«

»Ich bin nicht hergekommen, um dich zu treffen.« Ich funkelte ihn böse an.

»Ich will sie gar nicht.« Er starrte auf meinen Mund. »Ich bin nur so verdammt unglücklich.« Seine Augen begannen zu glänzen, und er beugte sich vor, um mich zu küssen.

Ich schob ihn am Kinn zurück. »Du hast ihren Lippenstift am Mund, Travis«, sagte ich angewidert.

Er trat einen Schritt zurück, wischte sich mit seinem T-Shirt über den Mund und starrte kopfschüttelnd auf die roten Spuren auf dem weißen Stoff. »Ich wollte einfach vergessen. Wenigstens für eine verdammte Nacht lang.«

Ich wischte mir eine einzelne Träne ab. »Dann lass dich von mir nicht davon abhalten.«

Danach versuchte ich, mich Richtung Honda zurückzuziehen, aber Travis griff wieder nach meinem Arm. Im nächsten Moment schlug America ihm mit ihren Fäusten heftig auf den Arm. Er blinzelte ungläubig. Als sie gegen seine Brust trommelte, ließ er mich los.

»Lass sie in Ruhe, du Scheißkerl!«

Da packte Shepley sie, doch sie stieß ihn weg und gab Travis eine Ohrfeige. Alle erstarrten, erschrocken über Americas heftigen Zorn.

Travis runzelte nur die Stirn, verteidigte sich jedoch nicht. Shepley packte sie erneut, diesmal bei den Handgelenken und zerrte sie zum Honda, während sie heftig kämpfte und sich loszureißen versuchte. Ich staunte darüber, wie entschlossen sie auf Travis losging. In ihren sonst so sanften Augen loderte purer Hass.

»Wie konntest du nur? Sie hätte Besseres von dir verdient, Travis!«

»America, *lass das*!«, brüllte Shepley.

Sie ließ resigniert die Arme sinken, während sie ihn ungläubig anstarrte. »Du verteidigst ihn?«

Er wirkte nervös, aber er beharrte auf seinem Standpunkt. »Abby hat mit ihm Schluss gemacht. Er versucht bloß, darüber hinwegzukommen.«

Ihre Augen wurden schmal. »Na dann, zieh doch auch los und such dir eine x-beliebige *Nutte*...« Sie warf Megan einen verächtlichen Blick zu. »...im Red findest du was zum Vögeln... und lass mich anschließend wissen, ob es dir hilft, über mich hinwegzukommen.«

»Mare.« Shepley wollte sie festhalten, aber sie entwand sich seinem Griff und setzte sich bebend hinters Steuer. Ich stieg neben ihr ein und versuchte, Travis nicht anzusehen.

»Baby, geh nicht«, flehte Shepley und beugte sich zu ihrem Fenster herunter.

Sie ließ den Wagen an. »Es gibt hier eine richtige und eine falsche Seite, Shep. Und du stehst auf der falschen.«

»Ich stehe an deiner Seite«, sagte er verzweifelt.

»Nein, das tust du nicht mehr.« Sie setzte zurück.

»America? America!«, rief Shepley ihr nach, während sie schon auf die Straße zubrauste und ihn zurückließ.

Ich seufzte. »Mare, du kannst nicht deshalb mit ihm Schluss machen. Er hat recht.«

America legte eine Hand auf meine und drückte sie. »Nein, hat er nicht. Nichts von dem, was da gerade passierte, war richtig.«

Als wir auf den Parkplatz neben dem Morgan einbogen, klingelte Americas Telefon. Sie verdrehte die Augen und nahm das Gespräch an. »Ich will nicht, dass du mich noch mal anrufst, und das ist mein Ernst, Shep«, sagte sie. »Nein, bist du nicht … weil ich es nicht will, darum. Du kannst nicht verteidigen, was er gemacht hat; du kannst nicht darüber hinwegsehen, was er Abby damit antut, und gleichzeitig mit mir zusammen sein … genau das meine ich, Shepley. Er hat dich nicht mal darum gebeten, ihn zu verteidigen! Hach … ich bin es leid, darüber zu sprechen. Ruf mich nicht mehr an. Wiedersehen.«

Sie sprang aus dem Wagen, stapfte über den Parkplatz und die Stufen hinauf. Ich versuchte, mit ihr Schritt zu halten.

Als ihr Telefon erneut klingelte, schaltete sie es aus. »Travis hat Megan von Shep nach Hause bringen lassen. Auf dem Rückweg wollte er hier vorbeikommen.«

»Lass das zu, Mare.«

»Nein. Du bist meine beste Freundin. Ich kann nicht ertragen, was ich da heute Abend gesehen habe, und ich kann nicht mit jemandem zusammen sein, der das gutheißt. Ende der Debatte, Abby, und das meine ich so.«

Ich nickte, und da fasste sie mich um die Schultern und zog mich an sich, während wir die Treppe zu unseren Zimmern hochstiegen. Kara schlief schon, und ich kroch einfach angezogen, inklusive Jacke, ins Bett. Ich konnte nicht aufhören, an Travis zu denken, wie er, das Gesicht von Megans Lippenstift rot verschmiert, zur Tür hereingestolpert war. Ich versuchte, mir nicht auszumalen, was danach passiert wäre, hätte er mich nicht angetroffen, und schließlich fühlte ich nur noch Verzweiflung. Shepley hatte recht. Es stand mir nicht zu, wütend zu sein, aber das half mir nicht dabei, den Schmerz auszublenden.

Finch schüttelte den Kopf, als ich mich neben ihn setzte. Ich wusste, wie schlimm ich aussah; es gelang mir kaum, die nötige Energie aufzubringen, um mich umzuziehen und mir die Zähne zu putzen. In der Nacht hatte ich nur eine Stunde geschlafen, weil ich den Anblick von rotem Lippenstift auf Travis' Mund und die Schuldgefühle wegen der Trennung von America und Shepley nicht losgeworden war.

America hatte gleich beschlossen, im Bett zu bleiben, denn wenn die Wut erst verraucht wäre, würde sich die Schwermut breitmachen. Sie liebte Shepley, und obwohl sie wild entschlossen war, die Sache zu beenden, weil er sich für die falsche Seite entschieden hatte, würde es verdammt hart werden.

Nach der Vorlesung ging Finch mit mir in die Cafeteria. Wie ich befürchtet hatte, wartete an der Tür Shepley.

»Wo ist Mare?«

»Sie ist heute Morgen nicht zum Unterricht gegangen.«

»Ist sie in ihrem Zimmer?«, fragte er und wandte sich schon zum Morgan.

»Es tut mir leid, Shepley«, rief ich ihm noch nach.

Er wirbelte herum, und ich sah das Gesicht eines Mannes am Anschlag. »Ich wünschte, du und Travis, ihr würdet euren Scheiß endlich auf die Reihe kriegen! Ihr seid wie ein gottverdammter Tornado! Wenn ihr glücklich seid, ist alles friedlich und der Himmel voller Geigen. Wenn ihr angepisst seid, reißt ihr die ganze verdammte Welt mit euch in den Abgrund!« Danach stapfte er davon.

»Na, das lief ja großartig.« Finch zog mich mit sich in die Cafeteria. »Die ganze Welt. Wow. Meinst du, du könntest deinen Liebeszauber noch vor der Prüfung am Freitag wirken lassen?«

»Werde sehen, was ich tun kann.«

Finch suchte einen anderen als unseren üblichen Tisch aus, und ich folgte ihm nur zu gern dorthin. Travis saß bei seinen Kumpeln aus der Fraternity, holte sich allerdings kein Tablett und blieb auch nicht lange. Mich bemerkte er erst im Rausgehen, aber er blieb nicht stehen.

»Dann haben America und Shepley also Schluss gemacht, was?«, fragte Finch kauend.

»Wir waren gestern Abend bei Shep, und Travis kam mit Megan nach Hause und ... es war ein Chaos. Jeder von ihnen hat Partei ergriffen.«

»Autsch.«

»Genau. Ich fühle mich schrecklich deshalb.«

Finch klopfte mir auf den Rücken. »Das sind ihre Entscheidungen, Abby. Dann schätze ich mal, dass uns diese Valentinssache bei Sig Tau erspart bleibt.«

»Sieht so aus.«

Finch lächelte. »Ich führe dich trotzdem aus. Euch beide, dich und Mare. Das wird sicher nett.«

Ich lehnte mich an seine Schulter. »Du bist der Beste, Finch.«

An den Valentinstag hatte ich gar nicht mehr gedacht, aber jetzt war ich froh, etwas vorzuhaben. Ich wollte mir gar nicht ausmalen, wie es wäre, den Abend mit America allein zu verbringen, die sich ununterbrochen über Shepley und Travis ausgelassen hätte.

Der Januar verstrich, und nach einem ernsthaften, aber vergeblichen Versuch von Shepley, America zurückzugewinnen, sah ich ihn und Travis immer seltener. Ab Februar kamen die beiden überhaupt nicht mehr in die Cafeteria, und ich sah Travis nur noch ein paarmal auf dem Weg von oder zu Lehrveranstaltungen.

Am Wochenende vor dem Valentinstag überredeten

mich America und Finch, ins Red zu gehen, aber während der ganzen Fahrt zu dem Klub graute mir davor, Travis dort anzutreffen. Nachdem wir reingegangen waren, seufzte ich vor Erleichterung, weil keine Spur von ihm zu sehen war.

»Die erste Runde geht auf mich«, verkündete Finch, zeigte auf einen Tisch und machte sich auf den Weg durch die Menge Richtung Bar.

Wir setzten uns und beobachteten die Tanzfläche, die eben noch leer, aber auf einmal voll mit betrunkenen Collegestudenten war. Nach der fünften Runde schleppte Finch auch uns auf die Tanzfläche, denn ich fühlte mich endlich entspannt genug, um Spaß zu haben. Wir kicherten und stießen zusammen, außerdem lachten wir hysterisch, als ein Mann seine Tanzpartnerin herumwirbelte, sie allerdings seine Hand verfehlte und daraufhin auf dem Po über den Boden schlitterte.

America reckte die Arme über den Kopf und schüttelte ihre Locken zur Musik. Ich lachte über ihr typisches Tanzgesicht, verstummte aber abrupt, als ich Shepley hinter ihr auftauchen sah. Er flüsterte ihr irgendwas ins Ohr, und sie fuhr herum. Die beiden wechselten ein paar Worte, dann fasste America mich bei der Hand und führte mich an unseren Tisch zurück.

»Typisch. Wir gehen mal einen Abend aus, und schon muss er aufkreuzen«, brummte sie.

Finch brachte noch ein Bier und einen Shot für jeden von uns. »Ich dachte, das könntet ihr jetzt brauchen.«

»Richtig gedacht.« America legte den Kopf in den Nacken, bevor wir auch nur anstoßen konnten. Ich schüttelte den Kopf und prostete Finch zu. Danach versuchte ich, meine Blicke auf die Gesichter meiner Freunde zu konzentrieren, denn nachdem Shepley hier war, konnte auch Travis nicht weit sein.

Aus den Boxen ertönte ein neuer Song, und America stand auf. »Ach, zum Teufel! Ich werde jetzt doch nicht den Rest des Abends an diesem Tisch hocken.«

»Meine Heldin!« Finch grinste und folgte ihr auf die Tanzfläche.

Ich schloss mich den beiden an, hielt aber auch Ausschau nach Shepley. Er schien verschwunden. Also versuchte ich, die Befürchtung abzuschütteln, Travis könnte mit Megan auf der Tanzfläche auftauchen. Ein Junge, den ich auf dem Campus schon öfter gesehen hatte, tanzte hinter America, und sie lächelte über die willkommene Ablenkung. Ich hegte den Verdacht, dass sie eine besondere Show abzog, um zu zeigen, wie gut sie sich amüsierte. Als ich erneut zu ihr hinübersah, war ihr Tanzpartner allerdings nicht mehr da. America schwang weiter ihre Hüften im Rhythmus der Musik.

Als der nächste Song anfing, erschien ein anderer Typ hinter America, dessen Freund sich mir näherte. Ich war etwas verunsichert, als ich seine Hände auf meinen Hüften spürte. Und als hätte er meine Gedanken gelesen, waren seine Hände im nächsten Moment auch schon wieder verschwunden. Ich blickte hinter mich, und der ganze Typ war weg. Ich sah zu America hinüber, und auch ihr Partner war nicht mehr da.

Nach dem dritten Stück war ich verschwitzt und erschöpft. Ich kehrte an unseren Tisch zurück, stützte den Kopf in die Hand und musste lachen, als ich sah, wie ein weiterer hoffnungsvoller Mann America um einen Tanz bat. Sie zwinkerte mir noch zu, da fuhr ich auch schon hoch, als ich bemerkte, wie er nach hinten gezerrt wurde und in der Menge verschwand.

Ich stand auf und ging um die Tanzfläche herum. Adrenalin mischte sich mit dem schon reichlich vorhandenen Alkohol in meinem Blut, als ich Shepley entdeckte, der den entgeisterten Jungen am Kragen gepackt hielt. Travis stand neben ihm und lachte, bis er aufblickte und mich entdeckte. Er stieß Shepley an, und als der daraufhin auch in meine Richtung schaute, schubste er sein Opfer zurück auf die Tanzfläche.

Sie hatten sich also diese Typen, die mit uns tanzten, von der Tanzfläche gegriffen und ihnen gedroht, damit sie sich von uns fernhielten.

Ich funkelte die beiden böse an und wollte mich abwenden, als Shepley mich am Handgelenk packte und grinsend bat: »Verrat es ihr nicht!«

»Was zum Teufel denkst du dir dabei, Shep?«

Er schien immer noch stolz auf sich zu sein. »Ich liebe sie. Da kann ich doch keine fremden Typen mit ihr tanzen lassen.«

»Und welche Entschuldigung hast du dafür, den Jungen von der Tanzfläche zu zerren, der mit mir tanzen wollte?«, fragte ich mit verschränkten Armen.

»Das war ich nicht«, sagte Shepley und warf einen raschen Blick zu Travis. »Tut mir leid, Abby. Wir haben uns nur einen Spaß erlaubt.«

»Das war nicht spaßig.«

»Was war nicht spaßig?« America starrte Shepley grimmig an.

Er schluckte und schickte einen bittenden Blick in meine Richtung. Da ich ihm einen Gefallen schuldig war, hielt ich meinen Mund. Und ehe America nachhaken konnte, wandte Shepley sich mit Liebe und Bewunderung in den Augen an sie: »Lust zu tanzen?«

»Nein, keine Lust zu tanzen«, äffte sie ihn nach und stolzierte zu unserem Tisch zurück. Er folgte ihr und ließ Travis und mich einfach stehen.

Travis zuckte mit den Schultern. »Lust zu tanzen?«

»Wieso? Ist Megan nicht da?«

»Früher warst du irgendwie süßer, wenn du betrunken warst.«

»Es freut mich, dich zu enttäuschen«, knurrte ich und marschierte zur Bar.

Er folgte mir und scheuchte zwei Jungs von ihren Hockern. Meinen finsteren Blick ignorierte er.

»Willst du dich nicht setzen? Dann kaufe ich dir ein Bier.«

»Ich dachte, du kaufst für Mädchen keine Drinks an der Bar.«

»Du bist ja auch was anderes.«

»Ja, das habe ich schon öfter von dir gehört.«

»Komm schon, Täubchen. Was ist bloß aus unserer Freundschaft geworden?«

»Wir können nicht befreundet sein, Travis.«

»Warum denn nicht?«

»Weil ich nicht zuschauen will, wie du jeden Abend ein anderes Mädchen malträtierst, und weil du niemanden mit mir tanzen lässt.«

Er grinste. »Ich liebe dich. Da kann ich doch nicht irgendwelche anderen Typen mit dir tanzen lassen.«

»Ach ja? Wie sehr hast du mich denn geliebt, als du dir die Schachtel Kondome gekauft hast?«

Travis zuckte zusammen, und ich stand auf, um an unseren Tisch zurückzukehren. Dort standen Shepley und America eng umschlungen und küssten sich leidenschaftlich.

»Ich glaube, wir werden doch auf die Valentine's-Date-Party bei Sig Tau müssen«, sagte Finch stirnrunzelnd.

Ich seufzte. »Mist.«

19. KAPITEL

Hellerton

America wohnte seit ihrer Versöhnung mit Shepley nicht mehr im Morgan. Beim Mittagessen war sie nie mehr da, und selbst ihre Anrufe waren selten. Ich nahm es ihnen nicht übel, dass sie auf diese Weise die Zeit nachholten, die ihnen während der Trennung verloren gegangen war. Offen gestanden war ich sogar froh, dass America zu beschäftigt war, um mich von Shepleys und Travis' Wohnung aus anzurufen. Es war seltsam, Travis im Hintergrund zu hören, und ich war ein wenig eifersüchtig, weil sie Zeit mit ihm verbringen konnte.

Finch und ich sahen einander immer häufiger, und ich war richtig froh darüber, dass er ebenso allein war wie ich. Wir gingen zusammen zu den Lehrveranstaltungen, aßen und lernten zusammen, und selbst Kara gewöhnte sich mit der Zeit an ihn.

Als ich eines Tages mal wieder neben dem rauchenden Finch vor dem Morgan in der Kälte stand, rief jemand meinen Namen. »Abby?«

Ich drehte mich um und sah Parker auf uns zu schlendern. Ich musste lachen, als er eine imaginäre Zigarette an die Lippen führte und eine kleine Wolke in die kalte Luft blies.

»Du könntest dir so eine Menge Geld sparen, Finch«, meinte er grinsend.

»Was gibt's, Parker?«, fragte ich.

Er fischte zwei Karten aus seiner Tasche. »Jetzt läuft doch dieser neue Vietnam-Film. Letztens hast du erwähnt, dass du den gerne sehen würdest, also habe ich uns einfach mal zwei Tickets für heute Abend besorgt.«

»Kein Zwang«, bemerkte Finch.

»Ich kann auch mit Brad gehen, wenn du schon was vorhast«, meinte Parker achselzuckend.

»Das wäre aber kein Date?«, hakte ich nach.

»Nö, wir sind doch bloß befreundet.«

»Und wir haben ja alle gesehen, wie gut so was bei dir funktioniert«, ätzte Finch.

»Ach, halt die Klappe!« Ich kicherte. »Das klingt gut, Parker. Danke.«

Seine Miene hellte sich auf. »Hast du vorher noch Lust auf eine Pizza oder irgendwas anderes?«

»Pizza ist prima.«

»Dann hole ich dich ungefähr um halb sieben ab?«

Ich nickte, und Parker winkte zum Abschied.

»Ach du meine Güte«, sagte Finch. »Du weißt, dass das Travis nicht kaltlassen wird, wenn er davon Wind bekommt.«

»Du hast ihn doch selbst gehört. Das ist kein Date. Und ich kann meine Freizeit nicht danach ausrichten, was Travis passt. Er hat sich schließlich auch nicht mit mir abgesprochen, bevor er Megan abgeschleppt hat.«

»Darüber kommst du wohl nie hinweg, was?«

»Wahrscheinlich nicht.«

Wir setzten uns in eine Nische, und ich rubbelte meine behandschuhten Hände, um mich aufzuwärmen. Mir entging nicht, dass es derselbe Tisch war, an dem ich bei meiner ersten Begegnung mit Travis gesessen hatte. Bei der Erinnerung an diesen Tag musste ich automatisch lächeln.

»Was ist so lustig?«, fragte Parker.

»Ich mag nur einfach das Lokal. Gute Erinnerungen.«

»Ich habe das Armband bemerkt.«

Ich schaute auf die glitzernden Diamanten an meinem Handgelenk. »Ich habe dir gesagt, dass es mir gefällt.«

Die Kellnerin brachte uns Speisekarten und nahm die Getränkebestellung auf. Parker erzählte mir von seinem Zeitplan in diesem Frühjahr und berichtete von den Fortschritten bei der Vorbereitung auf den Zulassungstest für das Medical College. Als die Kellnerin unser Bier servierte, hatte er noch kaum einmal Luft geholt. Er wirkte nervös, und ich fragte mich, ob er das Ganze nicht doch für ein Date hielt.

Er räusperte sich und nahm rasch einen Schluck von seinem Bier. »Entschuldige. Ich glaube, jetzt habe ich genug monologisiert. Ich habe schon so lange nicht mehr mit dir gesprochen... deshalb hatte ich wohl eine Menge zu sagen.«

»Das ist schon in Ordnung. Es ist ja wirklich ewig her.«

Genau in dem Moment ging die Tür des Lokals auf, und ich sah Travis mit Shepley hereinkommen. Travis fing sofort meinen Blick auf, aber er wirkte kein bisschen erstaunt.

»O mein Gott«, murmelte ich leise.

»Was ist denn?«, fragte Parker, drehte sich um und sah noch, wie die beiden sich in eine Nische auf der gegenüberliegenden Seite des Raumes setzten.

»Gleich die Straße runter gibt es einen Burgerladen, in den wir auch gehen können«, sagte Parker, noch nervöser als vorher und mit gedämpfter Stimme.

»Es wäre noch seltsamer, jetzt zu gehen«, brummte ich. Resigniert verzog er das Gesicht. »Hast wohl recht.«

Wir versuchten, unsere Unterhaltung wiederaufzunehmen, aber es fühlte sich gezwungen und unbehaglich an. Die Kellnerin verbrachte auffällig viel Zeit an Travis' Tisch, fuhr sich mit den Fingern durch die Haare und plauderte. Erst als Travis' Handy klingelte, erinnerte sie sich endlich daran, unsere Bestellung aufzunehmen.

»Ich nehme die Tortellini«, sagte Parker und sah mich an.

»Und ich nehme …« Es lenkte mich ab, dass Travis und Shepley aufstanden.

Travis folgte Shepley zur Tür, zögerte, blieb stehen und drehte sich noch mal um. Als er sah, dass ich ihn beobachtete, kam er direkt auf mich zu. Die Kellnerin lächelte erwartungsvoll, doch sie wurde rasch enttäuscht, als er neben mir stehen blieb, ohne sie auch nur eines Blickes zu würdigen.

»Ich habe in fünfundvierzig Minuten einen Kampf, Täubchen. Und ich … will, dass du da bist.«

»Trav …«

Seine Miene war unbewegt, aber ich sah die Anspannung um seine Augen. Ich war mir nicht sicher, ob er nur mein Abendessen mit Parker unterbinden oder ob er mich wirklich bei sich haben wollte, aber meine Entscheidung war in der Sekunde gefallen, als er mich darum bat.

»Ich brauche dich dort. Es ist eine Revanche mit Brady Hoffman, dem Typen von der State. Es ist ein großes Publikum, viel Kohle im Spiel … und Adam sagt, Brady hat trainiert.«

»Du hast ihn schon mal besiegt, Travis, du weißt, dass das ein leichter Sieg wird.«

»Abby«, sagte Parker leise.

»Ich brauche dich dort«, wiederholte Travis.

Ich sah Parker mit einem entschuldigenden Lächeln an. »Tut mir leid.«

»Ist das dein Ernst?« Er riss vor Staunen die Augen auf. »Du willst jetzt, mitten im Essen, einfach gehen?«

»Du kannst doch immer noch Brad anrufen, oder?«, schlug ich vor und stand bereits auf.

Travis' Züge entspannten sich kaum merklich, als er einen Zwanziger auf den Tisch warf. »Das sollte reichen.«

»Was interessiert mich das Geld? ... Abby ...«

Ich zuckte mit den Schultern. »Er ist mein bester Freund, Parker. Wenn er mich braucht, muss ich gehen.«

Ich spürte, wie Travis' Hand meine umschloss. Parker sah uns völlig entgeistert nach. Shepley saß telefonierend in seinem Dodge Charger. Travis stieg hinten mit mir ein und hielt meine Hand fest.

»Ich hatte gerade Adam am Telefon, Trav. Er sagt, die Jungs von der State sind alle besoffen und mit den Taschen voller Geld aufgekreuzt. Sie sind wohl schon ziemlich sauer, also solltest du Abby lieber draußen lassen.«

Travis nickte. »Du kannst ja auf sie aufpassen.«

»Wo ist America?«, fragte ich.

»Lernt für ihren Physiktest.«

»Das ist ein hübsches Labor«, grinste Travis.

Ich lachte auf.

»Wann warst du denn da? Du hattest doch nie Physik«, wunderte sich Shepley.

Travis kicherte, und ich stieß ihn mit dem Ellbogen an. Er zwinkerte mir zu und drückte erneut meine Hand. Ich wusste genau, woran er dachte. In diesem kurzen Augenblick fühlte es sich an, als hätte sich nichts geändert.

Wir hielten in einer dunklen Ecke des Parkplatzes, und Travis weigerte sich, meine Hand loszulassen, bis wir durch ein Kellerfenster des Hellerton Science Building kletterten.

Wir hatten kaum den Flur betreten, da drang auch schon das Gebrüll der Menge an unsere Ohren. Ich erblickte ein Meer von Gesichtern, die meisten davon waren mir unbekannt. Jeder hielt eine Bierflasche in der Hand, aber die Studenten der State waren leicht zu erkennen. Sie schwankten bereits mit halb geschlossenen Augen.

»Bleib dicht bei Shepley. Es wird hier drin wild zugehen«, raunte Travis hinter mir.

Das Untergeschoss des Hellerton war das größte auf dem Campus, deshalb nutzte Adam es gerne für Kämpfe, wenn er mit vielen Zuschauern rechnete. Obwohl es so viel Platz bot, drängten sich die Leute diesmal bis zu den Wänden.

Adam kam auf uns zu und versuchte nicht mal, seine Missbilligung zu verbergen. »Ich habe dir gesagt, dass du dein Mädchen nicht mehr zu den Kämpfen mitbringen sollst, Travis.«

»Sie ist nicht mehr mein Mädchen«, gab Travis zurück.

Ich machte ein gleichmütiges Gesicht, aber es fühlte sich an wie ein Messerstich in die Brust.

Adam schaute auf unsere verschlungenen Finger hinunter und dann wieder zu Travis. »Aus euch beiden werde ich nie schlau werden.« Er schüttelte den Kopf und musterte dann die Menge. Aus dem Treppenhaus drängten noch immer Leute dazu, obwohl der Raum schon überfüllt war. »Wir haben heute Abend einen irren Pott, Travis, also keine Spielchen, okay?«

»Ich werde dafür sorgen, dass es unterhaltsam ist, Adam.«

»Da mach ich mir keine Sorgen. Aber Brady hat trainiert.«

»Ich auch.«

»Bullshit«, sagte Shepley lachend.

»Am letzten Wochenende bin ich mit Trent in eine Rauferei geraten. Und der kleine Scheißer ist richtig schnell.«

Ich gluckste, woraufhin Adam mich böse ansah. »Du solltest das lieber ernst nehmen, Travis«, mahnte er eindringlich. »Ich habe viel Geld auf diesen Kampf gesetzt.«

»Ich etwa nicht?«, fragte Travis und schien ein bisschen irritiert von Adams Strafpredigt.

Adam drehte sich um und stieg mit dem Megafon auf einen Stuhl. Travis zog mich an sich, während Adam die Leute begrüßte und noch mal die Regeln erklärte.

»Viel Glück«, sagte ich und berührte seine Brust. Ich war nie nervös gewesen, wenn ich bei seinen Kämpfen zugesehen hatte, außer damals gegen Brock McMann in Vegas, aber irgendwie konnte ich das unheilvolle Gefühl nicht loswerden, das mich überkommen hatte, seit wir das Hellerton betreten hatten. Irgendwas war im Gange, und Travis spürte es auch.

Er packte mich an den Schultern und drückte mir einen Kuss auf die Lippen. Schnell löste er sich wieder von mir und nickte. »Das ist alles Glück, das ich brauche.«

Ich war immer noch benommen von der Wärme seiner Lippen, als Shepley mich schon neben Adam an die Wand schob. Es wurde heftig gedrängelt und geschubst, und ich musste an den ersten Abend denken, an dem ich Travis kämpfen gesehen hatte, aber die Stimmung war irgendwie anders, und einige der State-Studenten benahmen sich schon regelrecht feindselig. Die Easterner jubelten und pfiffen, als Travis den Ring betrat; die State-Zuschauer buhten abwechselnd Travis aus und feuerten Brady an.

Ich hatte einen idealen Platz, um Brady zu sehen, der Travis weit überragte und ungeduldig auf das Startsignal wartete. Travis trug wie immer ein leichtes Grinsen im Gesicht und schien von dem Tumult, der ihn umgab, völlig ungerührt. Als Adam den Kampf eröffnete, ließ Travis Brady absichtlich den ersten Schlag landen. Ich staunte, wie heftig sein Kopf zur Seite gestoßen wurde. Brady hatte ganz offensichtlich trainiert.

Travis lächelte, seine Zähne waren leuchtend rot, und danach konzentrierte er sich darauf, jeden Schlag von Brady zu parieren.

»Warum lässt er sich so oft treffen?«, fragte ich Shepley.

»Keine Sorge, Abby«, murmelte Shepley. »Er wird einen Zahn zulegen.«

Nach zehn Minuten war Brady erschöpft, schaffte es aber immer noch, Travis heftige Schläge gegen den Kiefer und die Seiten zu verpassen. Travis fing seinen Fuß auf, als Brady versuchte, ihn zu treten, schlug ihm mit ungeheurer Wucht auf die Nase und riss dann Bradys Bein nach oben, sodass dieser das Gleichgewicht verlor. Die Menge explodierte schier, als Brady zu Boden ging. Er rappelte sich jedoch gleich wieder auf, Blut lief ihm aus der Nase, er schien benommen, aber im nächsten Moment landete er plötzlich zwei Treffer in Travis' Gesicht. Aus einem Riss über dessen Augenbraue quoll Blut, das ihm auf die Wange tropfte.

Ich schloss die Augen, tat einen Schritt zur Seite und wandte mich ab. Wenn nur Travis den Kampf bald beenden würde. Ehe ich mich's versah, wurde ich von Shepley fortgedrängt, die bewegte Menge drückte mich gegen die Wand. Der nächste Ausgang befand sich auf der anderen Seite des Raumes, genauso weit entfernt wie die Tür, durch die wir reingekommen waren. Ich knallte mit dem Rücken gegen den Beton, dass mir fast die Luft wegblieb.

»Shep!«, brüllte ich winkend. Aber der Kampf hatte jetzt seinen Höhepunkt erreicht, und niemand hörte mich.

Ein Typ verlor das Gleichgewicht und hielt sich an meinem Shirt fest, um sich wieder aufzurichten, dabei schüttete er mich vom Hals bis zur Taille mit Bier voll. Danach brauchte er eine Ewigkeit, bis er endlich mein Shirt losließ und zurück in die Menge drängte.

»Hey! Ich kenne dich!«, brüllte mir da ein anderer ins Ohr.

Ich erkannte ihn sofort. Es war Ethan, dem Travis mal an der Bar gedroht hatte – der Mann, der einer Anzeige wegen sexueller Nötigung nur knapp entgangen war.

»Jaa«, sagte ich zögernd und hielt nach einer Lücke in der Menge Ausschau, während ich mein Shirt zurecht-zog.

»Was für ein schickes Armband«, meinte er, strich mit seiner Hand über meinen Arm und umschloss mein Handgelenk.

»Hey«, warnte ich ihn und zog meine Hand weg.

Er rieb schwankend und grinsend über meinen Arm. »Als ich das letzte Mal versucht habe, mich mit dir zu unterhalten, wurden wir rüde unterbrochen.«

Ich stellte mich auf die Zehenspitzen und sah, wie Travis zwei Treffer in Bradys Gesicht landete. Zwischen den Schlägen glitt sein Blick über die Menge. Er schien mich zu suchen, anstatt sich auf den Kampf zu konzen-trieren. Ich musste schnell an meinen alten Platz zurück, bevor er zu abgelenkt war.

Aber ich hatte mich kaum nach vorn ins Gewühl ge-stürzt, als ich merkte, wie Ethan die Finger in den Bund meiner Jeans schob. Ich knallte wieder mit dem Rücken gegen die Wand.

»Meine Unterhaltung mit dir war noch nicht zu Ende«,

sagte Ethan und ließ den Blick über mein nasses Shirt gleiten.

Ich riss seine Hand aus meiner Hose und bohrte ihm dabei die Fingernägel ins Fleisch. »Lass los!«, brüllte ich.

Ethan lachte und zog mich an sich. »Ich will aber nicht loslassen.«

Ich suchte die Menge nach einem vertrauten Gesicht ab und bemühte mich gleichzeitig, Ethan wegzustoßen. Seine Arme waren schwer, sein Griff stark. In meiner Panik konnte ich die Studenten der State nicht von denen der Eastern unterscheiden. Niemand schien meine Rangelei mit Ethan zu bemerken, und es war so laut, dass niemand mein Protestgeschrei hörte. Ethan beugte sich vor und legte eine Hand auf meinen Rücken.

»Ich hab schon immer gefunden, dass du einen hübschen Arsch hast«, sagte er und blies mir seine Bierfahne ins Gesicht.

»Lass los!«, kreischte ich und stieß ihn weg.

Ich suchte nach Shepley und bemerkte, dass Travis mich endlich in der Menge entdeckt hatte. Sofort stieß er die dicht gedrängten Leute weg, die ihn umstanden.

»Travis!«, schrie ich, aber das ging im Jubel unter. Mit einer Hand schob ich Ethan weg, die andere streckte ich nach Travis aus.

Travis kam ein Stückchen voran, bevor man ihn in den Ring zurückschubste. Brady nutzte die Gelegenheit und rammte ihm seinen Ellbogen an den Kopf.

Die Menge wurde etwas leiser, als Travis auf einen Zuschauer einschlug, als er wieder versuchte, zu mir zu gelangen.

»Lass sie verdammt noch mal los!«, brüllte er.

Zwischen mir und dem verzweifelten Travis drehten die Leute die Köpfe in meine Richtung. Ethan schien nichts zu merken und versuchte, mich zu küssen. Seine Nase strich über meine Wange und meinen Hals.

»Du riechst echt gut«, lallte er.

Ich drückte sein Gesicht weg, aber er umklammerte mich unbeeindruckt weiter.

Mit vor Schreck geweiteten Augen suchte ich weiter nach Travis. Verzweifelt zeigte er Shepley, wo ich mich befand. »Hol sie! Shep! Hol Abby da weg!«, rief er und versuchte immer noch, sich durch die Menge zu kämpfen. Brady zerrte ihn zurück in den Ring und drosch auf ihn ein.

»Du bist verdammt scharf, weißt du das?«, schnurrte Ethan.

Ich schloss die Augen, als ich seinen Mund an meinem Hals spürte. Wut kochte in mir hoch, und ich stieß ihn erneut von mir. »Ich habe gesagt, *lass los*!«, schrie ich und rammte ihm mein Knie zwischen die Beine.

Er knickte ein, hielt aber nach wie vor mein Handgelenk.

»Du Schlampe!«, brüllte er.

Im nächsten Moment war ich befreit. Shepley funkelte Ethan wütend an, während er ihn am Kragen packte und ihm mit der Faust mehrmals ins Gesicht schlug.

Dann stieß Shepley alle beiseite, die ihm im Weg standen, und zog mich hinter sich her zur Treppe. Er half mir durch ein offenes Fenster nach draußen, dann fragte er atemlos: »Bist du okay, Abby? Hat er dir wehgetan?«

Ein Ärmel meines weißen Shirts hing nur noch an einigen losen Fäden, ansonsten war ich unversehrt. Ich schüttelte entsetzt den Kopf.

Shepley nahm mein Gesicht in seine Hände und schaute mir in die Augen. »Abby, sag, alles in Ordnung mit dir?«

Ich nickte. Als der Adrenalinspiegel langsam wieder sank, kamen mir die Tränen. »Ich bin okay.«

Er umarmte mich und drückte seine Wange an meine Stirn, dann richtete er sich auf. »Hier drüben, Trav!«

Travis kam auf uns zu gerannt und riss mich in seine Arme. Er war blutüberströmt. Es tropfte rot von seinen Augenbrauen und Lippen.

»Jesus Christus... ist sie verletzt?«, fragte er.

Shepleys Hand lag noch auf meinem Rücken. »Sie sagt, sie wäre okay.«

Travis hielt mich auf Armeslänge von sich weg und sah mich bestürzt an. »Bist du verletzt?«

Kaum hatte ich verneint, bemerkte ich, wie die ersten Zuschauer aus dem Keller kamen. Travis hielt mich fest im Arm, während er stumm die Gesichter scannte. Ein kleiner, kompakter Typ tauchte auf und erstarrte, als er uns auf dem Weg stehen sah.

»Du«, schnaubte Travis. Er ließ mich los, lief über den Rasen und schlug den Kerl zu Boden.

Verwirrt und entsetzt schaute ich Shepley an.

»Das war der Typ, der Travis mehrmals in den Ring zurückgestoßen hat«, erklärte er.

Ein Kreis bildete sich um die beiden, während sie auf dem Boden miteinander rangen. Sekunden später ließ Travis seine Faust mehrfach in das Gesicht seines Gegners krachen. Shepley zog mich, immer noch keuchend, an seine Brust, aber da hatte Travis ihn bereits k. o. geschlagen. Die Umstehenden zerstreuten sich und machten dabei einen großen Bogen um Travis, in dessen Blick der Zorn unübersehbar war.

»Travis!«, brüllte Shepley plötzlich und zeigte auf die andere Seite des Gebäudes.

Ethan torkelte an der Außenmauer des Hellerton entlang. Als er Shepley nach Travis rufen hörte, stolperte er über den Rasen und lief, so schnell ihn seine Beine trugen, auf die Straße zu. Gerade als er sein Auto erreicht hatte, packte Travis ihn und warf ihn dagegen.

Ethan flehte, aber da hatte Travis ihn schon am Hemd gepackt und seinen Kopf gegen die Autotür geschlagen. Als Nächstes krachte sein Kopf gegen die Windschutzscheibe und danach gegen die Scheinwerfer. Travis zerrte ihn auf die Motorhaube, drückte sein Gesicht gegen das Metall und brüllte Obszönitäten.

»Scheiße«, sagte da Shepley. Ich drehte mich um und sah die Fassade des Hellerton im roten und blauen Licht einer sich nähernden Polizeistreife aufleuchten. Wie ein Wasserfall quollen immer mehr Leute aus dem Gebäude und rannten in alle Richtungen davon.

»Travis!«, kreischte ich.

Travis ließ Ethan auf der Motorhaube liegen und sprintete zu uns zurück. Shepley zog mich hinter sich her auf den Parkplatz und riss die Autotür auf. Ich sprang auf den Rücksitz. Autos rasten los und auf die Ausfahrt zu, wo sie quietschend zum Stehen kamen, weil eine zweite Streife die Durchfahrt blockierte.

Shepley fluchte, als er sah, wie die Wagen, die in der Falle saßen, zurücksetzten. Er schaltete krachend auf Drive, und der Dodge Charger holperte über den Bordstein. Dann schlitterte er ein Stück übers Gras und schoss zwischen zwei Gebäuden hindurch, bevor wir hinter dem Unigebäude rumpelnd auf die Straße einbogen.

Die Reifen quietschten, und der Motor heulte, als Shepley das Gaspedal durchtrat. Ich rutschte über die Rückbank, als wir eine scharfe Kurve nahmen, und stieß mir meinen ohnehin schon schmerzenden Ellbogen an. Die Straßenlaternen flogen nur so vorbei, während wir zur Wohnung rasten. Trotzdem kam es mir vor wie eine Ewigkeit, bis wir auf den Parkplatz einbogen.

Shepley parkte den Charger ruckartig und stellte den Motor ab. Schweigend öffneten die Jungs ihre Türen, und Travis half mir vom Rücksitz.

»Was ist passiert? Ach du Scheiße, Trav, was ist mit deinem Gesicht los?«, rief America, die herbeigeeilt kam.

»Das erzähl ich dir drinnen«, kündigte Shepley an.

Travis brachte mich wortlos nach oben, durchs Wohnzimmer und den Flur bis auf sein Bett. Toto sprang an mir hoch und aufs Bett, um mein Gesicht zu lecken.

»Jetzt nicht, Kumpel«, mahnte Travis leise, trug den Welpen auf den Flur und schloss die Tür wieder.

Dann kniete er sich neben mich und berührte meinen abgerissenen Ärmel. Sein Auge war rot und geschwollen. Die Haut darüber aufgerissen und feucht von Blut. Seine Lippen waren dunkelrot verschmiert, seine Knöchel wund. Das vormals weiße T-Shirt starrte von Blut, Grasflecken und Dreck.

Ich berührte sein Gesicht, aber er zuckte zurück. »Es tut mir so leid, Täubchen. Ich habe versucht, zu dir durchzukommen. Ich hab's versucht ...« Zorn und Sorge schienen ihm die Kehle zuzuschnüren. »Ich konnte nicht zu dir.«

»Fragst du America, ob sie mich zum Morgan zurückfährt?«

»Du kannst da heute Abend nicht mehr hin. Es wimmelt jetzt nur so von Cops. Bleib einfach hier. Ich werde auf der Couch schlafen.«

Ich holte zitternd Luft und versuchte, nicht loszuheulen. Er fühlte sich auch so schon schlecht genug.

Travis stand auf und öffnete die Tür. »Ich muss duschen. Bin gleich wieder da.«

America schob sich an ihm vorbei, setzte sich zu mir aufs Bett und schloss mich in die Arme. »Es tut mir so leid, dass ich nicht da war!«

»Mir geht's gut.« Ich wischte mir über das tränenver-
schmierte Gesicht.

Shepley klopfte, bevor er mit einem Glas hereinkam,
das zur Hälfte mit Whiskey gefüllt war.

»Hier«, sagte er.

Ich legte den Kopf in den Nacken und ließ die
Flüssigkeit meine Kehle hinablaufen. Der Whiskey
brannte heftig in meiner Kehle, ich verzog das Gesicht.
»Danke.«

»Ich hätte früher bei ihr sein sollen. Ich habe nicht
mal bemerkt, dass sie weg war. Es tut mir leid, Abby. Ich
hätte –«

»Es war nicht deine Schuld, Shep. Niemand ist schuld«,
sagte ich.

»Doch, Ethan«, zischte er. »Der Bastard hat sie an die
Wand gedrückt und versucht, ihr Gewalt anzutun.«

»O Baby!«, rief America entsetzt und drückte mich
an sich.

»Ich brauche noch einen Drink«, meinte ich.

»Ich auch«, sagte Shepley und ging in die Küche.

Als Travis zurückkam, hatte er ein Handtuch um die
Hüften und presste eine kalte Bierdose an sein Auge.
America drehte uns den Rücken zu, als er seine Boxershorts anzog und nach seinem Kissen griff. Shepley kam
mit vier randvollen Gläsern zurück. Ohne Zögern tran-
ken wir alle auf ex.

»Wir sehen uns morgen früh«, meinte America und
küsste mich auf die Wange.

Travis nahm mir das Glas ab und stellte es auf den
Nachttisch. Einen Moment musterte er mich, dann ging
er an seinen Schrank und holte ein T-Shirt heraus, das er
mir zuwarf.

»Es tut mir leid, dass ich so viel Ärger mache«, sagte er
und presste wieder die Dose an sein Auge.

»Du siehst schlimm aus. Morgen wirst du dich sicher schrecklich fühlen.«

Er schüttelte angewidert den Kopf. »Abby, du wurdest heute Abend sexuell belästigt. Mach dir um mich keine Sorgen.«

»Und wenn dein Auge zuschwillt?«, fragte ich und nahm sein T-Shirt von meinem Schoß.

Er biss die Zähne zusammen. »Das wäre nicht passiert, wenn ich dich bei Parker gelassen hätte. Aber ich wusste, du würdest kommen, wenn ich dich darum bäte. Ich wollte ihm beweisen, dass du immer noch mir gehörst...«

Seine Worte trafen mich unvorbereitet. »Darum hast du mich gebeten mitzukommen? Um Parker eins auszuwischen?«

»Das hat... eine Rolle gespielt«, gab er beschämt zu.

Ich wurde blass. Zum ersten Mal, seit wir uns kannten, hatte Travis mich reingelegt. Ich war mit ihm zum Hellerton gekommen, weil ich gedacht hatte, er brauche mich. Weil ich dachte, wir wären trotz allem wieder dort, wo wir einst angefangen hatten. Aber er hatte mich lediglich benutzt, um sein Territorium zu markieren, und ich hatte es zugelassen.

Meine Augen füllten sich mit Tränen. »Hau ab.«

»Täubchen.« Er machte einen Schritt auf mich zu.

»*Hau ab!*«, rief ich, packte das Glas vom Nachttisch und warf es nach ihm. Er duckte sich, und es zerbrach an der Wand in Hunderte glitzernder Scherben. »Ich hasse dich!«

Travis keuchte, als hätte ihm jemand alle Luft zum Atmen genommen, und verließ mit schmerzverzerrtem Gesicht das Zimmer.

Ich riss mir die Klamotten vom Leib und schlüpfte in das T-Shirt. Die Geräusche, die aus meiner Kehle kamen, erschreckten mich selbst. Es war eine Weile her, dass ich so unkontrolliert geschluchzt hatte. Sekunden später kam America.

Sie kletterte ins Bett und schlang ihre Arme um mich. Weder stellte sie Fragen, noch versuchte sie, mich zu trösten. Sie hielt mich nur fest.

20. KAPITEL

Der letzte Tanz

Kurz bevor die Sonne über den Horizont stieg, verlie-
ßen America und ich leise die Wohnung und fuhren
zum Morgan. Ich war dankbar, dass America schwieg. Ich
wollte nicht reden und nicht denken, am liebsten hätte
ich die letzten zwölf Stunden einfach ausgeblendet. Mein
Körper fühlte sich schwer und irgendwie verwundet an,
als hätte ich einen Autounfall gehabt. Als wir mein Zimmer betraten, sah ich, dass Karas Bett schon gemacht war.

»Kann ich noch ein bisschen hierbleiben? Ich muss
mir dein Bügeleisen ausleihen«, sagte America.

»Mare, mir geht's gut. Geh zum Unterricht.«

»Dir geht's nicht gut. Ich will dich nicht alleine lassen.«

»Im Moment wünsche ich mir nichts mehr als das.«

Sie seufzte nur. »Nach den Vorlesungen komme ich
wieder. Ruh dich ein bisschen aus.«

Ich nickte und schloss die Tür hinter ihr ab. Das Bett
quietschte, als ich mich darauf fallen ließ. Bislang hatte
ich immer geglaubt, ich sei Travis wichtig und er würde
mich brauchen. Aber seit jenem Moment fühlte ich
mich wie das glänzende neue Spielzeug, von dem Parker
einst gesprochen hatte. Er hatte Parker beweisen wollen,
dass ich immer noch ihm gehörte. Ihm.

»Ich gehöre niemandem«, sagte ich in die Stille des Zimmers.

Während die Worte in mein Bewusstsein drangen, überwältigte mich wieder die Trauer, die ich schon am Abend zuvor empfunden hatte. Ich gehörte auch zu niemandem.

In meinem ganzen Leben hatte ich mich noch nie so allein gefühlt.

Finch stellte eine braune Flasche vor mich hin. Keinem von uns war nach Feiern zumute, aber immerhin tröstete mich Americas Aussage, dass Travis die Date-Party um jeden Preis meiden würde. Von der Decke hingen in rotes und pinkfarbenes Tonpapier gewickelte leere Bierdosen, und rote Kleider in jeglichem Schnitt spazierten an uns vorbei. Auf den Tischen waren winzige Herzen aus Metallfolie ausgestreut. Finch rollte angesichts der lächerlichen Deko mit den Augen.

»Valentinstag in einem Verbindungshaus. Wie romantisch«, stöhnte er.

Shepley und America waren zum Tanzen in den Keller verschwunden, während Finch und ich in der Küche schmollten. Ich trank die Flasche rasch aus, denn ich war entschlossen, meine Erinnerungen an die letzte Date-Party verschwimmen zu lassen.

Finch reichte mir schon eine weitere Flasche. Mein Wunsch nach Vergessen war ihm durchaus bewusst. »Ich hole Nachschub«, kündigte er an und drehte sich zum Kühlschrank.

»Das Fass ist für die Gäste, die Flaschen sind nur für Sig Tau«, meinte ein Mädchen neben mir höhnisch.

Ich schaute auf den roten Becher in ihrer Hand. »Vielleicht hat dir dein Freund das nur deshalb gesagt, weil er auf ein billiges Date aus ist.«

Sie warf mir einen bösen Blick zu und verzog sich mit ihrem Becher von der Küchentheke.

»Wer war das denn?«, fragte Finch und stellte vier volle Flaschen vor uns hin.

»Irgendeine Sorority-Schlampe«, knurrte ich.

Als Shepley und America wieder zu uns stießen, standen bereits sechs leere Flaschen neben mir. Meine Zähne fühlten sich taub an, und das Lächeln fiel mir etwas leichter. Travis war tatsächlich nicht aufgekreuzt, und ich würde den Rest des Abends wohl in Frieden zubringen können.

»Wollt ihr nicht auch mal tanzen, Leute?«, fragte America.

Ich sah Finch an. »Willst du auch mal mit mir tanzen, Finch?«

»Wirst du denn noch in der Lage sein zu tanzen?

»Es gibt nur eine Möglichkeit, das rauszufinden«, sagte ich und zog ihn hinter mir her die Treppe hinunter.

Wir hüpften herum, bis ich zu schwitzen begann. Gerade als ich meinte, keine Luft mehr zu kriegen, ertönte ein langsamer Song aus den Boxen. Finch schaute sich unbehaglich um, während die anderen Paare sich eng aneinanderschmiegten.

»Du zwingst mich wohl, das auch noch zu tanzen?«

»Es ist Valentinstag, Finch. Stell dir einfach vor, ich wäre ein Kerl.«

Er lachte und zog mich in seine Arme. »Das ist schwer, solange du ein rosa Kleid anhast.«

»Als ob du noch nie einen Typen in einem Kleid gesehen hättest.«

Finch zuckte mit den Achseln. »Stimmt.«

Ich kicherte und lehnte den Kopf an seine Schulter. Der Alkohol bewirkte, dass ich mich schwer und träge fühlte, während ich versuchte, mich langsam zu bewegen.

»Was dagegen, wenn ich dich ablöse, Finch?«

Travis stand neben uns, lächelnd, aber offenbar auch nervös. Mir schoss das Blut in die Wangen.

Finch sah erst mich, dann Travis an. »Kein bisschen.«

»Finch«, fauchte ich, aber da war er schon weg. Travis zog mich an sich, und ich versuchte, so viel Distanz wie möglich zwischen uns zu lassen. »Ich dachte, du wolltest nicht kommen.«

»Wollte ich auch nicht. Aber ich wusste, dass du hier bist, also musste ich kommen.«

Ich schaute mich um und vermied es, ihn anzusehen. Aber ich nahm jede kleinste Bewegung von ihm über-deutlich wahr. Den Druck seiner Finger, da, wo er mich berührte, seine Füße neben meinen, seine sich bewe-genden Arme, die mein Kleid streiften. Sein Auge heilte schon, die Verletzung war kaum noch zu sehen, und die roten Flecken in seinem Gesicht waren verschwunden. Nur die schmerzlichen Erinnerungen jener schreck-lichen Nacht waren noch da.

Er registrierte jeden meiner Atemzüge, und als der Song halb vorbei war, seufzte er. »Du bist wunderschön, Täubchen.«

»Lass das.«

»Was? Dir sagen, dass du schön bist?«

»Lass ... lass es einfach.«

»Ich hab's nicht so gemeint.«

Ich schnaubte genervt. »Danke.«

»Nein ... du siehst wunderschön aus. Das habe ich so gemeint. Aber ich rede davon, was ich in meinem Zim-mer zu dir gesagt habe. Ich will nicht lügen. Es hat mir ge-fallen, dich aus deinem Date mit Parker rauszuholen ...«

»Das war nicht einmal ein Date. Wir waren einfach nur was essen. Aber seither redet er nicht mehr mit mir. Danke dafür.«

»Hab ich schon gehört. Tut mir leid.«

»Nein, tut es dir nicht.«

»Okay, du hast recht«, gab er zu. »Aber ich ... das war nicht der einzige Grund, warum ich dich zu dem Kampf mitgenommen habe. Ich wollte, dass du mich begleitest, Täubchen. Du bist mein Glücksbringer.«

»Ich bin dein gar nichts«, giftete ich ihn wütend an.

Er verzog das Gesicht und hörte auf zu tanzen. »Du bist mein ein und alles.«

Ich presste die Lippen aufeinander und versuchte, meine Wut aufrechtzuerhalten, aber es war unmöglich, ihm weiter böse zu sein, wenn er mich so ansah.

»Du hasst mich doch nicht wirklich ... oder?«, fragte er.

Ich drehte mich weg. »Manchmal wünsche ich mir das. Das würde alles so verdammt viel leichter machen.«

Ein vorsichtiges Lächeln spielte um seine Lippen. »Was ist schlimmer? Was ich getan habe, sodass du mich hassen möchtest? Oder die Erkenntnis, dass dir das nicht gelingt?«

Die Wut kehrte zurück. Ich rauschte an ihm vorbei und lief die Treppe hinauf in die Küche. Schon wieder hatte ich Tränen in den Augen, aber ich weigerte mich, auf dieser Date-Party herumzuflennen. Finch stand neben dem Tisch, und ich seufzte vor Erleichterung, als er mir noch ein Bier hinhielt.

In der nächsten Stunde beobachtete ich, wie Travis Mädchen abwehrte und im Wohnzimmer einen Whiskey nach dem anderen kippte. Jedes Mal, wenn er meinen Blick auffing, schaute ich weg. Und ich war entschlossen, diesen Abend ohne eine Szene hinter mich zu bringen.

»Ihr beiden seht übel aus«, sagte Shepley.

»Genervt und gelangweilt«, murrte America.

»Vergesst nicht ... wir wollten ja nicht hierher«, erinnerte Finch sie.

America machte ihr berühmtes Gesicht, bei dessen Anblick nachzugeben so typisch für mich war. »Du könntest wenigstens so tun als ob, Abby. Mir zuliebe.«

Gerade als ich den Mund aufmachen und zu einer scharfen Erwiderung ansetzen wollte, legte Finch eine Hand auf meinen Arm. »Ich denke, wir haben unsere Schuldigkeit getan. Möchtest du auch gehen, Abby?«

Ich trank den Rest von meinem Bier in einem Zug aus und ergriff Finchs Hand. Aber so wild ich auch darauf war, wegzukommen, blieb ich doch wie angewurzelt stehen, als aus dem Untergeschoss das Lied erklang, zu dem Travis und ich auf meiner Geburtstagsparty getanzt hatten. Ich nahm einen Schluck aus Finchs Flasche, während ich versuchte, die von der Musik ausgelösten Erinnerungen abzublocken.

Da lehnte sich Brad neben mir an die Küchentheke. »Lust zu tanzen?«

Ich lächelte ihm zu, schüttelte aber den Kopf. Er wollte noch etwas sagen, wurde aber sofort unterbrochen.

»Tanz mit mir.« Travis stand ein paar Schritte entfernt und streckte die Hand nach mir aus.

America, Shepley und Finch starrten mich an und schienen genauso gespannt auf die Antwort wie Travis.

»Lass mich in Ruhe, Travis.«

»Das ist unser Song.«

»Wir haben keinen Song.«

»Täubchen ...«

»Nein.«

Ich sah Brad an und zwang mich zu einem Lächeln. »Ich würde liebend gern mit dir tanzen, Brad.«

Brads sommersprossiges Gesicht verzog sich zu einem breiten Grinsen, und er bedeutete mir, vor ihm die Treppe hinunterzugehen.

Travis stolperte ein Stück zurück, und der Schmerz

in seinem Gesicht war unübersehbar. »Einen Toast!«, brüllte er.

Ich zuckte zusammen, drehte mich um und sah gerade noch, wie er auf einen Stuhl stieg und dem nächsten geschockten Sig-Tau-Typen einfach sein Bier wegnahm. America beobachtete Travis mit mitleidiger Miene.

»Auf die Deppen!«, rief er und zeigte auf Brad. »Und auf die Mädchen, die dir das Herz brechen«, nickte er mir zu. Sein Blick verschwamm. »Und auf den absolut verdammten Horror, deine beste Freundin zu verlieren, weil du blöd genug warst, dich in sie zu verlieben.«

Er setzte die Flasche an, trank sie aus und knallte sie dann auf den Boden. Alles schwieg, nur von unten drang Musik herauf, und alle starrten Travis entgeistert an.

Beschämt ergriff ich Brads Hand, zog ihn zur Tanzfläche und setzte vor den anderen Paaren ein gleichgültiges Gesicht auf. Wir tanzten etwas steif ein paar Schritte, bis Brad seufzend meinte: »Das war irgendwie … abgefahren.«

»Willkommen in meinem Leben.«

Travis drängte sich zwischen den Pärchen durch und blieb direkt neben mir stehen. »Ich klatsche ab.«

»Nein, das wirst du nicht! Verdammt!«, fuhr ich ihn an.

Travis durchbohrte Brad mit Blicken. »Wenn du nicht sofort die Finger von meinem Mädchen lässt, reiß ich dir den Schädel runter. Und zwar hier und jetzt.«

Brad wirkte verunsichert, seine Augen schossen von Travis zu mir und zurück. »Tut mir leid, Abby«, sagte er schließlich und nahm seine Hände von mir. Er wich zur Treppe zurück, und ich blieb gedemütigt stehen.

»Tanz mit mir«, bat Travis.

Da war das Musikstück zu Ende, und ich seufzte erleichtert. »Geh und trink noch eine Flasche Whiskey,

Trav.« Damit drehte ich mich zu dem einzigen Jungen um, der ohne Partnerin auf der Tanzfläche war.

Das Tempo der Musik wurde schneller, und ich lächelte meinen neuen, überraschten Partner an, während ich versuchte Travis zu ignorieren, der nur wenige Schritte hinter mir stand. Ein anderes Sig-Tau-Mitglied tanzte in meinem Rücken und packte mich bei den Hüften. Ich griff hinter mich und zog ihn näher zu mir. Es erinnerte mich daran, wie Travis und Megan damals im Red getanzt hatten, und ich gab mein Bestes, um die Szene nachzustellen, die ich schon so oft zu vergessen versucht hatte. Zwei Paar Hände waren bald fast überall auf meinem Körper. Angesichts der Menge Alkohol, die ich intus hatte, fiel es mir nicht schwer, meine Schüchternheit zu überwinden.

Plötzlich packte Travis mich, warf mich über seine Schulter und stieß gleichzeitig einen seiner Verbindungsbrüder so heftig weg, dass der zu Boden ging.

»Lass mich runter!«, schrie ich und hämmerte mit den Fäusten auf seinen Rücken.

»Ich werde nicht zulassen, dass du dich wegen mir lächerlich machst«, knurrte er und nahm auf der Treppe immer zwei Stufen auf einmal.

Alle Blicke waren auf mich gerichtet, während ich schrie und trat und Travis mich durch den Raum trug. »Glaubst du vielleicht«, keuchte ich, »das hier wäre nicht peinlich? Travis!«

»Shepley! Ist Donnie draußen?«, fragte Travis.

»Äh ... ja?«, antwortete Shepley.

»Lass sie runter!«, forderte America ihn auf und trat einen Schritt auf uns zu.

»America«, rief ich, »steh nicht bloß so da! Hilf mir!«

Ihre Mundwinkel wanderten nach oben, und sie lachte auf. »Ihr beide seht total lächerlich aus.«

Ich war erschrocken und auch wütend, weil sie der Situation etwas Komisches abgewinnen konnte.

Travis steuerte auf die Tür zu, und ich warf ihr noch einen finsteren Blick zu. »Vielen Dank auch, du Freundin!«

Die Luft war kalt, und ich protestierte noch lauter. »Lass mich endlich runter, verdammt!«

Travis riss eine Autotür auf und schob mich auf den Rücksitz, um sofort neben mich zu rutschen. »Donnie, du machst heute Abend den Fahrdienst, oder?«

»Schon«, sagte er und beobachtete nervös meinen Fluchtversuch.

»Du musst uns zu meiner Wohnung bringen.«

»Travis ... ich glaube nicht ...«

Travis' Stimme klang beherrscht, aber furchterregend. »Mach schon, Donnie, sonst schlag ich dir eigenhändig den Schädel ein, so wahr mir Gott helfe.«

Donnie fuhr los, und ich hechtete zum Türgriff. »Ich komme bestimmt nicht mit in deine Wohnung!«

Travis packte erst eines meiner Handgelenke, dann das andere. Ich beugte mich vor und biss in seinen Arm. Er schloss die Augen und ließ ein tiefes Brummen hören, als ich meine Zähne in seine Haut stieß.

»Tob dich aus, Täubchen. Ich hab deine Faxen jetzt satt.«

Ich ließ von seinem Arm ab und versuchte, meine Hände aus seinem Griff zu befreien. »Meine Faxen? Lass mich sofort aus diesem verdammten Wagen!«

Er zog meine Hände dicht vor sein Gesicht. »Ich liebe dich, verdammt! Und du gehst jetzt nirgendwohin, bis du nicht nüchtern bist und wir das geklärt haben!«

»Du bist der Einzige, dem das noch nicht klar ist, Travis!«, sagte ich. Er ließ meine Hände los, und ich verschränkte die Arme und schmollte für den Rest der Fahrt.

Als das Auto vor seiner Wohnung hielt, beugte ich mich vor. »Kannst du mich nach Hause bringen, Donnie?«

Travis zog mich am Arm aus dem Wagen und die Treppe hinauf. »Nacht, Donnie.«

»Ich werde deinen Vater anrufen!«, schrie ich.

Travis lachte laut auf. »Und der wird mir wahrscheinlich auf die Schulter klopfen und sagen, das wurde aber auch verdammt noch mal Zeit!«

Er kämpfte, um die Tür aufzuschließen, und schleppte mich dann in Shepleys Zimmer.

»Lass! Mich!«, kreischte ich.

»Na schön«, sagte er und schob mich auf Shepleys Bett. »Schlaf dich aus. Wir reden morgen.«

Mit den Fäusten schlug ich auf die Matratze ein. »Du hast mir nichts mehr zu sagen, Travis! Ich gehöre dir nicht!«

In der Sekunde, die er brauchte, um sich umzudrehen und mich anzusehen, wandelte sich sein Gesichtsausdruck von Amüsiertheit zu Zorn. Er kam zu mir gestampft, stützte sich mit den Händen aufs Bett und beugte sich nah an mein Gesicht.

»Aber *ich* gehöre dir!« Die Adern an seinem Hals traten hervor, als er das schrie, aber ich bot ihm die Stirn und zuckte nicht mal zusammen. Keuchend starrte er auf meinen Mund. »Ich gehöre dir«, flüsterte er, und sein Zorn schmolz dahin, als er merkte, wie nah er mir war.

Bevor ich auch nur den Ansatz eines klaren Gedankens fassen konnte, hatte ich seinen Kopf gepackt und meine Lippen auf seine gepresst. Im selben Augenblick hob Travis mich in seine Arme. Mit ein paar langen Schritten trug er mich in sein Schlafzimmer, wo wir beide aufs Bett fielen.

Ich riss ihm das Hemd über den Kopf und fingerte

im Dunkeln an seiner Gürtelschnalle herum. Er riss sie auf und zerrte sich die Hose herunter. Mit einer Hand hob er mich von der Matratze, mit der anderen zog er den Reißverschluss meines Kleids auf. Ich zog es aus und warf es auf den Boden. Dann küsste Travis mich und stöhnte an meinem Mund.

Mit ein paar schnellen Bewegungen war er auch noch seine Boxershorts los und presste seine Brust gegen mich. Ich krallte die Finger in seinen Rücken, wollte ihn an mich ziehen, aber er hielt dagegen.

»Wir sind beide betrunken«, keuchte er.

»Bitte …« Ich drückte meine Beine gegen seine Hüften und wünschte mir verzweifelt, das Brennen zwischen meinen Oberschenkeln zu lindern. Travis war entschlossen, uns wieder zusammenzubringen, und ich hatte nicht länger die Absicht, gegen das Unvermeidliche anzukämpfen.

»Es ist nicht richtig«, sagte er.

Er war genau über mir und presste seine Stirn gegen meine. Ich hoffte, es wäre nur ein halbherziger Widerstand und ich könnte ihn davon überzeugen, dass er unberechtigt war. Ich vermochte nicht zu erklären, warum wir nicht voneinander lassen konnten, aber ich brauchte dafür auch keine Erklärung mehr. Ich brauchte nicht einmal mehr eine Ausrede. In jenem Augenblick brauchte ich nur ihn.

»Ich will dich.«

»Ich muss es dich sagen hören«, erwiderte er.

Mein Innerstes schrie nach ihm, ich konnte es keine Sekunde länger ertragen. »Ich sage, was immer du willst.«

»Dann sag, dass du zu mir gehörst. Sag, dass du mich zurücknimmst. Ich werde das hier nicht machen, wenn wir nicht wieder zusammen sind.«

»Wir waren doch nie wirklich getrennt, oder?«

Er schüttelte den Kopf und strich mit seinen Lippen über meine. »Ich muss es von dir hören. Ich muss wissen, dass du mir gehörst.«

»Ich gehöre dir seit der Sekunde, als wir uns zum ersten Mal gesehen haben.«

Einer seiner Mundwinkel zuckte nach oben, als er mein Gesicht berührte, dann drückten seine Lippen einen sanften Kuss auf meinen Mund. Als ich ihn an mich zog, widerstand er nicht mehr. Seine Muskeln spannten sich, und er hielt den Atem an, als er in mich hineinglitt.

»Sag es noch einmal.«

»Ich gehöre dir«, flüsterte ich. Jede Nervenfaser, egal ob innen oder außen, schrie nach mehr. »Ich will nie wieder von dir getrennt sein.«

»Versprich es mir«, sagte er und stöhnte beim nächsten Stoß.

»Ich liebe dich. Ich werde dich immer lieben.« Die Worte waren eher ein Seufzen, aber ich schaute in seine Augen, als ich sie aussprach. Und da konnte ich sehen, wie die Unsicherheit aus seinem Blick wich, und selbst in dem Dämmerlicht erkannte ich das Strahlen in seinem Gesicht.

Travis weckte mich mit Küssen. Mein Kopf fühlte sich schwer und von den vielen Drinks benebelt an, doch an die Stunde, bevor ich eingeschlafen war, konnte ich mich bis ins Detail erinnern. Weiche Lippen liebkosten jeden Zentimeter meiner Hand, meines Arms, meines Halses. Als er meine Lippen erreichte, lächelte ich.

»Guten Morgen«, sagte ich gegen seinen Mund.

Er schloss mich in seine starken Arme und vergrub dann sein Gesicht an meinem Hals.

»Du bist so still heute Morgen.« Ich strich mit der Hand über seinen nackten Rücken. Ich ließ sie noch tiefer rutschen und schlang ein Bein um seine Hüfte, während ich ihn auf die Wange küsste.

Er schüttelte den Kopf. »Ich will einfach nur so bleiben«, flüsterte er.

»Hab ich was Entscheidendes verpasst?«

»Ich wollte dich nicht wecken. Warum schläfst du nicht einfach noch ein bisschen?«

Ich lehnte mich zurück ins Kissen und hob sein Kinn an. Seine Augen waren blutunterlaufen, die Haut rundherum geschwollen und gerötet.

»Was zum Teufel ist mit dir?«, fragte ich erschrocken.

Er nahm eine meiner Hände in seine und küsste sie, wobei er seine Stirn gegen meinen Hals presste. »Schlaf einfach weiter.«

»Ist irgendwas passiert? Ist was mit America?« Ich setzte mich auf. Selbst als er die Furcht in meinen Augen sah, änderte sich sein Gesichtsausdruck nicht. Er seufzte nur und setzte sich ebenfalls auf, dann schaute er auf meine Hand in seiner.

»Nein… America geht's gut. Die beiden sind gegen vier Uhr nach Hause gekommen. Sie sind noch im Bett. Es ist früh, lass uns einfach auch noch mal schlafen.«

Ich spürte mein Herz so heftig pochen, dass an Schlaf nicht mehr zu denken war. Travis nahm mein Gesicht in seine Hände und küsste mich. Irgendwie fühlte es sich allerdings so an, als würde er mich zum letzten Mal küssen. Dann legte er meinen Kopf aufs Kissen, küsste mich erneut, ließ seinen Kopf auf meiner Brust ruhen und umarmte mich ganz fest.

Mir gingen alle möglichen Gründe für Travis' Verhalten durch den Kopf. Dann drückte ich ihn an mich und fürchtete, ihn danach zu fragen. »Hast du nicht geschlafen?«

»Ich… konnte nicht. Wollte nicht…« Er verstummte.

Ich küsste ihn auf die Stirn. »Was auch immer es ist, wir werden es durchstehen, ja? Warum schläfst du nicht noch ein bisschen? Und wir suchen eine Lösung, wenn du wieder wach bist.«

Sein Kopf schoss hoch. In seinen Augen las ich Misstrauen und Hoffnung. »Wie meinst du das? Dass wir es durchstehen?«

Ich war irritiert, denn ich kam nicht darauf, was passiert sein mochte, während ich geschlafen hatte, das ihm solchen Kummer bereitete. »Ich weiß nicht, was los ist, aber ich bin hier.«

»Du bist hier? Heißt das, du bleibst? Bei mir?«

In meinem Kopf drehte sich alles, wegen des Alkohols am Vorabend und wegen Travis' bizarrer Fragen. »Ja. Ich dachte, das hätten wir gestern Abend besprochen?«

»Haben wir auch.« Er nickte ermutigt.

Nachdenklich ließ ich meinen Blick durchs Zimmer schweifen. Die Wände waren nicht mehr so kahl wie bei unserer ersten Begegnung. Stattdessen hingen dort Erinnerungen an die Orte, an denen wir zusammen gewesen waren. Außerdem gab es schwarz gerahmte Fotos von mir, uns, Toto und uns vieren. Dort, wo über dem Kopfteil seines Bettes einst der Sombrero gehangen hatte, entdeckte ich ein größeres Bild, das uns beide auf meiner Geburtstagsparty zeigte.

Ich sah ihn an. »Du dachtest, ich würde aufwachen und angepisst sein, oder? Du dachtest, ich würde wieder gehen?«

Er zuckte mit den Schultern und versuchte vergeblich so lässig zu wirken, wie es ihm sonst mühelos gelang. »Dafür bist du schließlich berühmt.«

»Bist du darüber so traurig? Hast du die ganze Nacht wach gelegen, weil du dir Sorgen gemacht hast, was passieren würde, sobald ich wach wäre?«

Er rutschte herum, als fände er nicht die richtigen Worte. »Ich hatte die letzte Nacht nicht so geplant. Ich war ein bisschen betrunken und bin dir wie ein verdammter Stalker auf der Party nachgeschlichen. Und dann habe ich dich gegen deinen Willen von dort weggeschleppt ... und dann haben wir ...« Er schüttelte den Kopf und schien sichtlich angewidert von den Bildern in seinem Kopf.

»... den besten Sex meines Lebens gehabt?« Ich drückte lächelnd seine Hand.

Travis lachte kurz auf, und seine Anspannung ließ langsam nach. »Dann ist also alles okay mit uns?«

Ich küsste ihn und nahm sein Gesicht zärtlich in meine Hände. »Ja. Das hab ich doch versprochen, oder? Ich habe dir alles gesagt, was du hören wolltest, wir sind wieder zusammen, und trotzdem bist du immer noch nicht glücklich?«

Er lächelte und machte trotzdem ein sorgenvolles Gesicht.

»Travis, hör auf. Ich liebe dich.« Ich strich die Fältchen um seine Augen glatt. »Diese absurde Trennung hätte ja schon zu Thanksgiving vorbei sein können, aber –«

»Moment mal ... was?«, unterbrach er mich und lehnte sich zurück.

»Ich war zu Thanksgiving absolut bereit zur Kapitulation, aber dann hast du gesagt, du hättest genug davon zu versuchen, mich glücklich zu machen, und da war ich zu stolz, dir zu sagen, ich würde dich zurückwollen.«

»Wie bitte? Ich hab doch nur versucht, es dir leichter zu machen! Weißt du, wie elend ich mich gefühlt habe?«

»Nach den Ferien sahst du aber ganz gut aus.«

»Das hab ich doch nur für dich gemacht! Ich hatte Angst, dich ganz zu verlieren, wenn ich nicht so getan hätte, als wäre es für mich okay, nur gute Freunde zu sein.

Ich hätte also schon die ganze Zeit wieder mit dir zusammen sein können, zum Teufel?«

»Ich...« Er hatte recht. Ich hatte uns beiden Leid beschert, und dafür gab es keine Entschuldigung. »Es tut mir leid.«

»Es tut dir leid? Ich hab mich fast totgesoffen, bin kaum aus dem Bett gekommen und habe an Silvester mein Telefon kurz und klein geschlagen, um mich davon abzuhalten, dich anzurufen... und dir... tut es leid?«

Ich biss mir auf die Lippe und nickte beschämt, als mir klar wurde, was er durchgemacht hatte. »Es tut mir so... leid.«

»Es sei dir verziehen«, grinste er. »Aber tu das nie wieder.«

»Das werde ich nicht. Versprochen.«

Er ließ sein Grübchen sehen. »Ich hab dich verdammt lieb.«

21. KAPITEL

Rauch

Die Wochen vergingen, und ich war erstaunt, wie schnell die Frühlingsferien schon wieder vor der Tür standen. Der Tratsch über uns hatte nachgelassen. Das Leben verlief wieder ganz normal. In den Kellern der Eastern University hatte seit Wochen kein Kampf mehr stattgefunden. Adam achtete sehr darauf, sich unauffällig zu verhalten, nachdem die Festnahmen Fragen danach aufgeworfen hatten, was genau in jener Nacht eigentlich passiert war. Travis wartete schon ungeduldig auf den Anruf, der ihn zu seinem letzten Kampf des Semesters einbestellte. Denn mit dem Gewinn würde er den Großteil seiner Rechnungen im Sommer und bis in den Herbst hinein bestreiten.

Der Schnee lag am Freitag vor den Ferien immer noch hoch, und auf dem glitzernd weißen Rasen war eine letzte große Schneeballschlacht im Gange. Travis und ich schlidderten zwischen den Kontrahenten durch Richtung Cafeteria.

Drinnen drückte er mich einmal an sich, bevor er mehrere dampfende Teller auf einem Tablett stapelte. Die Dame an der Kasse war diesen Anblick bereits gewohnt.

»Hi, Abby.« Brazil nickte in meine Richtung und

zwinkerte Travis zu. »Was macht ihr so in der nächsten Woche?«

»Wir bleiben hier. Meine Brüder kommen nach Hause«, ließ Travis ihn wissen, während er die kleinen Styroporteller vor uns auf dem Tisch arrangierte.

»Ich bring diesen Dave Lapinski noch um!«, verkündete America und schüttelte sich im Näherkommen den Schnee aus den Haaren.

»Volltreffer!«, lachte Shepley, bis America ihm einen warnenden Blick zuwarf und zum Buffet stapfte. Schnell lief er ihr nach.

»Der steht ja so was von unterm Pantoffel«, bemerkte Brazil.

»America ist ein bisschen angespannt«, erklärte Travis. »Sie lernt nächste Woche seine Eltern kennen.«

Brazil hob die Augenbrauen. »So richtig offiziell?«

»Tja«, sagte ich. »Das ist was Ernstes.«

»Puh«, machte Brazil.

»Wenn du erst mal die Richtige gefunden hast, Brazil… dann kapierst du das auch«, meinte Travis und strahlte mich an.

Als America und Shepley mit ihren Tabletts zurückkamen, hatten sie sich wieder vertragen. Sie setzte sich auf den Stuhl neben mir und plauderte über das bevorstehende Kennenlernen. Am Abend würden sie zu Shepleys Eltern aufbrechen. Ich beobachtete, wie sie nervös an ihrem Brot herumpickte und dabei jammerte, sie wisse nicht, was sie einpacken und wie viel sie überhaupt mitnehmen sollte.

»Ich hab's dir doch schon gesagt, Baby. Sie werden dich lieben. So wie ich dich liebe«, beruhigte Shepley sie und strich ihr eine Haarsträhne aus dem Gesicht. America holte tief Luft; und ihre Mundwinkel wanderten nach oben.

Travis' Handy begann zu vibrieren, aber er ignorierte es und unterhielt stattdessen Brazil mit der Geschichte von unserer ersten Pokerrunde mit seinen Brüdern. Ich warf einen Blick aufs Display und tippte Travis auf die Schulter.

»Trav?«

Er wandte sich mir zu. »Ja?«

»Vielleicht solltest du drangehen.«

Er schaute auf sein Handy und seufzte. »Oder lieber nicht.«

»Es könnte doch wichtig sein.«

Er zog eine Grimasse, bevor er sich das Telefon ans Ohr hielt. »Was gibt's, Adam?« Seine Augen wanderten durch den Raum, während er zuhörte. »Das ist mein letzter Kampf, Adam. Ich bin mir nicht sicher. Ohne sie gehe ich nicht, und Shep verreist heute noch. Ich weiß ... Ja, ich hab dich verstanden ... Das ist eigentlich gar keine schlechte Idee.«

Nachdem Travis aufgelegt hatte, sah ich ihn erwartungsvoll an.

»Das reicht, um die Miete der nächsten acht Monate zu bezahlen. Adam hat John Savage gekriegt. Der will Profi werden.«

»Ich habe ihn noch nie kämpfen gesehen. Du?«, fragte Shepley und beugte sich vor.

Travis nickte. »Nur einmal in Springfield. Er ist gut.«

»Nicht gut genug«, sagte ich, und Travis küsste mich auf die Stirn. »Ich kann auch zu Hause bleiben.«

»Nein«, widersprach er.

»Ich will nicht, dass du wieder was abbekommst wie beim letzten Mal, nur weil du dir Sorgen um mich machst.«

»Nein, Täubchen.«

»Ich werde aufbleiben und auf dich warten.« Dabei

versuchte ich, zufriedener zu klingen, als ich mit diesem Vorschlag war.

»Ich werde Trent fragen, ob er mitkommt. Er ist der Einzige, dem ich so vertraue, dass ich mich aufs Kämpfen konzentrieren kann.«

»Vielen Dank, du Arschloch«, brummte Shepley.

»Hey, du hattest deine Chance«, bemerkte Travis.

Shepley verzog bedauernd das Gesicht.

»Shepley, das war nicht dein Fehler. Und du hast ihn dann doch von mir weggezerrt, weißt du nicht mehr?«, tröstete ich ihn wie schon etliche Male zuvor. Dann drehte ich mich wieder zu Travis um. »Wann ist der Kampf denn?«

»Irgendwann nächste Woche«, meinte er achselzuckend. »Ich will dich dabeihaben. Ich brauche dich dort.«

Lächelnd lehnte ich mich an ihn. »Dann werde ich auch mitkommen.«

Travis begleitete mich zu meiner Lehrveranstaltung und fing mich ein paarmal auf, als ich auf dem Eis ausrutschte. Nicht, ohne jedes Mal seinen Mund auf meinen zu drücken.

Vor der Tür zum Unterrichtsraum stellte er fest: »Wenn wir unseren Stundenplan fürs nächste Semester zusammenstellen, wäre es praktischer, mehr gemeinsame Veranstaltungen zu haben.«

»Ich werde mich bemühen«, sagte ich und gab ihm einen letzten Kuss, bevor er zu seiner eigenen Veranstaltung ins Nachbargebäude eilte.

Ich wunderte mich, wie schnell die Zeit verging, gab meinen letzten Test an diesem Tag ab und kehrte zur Morgan Hall zurück. Kara saß wie üblich auf ihrem Bett, während ich ein paar Sachen zusammensuchte.

»Fährst du weg?«, fragte sie.

»Nein, ich brauche nur ein paar Dinge. Ich verbringe die ganze Woche nämlich bei Travis in der Wohnung.«

»Hab ich mir fast gedacht«, murmelte sie und hob dabei den Blick nicht von ihrem Buch.

»Ich wünsch dir schöne Ferien, Kara.«

»Mhm.«

Der Campus war schon fast leer, nur ein paar Nachzügler waren noch unterwegs. Als ich um die Ecke bog, sah ich Travis bereits draußen stehen und eine Zigarette rauchen. Er trug eine Strickmütze über den kurz geschorenen Haaren und hatte eine Hand in der Tasche seiner abgenutzten dunkelbraunen Lederjacke vergraben. Rauch stieg aus seinen Nasenlöchern, als er gedankenverloren zu Boden schaute. Erst als ich nur noch ein paar Schritte von ihm entfernt war, bemerkte ich, wie abwesend er schien.

»Was beschäftigt dich so, Baby?«, fragte ich. Er sah nicht auf. »Travis?«

Seine Augenlider flatterten, als er meine Stimme erkannte, und ein gekünsteltes Lächeln erschien auf seinem Gesicht. »Hey, Täubchen.«

»Alles okay?«

»Jetzt schon.« Er zog mich an sich.

»Schön. Was ist los?«

»Ich hab nur gerade viel im Kopf«, seufzte er. »Diese Woche, der Kampf, dass du da sein sollst ...«

»Ich hab ja gesagt, dass ich auch zu Hause bleiben kann.«

»Ich brauche dich dort«, sagte er, trat seine Kippe aus und zog mich Richtung Parkplatz.

»Hast du schon mit Trent gesprochen?«, fragte ich.

Er schüttelte den Kopf. »Ich warte drauf, dass er mich zurückruft.«

America drehte das Fenster runter und reckte den

Kopf aus Shepleys Dodge Charger. »Beeilt euch mal! Es ist saukalt!«

Travis lächelte und beschleunigte seine Schritte. Er hielt mir die Tür auf, damit ich auf den Rücksitz rutschen konnte. America und Shepley diskutierten wieder die Begegnung mit seinen Eltern, und ich beobachtete Travis, der stumm aus dem Fenster sah. Gerade als wir auf den Parkplatz einbogen, klingelte sein Handy.

»Zum Teufel noch mal, Trent!«, meldete er sich. »Ich habe dich vor vier Stunden angerufen. Dabei ist es ja nicht so, dass du irgendeiner produktiven Arbeit nachgehst. Aber egal. Hör mal, du musst mir einen Gefallen tun. Ich habe nächste Woche einen Kampf. Da musst du mitkommen. Ich weiß nicht, wann das ist, aber wenn ich dich anrufe, musst du innerhalb einer Stunde da sein. Kannst du das für mich tun? Ja oder nein, du Spinner. Ich brauche dich, damit du ein Auge auf Abby hast. Beim letzten Mal hat so ein Penner sie begrapscht und … ja.« Seine Stimme wurde leise und drohend. »Ich hab mich drum gekümmert. Also, wenn ich dich anrufe … Danke, Trent.«

Travis klappte sein Telefon zu und lehnte den Kopf an die Rückenlehne.

»Erleichtert?«, fragte Shepley, der ihn im Rückspiegel beobachtete.

»Schon. Ich war mir einfach nicht sicher, wie ich es ohne ihn hätte machen sollen.«

»Ich hab's dir doch gesagt«, begann ich.

»Täubchen, wie oft muss ich dir das noch sagen?«, unterbrach er mich.

»Ich verstehe es trotzdem nicht. Früher hast du mich dabei auch nicht gebraucht.«

Seine Fingerspitzen strichen zart über meine Wange. »Da kannte ich dich ja auch noch nicht. Aber wenn du nicht da bist, kann ich mich nicht konzentrieren. Dann frage ich mich, wo du bist, was du gerade machst... wenn du da bist und ich dich sehe, kann ich mich konzentrieren... So ist es eben.«

Ich küsste ihn.

»Ach, ihr seid ja verrückt«, murmelte America.

Im Schatten der Keaton Hall hielt Travis mich dicht an seine Seite gepresst. Ich hörte das leise Gemurmel der Leute, die das Gebäude durch eine Seitentür betraten, ohne uns zu bemerken.

Das Keaton war das älteste Gebäude der Eastern, und obwohl dort schon Kämpfe stattgefunden hatten, hatte ich Vorbehalte gegen diesen Ort. Adam rechnete mit vielen Zuschauern, obwohl das Keaton nicht das geräumigste Untergeschoss auf dem Campus hatte. An den alten Ziegelmauern stand ein Gerüst aus Holz – ein Hinweis auf die Renovierungsarbeiten, die auch drinnen im Gange waren.

»Das ist eine der schlechtesten Ideen, die Adam je hatte«, knurrte Travis.

»Jetzt ist es zu spät«, sagte ich und schaute an dem Baugerüst hoch.

Travis' Telefon leuchtete, und er klappte es auf. Im blauen Schein des Displays war sein Gesicht angespannt. Er tippte auf ein paar Tasten, klappte das Handy wieder zu und drückte mich fester an sich.

»Du wirkst heute Abend nervös«, flüsterte ich.

»Ich werde mich besser fühlen, wenn Trent erst seinen faulen Hintern hierher bewegt hat.«

»Bin schon da, du Heulsuse«, sagte Trenton halblaut hinter uns. Sein Lächeln strahlte im Mondlicht.

»Wie geht's denn so, Kleine?«, fragte er freundlich.

»Mir geht's gut, Trent.«

Travis entspannte sich merklich und führte mich an der Hand auf die Rückseite des Gebäudes.

»Falls die Cops auftauchen und wir getrennt werden, treffen wir uns am Morgan, okay?«, vereinbarte Travis mit seinem Bruder. An einem offenen Kellerfenster blieben wir stehen. Es war das Zeichen dafür, dass Adam bereits da war und uns erwartete.

»Du willst mich wohl verarschen.« Trenton starrte auf das Fenster. »Da passt doch nicht mal Abby durch.«

»O doch«, versicherte Travis ihm und krabbelte in die Finsternis. Wie so viele Male vorher schob ich mich rückwärts ins Dunkle, in der Gewissheit, dass Travis mich auffangen würde.

Wir warteten kurz, und dann grunzte Trenton, bevor er sich vom Fenstersims abstieß und hart auf dem Boden landete.

»Du hast echt Glück, dass es um Abby geht. Für irgendjemand würde ich diesen ganzen Scheiß nicht mitmachen«, knurrte er.

Travis sprang hoch und drückte das Fenster wieder zu. »Hier lang«, sagte er und führte uns durch die Dunkelheit.

Wir durchquerten einen Flur nach dem anderen, während ich Travis' Hand umklammerte und Trenton sich an meinem Shirt festhielt. Ich hörte es unter meinen Füßen knirschen. Die Augen hatte ich zwar weit aufgerissen, weil ich versuchte, mich an die Dunkelheit des Kellergeschosses zu gewöhnen, aber es gab wirklich nicht den kleinsten Lichtschein.

Nachdem wir das dritte Mal abgebogen waren, seufzte Trenton. »Hier finden wir ja nie wieder raus.«

»Folgt mir einfach«, sagte Travis.

Schließlich wurde es heller, und man hörte gedämpft das Geschrei der Menge und fieberhafte Rufe von Zahlen und Namen. Der Raum, in dem Travis wartete, bis er hereingerufen wurde, enthielt sonst immer nur eine Laterne und einen Stuhl, aber wegen der Renovierungen war dieser vollgepackt mit Tischen, Stühlen und sonstigem Mobiliar, alles von weißen Tüchern verhüllt.

Travis und Trenton besprachen die Taktik für den Kampf, während ich in den Raum spähte. Es war so voll und chaotisch wie beim letzten Mal, aber deutlich enger. Auch hier standen entlang der Wände abgedeckte Möbel, die man zusammengeschoben hatte, um Platz für die Zuschauer zu schaffen. Von der Decke hingen ein paar Laternen, die ein trübes Licht auf die Geldscheine warfen, die für die noch laufenden Wetten hochgehalten wurden.

»Täubchen?«, sagte Travis neben mir.

»Was?«, fragte ich blinzelnd.

»Ich möchte, dass du an dieser Tür stehen bleibst, okay? Lass Trents Arm nicht los.«

»Ich rühre mich nicht von der Stelle. Versprochen.«

Travis lächelte und ließ sein perfektes Grübchen sehen. »Jetzt siehst du ein bisschen nervös aus.«

Ich schaute zur Tür und dann wieder zu ihm. »Ich habe heute einfach kein gutes Gefühl, Trav. Nicht wegen des Kampfes, aber … irgendwie. Dieser Ort ist mir unheimlich.«

»Wir müssen auch nicht lange bleiben«, beruhigte Travis mich. Als Adams Stimme aus dem Megafon schallte, umarmte und küsste er mich. »Ich liebe dich«, sagte Travis, legte dann meinen Arm um Trentons und wies seinen Bruder an: »Lass sie nicht aus den Augen. Nicht für eine Sekunde. Das wird hier richtig heftig, wenn der Kampf erst begonnen hat.«

»… also lasst uns mal die Kontrahenten begrüßen – JOHN SAVAGE!«

»Ich werde sie mit meinem Leben beschützen, Brüderchen«, sagte Trenton und drückte meinen Arm. »Und jetzt geh da raus, hau diesem Typen den Arsch voll, und dann lass uns wieder verschwinden.«

»… und TRAVIS ›MAD DOG‹ MADDOX!«, brüllte Adam ins Megafon.

Der Lärm, als Travis sich durch die Menge schob, war ohrenbetäubend. Ich sah den Stolz in Trentons Blick.

Als Travis die Mitte der Arena erreicht hatte, schluckte ich. John sah ganz anders aus als Travis' bisherige Gegner, selbst als der Kerl, gegen den er in Vegas gekämpft hatte. John versuchte nicht, Travis durch finstere Blicke einzuschüchtern, vielmehr musterte er ihn mit beängstigender Ruhe. Seine Augen wirkten analytisch, aber auch bar jeglicher Vernunft. Ich wusste, dass Travis mehr als einen Kampf vor sich hatte; er stand einer Art Dämon gegenüber. Travis schien es selbst zu bemerken. Er grinste nicht, sondern starrte den Gegner nur durchdringend an. John attackierte, sobald das Signal ertönte.

»Mein Gott«, seufzte ich und packte Trentons Arm fester. Trenton bewegte sich synchron mit Travis, als wären sie ein und dieselbe Person. Ich zuckte unter jedem Schlag von John zusammen und musste mich zwingen, nicht die Augen zu schließen. Es gab keine überflüssigen Bewegungen: John agierte berechnend und präzise. Schon die pure Kraft hinter den Schlägen war Ehrfurcht gebietend.

Die Luft stand, und es war stickig; der aufgewirbelte Staub kratzte mir bei jedem Atemzug im Hals. Und je länger es dauerte, desto größer wurde mein Unbehagen. Ich befahl mir jedoch, mich nicht von der Stelle zu rühren, damit Travis sich konzentrieren konnte.

Ich war so gefangen von den Ereignissen in der Mitte des Kellerraums, dass ich kaum wahrnahm, wie Trenton immer wieder irgendwelche Typen, die ruppig drängelten, in ihre Schranken wies.

Travis machte sich gut, und ich seufzte, als er den ersten Treffer landete. Die Menge wurde lauter, aber Trenton sorgte dafür, dass man auf Abstand zu uns blieb. Nachdem ihm ein beachtlicher Schlag gelungen war, schaute Travis ganz kurz zu mir, bevor er seine Aufmerksamkeit gleich wieder auf John richtete. Seine Bewegungen waren geschmeidig, fast berechnend, und er schien Johns Angriffe vorherzusehen.

Sichtlich ungeduldig packte John Travis mit beiden Armen und zerrte ihn zu Boden. In einer einzigen Bewegung zog sich der Ring der Zuschauer enger um die beiden, weil alle sich vorbeugten, um das Geschehen am Boden weiterverfolgen zu können.

»Ich kann ihn nicht mehr sehen, Trent!«, rief ich und stellte mich auf die Zehenspitzen.

Trenton sah sich um und entdeckte Adams Holzstuhl. Mit einer geschmeidigen Bewegung zog er ihn heran und half mir hinaufzusteigen. »Kannst du ihn jetzt sehen?«

»Ja!«, antwortete ich und umklammerte weiter seinen Arm. »Er ist oben, aber er hat Johns Beine um den Hals!«

Trenton stellte sich auf die Zehenspitzen und legte eine Hand an den Mund, bevor er brüllte: »*Reiß ihm den Arsch auf, Travis!*«

Auf einmal stemmte Travis sich mit aller Kraft wieder auf die Füße, aber John hatte nach wie vor die Beine um seinen Hals. Da ließ Travis sich auf die Knie fallen, sodass Johns Rücken und Kopf mit einem entsetzlichen Geräusch auf den Betonboden knallten. Johns Beine erschlafften und gaben Travis frei, der daraufhin ausholte und mit der geballten Faust so lange auf John einschlug, bis Adam ihn wegzerrte und den roten Stofffetzen auf Johns reglosen Körper warf.

Der Raum explodierte in Jubel, als Adam Travis' Hand hochriss. Trenton umarmte meine Beine und schrie vor Freude über den Sieg seines Bruders. Travis sah mit einem breiten, blutigen Lächeln zu mir her. Sein rechtes Auge begann bereits zuzuschwellen.

Geld wechselte von Hand zu Hand, und die Menge setzte sich in Bewegung, bereit zum Aufbruch. In dem Moment stieß jemand gegen eine flackernde Laterne, die in der Ecke hinter Travis hing. Etwas tropfte heraus.

»Trent?«

Ich zeigte in die Ecke. Im selben Moment fiel die Laterne herab, auf die abgedeckten Möbel. Sofort loderten Flammen auf.

»Heilige Scheiße!«, schrie Trenton und packte meine Beine.

Ein paar Typen sprangen vor den Flammen zurück und beobachteten wie hypnotisiert das Feuer, das rasch um sich griff. Schwarzer Rauch stieg auf, und sogleich gerieten alle im Raum in Panik und drängten zu den Ausgängen.

Mein Blick traf Travis'. Sein Gesicht war vor Entsetzen verzerrt.

»Abby!«, brüllte er.

»Komm!«, schrie Trenton und riss mich vom Stuhl an seine Seite. Es wurde immer dunkler, und von der anderen Seite des Raumes hörte man etwas knallen. Im Gedränge hatte jemand eine weitere Laterne umgestoßen, ein neues Feuer brach aus. Trenton packte mich am Arm und zog mich hinter sich her, während er versuchte, einen Weg durch die Leute zu bahnen.

»So kommen wir nicht raus! Wir müssen dahin zurück, wo wir reingekommen sind!«, rief ich und zog ihn zurück.

Trenton schaute sich um und versuchte, mitten in

dem Chaos einen Plan zu fassen. Ich sah wieder zu Travis hin, der versuchte, zu uns zu gelangen. Aber die wogende Menge drängte ihn weiter ab. Entsetzensschreie gellten in meinen Ohren, während alle versuchten, zu den Ausgängen zu kommen.

Trenton zog mich durch die Türöffnung. »Travis!«, schrie ich und streckte die Hand nach ihm aus.

Er hustete und versuchte, den Rauch wegzuwedeln.

»Hier lang, Trav!«, rief Trenton ihm zu.

»Bring sie erst mal raus, Trent! Schaff sie raus!«, schrie er hustend.

Unsicher sah Trenton auf mich herab. Ich konnte die Angst in seinem Blick erkennen. »Ich weiß nicht, wo es rausgeht.«

Ich drehte mich ein letztes Mal zu Travis um, aber seine Umrisse verschwammen bereits hinter den Flammen, die sich zwischen uns ausgebreitet hatten. »Travis!«

»Lauft! Wir sehen uns draußen!« Seine Stimme ging im Chaos unter, und ich packte Trentons Ärmel fester.

»Hier entlang, Trent!«, sagte ich und spürte, wie Rauch und Tränen in meinen Augen brannten. Dutzende Menschen in Panik trennten Travis von seinem einzigen Fluchtweg.

An Trentons Hand geklammert stieß ich jeden aus dem Weg. Wir erreichten die nächste Türöffnung, und ich blickte hin und her. Zwei Flure wurden von dem Feuer hinter uns schwach erleuchtet.

»Hier lang!«, rief ich und zog wieder an seiner Hand.

»Sicher?«, fragte er zweifelnd.

»Komm!«, rief ich.

Je weiter wir liefen, desto dunkler wurde es. Wir konnten jetzt leichter atmen, aber wir hörten die schrillen Schreie, und uns umgab absolute Finsternis.

Ich streckte die Hand aus und tastete die Wand ab.

»Glaubst du, er ist rausgekommen?«, fragte Trenton.

Ich versuchte, seine Frage zu verdrängen. »Laufen wir weiter«, keuchte ich.

Trenton ließ ein Feuerzeug aufflammen und hielt es vor sich. In dem diffusen Licht wurde ein Durchgang sichtbar.

»Hier entlang!«, rief ich.

Im nächsten Raum stießen wir auf drei Mädchen und zwei Jungs, alle mit rußigen Gesichtern und Panik im Blick.

»Da entlang gibt es Fenster, durch die wir rauskönnen!«, rief einer.

»Wir kommen von dort, da gibt es nichts«, entgegnete ich.

»Ihr müsst sie übersehen haben!«

Trenton zog an meiner Hand. »Komm, Abby, die wissen, wo es rausgeht!«

Ich schüttelte den Kopf. »Wir sind mit Travis von hier gekommen. Ich weiß es.«

Sein Griff wurde fester. »Ich habe Travis versprochen, dich nicht aus den Augen zu lassen. Wir gehen mit denen.«

»Trent, wir kommen doch gerade von dort ... da waren keine Fenster!«

»Los komm, Jason!«, schrie ein Mädchen.

»Wir gehen weiter«, sagte Jason und sah Trenton an.

Der zog wieder an meiner Hand, aber ich versuchte, mich loszureißen. »Trent, bitte! Es geht hier lang, ich schwör's dir!«

»Ich gehe mit denen«, entschied er. »Bitte komm auch mit.«

Tränen strömten mir übers Gesicht. »Ich war hier schon mal. Dort geht es nicht raus!«

»Du kommst jetzt mit mir!«, schrie er und riss an meinem Arm.

»Halt, Trent! Das ist der falsche Weg!«, rief ich.

Meine Füße schlitterten über den Betonboden, während er mich hinter sich her zog, doch als der Rauch dichter wurde, riss ich mich los und rannte in die entgegengesetzte Richtung.

»Abby! *Abby*!«, brüllte Trenton.

Aber ich lief weiter, die Hände tastend nach vorn gestreckt.

»Komm mit! Die führt dich in den Tod!«, hörte ich ein Mädchen Trenton zurufen.

Dann stieß ich mit der Schulter an eine Ecke, wirbelte herum und fiel hin. Ich kroch über den Boden, mit zitternden Fingern an der Wand entlang, bis ich einen weiteren Durchgang ertastete. So gelangte ich in den nächsten Raum.

Die Dunkelheit schien unendlich, aber ich versuchte, nicht in Panik zu geraten, sondern mit langen Schritten die nächste Wand zu erreichen. Es vergingen zähe Sekunden, und ich spürte die Angst in mir wachsen, während in weiter Ferne Schreie zu hören waren.

»Bitte«, flüsterte ich in die Dunkelheit, »lass das den Weg nach draußen sein.«

Da spürte ich den nächsten Türstock und erspähte im Raum dahinter einen schmalen silbernen Streifen aus Licht. Der Mond schien durch ein Fenster, und ich schluchzte erleichtert auf.

»Trent! Hier ist es!«, rief ich hinter mich. »Trent!«

Ich kniff die Augen ein wenig zusammen, weil ich eine kleine Bewegung in der Ferne wahrnahm. »Trent?«, schrie ich und spürte mein Herz wie wild klopfen. Innerhalb von Sekunden tanzten Schatten über die Wände, und ich riss vor Schreck die Augen auf, als mir klar wurde, dass das, was ich für Menschen gehalten hatte, in Wirklichkeit die herannahenden lodernden Flammen waren.

»O mein Gott«, murmelte ich und schaute zu dem Fenster hoch. Travis hatte es hinter uns zugedrückt, und es war zu weit oben, als dass ich drangekommen wäre.

Ich schaute mich um nach etwas, auf das ich steigen könnte. Auch dieser Raum war mit Möbeln vollgestellt, lauter Nahrung für das Feuer, bis alles sich in ein Inferno verwandelt hätte.

Ich riss die Abdeckung von einem Tisch. Eine Staubwolke hüllte mich ein, als ich das schwere Möbel unter das Fenster schob. Ich kletterte hinauf. Dabei musste ich vom Rauch husten, der schon langsam in den Raum waberte. Immer noch befand sich das Fenster mehrere Handbreit über mir.

Ich ächzte, während ich versuchte, es aufzustoßen. Unbeholfen riss ich an dem Griff, aber es rührte sich nichts.

»Los, verdammt!«, schrie ich.

Ich schob meine Fingernägel unter den Rahmen und zog und zerrte, bis ich meinte, die Nägel müssten sich schon von den Fingern lösen. Im Augenwinkel bemerkte ich flackerndes Licht und schrie auf, als ich sah, wie das Feuer sich die Abdeckungen entlangfraß, in dem Flur, durch den ich kurz zuvor gerannt war.

Ich bearbeitete erneut das Fenster, grub meine Nägel in den Rahmen. Blut tropfte mir von den Fingerspitzen. Schließlich siegte mein Instinkt, und ich schlug mit den geballten Fäusten direkt gegen das Glas. Ein kleiner Sprung breitete sich auf der Scheibe aus, an der mein Blut herunterlief. Dann zog ich einen Schuh aus und hämmerte damit auf die Scheibe ein.

In der Ferne hörte ich Sirenen heulen. Der Rest meines Lebens war nur Zentimeter entfernt, jenseits dieser

Scheibe. Ich presste mich an die Mauer und bearbeitete das Glas mit flachen Händen.

»*Hilfe*!«, schrie ich, während die Flammen immer näher kamen. »Hilft mir denn keiner?!«

»Täubchen?«

Ich vernahm ein schwaches Husten hinter mir und fuhr herum. Travis erschien in dem Durchgang, rußverschmiert.

»*Travis!*«, brüllte ich. Ich sprang von dem Tisch und rannte auf ihn zu.

Ich warf mich in seine Arme, und er rang hustend nach Luft. »Wo ist Trenton?«, fragte er mit rauer Stimme.

»Er ist den anderen gefolgt!«, stieß ich weinend hervor. »Ich habe versucht, ihn zu überreden, mit mir zu kommen, aber er hat sich geweigert!«

Travis sah sich nach dem Feuer um. Ich hustete, als der Rauch meine Lungen füllte. Er schaute mich an, und in seine Augen stiegen Tränen. »Ich bringe uns hier raus.« In einer schnellen Bewegung drückte er kurz seine Lippen auf meine und kletterte dann auf den Tisch.

Er stieß gegen das Fenster und riss mit zitternden Muskeln an dem Griff.

»Geh zurück, Abby! Ich schlage das Glas ein.«

Ängstlich machte ich nur einen einzigen Schritt von unserem möglichen Fluchtweg weg. Travis hob den Ellbogen, holte mit der Faust aus und rammte sie gegen das Glas. Ich wandte mich ab und schützte mein Gesicht mit blutenden Händen vor den Scherben, die herabfielen.

»Komm her!«, rief er und streckte mir die Hand hin. Die Hitze des Feuers hatte den Raum bereits erfüllt, und ich sprang in die Luft, als er mich in einer einzigen Bewegung hochzog und nach draußen schob.

Ich blieb auf den Knien liegen, während Travis herauskletterte, dann half ich ihm auf die Füße. Von der anderen Seite des Gebäudes hörten wir die Sirenen heulen. Die roten und blauen Lichter der Feuerwehr- und Einsatzwagen tanzten auf den Ziegelmauern der Nachbargebäude.

Wir rannten zu der Menschenmenge, die davorstand, und suchten unter den schmutzigen Gesichtern nach Trenton. Travis brüllte den Namen seines Bruders, wobei seine Stimme von Mal zu Mal hoffnungsloser wurde. Er zog sein Telefon aus der Tasche, in der Hoffnung auf einen verpassten Anruf, aber er knallte es sofort wieder zu.

»*Trent!*«, rief er gellend und reckte den Hals.

Wer sich gerettet hatte, umarmte sich weinend hinter den Einsatzfahrzeugen. Entsetzt sahen wir zu, wie ein Tanklöschzug seinen Wasserstrahl auf die Fenster richtete und Feuerwehrleute mit Schläuchen ins Gebäude rannten.

Travis fuhr sich mit der Hand über die Stoppeln und schüttelte den Kopf. »Er ist nicht rausgekommen«, flüsterte er. »Er ist nicht mehr rausgekommen.«

Mir verschlug es den Atem, als ich sah, wie die Tränen weiße Streifen auf seinen Wangen hinterließen. Er ließ sich auf die Knie fallen, und ich fiel neben ihn.

»Trent ist schlau, Trav. Er ist rausgekommen. Er muss einen anderen Weg gefunden haben«, beschwor ich ihn.

Travis fiel in meinen Schoß und umklammerte meinen Pulli mit beiden Händen. Ich hielt ihn im Arm, verzweifelt.

Eine Stunde verging. Die Schreie und das Heulen der Überlebenden und Schaulustigen draußen waren einer unheimlichen Stille gewichen. Mit schwindender Hoffnung sahen wir zu, wie die Feuerwehrleute noch zwei Menschen rausbrachten und dann nur noch allein aus dem Gebäude traten. Nachdem sich die Sanitäter um die Leichtverletzten gekümmert und Krankenwagen mit

Brandverletzten davongerast waren, warteten wir immer noch. Eine halbe Stunde später begann man damit, die Leichen all derjenigen hinauszutragen, für die jede Hilfe zu spät kam. Es waren so viele. Travis ließ den Haupteingang nicht aus den Augen und rechnete damit, dass man auch seinen Bruder aus der Asche bergen würde.

»Travis?«

Wir drehten uns um und erkannten Adam. Travis stand auf und zog mich mit sich hoch.

»Ich bin froh zu sehen, dass ihr es geschafft habt«, sagte er und musterte uns dann erschrocken. »Wo ist Trent?«

Travis antwortete nicht.

Unsere Blicke richteten sich wieder auf die verkohlte Fassade der Keaton Hall. Ich drückte mein Gesicht an Travis' Brust und kniff die Augen in der Hoffnung zu, jeden Moment aus diesem Albtraum aufzuwachen.

»Ich muss … Dad anrufen«, flüsterte Travis.

Ich holte tief Luft und hoffte, meine Stimme würde sicherer klingen, als ich mich fühlte. »Vielleicht solltest du damit noch warten, Travis. Wir wissen ja noch nichts.«

Seine Augen blieben auf das Display gerichtet, und seine Lippen begannen zu zittern. »Das ist so verdammt ungerecht. Er hätte niemals hierherkommen dürfen.«

»Es war ein Unglück, Travis. Du konntest doch nicht ahnen, dass so etwas passieren würde«, sagte ich und strich ihm über die Wange.

Er verzog schmerzvoll das Gesicht. Danach begann er, die Nummer seines Vaters einzutippen.

22. KAPITEL

Zwei Flugtickets

Aber plötzlich begann das Telefon zu klingeln. Travis riss die Augen auf, als er den Namen las.

»Trent?« Ein Strahlen breitete sich auf seinem Gesicht aus. »Es ist Trent!« Ich schnappte nach Luft. »Wo bist du? Wie meinst du das, du bist am Morgan? Ich bin in einer Sekunde da, rühr dich bloß nicht von der Stelle!«

Ich sprang auf und hatte Mühe, mit Travis Schritt zu halten, als er über den Campus sprintete. Am Morgan kam Trenton uns entgegengerannt und stürzte sich auf uns.

»Heilige Scheiße, Bruder! Ich dachte, ihr wärt geröstet worden!«, rief Trenton und drückte uns so fest, dass ich gar nicht mehr atmen konnte.

»Du Arsch!«, kreischte Travis und stieß seinen Bruder zurück. »Ich dachte, du wärst verdammt noch mal tot! Ich habe die ganze Zeit darauf gewartet, dass die Feuerwehrleute deinen verkohlten Kadaver aus dem Keaton schleppen!«

Travis sah Trenton noch einen Moment lang düster an, dann zog er ihn in seine Arme. Fast gleichzeitig streckte er einen Arm nach mir aus und umarmte mich gleich mit.

Dann sah Trenton mich mit schuldbewusster Miene an. »Tut mir leid, Abby. Ich bin in Panik geraten.«

Ich stupste ihn an. »Ich bin nur froh, dass dir nichts passiert ist.«

»Wahrscheinlich wäre ich tot sogar besser dran gewesen, wenn Travis mich ohne dich aus dem Gebäude hätte kommen sehen. Ich hab noch versucht, dich wiederzufinden ... und als ich endlich draußen war, haben die Cops alle aufgehalten. Seither bin ich hier fast ausgeflippt!«, stöhnte er und fuhr sich mit der Hand durch die kurzen Haare.

Travis wischte mir mit seinen Daumen über die Wangen und zog sich dann sein T-Shirt hoch, um sich damit den Ruß abzuputzen. »Lasst uns hier verschwinden.«

Nachdem er seinen Bruder noch mal umarmt hatte, gingen wir zu Americas Honda.

Während der ganzen Fahrt hielten wir uns fest an der Hand.

»Du hast mir das Leben gerettet«, sagte ich leise.

Er runzelte die Stirn. »Ohne dich wäre ich da nicht weggegangen.«

Wenig später schrubbte ich mir in der Dusche die roten und schwarzen Spuren von der Haut. Aber als ich in Travis' Bett fiel, hatte ich den Gestank von Rauch noch in der Nase.

»Hier.« Er hielt mir ein breites Glas mit bernsteinfarbener Flüssigkeit hin. »Das wird dir helfen, zur Ruhe zu kommen.«

»Ich bin nicht müde.«

Seine Augen waren erschöpft und traurig. »Versuch doch, ein bisschen Schlaf zu finden, okay?«

»Ich hab fast Angst, meine Augen zu schließen«, sagte ich und stürzte die Flüssigkeit hinunter.

Er setzte sich neben mich. Wir saßen schweigend da und dachten jeder für sich an die letzten Stunden. Als mir die Schreckensschreie der in dem Kellergeschoss Eingeschlossenen in den Sinn kamen, drückte ich die Augen zu. Ich wusste, dass ich all das kaum je würde vergessen können.

Travis' warme Hand auf meinem Knie holte mich aus meinem Albtraum. »Viele Menschen sind heute Abend gestorben.«

»Ich weiß.«

»Wir werden wohl erst morgen wissen, wie viele es sind.«

»Trent und ich sind beim Rauslaufen einer Gruppe begegnet. Ich frage mich, ob sie es wohl geschafft haben. Sie wirkten so verängstigt...«

Ich spürte, wie mir Tränen in die Augen traten, da schloss mich Travis in seine starken Arme. Ich schmiegte mich an seine Haut und fühlte mich sofort beschützt. Dass ich mich in seinen Armen so geborgen fühlte, hatte mir früher einmal Angst gemacht, doch in jenem Moment war ich dankbar dafür, solche Sicherheit empfinden zu dürfen. Es gab nur einen Grund dafür, bei irgendjemandem so zu empfinden.

Ich gehörte zu ihm.

Da wusste ich es. Ohne jeden Zweifel, ohne Sorge darüber, was andere denken würden, und ohne Angst vor Fehlern oder Konsequenzen. Ich musste lächeln.

»Travis?«, sagte ich an seine Brust gelehnt.

»Was denn, Baby?«, flüsterte er in mein Haar.

Unsere Telefone klingelten gleichzeitig.

»Hallo?«, meldete ich mich.

»Abby?«, rief America.

»Mir geht es gut, Mare. Uns beiden geht es gut.«

»Es kommt in allen Nachrichten!«

Ich hörte, wie Travis Shepley alles erklärte, und versuchte gleichzeitig, America zu beruhigen. Ich beantwortete ein Dutzend Fragen mit möglichst fester Stimme, obwohl ich dabei an die schrecklichsten Augenblicke meines bisherigen Lebens denken musste. Doch sobald ich Travis' Hand auf meiner spürte, wurde ich ganz ruhig.

America weinte, denn ihr war klar, wie knapp wir dem Tod entronnen waren. »Ich fange jetzt gleich an zu packen, und morgen früh fahren wir sofort los«, schniefte sie.

»Mare, bitte reist nicht vorzeitig ab. Uns geht es ja gut.«

»Ich muss dich sehen. Ich muss dich umarmen, damit ich weiß, dass du okay bist«, weinte sie.

»Wir sind okay. Du kannst mich am Freitag umarmen.«

Sie schniefte noch ein bisschen. »Ich hab dich lieb.«

»Ich hab dich auch lieb. Macht es euch noch schön.«

Travis sah mich an und presste dann das Telefon fest an sein Ohr. »Umarm lieber dein Mädchen, Shep. Sie klingt ganz schön mitgenommen. Ich weiß, Mann ... ich auch. Bis bald.«

Danach saßen wir eine Zeit lang schweigend da. Travis lehnte sich zurück und drückte mich an seine Brust.

»Ist bei America alles okay?«, erkundigte er sich.

»Es war ein Schock für sie, aber das wird schon wieder.«

»Ich bin froh, dass sie nicht hier waren.«

Ich biss die Zähne zusammen. Nicht auszudenken, was hätte passieren können, wenn sie nicht gerade bei Shepleys Eltern gewesen wären. Vor meinem geistigen Auge blitzten die erschrockenen Gesichter der desorientierten Mädchen in dem Keller auf. Anstelle der namenlosen Mädchen sah ich jetzt Americas entsetztes Gesicht. Mir wurde übel, als ich mir ihr wunderschönes blondes Haar verdreckt und angesengt neben den anderen Leichen auf dem Rasen vorstellte.

»Ich auch«, sagte ich schaudernd.

»Es tut mir leid. Du hast heute Abend so viel durchgemacht.«

»Du auch, Trav.«

Er schwieg eine Weile, dann holte er tief Luft. »Ich kriege es nicht oft mit der Angst zu tun«, sagte er. »Ich hatte Angst an dem ersten Morgen, als ich aufwachte und du weg warst. Ich hatte Angst, als du mich nach Vegas verlassen hast. Ich hatte Angst, als ich dachte, ich müsste Dad sagen, dass Trent in dem Gebäude gestorben wäre. Aber als ich dich in diesem Keller hinter den Flammen sah … Da hatte ich entsetzliche Angst. Und noch nie in meinem Leben war ich mir einer Sache so sicher. Ich ging nicht zum Ausgang, sondern kämpfte mich zu dem Raum vor, in dem ich dich vermutete, und da warst du. Nichts anderes zählte. Ich wusste nicht, ob wir es schaffen würden, ich wollte einfach nur bei dir sein, was auch immer das bedeutete. Das Einzige, wovor ich mich wirklich fürchte, ist ein Leben ohne dich.«

Ich küsste ihn zärtlich. Als unsere Lippen sich trennten, lächelte ich. »Du hast nichts zu befürchten. Das mit uns währt ewig.«

Er seufzte. »Ich würde alles noch mal genauso machen, ich würde keine Sekunde missen wollen, um jetzt so hier mit dir zusammen zu sein.«

Meine Augen fühlten sich schwer an, und meine Lungen brannten noch von dem Rauch. Dennoch entspannte ich mich. Ich spürte Travis' warme Lippen an meiner Stirn. Seine Hand strich über mein feuchtes Haar, und ich konnte sein Herz heftig klopfen spüren.

»Das ist es«, seufzte er.

»Was?«

»Der Moment. Wenn ich dir beim Schlafen zusehe … dieser friedliche Ausdruck in deinem Gesicht. Das ist es. Das hatte ich seit dem Tod meiner Mutter nicht mehr gespürt, aber jetzt kann ich es wieder fühlen.« Er holte erneut tief Luft und zog mich enger an sich. »Ich wusste in der Sekunde, als wir uns zum ersten Mal begegnet sind, dass du etwas an dir hattest, das ich brauchte. Aber es war gar nichts an dir. Es warst du selbst.«

Ich musste lächeln, während ich mein Gesicht an seine Brust presste. »Das sind wir, Trav. Nichts ergibt einen Sinn, wenn wir nicht zusammen sind. Hast du das schon bemerkt?«

»Bemerkt? Das erzähle ich dir doch schon seit einem Jahr!«, neckte er mich. »Frauen, Kämpfe, Trennung, Parker, Vegas … sogar Feuer … unserer Beziehung kann nichts etwas anhaben.«

Ich hob meinen Kopf wieder und bemerkte die Ruhe in seinem Blick. Ein bisschen wie damals, als ich meine Wette verloren hatte und zu ihm ziehen musste oder als ich ihm zum ersten Mal gesagt hatte, dass ich ihn liebe, oder am Morgen nach der Valentinstagsparty. So ähnlich, und doch anders. Diesmal war es absolut von Dauer. Da war keine zaghafte Hoffnung, sondern unbedingtes Vertrauen. Und ich erkannte das nur, weil seine Augen spiegelten, was ich selbst empfand.

»Vegas?«, fragte ich.

Er schien sich zu fragen, worauf ich hinauswollte. »Ja?«

»Hast du schon mal dran gedacht, noch mal hinzufliegen?«

Er machte ein erschrockenes Gesicht. »Ich glaube, für mich wäre das keine gute Idee.«

»Und wenn wir nur für eine Nacht hinflögen?«

Verwirrt blickte er sich in dem dunklen Zimmer um. »Für eine Nacht?«

»Heirate mich«, sagte ich ohne Zögern. Ich staunte, wie rasch und leicht mir das über die Lippen gekommen war.

Er verzog den Mund zu einem breiten Grinsen. »Wann?«

Ich zuckte mit den Achseln. »Wir können morgen einen Flug buchen. Es sind ja Ferien. Ich habe nichts vor, und du?«

»Ich steige auf deinen Bluff ein.« Er griff nach seinem Telefon. »American Airlines«, hörte ich ihn sagen. Während er auf die Verbindung wartete, beobachtete er mich scharf. »Ich brauche zwei Tickets nach Vegas, bitte. Für morgen. Hmmm...« Er sah mich an und wartete anscheinend, ob ich meine Meinung ändern würde. »Zwei Tage. Hin- und Rückflug. Was immer Sie dahaben.«

Ich legte mein Kinn an seine Brust und wartete, dass er die Buchung vornahm. Je länger ich ihn unbehelligt telefonieren ließ, desto breiter wurde sein Lächeln.

»Jaa... äh, bleiben Sie kurz dran«, sagte er und zeigte auf seine Geldbörse. »Gibst du mir mal bitte meine Kreditkarte, Täubchen?« Er wartete wieder auf eine Reaktion. Aber bereitwillig beugte ich mich hinüber, zog seine Kreditkarte aus der Geldbörse und gab sie ihm.

Travis sagte der Dame seine Kartennummer und sah mich nach jeder Ziffer an. Nachdem er auch das Gültigkeitsdatum angegeben hatte und ich immer noch nicht protestierte, presste er die Lippen zusammen. »Äh, ja, Ma'am. Wir holen sie dann direkt am Schalter ab. Ich danke Ihnen.«

Danach wartete ich, dass er etwas sagen würde.

»Du hast mich gerade gebeten, dich zu heiraten«, stellte er ungläubig fest.

»Ich weiß.«

»Das war jetzt gerade ernst, weißt du. Ich habe zwei Flugtickets nach Vegas für morgen Mittag gebucht. Das bedeutet, wir heiraten morgen Abend.«

»Danke.«

Seine Augen wurden schmal. »Dann wirst du, wenn der Unterricht am Montag wieder beginnt, schon Mrs Maddox sein.«

»Oh«, sagte ich und schaute mich um.

Travis hob eine Augenbraue. »Irgendwelche Zweifel?«

»Da werde ich nächste Woche eine Menge Papierkram zu erledigen haben.«

Er nickte langsam und vorsichtig hoffend. »Du wirst mich morgen wirklich heiraten?«

Ich lächelte. »Mhm.«

»Ist das dein Ernst?«

»Absolut.«

»Verdammt, ich liebe dich!« Er nahm mein Gesicht in seine Hände und küsste mich heftig. »Ich liebe dich so sehr!« Er küsste mich wieder und wieder.

»Erinnere dich auch noch in fünfzig Jahren daran, wenn ich dir beim Poker immer noch das Fell über die Ohren ziehe«, meinte ich kichernd.

Er grinste. »Wenn das sechzig oder siebzig Jahre mit dir bedeutet, Baby ... Dann spiel so gemein, wie du nur kannst.«

»Das wirst du noch bereuen.«

»Ich wette, nicht.«

Ich lächelte möglichst abgebrüht. »Traust du dir so viel zu, dass du das polierte Bike da draußen setzt?«

Sein Lächeln verschwand. »Ich würde alles setzen, was ich besitze, Täubchen.«

Ich streckte ihm meine Hand hin, und er schlug ohne Zögern ein, bevor er sie an seine Lippen führte und behutsam meine Knöchel küsste. Im Zimmer war es still und nur das Geräusch seiner Lippen und sein Ausatmen zu hören.

»Abby Maddox ...«, sagte er, und im Mondlicht sah ich ihn lächeln.

Ich schmiegte meine Wange an seine nackte Brust. »Travis und Abby Maddox. Klingt richtig hübsch.«

»Ein hübscher Ring würde auch noch dazugehören«, meinte er und machte ein skeptisches Gesicht.

»Um Ringe kümmern wir uns später. Ich habe dich ja praktisch damit überfallen.«

»Äh ...« Er verstummte wieder.

»Was denn?«, fragte ich, fast ein bisschen beunruhigt.

»Flipp nicht aus, ja?« Er rutschte nervös herum. »Also ... um die Angelegenheit habe ich mich schon gekümmert.«

»Um welche Angelegenheit?«

Er schaute zur Decke hoch und seufzte. »Du wirst ja doch ausflippen.«

»Travis ...«

Ich runzelte die Stirn, als er einen Arm nach der Nachttischschublade ausstreckte.

Ich pustete mir die feuchten Ponyfransen aus der Stirn. »Wie? Hast du Kondome gekauft?«

Er lachte auf. »Nein, Täubchen.« Er machte ein angestrengtes Gesicht, als er noch tiefer in der Schublade herumtastete. Schließlich holte er eine kleine Schachtel hervor.

Er legte die Samtschachtel auf seine Brust und verschränkte die Arme hinter dem Kopf.

»Was ist das?«, fragte ich.

»Wonach sieht es denn aus?«

»Okay, lass mich die Frage anders stellen: Wann hast du das besorgt?«

Travis holte tief Luft. »Vor einer Weile.«

»Trav…«

»Ich habe ihn zufällig entdeckt und wusste, es gibt nur einen Ort, an den er hingehört… an deinen perfekten Finger.«

»Wann genau?«

»Spielt das eine Rolle?« Er wand sich unbehaglich.

»Darf ich ihn sehen?« Ich grinste und fühlte mich mit einem Mal ein bisschen schwindelig.

Er lächelte und schaute auf die Schachtel. »Mach sie auf.«

Ich berührte sie mit einem Finger und spürte den flauschigen Samt. Dann öffnete ich den goldenen Verschluss und öffnete langsam den Deckel. Es funkelte, und ich machte ihn sofort wieder zu.

»Travis!«, entfuhr es mir.

»Ich wusste, du würdest ausflippen«, sagte er und legte seine Hände über meine.

Ich spürte die Schachtel unter meinen Handflächen, und sie kam mir vor wie eine Granate, die jeden Moment explodieren konnte. Ich schloss die Augen und schüttelte den Kopf. »Bist du verrückt?«

»Ich wusste es. Ich wusste, was du denken würdest, aber ich konnte nicht anders. Es war der einzig Richtige. Und ich hatte recht! Ich habe seither keinen mehr gesehen, der so perfekt wäre!«

Ich schlug die Augen wieder auf und sah statt der verunsicherten braunen Augen, mit denen ich gerechnet hatte, nur Stolz in seinem Blick.

Sanft löste er meine Hände von der Schachtel und klappte den Deckel auf. Dann nahm er den Ring heraus. Der große runde Diamant strahlte selbst in diesem schwachen Licht und spiegelte in jeder Facette den Mondschein wider.

»Der ist... mein Gott, er ist umwerfend«, flüsterte ich, als er meine linke Hand ergriff.

»Darf ich ihn dir anstecken?«, fragte er und schaute mich an. Nachdem ich genickt hatte, presste er die Lippen aufeinander und streifte mir den Silberring über den Finger und hielt ihn noch einen Moment fest. »Jetzt ist er umwerfend.«

Wir starrten beide auf meine Hand und waren gleichermaßen in Bann gezogen vom Kontrast des riesigen Diamanten zu meinem schmalen Finger. Der Reif kam von der Unterseite meines Fingers und teilte sich auf jeder Seite einmal, bevor er den Solitär erreichte. Die schmalen Weißgoldstreifen waren zudem noch mit kleineren Diamanten besetzt.

»Damit hättest du ein Auto in bar kaufen können«, sagte ich atemlos.

Travis führte meine Hand an seine Lippen. »Millionenmal habe ich mir vorgestellt, wie er an deiner Hand aussehen würde. Jetzt ist er dort...«

»Wie ...?«

Er hob den Blick. »Ich dachte, ich müsste noch fünf Jahre durchstehen, bis ich das erleben dürfte.«

»Ich wollte es genauso wie du. Ich habe nur einfach dieses phänomenale Pokerface«, sagte ich und küsste ihn.

Epilog

Travis drückte meine Hand, während ich den Atem an-
hielt. Ich versuchte, gelassen dreinzuschauen, aber als ich
mich verspannte, wurde sein Griff noch fester. An der
weißen Zimmerdecke waren ein paar Wasserflecken.
Ansonsten war der Raum makellos, was bei mir eine gewisse Erleichterung erzeugte. Ich hatte meine Entscheidung getroffen. Jetzt würde ich es auch durchziehen.

»Baby ...«, begann Travis.

»Ich kann das«, unterbrach ich ihn und starrte auf die
Wasserflecken. Ich zuckte zusammen, als ich Fingerspitzen auf meiner Haut spürte, aber ich versuchte, mich
wieder zu entspannen. »Ich bin bereit.«

»Täubchen ...«, fing er wieder an, aber ich schüttelte
abweisend den Kopf.

Als mein Handy klingelte und ich Americas Namen
erkannte, schien mir das eine willkommene Ablenkung.
Ich ging ran.

»Ich bring dich um, Abby Abernathy!«, schrie America. »Ich bring dich wirklich um!«

»Korrekt gesprochen muss es jetzt Abby Maddox heißen«, lachte ich.

»Das ist unfair!«, jammerte sie, schon weniger wütend.

»Ich hätte deine Brautjungfer sein sollen! Ich hätte mit dir ein Brautkleid kaufen, eine Junggesellinnenparty für dich schmeißen und deinen Brautstrauß halten sollen!«

»Ich weiß«, entgegnete ich und sah, wie Travis' Lächeln schwand, weil ich erneut zusammenzuckte.

»Du weißt, dass du das hier nicht machen musst«, sagte er mit finsterem Gesicht.

Mit meiner freien Hand drückte ich seine Finger. »Ich weiß.«

»Das sagtest du schon!«, giftete America.

»Ich habe auch nicht mit dir geredet.«

»O doch, du redest mit mir«, schäumte sie. »Und wie du mit mir redest. Das kannst du dir noch bis ans Ende deiner Tage anhören, hast du gehört? Weil ich dir das nie und nimmer verzeihen werde!«

»Doch, wirst du.«

»Du! Du bist so …! Du bist einfach gemein, Abby! Eine ganz schreckliche beste Freundin!«

Ich lachte, was den Mann neben mir zusammenfahren ließ. »Stillhalten, Mrs Maddox.«

»Entschuldigung«, sagte ich.

»Wer war das denn?«, keifte America.

»Das war Griffin.«

»Wer zum Teufel ist Griffin? Lass mich raten, du hast einen Wildfremden zu deiner Hochzeit eingeladen, anstelle deiner besten Freundin«, schrillte ihre Stimme.

»Nein. Er war nicht bei der Hochzeit dabei«, seufzte ich.

Travis rutschte unbehaglich auf seinem Stuhl herum, während er weiter meine Hand hielt.

Griffin schüttelte den Kopf. »Von oben bis unten voller Tattoos, und dann hältst du es nicht aus, wenn deine Freundin sich einen kleinen Schriftzug stechen lässt? Aber ich bin in einer Minute fertig, Kumpel.«

»Frau. Sie ist meine Frau«, berichtigte Travis ihn finster.

America schnappte nach Luft, sobald sie sich ihren Reim auf diese Unterhaltung gemacht hatte. »Du lässt dich tätowieren? Drehst du jetzt durch, Abby?«

Ich schaute auf meinen Bauch, genauer gesagt auf das schwarze Geschmier neben meinem Hüftknochen, und lächelte. »Trav hat meinen Namen auf seinem Handgelenk. Wir sind verheiratet. Jetzt wollte ich auch so was.«

America lachte auf. »Du bist echt ausgeflippt.«

»Nicht ausgeflippt. Wir lieben uns. Wir haben doch praktisch das ganze Jahr über immer wieder zusammen und getrennt verbracht. Also warum nicht?«

»Weil du neunzehn bist! Weil du losgezogen bist und keinem ein Wort davon gesagt hast und weil ich nicht da bin!«, schrie sie.

»Tut mir leid, Mare, ich muss jetzt Schluss machen. Ich seh dich morgen, okay?«

»Ich weiß noch nicht, ob ich dich morgen sehen will! Und ich glaube, Travis will ich in meinem ganzen Leben nicht mehr wiedersehen!«, schnaubte sie.

»Wir sehen uns morgen, Mare. Du weißt doch ganz genau, dass du meinen Ring sehen willst.«

»Und dein Tattoo«, knurrte sie.

Danach legte ich auf und gab Travis das Telefon. Es klingelte sofort wieder, aber meine Aufmerksamkeit galt dem brennenden Schmerz und der Sekunde der Erleichterung im Anschluss, als die überschüssige Tinte weggewischt wurde. Travis schob mein Handy in seine Tasche, fasste meine Hand mit seinen beiden Händen und lehnte seine Stirn an meine.

»Hast du dich bei deinen Tattoos auch so angestellt?«, fragte ich.

Er rutschte herum und schien den Schmerz millionenmal stärker zu spüren als ich. »Äh… nein. Das war anders. Dies hier ist viel, viel schlimmer.«

»Fertig!«, rief Griffin, offenbar selbst erleichtert.

Ich ließ den Kopf nach hinten fallen. »Gott sei Dank!«

Travis tätschelte meine Hand.

Ich schaute auf die wunderschön geschwungenen Linien auf meiner geröteten Haut:

Mrs Maddox

»Wow«, sagte ich beinahe andächtig.

Travis' sorgenvolle Miene wich einem triumphierenden Grinsen. »Es ist wunderschön.«

Griffin schüttelte den Kopf. »Wenn ich nur einen Dollar für jeden volltätowierten Frischverheirateten bekäme, der seine Frau hier reinbringt und sich dann schlimmer anstellt als sie… na ja. Dann müsste ich überhaupt niemanden mehr tätowieren.«

»Sag mir lieber, wie viel ich dir schuldig bin, Klugscheißer«, murmelte Travis.

»Die Rechnung gibt's an der Kasse«, grinste Griffin.

Ich sah mich genauer in dem Raum um, betrachtete das glänzende Chrom, die Poster von Mustertattoos an den Wänden und schließlich wieder den eleganten schwarzen Schriftzug auf meinem Bauch. Travis musterte mich stolz und blickte kurz auf seinen Ehering aus Titan.

»Wir haben's gewagt, Baby«, sagte er halblaut. »Ich kann immer noch nicht glauben, dass du jetzt meine Frau bist.«

»Glaub es«, sagte ich lächelnd.

Er half mir aus dem Stuhl, und ich versuchte zu vermeiden, dass meine Jeans die verletzte Haut berührte. Travis zückte seine Geldbörse und unterschrieb den Kreditkartenbeleg, bevor er mich zu dem draußen wartenden Taxi führte. Mein Handy klingelte schon wieder, doch als ich sah, dass es noch mal America war, ließ ich es einfach läuten.

»Sie macht dir ganz schöne Schuldgefühle, was?«

»Nachdem sie die Fotos gesehen hat, wird sie einen Tag lang schmollen – danach kommt sie schon drüber hinweg.«

Travis grinste mich an. »Sind Sie sich dessen ganz sicher, Mrs Maddox?«

»Wirst du jemals aufhören, mich so zu nennen? Seit wir die Kapelle verlassen haben, hast du es bestimmt schon hundertmal gesagt.«

Er hielt mir die Taxitür auf. »Ich höre damit auf, sobald es in mein Bewusstsein gedrungen ist, dass es stimmt.«

»Oh, aber es stimmt absolut«, sagte ich und rutschte in den Wagen. »Ich habe als Beweis Erinnerungen an eine Hochzeitsnacht.«

Er beugte sich zu mir und strich mir über den Hals. »Die haben wir ganz sicher.«

Wir fuhren Hand in Hand zum Flughafen, und ich musste kichern, als ich bemerkte, wie Travis dauernd auf seinen Ehering starrte. Seine Augen hatten dabei diesen besonderen friedlichen Ausdruck.

»Wenn wir wieder in der Wohnung sind, wird es mir wohl schlagartig klar sein, und ich werde mich wieder benehmen.«

»Versprochen?«, fragte ich.

Er küsste meine Hand und presste sie dann zwischen seinen beiden Händen in seinen Schoß. »Nein.«

Ich lachte und lehnte meinen Kopf an seine Schulter, bis das Taxi vor dem Flughafen zum Stehen kam. Mein Telefon klingelte wieder: America.

»Sie ist aber auch unerbittlich. Lass mich mit ihr sprechen.« Travis griff nach meinem Handy. »Hallo?«, meldete er sich und wartete erst einmal ihr Gekreische ab. Dann lächelte er. »Weil ich ihr Ehemann bin. Ich darf jetzt an ihr Telefon gehen.« Er warf mir einen Blick zu, öffnete die Autotür und hielt mir seine Hand hin. »Wir sind schon am Flughafen, America. Warum holt du und Shep uns nicht vom Flughafen ab, dann kannst du uns auf der Heimfahrt gleich beide anschreien. Ja, auf der ganzen Heimfahrt. Wir sollten gegen drei da sein. In Ordnung, Mare. Bis dann.« Er gab mir das Telefon zurück. »Du hast nicht übertrieben. Sie ist wirklich angepisst.«

Er zahlte das Taxi, warf sich seine Tasche über die Schulter und nahm meinen Rollkoffer.

»Ich kann nicht glauben, dass du uns ihr für eine ganze Stunde ausgeliefert hast«, beschwerte ich mich und folgte ihm durch die Drehtür.

»Und du denkst doch nicht wirklich, dass ich ihr erlauben werde, meine Frau anzuschreien, oder?«

»Der Ausdruck geht dir schon ziemlich gut über die Lippen.«

»Ich schätze, ich muss dir das langsam mal gestehen: Ich wusste von dem Moment an, als wir uns das erste Mal begegnet sind, dass du meine Frau werden würdest. Ich habe den Tag herbeigesehnt, an dem ich es endlich aussprechen kann ... also werde ich dich so oft wie nur möglich so nennen. Du solltest dich besser bald daran gewöhnen.«

Ich lachte und drückte seine Hand, während wir uns durch die Gänge, über Rolltreppen und durch Sicherheitskontrollen bewegten. Als Travis durch den Metalldetektor schritt, ertönte der Alarm. Der Flughafenbedienstete forderte ihn auf, seinen Ring abzulegen, und er tat es äußerst widerwillig, bevor er erneut durch die Kontrolle ging. Diesmal ertönte kein Alarm. Ich unterzog mich klaglos der gleichen Prozedur und händigte meinen Ring ebenfalls aus. Travis wurde erst wieder lockerer, als man uns durchwinkte.

»Alles okay, Baby. Er ist ja wieder an deinem Finger«, sagte ich schmunzelnd.

Er küsste mich auf die Stirn und zog mich wieder an seine Seite, während wir unseren Weg durchs Terminal fortsetzten. Wenn ich die Blicke anderer Passanten auffing, fragte ich mich, ob sie uns ansahen, dass wir frisch verheiratet waren, oder ob es einfach das selige Grinsen in Travis' Gesicht war, das einen solchen Kontrast zu dem rasierten Kopf, den tätowierten Armen und den üppigen Muskeln bildete.

Am Terminal blätterte ich durch eine Zeitschrift und legte dabei sanft eine Hand auf Travis' hüpfendes Knie. Irgendwas machte ihn nervös, arbeitete in ihm. Nach ein paar Minuten begann er, auf seinem Sitz hin und her zu rutschen.

»Täubchen?«

»Mhm?«

Einige Augenblicke vergingen, dann seufzte er. »Ach nichts.«

Die Zeit verging schnell. Wir schienen uns gerade erst hingesetzt zu haben, da wurde unsere Flugnummer bereits zum Einsteigen aufgerufen.

Travis zögerte. »Ich werde dieses Gefühl einfach nicht los«, sagte er halblaut.

»Was meinst du? Ein schlechtes Gefühl?« Ich war plötzlich ein bisschen nervös.

Er drehte sich mit sorgenvollem Blick zu mir. »Ich habe dieses komische Gefühl, dass ich aufwachen werde, sobald wir nach Hause kommen. Und dass nichts von alldem hier wirklich passiert ist.«

Ich legte meinen Arm um seine Taille und strich mit

der Hand über seinen muskulösen Rücken. »Darüber machst du dir Sorgen?«

Er schaute erst auf sein Handgelenk und dann auf den breiten silberfarbenen Ring an seiner Linken. »Ich werde einfach das Gefühl nicht los, die Seifenblase würde zerplatzen und ich allein in meinem Bett aufwachen.«

»Ich weiß wirklich nicht, was ich mit dir noch machen soll, Trav! Ich habe für dich einem anderen den Laufpass gegeben – zwei Mal –, ich bin mit dir nach Vegas geflogen – zwei Mal –, ich bin mit dir durch die Hölle gegangen und wieder zurück, habe dich geheiratet und mir deinen Namen tätowieren lassen. Langsam gehen mir die Ideen aus, um dir zu beweisen, dass ich dir gehöre.«

Ein kleines Lächeln umspielte seine Lippen. »Ich liebe es, wenn du das sagst.«

»Dass ich dir gehöre?« Ich stellte mich auf die Zehenspitzen und küsste ihn. »Ich. Gehöre. Dir. Mrs Travis Maddox. Für immer und ewig.«

Das kleine Lächeln verschwand, er schaute den Gang entlang und wieder zu mir. »Ich werde es verbocken, Täubchen. Bestimmt hast du meinen Scheiß irgendwann satt.«

Ich lachte. »Den habe ich jetzt schon satt. Aber trotzdem habe ich dich geheiratet.«

»Ich dachte, wenn wir erst verheiratet wären, würde ich ein bisschen weniger fürchten, dich zu verlieren. Aber es kommt mir vor, als würde ich, wenn ich jetzt in dieses Flugzeug –«

»Travis? Ich liebe dich. Lass uns nach Hause fliegen.«

Er runzelte die Stirn. »Du wirst mich nicht verlassen, oder? Nie?«

»Das habe ich vor Gott – und Elvis – geschworen, oder etwa nicht?«

Seine Miene heiterte sich ein wenig auf. »Dann gilt es für immer, oder?«

Ich grinste verschmitzt. »Würdest du dich vielleicht besser fühlen, wenn wir eine Wette abschließen?«

Andere Passagiere in der Schlange hörten uns neugierig zu. Aber das Einzige, woran ich dachte, war, dass ich in Travis' Augen wieder jenen Frieden sehen wollte.

»Was für ein Ehemann wäre das denn, der gegen die eigene Ehe wettet?«

Ich lächelte. »Ein schlechter. Hast du nicht zugehört, als dein Dad dir geraten hat, niemals mit mir zu wetten?«

Er hob fragend die Augenbrauen. »Dann bist du dir also sicher, was? Du würdest darauf wetten?«

Ich schlang die Arme um seinen Hals. »Ich würde meinen Erstgeborenen setzen. So sicher bin ich mir.«

Und dann kehrte endlich wieder Friede ein.

»So sicher kannst du dir doch gar nicht sein«, flüsterte er, aber in seiner Stimme klang keine Spur von Verunsicherung mehr mit.

Ich hob eine Augenbraue und lächelte. »Wollen wir wetten?«

Dank

Ich bin meiner besten Freundin und Schwester Beth unglaublich dankbar. Ohne ihre Ermutigung hätte ich mich nie auf dieses Abenteuer eingelassen. Dank ihres enthusiastischen Jubels verwirkliche ich gerade meinen Traum. Ich kann dir gar nicht genug danken. Ebenso danke ich meinen Kindern für ihre unendliche Geduld, ihre Umarmungen und ihr Verständnis.

Meiner Mutter Brenda danke ich für ihre Unterstützung in jeglicher Hinsicht, wann immer ich sie darum bat. Außerdem möchte ich mich bei meinen Autorenkollegen und Freunden Jessica Park, Tammara Webber, Tina Reber, Stephanie Campbell, Abbi Glines, Liz Reinhardt, Elizabeth Reyes, Nichole Chase, Laura Bradley Rede, Elizabeth Hunter, Killian McRae, Colleen Hoover, Eyvonna Rains, Lani Wendt Young, Karly Blakemore-Mowle, Michele Scott, Tracey Garvis-Graves, Angie Stanton und E L James für ihre überwältigende Unterstützung, Zuneigung und ihren Rat bedanken. Ihr seid das Beste, was ich meiner Autorenkarriere verdanke. Ganz ehrlich.

Ein Dank geht auch an meine Agentin Rebecca Watson, die so geistreich wie witzig ist, sowie an meine

Agenten bei der Intercontinental Literary Agency für ihren Einsatz und ihre harte Arbeit.

Enormer Dank gebührt auch Judith Curr bei Atria Books für ihre bedingungslose Unterstützung und meiner Lektorin Amy Tannenbaum, die von Anfang an eine leidenschaftliche Verfechterin dieses Projekts war. Ich danke auch allen anderen bei Atria, die geholfen haben, das Ganze so schnell zu realisieren: Peter Borland, Chris Lloreda, Kimberly Goldstein, Samantha Cohen, Paul Olsewski, Isolde Sauer, Dana Sloan, Jessica Chin, Benjamin Holmes, Michael Kwan, James Pervin, Susan Rella und James Walsh.

Ich danke Dr. Ross Vanhooser für unschätzbaren Rat und dafür, dass er an mein Talent glaubte, bevor ich überhaupt wusste, dass ich eines besitze.

Herzlichen Dank auch an Maryse und Lily von Maryse.net und die Leserin Nikki Estep, die die Geschichte von Travis und Abby so sehr mochten, dass sie sich vornahmen, sie zu verbreiten!

Last, but not least gebühren meinem lieben Ehemann unendliche Liebe und Dankbarkeit für seine grenzenlose Unterstützung und Geduld und dafür, dass er mich sogar dann liebt, wenn ich ihn zugunsten von Romanfiguren vernachlässige. Er ist mein Ein und Alles, und ich kann mir nicht einmal vorstellen, irgendetwas von alldem hier ohne ihn zu tun ... ich würde es auch gar nicht wollen. Ihm habe ich zu verdanken, dass ich überhaupt von heftiger Liebe schreiben kann. Jeff, ich danke dir von Herzen für alles, was du für mich bist.

Contentwarnung

Dieses Buch enthält Szenen und Beschreibungen, die bei manchen Menschen traumatische Erinnerungen auslösen können. Bitte entscheidet selbst, ob ihr emotional mit folgenden Themen umgehen möchtet:

Alkoholmissbrauch, Gewalt, Glücksspiel, Brand, toxische Beziehungen, emotionale Manipulation, sexuelle Übergriffe, Frauenfeindlichkeit, Slutshaming, Victim Blaming und Sexismus.

Bitte lest dieses Buch nur, wenn ihr euch emotional dazu in der Lage fühlt. Falls es euch mit diesen (oder anderen) Themen nicht gut geht, findet ihr unter der Nummer der Telefonseelsorge rund um die Uhr kostenlose und anonyme Hilfe.

TelefonSeelsorge Deutschland | 0 800/1 11 01 11 ·
1 11 02 22 · 116 123 | https://www.telefonseelsorge.de/
TelefonSeelsorge Österreich | Notruf 142 |
https://www.telefonseelsorge.at/
Schweizer Verband Die Dargebotene Hand |
Notruf 142 | https://www.143.ch/

Euer *everlove*-Team